TINTE
&
FEDER

Das Buch

Eva wird im Hotel Adonis zum Kaffeemädchen ausgebildet, wo sie gemeinsam mit drei weiteren jungen Frauen den neuen Cafésalon des Hotels in Schwung bringen soll. Das bringt ihr nicht nur den Spott der Kellner, sondern wegen der hohen Trinkgelder auch Neid ein. Zum Glück kommt Lord Beauvais wieder ins Adonis, der Eva in großväterlicher Freundschaft verbunden ist und ihr zur Seite steht, wo er nur kann.

Als ausgerechnet Ludwig, der Neffe der Hotelbesitzerin Frau Karch, sie umwirbt, kommt es infolge eines Missverständnisses zum Eklat. Und plötzlich ist nicht nur Evas Verbleib im Adonis, sondern ihre ganze Zukunft in Karlsbad mehr als ungewiss …

Die Autorin

Ada Caine liebt den Charme alter Badeorte und reist gerne dorthin, um in den aus früheren Zeiten bekannten Hotels zu übernachten. Dort findet sie auch die Anregungen für ihre Romane und sitzt oft genug mit dem Tablet in einem Café, um Ideen zu sammeln, Begebenheiten aufzuschreiben und interessanten Dingen nachzuspüren.

ADA CAINE

Das Kaffeemädchen

KARLSBAD-TRILOGIE

ROMAN

Deutsche Erstveröffentlichung bei
Tinte & Feder, Amazon Media EU S.à r.l.
38, avenue John F. Kennedy, L-1855 Luxembourg
September 2023

Umschlaggestaltung: bürosüd° München, www.buerosued.de
Umschlagmotiv: © Tymonko Galyna / Shutterstock;
© DaLiu / Shutterstock; © Praew stock / Shutterstock;
© Maria Marko / Shutterstock; © Borisb17 / Shutterstock;
© Joanna Czogala / ArcAngel
Lektorat: Regine Weisbrod
Korrektorat: VLG Verlag & Agentur, Haar bei München, www.vlg.de
Gedruckt durch:
Amazon Distribution GmbH, Amazonstraße 1, 04347 Leipzig /
Canon Deutschland Business Services GmbH, Ferdinand-Jühlke-Straße 7,
99095 Erfurt /
CPI books GmbH, Birkstraße 10, 25917 Leck

ISBN: 978-2-49671-363-3
e-ISBN: 978-2-49671-362-6

www.tinte-feder.de

Karlsbad 2

Ins kalte Wasser geworfen

Eva bedankte sich bei Lamprecht, der es sich nicht hatte nehmen lassen, sie zum Bahnhof zu fahren. Als Gegenleistung hatte sie ihm versprechen müssen, ihm Päckchen mit Karlsbader Oblaten zu schicken. Evas Geschenk hatte nicht nur seinem Sohn und seiner Frau, sondern – wie er schamhaft zugab – auch ihm selbst hervorragend geschmeckt.

»Vergelt's Gott, Bauer! Ich vergesse es gewiss nicht, die Oblaten zu schicken«, sagte sie zum Abschied.

Lamprecht lächelte. »Behüt dich Gott, Eva!«

»Behüt dich Gott und auf Wiedersehen.« Eva nahm ihr Bündel vom Wagen und wollte gehen.

Da winkte Lamprecht sie zu sich und reichte ihr ein in Packpapier gewickeltes Päckchen, aus dem es verführerisch duftete. »Meine Frau hat mir ein bisserl ein Geselchtes für dich mitgegeben.«

Es war mehr als ein bisserl, das stellte Eva anhand des Gewichts fest. Sie bedankte sich herzlich und sah zu, wie Lamprecht losfuhr. Dann drehte sie sich zum Bahnhofsgebäude um. Sie war früh gekommen, um sich noch ihr Billett kaufen zu können. Während sie zum Schalter ging, dachte sie daran, dass sie bei ihrer Abreise im letzten Frühjahr ohne die Unterstützung von Hochwürden Philipp Maier absolut hilflos gewesen wäre. Damals war er noch der Pfarrer in ihrem Heimatdorf gewesen, und nun lebte er als Seelsorger in Kärnten. Das war sehr weit weg von hier. Eva hoffte, dass er von Zeit zu Zeit an diesen Landstrich und seine ehemaligen Schäfchen denken würde – und vielleicht auch ein wenig an sie.

Nach dem Kauf der Fahrkarte ging sie zu ihrem Bahnsteig und sinnierte darüber, wie sehr sich die Zeit wandelte. Im letzten April hatte sie nicht einmal gewusst, wo Karlsbad lag, geschweige denn, ob sie dort Arbeit finden werde. Diesmal wartete dort bereits eine neue Aufgabe auf sie. Ob Afra und Ida ebenfalls schon zurückfahren?, fragte sie sich. Mit den beiden zusammen sollte sie den neu eingerichteten Cafésalon des Hotel Adonis führen. Das war kein leichtes Unterfangen, aber gemeinsam würden sie es schaffen.

Der Zug kündete sich mit einem kräftigen Tuten an und fuhr wenig später in den Bahnhof ein. Um diese Zeit verreisten weniger Menschen als sonst, und so fand Eva einen angenehmen Platz in der dritten Klasse. Die Bank war aus Holz, aber das störte sie nicht. Sie war vor ihrer Zeit in Karlsbad nicht auf Rosen gebettet gewesen und dort ebenfalls nicht.

»Für ein Stubenmadl und ein Kaffeemadl ist das allemal gut genug«, sagte sie zu sich selbst und packte das Rauchfleisch in ihr Bündel, damit sie es nicht vergaß.

Als der Zug losfuhr, wanderten Evas Gedanken zu ihrer Familie. Es war schön gewesen, die Eltern und die Geschwister wiederzusehen. Die Freude, die sie ihnen mit ihren Geschenken hatte bereiten können, rührte sie noch immer. Einen Wermutstropfen aber gab es. Sie hätte gerne ihre nächstjüngere Schwester Anna oder ihren Bruder Joseph mit nach Karlsbad genommen und versucht, ihnen dort eine Stellung zu verschaffen. Dann hätte sie wenigstens einen Menschen aus ihrer Familie in ihrer Nähe gehabt, am liebsten natürlich die Schwester. Die

Eltern hatten es jedoch nicht zugelassen, und so fuhr sie auch diesmal allein.

»Dort habe ich Afra und Ida«, sagte sie leise, um sich zu trösten. »Und bald kommen auch Helga und Gisela zurück.«

Und nun stahl sich ein leiser Gedanke hinzu: Würde Franz Herbst am nächsten Bahnhof auf diesen Zug warten und mit ihr zusammen nach Karlsbad fahren? Sie hoffte es sehr. Immerhin hatte er erklärt, an Silvester, also am folgenden Tag, arbeiten zu müssen. Es konnte natürlich sein, dass er bereits am Vortag aufgebrochen war.

Eva rüstete sich gegen die Enttäuschung, falls er nicht einsteigen sollte. Als der Zug im nächsten Bahnhof anhielt, wischte sie über die angelaufene Scheibe und spähte hinaus. Da war kein Franz. Sie kniff die Lippen zusammen. Man konnte eben nicht alles haben …

Da hörte sie eine vertraute Stimme hinter sich. »Grüß dich, Eva! Schön, dass wir auch diesmal wieder mit demselben Zug fahren.«

Franz! Am liebsten wäre Eva vor Freude aufgesprungen. Sie blieb jedoch sitzen und strahlte ihn erleichtert an. »Grüß Gott, Franz! Ich habe dich gar nicht am Bahnsteig gesehen.«

Franz lachte. »Der Zug hat so vor mir gehalten, dass ich bloß einen Schritt machen musste, um einsteigen zu können. Aber sag, wie geht es dir? Hast du Weihnachten gut überstanden?«

»O ja, es war schön. Meine Leute haben sich riesig gefreut, weil ich gekommen bin. Und wie war es bei dir?«

»Auch gut. Meine Mama war mit ihrem Bruder bös, weil er mir im letzten Frühjahr die Stelle im Pupp zwar versprochen hatte, ich sie aber nicht bekommen habe. Jetzt hat der aber geschaut, als ich ihm gesagt hab, dass ich im Goldenen Schlüssel Kellner geworden bin. Er hat es halt doch bloß bis zum Küchenhelfer geschafft.«

»Dabei hast du ihn bei unserer ersten Fahrt nach Karlsbad zum Souschef befördert!«, meinte Eva lachend.

Franz verzog leicht das Gesicht, als sie ihn an seine damalige Aufschneiderei erinnerte. »Da ist der Onkel aber auch selbst schuld. Er hat nämlich so getan, als wäre er mehr, als er in Wirklichkeit geworden ist. Damals hab ich ihn ernst genommen und es im Zug erzählt. Heut tät ich das nimmer.«

»Das war der schlechte Einfluss der Thea«, spottete Eva.

»Hat man jemals wieder was von der gehört?«, fragte Franz. Auch wenn er nicht viel von dem wusste, was im Adonis vorgefallen war, so hatte er von Theas Diebstahl und ihrer Flucht erfahren.

Eva schüttelte bedauernd den Kopf. »Nicht das Geringste! Die ist damals mit etlichen hundert Kronen aus der Kasse der Madame verschwunden. Wohin sie gegangen ist, hat Herr Karch nicht herausfinden können. Dabei hat ihn dies am meisten gewurmt. Schließlich hat seine Tante ihm die Schuld daran gegeben, dass Thea abhauen konnte.«

Es entspann sich ein Gespräch über Thea, die sich den nachrangigen Zimmermädchen gegenüber übel benommen, aber gleichzeitig alles getan hatte, um bei ihren Vorgesetzten gut dazustehen.

Eva beschloss jedoch bald, dass sie genug über dieses boshafte Biest geredet hatten, und wechselte das Thema. »Du hast bei der letzten Heimfahrt gesagt, dass morgen bei euch im Goldenen Schlüssel groß gefeiert wird. Mich tät interessieren, wie das abläuft.«

»Das weiß ich auch noch nicht genau«, antwortete Franz. »Auf jeden Fall sollen mehr als einhundert Leute von diesem Schmetterlingsverein kommen. Es wird getrunken – und zwar kräftig. Unser Chef hat einige Dutzend Flaschen Becher-Likör bestellt, dazu Cognac, Kümmel- und Wacholderschnaps, verschiedene Weiß- und Rotweine und sogar Sekt zum Anstoßen um Mitternacht. Die Egerländer Musikanten spielen auf, und der Gesangsverein Harmonie singt seine Lieder. Außerdem gibt es ein Tischfeuerwerk genau um Mitternacht.«

»Dafür, dass du nichts weißt, weißt du sehr viel«, sagte Eva erstaunt.

Franz grinste. »Weißt du, in einem kleinen Hotel wie dem Goldenen Schlüssel erfährt man so einiges. Außerdem habe ich überall mitgearbeitet und dabei die Ohren gespitzt. Wäre ich hingegen Pikkolo im Grandhotel Pupp geworden, müsst ich entweder die ganze Zeit am Aufzug stehen und die Gäste rauf- und runterfahren oder helfen, deren Gepäck ins Zimmer oder wieder nach unten zu tragen. Im Goldenen Schlüssel packe ich bei allem mit an, was anfällt. Nur so lernt man was.«

»Ich war nur Stubenmadl und habe gelernt, die Zimmer sauber zu machen«, antwortete Eva, merkte dann jedoch selbst, dass das etwas zu tief gegriffen war. »Gut, ich war auch noch eine Woche in der Spülküche und habe gelernt, Töpfe, Pfannen, aber auch das feine Porzellan zu spülen, und zuletzt bin ich für unseren neuen Cafésalon eingeteilt worden.«

»Das ist auch was!«, sagte Franz. »Die meisten, die als Stubenmadl anfangen, bleiben es, solange sie im Hotel arbeiten.«

»Ich hab ein bisserl Angst davor. Was ist, wenn mir der Kaffee nicht gelingt?«

Franz grinste breit. »Dann, Eva, waren die Bohnen schlecht! Sind sie gut, ist es auch dein Kaffee.«

»Hoffen wir es! Habt ihr im Goldenen Schlüssel einen Cafésalon?«, fragte Eva.

»So direkt nicht. Aber wenn einer unserer Gäste einen Kaffee trinken will, kriegt er einen. Die Chefin hat mir gezeigt, wie es geht, und bis jetzt hat sich noch keiner beschwert.«

»Dann hoffe ich, dass es so bleibt«, erwiderte Eva.

In ihren Ohren klang Franz arg selbstsicher. Zwar wusste er viel, dennoch durfte man nicht leichtfertig an die Arbeit herangehen. Ihm dies zu sagen, war jedoch nicht ihr Recht, und so brachte sie das Gespräch auf allgemeinere Themen.

* * *

Es wurde eine angenehme Fahrt, und als sie ihren Zielbahnhof erreichten, bedauerten beide, dass sie zu Ende war.

»Jetzt beginnt wieder der Ernst des Lebens.« Franz nahm sein Gepäck an sich und stieg aus.

Eva folgte ihm mit ihrem Bündel. »Wollen wir hoffen, dass es nicht gleich zu ernst wird.«

Franz kommentierte es mit einem Lachen, ging voraus durch das Bahnhofsgebäude und blieb auf dem Vorplatz stehen. Da im Winter weniger Gäste kamen, standen lediglich zwei Fiaker für die Neuankömmlinge bereit. Es gab auch nur einen einzigen Wagen von einem Hotel, und der war vom Goldenen Schlüssel.

»Grüß Gott, Lukas! Sag bloß, du hast extra wegen mir eingespannt?«, rief Franz dem Kutscher zu.

Dieser grinste ihn an. »Da bleibt dir der Schnabel sauber! Ich bin wegen zweier Gäste hier, die über Silvester zu uns kommen und morgen mitfeiern wollen.«

»Das heißt, ich muss doch zu Fuß gehen! Dabei hab ich mich schon gefreut, kutschiert zu werden.«

Eva lockte es, ein wenig zu sticheln. »Du wirst mir ein Kavalier sein, Franz! Sich selber fahren lassen, während ich mir bis zum Adonis die Schuhe durchlaufen muss.«

»Dich tät ich lieber fahren als den Franz«, sagte der Kutscher augenzwinkernd. Dann aber nahmen die Gäste, die eben das Schild an seinem Wagen entdeckt hatten, seine Aufmerksamkeit in Anspruch.

Während Lukas diese begrüßte und dem Dienstmann half, ihr Gepäck auf den Wagen zu laden, gingen Eva und Franz los.

Auf der Egerbrücke überholte der Wagen sie. Lukas winkte ihnen mit der Peitsche zu und ließ dann sein Pferd traben.

Mit versonnener Miene sah Franz ihm nach. »Einmal möchte ich es auch so weit bringen, dass ich mich mit einem Fiaker durch Karlsbad fahren lassen kann.«

»Da müsstest du schon Küchenchef oder gar Hoteldirektor werden«, antwortete Eva. Leute in solch einer Position hatten ein Anrecht auf den Wagen des Hotels oder konnten sich eine Fiakerfahrt leisten. Sofort aber wurde ihr klar, dass dies nicht ganz stimmte. Auch sie selbst könnte sich eine Fiakerfahrt leisten. Sie musste nur das entsprechende Geld dafür ausgeben. Das aber sparte sie lieber. Außerdem würde ein Zimmermädchen – oder ein Kaffeemädchen, wie sie sich selbst korrigierte – Aufsehen erregen, wenn es im Wagen vor dem Hotel vorfuhr.

Sie zuckte mit den Schultern, denn diese Gedanken waren müßig. In ihrer Lage musste sie weiter mit zunehmend eisig werdenden Füßen durch den Schneematsch stapfen. Außerdem begann es zu schneien, und sie wünschte sich zu ihrem Mantel noch ein Schultertuch, wie es die Frauen in ihrem Heimatdorf trugen, um gegen die Kälte geschützt zu sein.

Franz war nichts anzumerken. Allerdings hatte er festeres Schuhwerk. Dennoch ließ die Kälte ihr Gespräch verstummen. Als sie den Marktbrunnen erreichten, trennten sich ihre Wege. Eva musste nun hangaufwärts zum Adonis gehen, während Franz' Ziel weiter unten an der alten Wiese und damit an der Tepl lag.

»Kommst du am Sonntag zur heiligen Messe?«, fragte Franz noch.

»Das tue ich«, versprach Eva. »Und jetzt behüt dich Gott. Sieh zu, dass du morgen einen guten Eindruck machst.«

»Das werde ich«, antwortete Franz sehr überzeugt, winkte ihr noch einmal zu und ging weiter.

Eva sah ihm kurz nach, stieg dann den Hang hinauf und sah bald das Adonis vor sich. Wegen des trüben Wetters waren in den Gesellschaftsräumen die meisten Fenster erleuchtet. Bei den Gastzimmern sah es auf die Straße zu ebenfalls überraschend hell aus. Es schienen etliche Besucher gekommen zu sein, um hier den Jahreswechsel zu verbringen. Dabei konnte Eva sich etwas Besseres vorstellen, als bei Kälte und diesigem Wetter zu den Heilbrunnen zu gehen, um dort zu trinken.

Das Wasser wärmt wenigstens auf, dachte sie, bog um die Ecke und betrat das Hotel durch den Lieferanteneingang. Der Korridor war so düster wie immer, und es war niemand zu sehen. Eva wunderte das nicht, da im Winter nun einmal weniger Angestellte hier arbeiteten als während der Saison.

Aus alter Gewohnheit wollte Eva zuerst zum Quartier der Zimmermädchen gehen, erinnerte sich aber rechtzeitig daran, dass sie die letzten Wochen vor Weihnachten mit Afra, Ida und Ulla zusammen in einem Zimmer weiter vorne geschlafen hatte. Sie trat dort ein und fühlte sich sofort heimisch. Das Zimmer war genauso groß wie das alte, aber sie mussten es sich nur zu viert teilen und nicht mehr zu sechst. Eigentlich nur zu dritt, da Ulla zu den Zimmermädchen zurückgekehrt war, dachte Eva, während sie ihr Gepäck verstaute. Auch das Geräucherte vom Lamprecht bekam seinen Platz.

Eva war als Erste ihrer Gruppe im Adonis angekommen. Da sie nicht müßig warten wollte, beschloss sie, nachzuschauen, ob die Arbeiten im neuen Cafésalon während ihrer Abwesenheit weitergegangen waren.

Daher stieg sie wieder ins Erdgeschoss und betrat die Gesellschaftsräume des Hotels. Als Zimmermädchen war ihr das verboten gewesen, doch in ihrer neuen Anstellung als Kaffeemädchen durfte sie es. Eines fiel ihr sogleich ins Auge. Bevor sie zu ihrer Familie gefahren war, hatte hier ein geschäftiges Treiben geherrscht, aber im Augenblick begegnete ihr keine Menschenseele.

Verwundert öffnete sie die Tür zur Küche und fand nur einen Koch und zwei Küchenhelfer vor. Als der Koch sie sah, unterbrach er seine Arbeit. »Gott sein Dank, dass du da bist!«

Eva fand dies höchst eigenartig, denn er gehörte zu den Köchen, die Afra, Ida, Ulla und sie in den Wochen vor Weihnachten allzu gerne schlecht gemacht hatten.

»Du sollst gleich zur Frau Zöpfel gehen!«, setzte der Mann hinzu.

Nun wunderte Eva sich noch mehr. »Zu Frau Zöpfel? Aber die wollte doch über den Jahreswechsel verreisen!«

»Bevor sie aufbrechen konnte, war die Katastrophe da, und sie hat dableiben müssen. Jedenfalls will sie, dass du sofort zu ihr kommst«, erklärte der Koch und fuhr mit seiner Arbeit fort.

Evas Gedanken wirbelten. Was mochte vorgefallen sein, dass die Hausdame gehindert worden war, ihren geplanten Urlaub anzutreten? Es musste schwerwiegend sein, und sie war gespannt darauf, was es war.

* * *

Eva klopfte an Frau Zöpfels Büro und trat nach einer Aufforderung ein. Die Hausdame sah sie erleichtert an. »Du bist zurück, Eva! Fühlst du dich gesund?«

»Ich denke schon, Frau Zöpfel.«

»Gott sei Dank hat es dich nicht auch noch erwischt! Es ist eine Katastrophe! Mehr als die Hälfte der Kellner und Köche, die über Weihnachten Urlaub hatten, sind krank geworden und können nicht kommen. Dabei steht morgen der große Ball der Pferdezüchtervereinigung an. Wenn da etwas schiefgeht, werden wir auf Jahre hinaus keinen solch großen Ball mehr bekommen.«

Frau Zöpfel klang verzweifelt, als glaubte sie selbst nicht daran, dass es gut ausgehen könnte. Verwundert fragte Eva sich, welche Rolle die Hausdame ihr zugedacht hatte.

»Alle, die dazu in der Lage sind, werden mithelfen müssen. Ein Teil der Stubenmadl, Spülerinnen und Wäscherinnen werden in der Küche Hilfsarbeiten leisten, Gemüse putzen und die fertigen Speisen in den Auftrageraum bringen, um die Köche und Küchenhelfer zu entlasten.« Frau Zöpfel sah Eva nachdenklich an, bevor sie mit ihren Erklärungen fortfuhr.

»Dies ändert aber nichts an der Tatsache, dass wir viel zu wenig Kellner haben! Ich hoffe, dass Afra, Ida und Ulla bis spätestens morgen Mittag hier sind. Ihr vier werdet dem Servierpersonal zugeteilt und Gäste bedienen.«

Eva musste schlucken. Es war das eine, einem Gast eine Tasse Kaffee und ein Stück Kuchen vorzulegen. Bei einem Festmahl aufzutragen, hatte jedoch keine von ihnen gelernt. Dann stutzte sie. »Sie sagen, dass die Ulla mit servieren soll! Aber ist die nicht wieder bei den Stubenmadln?«

»Sie hat bis auf eine Woche die gleiche Ausbildung absolviert wie ihr drei anderen. Daher habe ich sie euch zugeteilt«, sagte die Hausdame.

»Ist das nicht die Sache des Oberkellners?«

»Der liegt krank daheim und kann nichts tun«, sagte Frau Zöpfel in einem Tonfall, als nehme sie die Krankheit des Mannes ihm persönlich übel.

»Wir haben das noch nie gemacht!«, wandte Eva ein.

»Solange ihr den Damen nicht die Suppe in den Schoß schüttet und den Herren die Soße ans Hemd, wird es gehen.«

Eva spürte, dass Frau Zöpfel nur geringe Hoffnung hegte, dass die Sache gut ausging. Doch die Verantwortung lastete auf ihr, und sie würde es ausbaden müssen, wenn es zu einem Fiasko kam.

»Wir werden ein anderes Gewand brauchen.« Der Gedanke war Eva gerade gekommen. Da bislang noch nicht über die Kleidung der Serviermädchen entschieden worden war, hatten Afra, Ida und sie das Gleiche getragen wie zuvor. Sie konnten den Gästen die Speisen jedoch nicht als Stubenmädchen, Spülerin oder Wäscherin auftragen.

»Ich habe Frau Heister aufgefordert, sich darum zu kümmern. Du wirst gleich zu ihr gehen und das Gewand anprobieren. Wenn die anderen kommen, schickst du sie ebenfalls zu ihr«, erklärte Frau Zöpfel, schien in Gedanken jedoch bereits ganz woanders zu sein.

Eva glaubte sich schon entlassen, als die Hausdame den Kopf schüttelte und sich ihr wieder zuwandte. »Sobald du bei Frau Heister fertig bist, soll Jean dir zeigen, wie du servieren musst.«

»Jawohl, Frau Zöpfel«, antwortete Eva. Sie war nicht gerade begeistert, da Johann Miersch, der sich hier im Hotel großspurig Jean nannte, derjenige unter den Kellnern war, der sie und die anderen Kaffeemädchen am meisten verspottet hatte. Da die Hausdame es ihr jedoch befahl, musste sie gehorchen. Sie knickste, verabschiedete sich und verließ das Büro.

Ihr Weg führte sie zurück in das Souterrain. Die Leiterin der Wäscheabteilung war freundlich und hatte ihr schon mehrmals geholfen. Und auch als Eva jetzt eintrat, strahlte Frau Heister sie an. »Du bist zurück! Wie es aussieht, hast du schon gehört, was auf dich zukommt.«

Eva nickte mit zweifelnder Miene. »Ich soll servieren, weil so viele Kellner krank geworden sind. Dafür, so sagt Frau Zöpfel, brauche ich ein neues Gewand.«

»Ich habe schon etwas vorbereitet«, erklärte Frau Heister und zog mehrere Kleidungsstücke aus einem Schrank.

Eva sah einen schwarzen Rock, eine weiße Bluse und ein schwarzes Mieder vor sich. Hoffentlich passt es, dachte sie, während Frau Heister sie aufforderte, sich bis aufs Hemd auszuziehen.

»Das bist du ja gewohnt«, sagte sie dabei lächelnd.

Über Evas Gesicht huschte ein Schatten. Vor einigen Monaten hatte man sie als Diebin verdächtigt und bis aufs Unterhemd durchsucht. Die wahre Schuldige war jedoch Thea gewesen, die daraufhin die Flucht ergriffen hatte. Energisch streifte sie diesen Gedanken ab und zog ihr Kleid aus.

Anschließend kleidete Frau Heister sie an. Der Rock passte auf Anhieb, doch Bluse und Mieder waren ein wenig eng.

»Seit ich dir das letzte Mal was angepasst habe, bist du oben ein bisserl fülliger geworden. In deinem Alter ist das kein Wunder. Ich habe genug Stoff genommen, um die Sachen auslassen zu können. Morgen ist es so weit, wie du es brauchst.« Frau Heister sah Eva aufmunternd an und fragte sie dann, was sie als Nächstes zu tun habe.

»Der depperte Jean soll mir beibringen, wie man bei einem Ball serviert«, antwortete Eva mit gekrauster Nase.

»Wenn er dir dumm kommt, dann sagst du ihm halt, er soll sein Zeug allein servieren!«, riet Frau Heister und nahm die Bluse zur Hand, um sie ein wenig auszulassen.

Eva verabschiedete sich und stieg wieder ins Erdgeschoss. Dabei überlegte sie, ob sie Jean, wenn er ihr wirklich dumm kam, nicht ein Tablett an den Kopf werfen sollte.

* * *

Eva fand den Kellner im großen Speisesaal. Dort zählte er gerade die Tische durch und wies die Hausknechte an, zwei davon ein wenig anders zu stellen. »Es muss genug Platz dazwischen sein, damit wir bei der Parade gut durchkommen«, erklärte er ihnen und bemerkte dann Eva.

»Wenigstens eine von euch ist früh genug da!«, brummte er und winkte Eva zu sich. »Du hast wohl schon gehört, dass mehr als die Hälfte von uns krank ist. Vor dem morgigen Tag ist das eine Katastrophe! Wenn wir wenigstens die Möglichkeit hätten, die Kellner, die das Adonis den Winter über verlassen haben, zurückzuholen! Die guten sind jedoch zu dieser Jahreszeit in wärmeren Gefilden beschäftigt, und bei den anderen war die Zeit zu knapp. Jetzt werdet du und die anderen Kaffeemadln uns aushelfen müssen.«

Wieder klang der Kellner so, als traute er Eva und deren Kolleginnen nichts zu. Sie ärgerte sich darüber, hielt aber den Mund. Jean schien ohnehin keine Antwort zu erwarten, sondern deutete auf einen Tisch. »Ich werde dir jetzt zeigen, wie man das Gedeck auflegt. Danach führe ich dir vor, wie man serviert. Es wäre mir zwar lieber, die anderen Mädchen wären auch schon da. Doch notfalls kannst du es ihnen später beibringen.«

Eva nickte, ohne etwas zu sagen, und lauschte Jeans Erklärungen. Er brachte ihr bei, wie sie Besteck und Teller auflegen musste. Da Messer, Löffel und Gabel für Vorspeise, Hauptgang und Dessert unterschiedlich groß waren, begriff sie dies rasch.

Nachdem Jean es ihr gezeigt hatte, ließ er sie drei Tische decken und kritisierte nur, dass die Enden der Bestecke nicht wie mit dem Lineal gezogen auf einer Linie lagen. Dies aber war eine Sache, die sich leicht bereinigen ließ.

Schließlich stellte der Kellner Gläser auf einen Tisch und holte mehrere leere Flaschen, die Eva in der Küche zur Hälfte mit Wasser füllen musste. Als sie zurückkam, wies er sie an, die Flaschen auf einen Nebentisch zu stellen.

»Die Flaschen zu bringen und zu entkorken, wird nicht eure Aufgabe sein, denn das übernehmen wir«, erklärte er. »Aber ihr müsst in der Lage sein, nachzuschenken. Weißwein und Champagner werden in Kühler gestellt«, er zeigte auf einen bereitstehenden, »und Rotwein in dieses Gestell. Du siehst das Tuch, das daneben liegt?«

Eva nickte.

»Das legst du dir über den rechten Unterarm, so wie ich jetzt. Dann ergreifst du die Flasche. Es ist die mit Rotwein! Aus der füllst du die größeren Gläser. Die etwas kleineren und nicht ganz so bauchigen sind für den Weißwein. Diesen Unterschied musst du dir merken.«

Erneut nickte Eva.

Jean trat nun an den Tisch. »Bevor du einschenkst, legst du die linke Hand auf den Rücken, so wie ich es tue.«

»Warum?«, fragte Eva.

»Weil es sich so gehört! Und noch etwas: Du darfst die Gläser nicht mehr als zu einem guten Drittel füllen. Hast du verstanden?«

»Aber dann muss man öfter nachgießen, und wir sind eh schon zu wenig Leute«, sagte Eva verständnislos.

»Es ist nun einmal so! Und es wäre fatal, wenn unsere Gäste nicht so bedient würden, wie sie es gewöhnt sind.«

Jean klang angespannt, doch Eva ahnte, dass es nicht ihretwegen war. Wie es aussah, hatte er Angst, der morgige Ball könnte in einer Katastrophe enden und er dafür zur Verantwortung gezogen werden. Trotz der gemeinen Bemerkungen, mit denen er sie in den letzten Wochen gequält hatte, tat er ihr mit einem Mal leid.

»Wir werden es schaffen, Herr Jean! Schließlich sind Sie der beste Kellner im Adonis und werden uns schon beibringen, wie wir Ihnen helfen können.«

»Wenigstens habt ihr vor Weihnachten gelernt, wie man bedient. Hier ist es eben feierlicher, als einem Gast nur eine Tasse Kaffee hinzustellen. Jetzt üben wir noch, wie ihr die Suppe und die Speisen vorlegen müsst.«

Jean befahl Eva nun, mehrere Teller, Terrinen und Soßenschalen holen. Statt richtiger Suppe und Soßen wurde Wasser verwendet und der Braten durch eine Brotscheibe ersetzt. Eine kleinere, dünne Brotscheibe stellte den fein geschnittenen Knödel dar und Nüsse das Gemüse.

»Nach Möglichkeit sollte bei allem der linke Arm auf dem Rücken sein. Die Ausnahme ist nur, wenn ihr etwas auf den Tisch stellen müsst, für das ihr beide Hände braucht«, setzte Jean seine Belehrungen fort.

Eva übte unter seinen strengen Blicken, bis ihr der linke Arm auf dem Rücken steif wurde und die Brotscheiben durch den vielen Gebrauch zerfleddert waren.

»Das war ganz ordentlich«, sagte Jean ganz im Gegensatz zu seiner früheren Art. »Wenn die drei anderen ebenso gut sind wie du, haben wir vier Helferinnen, die uns unterstützen können.«

»Zuerst müssen Afra, Ida und Ulla hier auftauchen«, wandte Eva ein, da sich bislang noch keine der drei hatte sehen lassen.

»Hoffentlich sind sie bald da«, sagte Jean mit einem Stoßseufzer, und das wäre ihm vor Weihnachten niemals über die Lippen gekommen. »Sobald die Erste eingetroffen ist, wirst du ihr beibringen, was ich dir gezeigt habe. Ich glaube, du kannst das! Ich werde mir morgen vorführen lassen, wie gut ihr seid, und euch entsprechend einteilen.«

Eva nickte, obwohl sie einen Knoten im Hals spürte. Mit dieser Anweisung lastete Jean ihr eine Verantwortung auf, der sie sich nicht gewachsen fühlte. Aber da er ihr die Aufgabe übertragen hatte, musste sie sich ihr stellen.

»Ich werde jetzt weiterarbeiten. Du kannst abräumen!«, sagte Jean und verließ den Saal.

Eva betrachtete den Tisch, an dem sie geübt hatte. Da sie im Augenblick nichts anderes zu tun hatte, trug sie zwar alles in die Spülküche, holte sich dann aber neues Geschirr und Besteck und übte weiter. Dabei rief sie sich Jeans Lehren immer wieder ins Gedächtnis, um sie so gut wie möglich an ihre Kolleginnen weitergeben zu können.

* * *

Eva war so in ihre Übungen vertieft, dass sie Ulla nicht eintreten sah. Die junge Frau trug noch ihr Reisekleid und wirkte verärgert.

»Weshalb hat man mich zu dir geschickt? Ich gehöre doch nicht mehr zu euch«, sagte sie.

Eva füllte das Glas und hielt den linken Arm dabei auf dem Rücken. Erst nachdem sie die Flasche in den Kühler zurückgestellt hatte, wandte sie sich Ulla zu. »Frau Zöpfel hat dich eingeteilt, mit uns zusammen morgen beim Ball der Pferdezuchtvereinigung zu servieren.«

»Sonst noch was?«, rief Ulla und schnaubte. »Mit dem Koch- und Kellnergesindel will ich nichts mehr zu tun haben! Ich bin wieder Stubenmadl und will es bleiben.«

»Ich war auch ein Stubenmadl und bin jetzt ein Kaffeemadl – und für die nächsten Tage sogar ein Serviermadl. Da Frau Zöpfel dich bei uns eingeteilt hat, bist du das auch! Daher ziehst du dich jetzt um und kommst zu mir zurück, damit ich dir zeigen kann, was deine Aufgabe für morgen ist.«

Ulla schüttelte den Kopf. »Das tu ich nicht! Ich mache die Zimmer, die mir zugeteilt worden sind, und damit hat es sich.«

»Genau das hat es sich nicht!«, widersprach Eva. »Den Dienst teilt immer noch die Frau Zöpfel ein. Wenn die sagt, du musst servieren, dann servierst du auch. Für die Zimmer ist längst jemand anderes eingeteilt.«

»Ich sage der Frau Zöpfel, dass ich nicht servieren kann«, erklärte Ulla widerspenstig.

Eva trat auf sie zu und sah sie streng an. »Jetzt höre mir gut zu! Morgen findet hier im Adonis der wichtigste Ball des Jahres statt. Mehr als die Hälfte der Kellner und ein Teil der Köche sind krank. Wir müssen jetzt alle zusammenarbeiten, damit der Ball so stattfinden kann, dass die Gäste zufrieden sind. Was meinst du, was hier los wäre, wenn morgen alles schiefgehen würde? Der Ruf des Adonis wäre ruiniert, und es würde hier so bald keinen großen Ball mehr geben. Kannst du dir vorstellen, was Frau Karch dazu sagen würde?«

»Die wäre stocksauer«, gab Ulla zu.

»Und das zu Recht! Dann hätten wir nämlich versagt. Es wird den Gästen schon zugemutet, nicht nur von Kellnern bedient zu werden, sondern auch von uns. Wir müssen daher alles tun, damit das Adonis Erfolg hat.«

»Aber bei einem großen Ball zu servieren, ist ganz was anderes, als eine Tasse Kaffee und ein Stück Kuchen hinzustellen. Und da ist uns schon gesagt worden, dass wir zu blöd dazu wären!«, wandte Ulla ein.

»Dann sollten wir ihnen beweisen, dass wir es nicht sind. Und jetzt zieh dich um! Wir haben nicht alle Zeit der Welt. Solltest du Afra oder Ida sehen, bringe sie mit. Ihr müsst außerdem noch zu Frau Heister, damit ihr eure neuen Kleider anprobieren könnt. Und beeil dich! Wir haben einiges zu lernen. Oder willst du, dass Frau Zöpfel und Frau Karch sich unseretwegen schämen müssen?«

Evas Appell zeigte Wirkung. Ullas ablehnende Miene verlor sich, und in ihren Augen blitzte es kämpferisch auf. »Wenn wir das schaffen würden, wäre es gerade die richtige Antwort auf die gemeinen Sprüche unserer Kellnerstoffel!«

»Genauso sehe ich es auch!«, sagte Eva und versetzte Ulla einen leichten Klaps.

Diese lachte und eilte los, um sich umzuziehen.

Die beiden hatten nicht gesehen, dass Frau Zöpfel und Jean ihnen von der Vorkammer aus zugesehen hatten. Die Hausdame nickte anerkennend und wandte sich dem Kellner zu. »Das hat

Eva geschickt gemacht. Bei der Ulla hatte ich doch ein bisserl Sorge. Aber sag, was hat das mit den Kellnerstoffeln und dem Kochgesindel auf sich?«

Jean verzog das Gesicht, als hätte er in eine Zitrone gebissen. »Ein paar von uns haben die Eva und die drei anderen Kaffeemadln ein bisserl geärgert. Es war aber alles harmlos, sag ich Ihnen!«

»So harmlos, dass die Ulla kein Kaffeemadl mehr bleiben wollte?«

Frau Zöpfel klang so scharf, dass Jean den Kopf einzog. Auch wenn die Kellner nicht zum Bereich der Hausdame zählten, so hatte sie doch großen Einfluss im Hotel. Sie brauchte nur ein paar Worte zu Frau Karch zu sagen, dann würde über ihnen ein Donnerwetter hereinbrechen, das sich gewaschen hatte.

»Der eine oder andere hat vielleicht ein bisserl über die Schnur gehauen«, gab er zu.

»Dann hoffe ich, dass es die sind, die derzeit krank daheim liegen. Die werden sich, wenn sie wiederkommen, anhören dürfen, dass die von ihnen verspotteten Kaffeemadln den Ball haben retten müssen!«

Frau Zöpfel klang um keinen Deut freundlicher als zuvor. Immerhin hatte Frau Karchs Neffe Ludwig angeregt, dass im neuen Cafésalon des Adonis nach dem Vorbild anderer Cafés Frauen bedienen sollten. Diese Entscheidung hatte das Personal hinzunehmen. Den Willen der Direktion auf eine solche Weise zu hintertreiben, war nicht zu tolerieren. Die Hausdame bedauerte, dass man kein Exempel statuieren und die ausfälligsten Kellner entlassen konnte. Da das Grandhotel Pupp einen Flügel nach dem anderen eröffnete, war in Karlsbad Servierpersonal gefragt und es daher kaum möglich, entlassene Kellner rasch zu ersetzen.

»Du solltest beten, dass morgen alles gut geht!«, sagte sie zu Jean. »Wenn nämlich weniger Festlichkeiten an das Adonis vergeben werden, brauchen wir auch weniger Kellner.«

Im Augenblick war dies noch eine leere Drohung. Sollte das Hotel jedoch einige Veranstaltungen verlieren, sah es anders aus. Das war Jean nur zu bewusst, und er flehte Eva und deren Mitstreiterinnen in Gedanken an, so gut zu sein, dass sich das Adonis nicht vor der Pferdezüchtervereinigung zu schämen brauchte.

* * *

Als Ulla zurückkam, war Afra bei ihr. »Die Ida ist auch gleich da!«, rief sie Eva zu, um dann ungläubig nachzufragen: »Stimmt es, was die Ulla sagt? Wir sollen morgen beim Silvesterball servieren?«

»Das stimmt«, antwortete Eva. »Es sind zu viele Kellner krank. Ersatz gibt es nicht, da morgen auch in vielen anderen Hotels gefeiert wird. Also müssen wir ran. Ich zeige euch, worauf es ankommt.«

Eva führte den beiden vor, wie Wein einzuschenken war, und wiederholte die Belehrungen, die sie von Jean erhalten hatte. Nach einigen Minuten erschien auch Ida. Viel Zeit, sich nach den Weihnachtsferien zu begrüßen, hatten sie nicht. Auch die Frage, wie es ihnen ergangen war, musste verschoben werden. Es galt, wie Eva noch einmal eindringlich erklärte, kräftig zu lernen, damit sie es den spottenden Kellnern und Köchen zeigen konnten.

»Wichtiger als die sind allerdings Frau Zöpfel, der Herr Karch und die Madame«, fügte sie hinzu. »Die müssen mit uns zufrieden sein. Was die anderen denken, kann uns wurst sein.«

»So ganz wurst nicht! Die Kerle haben sich aufgeführt, als hätten wir weniger Hirn als eine Henne«, fauchte Ulla, die am meisten unter dem Spott der Männer gelitten hatte.

»Wir zeigen es ihnen!«, versprach Eva und setzte ihren Unterricht fort. Nachdem sie ihren Mitstreiterinnen demonstriert hatte, wie was zu tun war, forderte sie sie auf, es ihr gleichzutun.

Sie lernten verbissen und achteten dabei nicht auf die Zeit. Schließlich kam Frau Heister herein. »Wollt ihr heute nicht zu Abend essen?«

»Ist es schon so spät?«, rief Eva erschrocken.

»Ich bin gekommen, weil ich euch vermisst habe. Ihr müsst auch noch alle nach unten zu mir, damit ich letzten Änderungen an euren Kaffeemadl-Kleidern vornehmen kann«, erklärte Frau Heister und wandte sich zum Gehen.

Eva sah unterdessen auf den Tisch, auf dem etliche Gläser, Teller und Schalen standen. »Geht ihr schon vor! Ich räume noch auf.«

»Wir helfen dir«, erwiderte Afra resolut und griff zu.

»Vorsicht! Nicht, dass du was zerbrichst!«, mahnte Eva.

»Da musst du dich nicht sorgen. Ich hab in der Spülküche gelernt, mit Porzellan umzugehen«, antwortete Afra fröhlich.

Gemeinsam brachten sie Geschirr und Besteck weg und kehrten noch einmal zurück, um den Tisch zu säubern. Dann gingen sie in die Belegschaftsküche, um endlich zu essen.

Das übrige Hotelpersonal war mit dem Essen fast fertig, als sie ihre Portionen abholten. Im Gegensatz zur Kursaison wurde nur ein gutes Viertel der Angestellten auch im Winter beschäftigt. Zumeist ging dies auf Kosten der Zimmermädchen, von denen in dieser Jahreszeit nicht mehr so viele gebraucht wurden, und auf Kosten der Frauen in der Wäscherei, denn es mussten auch weniger Bettwäsche, Handtücher und Arbeitskleidung gewaschen werden. Von den Kellnern blieben meist mehr im

Hotel, da nicht nur der große Ball zu Silvester anstand, sondern auch während der Faschingszeit gefeiert wurde.

Diesmal waren die Tische der Kellner und auch die der Köche weitaus spärlicher besetzt als sonst um diese Zeit, denn es waren einfach zu viele von ihnen krank geworden. Diejenigen, die noch da waren, ließen Löffel oder Gabeln sinken und starrten die vier mit verzweifelter Hoffnung an. Jean und seine Kollegen wussten, dass es Spitz auf Knopf stand und sie dringend auf die Unterstützung der vier Kaffeemädchen angewiesen waren. Lust, dumme Sprüche zu reißen, hatte daher keiner mehr.

»Was zieht ihr morgen eigentlich an?«, fragte schließlich einer.

»Hosen und Frack wie ihr«, antwortete Ulla, die der Versuchung, die Kollegen zu necken, nicht widerstehen konnte.

»Ich weiß nicht, ob dein H… hm … äh, in eine Hose hineinpasst!«, rief Frau Heister lachend, da die vier jungen Frauen zwar schlank waren, aber doch etwas kräftigere Hüften aufwiesen als die Männer.

»So viel ich gehört habe, kommt ihr in Röcken und Blusen«, sagte Jean. »Jedenfalls sagt Frau Zöpfel, dass ihr gut aussehen werdet. Das ist auch gar nicht so schlecht, da die Gäste mehr auf euch schauen werden und nicht so darauf, wie ihr ihnen Essen und Trinken serviert.«

»Anschauen wird man auch das! Ihr werdet Kritik bekommen, wenn ihr nicht so gut seid wie die Kellner. Also reißt euch zusammen und zeigt ihnen, wo der Bartl den Most holt«, sagte Angelika, die auch im Winter die Zimmermädchen anführte. Sie zeigte damit deutlich, auf wessen Seite sie stand. Frau Heister nickte und ebenso Babette Erlacher, die über die Spülküche gebot.

»Ihr vier schafft das schon«, erklärte sie, um Eva und ihre Mitstreiterinnen aufzumuntern.

»Das werden wir. Immerhin hat uns der Herr Jean beigebracht, worauf es ankommt«, antwortete Eva und legte sich die linke Hand auf den Rücken.

»Herr Jean! Wie sich das anhört! Dabei ist er ebenso wenig ein Franzose wie eine Katze ein Hase, auch wenn manchmal so eine als solcher auf den Tisch kommt«, spottete Frau Heister.

»Ist das im Adonis auch schon passiert?«, fragte Eva scheinbar naiv, da sie die Spannung, die sich aufgebaut hatte, lösen wollte. Sie fand sich von mehreren Dutzend zornigen Blicken durchbohrt.

»Im Adonis ist ein Hasenbraten immer ein Hasenbraten von einem Hasen mit langen Ohren und einem Stummelschwanz und nicht wie bei euch auf dem Land von einem Viehzeug mit kurzen Ohren, einem langen Schwanz und einer vor Kurzem gefressenen Maus im Bauch«, erklärte einer der Köche.

»Auch hier in der Belegschaftsküche?«, fragte Ulla keck.

Der Koch hob bereits den Löffel, um ihn ihr an den Kopf zu werfen, senkte ihn dann aber wieder und schüttelte den Kopf. »Kaum brauchst du einmal eines von den Weibern, wird es auch schon frech!«

»Da hast du wenigstens ein Beispiel, was wir uns von euch haben anhören müssen, als wir das Kaffeeservieren gelernt haben«, spottete Ulla und sah dann Eva an. »Eine Katze als Hasenbraten! Auf was du nicht alles kommst.«

Bevor Eva etwas entgegnen konnte, erschien Frau Zöpfel. »Ich sehe, ihr seid noch alle da. Das trifft sich gut, denn ich werde jetzt bekannt geben, wie es heute Abend und morgen weitergehen soll. Alle, die nicht für die Hotelgäste gebraucht werden, müssen mithelfen, den großen Speisesaal für den Ball herzurichten. Heute wird der Saal gereinigt, und die Tische werden so gestellt, wie Herr Karch es euch anschafft.«

»Das darf für die Parade nicht zu eng werden«, wandte Jean ein.

»Was ist die Parade?«, fragte Eva verwundert.

Frau Zöpfel drehte sich zu ihr um. »Die Parade findet morgen eine halbe Stunde vor Mitternacht statt. Es nimmt das gesamte Küchen- und Servierpersonal teil. Ich werde euch anführen. Ihr folgt mir in einer langen Schlange einmal quer durch den Saal, danach geht ihr zu den euch angewiesenen Tischen und stellt jeweils eine Eisbombe darauf. Es muss zügig gehen, damit das Eis nicht schmilzt!«

Von so einer Parade hatten Eva und ihre Mitstreiterinnen noch nie gehört. Bevor sie jedoch fragen konnten, hob die Hausdame die Hand. »Man wird euch morgen die Tische zuteilen. Im Übrigen reiht ihr euch so in die Schlange ein, wie euch gesagt wird. Doch nun weiter zu den Vorbereitungen: Morgen wird nach dem Frühstück der Gäste damit begonnen, den Saal zu dekorieren. Auch dabei müssen alle mithelfen. Was unsere Übernachtungsgäste betrifft, wird ihnen morgen das Mittag- und Abendessen und übermorgen das Frühstück im Festsaal serviert.«

»Wenn man uns sagt, was wir zu tun haben, ist es ja gut«, sagte Afra.

Frau Zöpfel war jedoch noch nicht fertig. »Unsere vier Kaffeemadl werden morgen nach dem Mittagessen wieder bei den Vorbereitungen mithelfen. Um vier Uhr nachmittags geht ihr dann zu Frau Heister und lasst euch dort einkleiden. Danach kommt ihr zu mir hoch, damit ihr zurechtgemacht werden könnt. Wenn das vorbei ist, helft ihr mit, alles so bereitzustellen, dass die Bewirtung der Gäste auch mit geringem Personal möglich ist. Um sechs Uhr abends ist Einlass. Da steht ihr mit den Kellnern zusammen am Eingang des großen Saales, damit die Gäste euch sehen und nicht zu überrascht sind, wenn sie plötzlich von Frauen bedient werden.«

»Wundern werden sie sich ohnehin, doch ich glaube, Eva und die anderen schaffen das«, sagte Jean, und es klang verdammt nach einem Lob.

Nach dem Abendessen strömten die meisten Angestellten in den Saal, um dort mitzuhelfen, während Eva, Afra, Ida und Ulla Frau Heister in die Wäscheausgabe folgten, um ihre neue Kleidung anzuprobieren. Es gab knöchellange Röcke mit Falten, sodass diese nicht zu sehr auftrugen. Die Blusen waren weit genug, um nicht anstößig zu wirken, und die Mieder wirkten mit der Doppelreihe an Messingknöpfen direkt edel.

Eva spürte, wie die neue Kleidung die Stimmung ihrer Kolleginnen hob.

»Jetzt sehen wir wenigstens nimmer wie Stubenmadl aus, die man zum Servieren abgestellt hat«, meinte Ida.

»Das kann sich ein Hotel wie das Adonis auch nicht leisten!«, sagte Frau Heister und lächelte aufmunternd.

Ihr gefielen die vier in ihrer neuen Tracht, am meisten jedoch Eva, die sie mit einer unvergleichlichen Eleganz trug. Die anderen richteten sich unbewusst nach ihr. Dabei war das Mädchen erst siebzehn Jahre alt. Wenn Eva so weitermacht, wird sie irgendwann einmal Frau Zöpfels Nachfolgerin werden, dachte Wanda Heister. Für das Adonis wäre dies gewiss kein Schaden.

* * *

Eva und ihre Kolleginnen hielten sich nicht lange bei Frau Heister auf, sondern eilten, nachdem sie sich erneut umgezogen hatten, nach oben, um bei den Vorbereitungen zu helfen.

Als sie zu später Stunde in die Betten sanken, träumte Eva wirr. Sie musste in einem überfüllten Eisenbahnwaggon servieren und hatte Mühe, durch die Menge zu kommen. Auch passte den Leuten das nicht, was sie ihnen brachte, und zuletzt erklärte Frau Zöpfel ihr, dass sie vollkommen unfähig sei. Als sie in Tränen ausbrach, kam Franz, nahm sie in den Arm und tröstete sie. »Nimm es dir nicht so zu Herzen! Morgen ist ein neuer Tag, und da kannst du erneut beweisen, was du wert bist.«

Als Eva erwachte, hatte sie für einen Augenblick das Gefühl, Silvester läge bereits hinter ihr, und sie hätte versagt. Erst als Afra aufstand und meinte, sie sei gespannt darauf, wie sie den Silvesterball hinter sich bringen würden, begriff Eva, dass sie nur geträumt hatte.

Nun galt es, sich anzuziehen und zu frühstücken. Es gab viel zu tun, und wenn die Gäste um achtzehn Uhr eintrafen, musste alles perfekt vorbereitet sein.

Kaum hatten sie ihren Zichorienkaffee getrunken und ein Schmalzbrot gegessen, ging es auch schon los. Im Saal wurden bunte Girlanden aufgehängt und die Tische mit großen Tafelaufsätzen, frischen Tannenzweigen, an denen Glaskugeln steckten, sowie goldbemalten Walnüssen so überreich geschmückt, dass Eva sich fragte, wo die Gläser, Teller und Terrinen noch Platz finden sollten.

Auch Frau Zöpfel und Ludwig Karch arbeiteten mit. Unter ihren Augen waren alle besonders eifrig, und Eva fragte sich, ob die beiden einfach nur mithelfen oder die anderen durch ihr Beispiel anspornen wollten.

Als es auf Mittag zuging, winkte Frau Zöpfel ihr und den drei anderen Kaffeemädchen, mit der Arbeit aufzuhören.

»Geht nach unten, wascht euch Gesicht und Hände, und kommt dann in die Küche! Dort holt ihr das vorbereitete Essen für Frau Karch, Herrn Karch und mich. Ihr werdet uns in Frau Karchs privatem Salon bedienen.«

Die vier knicksten und sahen dann einander an.

»Das ist ein ganz schöner Weg von der Küche bis zum Salon der Madame. Da werden wir einige Male laufen müssen«, sagte Ulla mit einem Seufzer.

Eva schüttelte den Kopf. »Wir nehmen einen Servierwagen. Das spart Zeit und Weg.«

»Auf den Kopf gefallen bist du wahrlich nicht«, erwiderte Afra anerkennend.

»Man muss sich zu helfen wissen«, antwortete Eva feixend.

»Können wir die Servierwagen nicht auch heute Abend nutzen?«, fragte Ulla.

»Das geht leider nicht«, erwiderte Eva. »Aus der Küche wird man damit wahrscheinlich die Speisen in den Vorraum bringen. Von dort aber müssen wir jedes Gericht einzeln servieren. Das gebietet die Höflichkeit den Gästen gegenüber.«

»Vor allem muss man sie einhändig bedienen. Das ist wirklich eine Narretei!« Ulla fauchte leise, denn sie hielt diese Regel für sinnlos.

Eva zuckte mit den Schultern. »Wenn man es hier so will, müssen wir es eben so machen. Aber jetzt kommt! Sonst kriegen wir einen Anpfiff von Frau Zöpfel, weil wir saumselig sind.«

Sie eilten los, wuschen sich rasch, aber gründlich und traten kurz darauf in die Küche. Dort standen die Speisen für die Hotelbesitzerin, ihren Neffen und die Hausdame schon bereit.

»Als Erstes bringt ihr die Suppe hin. Zehn Minuten später die Vorspeise, nach weiteren zehn Minuten die Hauptspeise, und eine halbe Stunde darauf den Nachtisch«, erklärte ihnen der Koch.

»Und wo sollen wir die Zeit ablesen?«, fragte Ulla bissig.

Der Koch wies auf eine große Wanduhr. »Wir richten uns nach der. Deshalb sollen zwei von euch immer in die Küche zurückkommen, damit sie wissen, wann sie wieder gehen müssen.«

»So machen wir es«, bestätigte Eva. »Zwei bringen die Speisen, und zwei bedienen. Wir wechseln uns bei jedem Gang ab.«

»So ist es richtig!«, lobte der Koch. »Da kriegt jede von euch mit, wie das geht, damit ihr es für heut Abend wisst. So, wie es aussieht, wird jede von euch einen Tisch übernehmen müssen. Ihr solltet euch noch zeigen lassen, wie ihr Weinflaschen öffnet. Ich glaube nicht, dass genügend Kellner da sind, um euch dabei helfen zu können.«

»Auch das noch!«, stöhnte Ulla.

»Wir werden wohl noch ein paar Flaschen aufkriegen!«, sagte Eva kämpferisch und stellte die Suppenterrine auf einen Servierwagen.

»Weißt du, ob im Salon der Madame der Tisch bereits gedeckt ist?«, fragte sie den Koch.

»Ich glaube nicht«, antwortete dieser, woraufhin Eva rasch Teller und Besteck auf einen zweiten Servierwagen legte.

»Vergiss die Servietten nicht!«, rief der Koch ihr zu.

Auch die wanderten auf den Wagen, dann fuhren sie los. Als sie Frau Karchs Salon erreichten, klopfte Eva und öffnete nach einem knappen »Herein!« der Madame die Tür.

Wie vermutet, hatte man den Tisch noch nicht gedeckt. Eva war daher froh um den Unterricht, den Jean ihr am Vortag erteilt hatte. Sie stellte die Teller hinauf, legte die Bestecke hinzu und begann, die linke Hand vorschriftsmäßig auf dem Rücken, die Suppe mit dem Schöpflöffel einzufüllen. Danach trat sie zurück, winkte Afra und Ida, dass die beiden bleiben sollten, und kehrte mit Ulla in die Küche zurück, um zum richtigen Zeitpunkt den nächsten Gang zu bringen.

Diesen legten Afra und Ida vor. Auch das klappte, obwohl Ida einmal die linke Hand benützen musste, um nichts zu verschütten. Den Hauptgang servierten wieder Eva und Ulla. Diese hatte von allen Kolleginnen die wenigste Erfahrung, und Eva schien es ratsam, wenn sie es schon einmal geprobt hatten, bevor sie die versammelten Pferdezüchter bedienen mussten.

Während dieser Zeit musterte Eva verstohlen die Mienen von Frau Karch, ihrem Neffen und der Hausdame. Die Hotelbesitzerin wirkte wie meistens unnahbar, ihr war keine Regung abzulesen. Ludwig Karch hingegen schien gut gelaunt, während Frau Zöpfel sichtlich angespannt war. Das wunderte Eva nicht, denn auf ihr lastete die meiste Verantwortung. Wenn etwas schieflief, blieb es an ihr hängen. Den eigenen Neffen würde die Hotelbesitzerin kaum zum Teufel jagen. Eine Hausdame hingegen, die in den Augen der Madame versagt hatte, durfte wohl kaum damit rechnen, noch länger beschäftigt zu werden.

Auch deshalb nahm Eva sich vor, alles zu tun, damit der Ball der Pferdezüchter kein Fiasko wurde. Sie mochte Frau Zöpfel und wollte keinesfalls, dass diese ihretwegen in Schwierigkeiten geriet.

Kaum war das Essen vorbei, der Tisch abgedeckt und die vier Kaffeemädchen verschwunden, wandte Ludwig Karch sich mit zuversichtlicher Miene an seine Tante. »Die Madln sind geschickt! Wenn sie die Gäste so bedienen wie uns eben, wird es gelingen.«

»Ich wünschte, wir müssten sie nicht einsetzen! Es dürfte Aufsehen erregen, und einige Herren aus der Pferdezüchtervereinigung könnten darauf dringen, ihre nächste Veranstaltung nicht mehr in meinem Hotel abzuhalten«, sagte Frau Karch. Düster starrte sie vor sich hin. Um die knapp dreißig Tische im großen Saal bedienen zu können, hätte sie weitaus mehr Kellner benötigt, als zur Verfügung standen. Selbst die vier Kaffeemädchen waren nicht mehr als ein Tropfen auf einem heißen Stein. Doch gerade von ihnen hing es ab, ob der Ruf des Adonis untadelig bleiben oder Schaden nehmen würde.

Der Silvesterball

Als es vier Uhr wurde, eilten Eva und ihre Kolleginnen zu Frau Heister in die Wäscheausgabe, um sich für den Abend umzuziehen.

»Da wären wir!«, sagte Afra, als sie eintraten.

»Das sehe ich«, antwortete Wanda Heister und musterte die vier. »Habt ihr euch noch einmal gewaschen?«

»Das haben wir«, antwortete Eva.

»Und zwar gründlich!«, setzte Ulla hinzu.

»Sehr gut. Zieht euch jetzt um!«

Wanda Heister reichte den vieren die für sie bestimmte Kleidung und sah zu, wie sie die neuen Sachen anzogen. Die Mädchen waren alle noch recht jung und Eva mit ihren siebzehn Jahren die Jüngste. Doch auch Afra zählte als Älteste gerade einmal dreiundzwanzig Jahre. Hübsch waren sie alle. Frau Heister wunderte sich nicht darüber, denn immerhin hatte Ludwig Karch die Mädchen ausgewählt.

Eva und Ida waren blond, Afra brünett, und Ullas Haare waren so dunkel, dass sie beinahe als schwarz gelten konnten. Als Zimmermädchen, Spülerin oder Wäscherin hatten sie Häubchen getragen. Daher erwarteten sie, auch jetzt welche zu bekommen.

Eva strich sich eine Haarsträhne aus dem Gesicht und sah Frau Heister an. »Wir müssen mit den Haaren etwas tun. So stören sie uns.«

»Sollen wir sie vielleicht so kurz abschneiden wie Kellner?«, fragte Afra nicht ganz ernst gemeint.

»Das wäre zu überlegen.« Wanda Heister lachte hell auf und wies nach oben. »Doch jetzt sollt ihr euch bei Frau Zöpfel melden.«

»Dann tun wir das auch.« Bevor sie ging, sah Eva noch einmal an sich hinab. »Die Kaffeemadln im Cafépavillon des Pupp tragen Schürzen. Aber wir haben keine!«

»Wenn ihr später im Cafésalon serviert, bekommt ihr welche. Heut muss es ohne gehen. Oder habt ihr schon einmal einen Kellner mit Schürze gesehen?«

Ida lachte. »Das wäre ein Anblick!«

»So, und jetzt husch nach oben! Die Frau Zöpfel wartet schon auf euch«, mahnte Wanda Heister die vier.

»Wir sind schon unterwegs! Danke schön noch einmal, dass Sie alles rechtzeitig fertig gemacht haben«, sagte Eva.

»Ich muss gleich in der Küche mithelfen. Jemand muss ja die Erdäpfel schälen«, erwiderte Frau Heister und schloss sich der Gruppe an. Mehrere ihrer Untergebenen folgten ihnen, da sie ebenfalls für die Küche eingeteilt waren.

Im Erdgeschoss trennten sie sich. Während Frau Heister mit ihren Wäscherinnen die Küche betrat, gingen Eva, Afra, Ida und Ulla weiter zu Frau Zöpfels Büro.

Als sie nach dem Klopfen eintraten, sahen sie zu ihrer Überraschung neben der Hausdame und Ludwig Karch auch eine fremde Frau im Raum stehen.

»Da seid ihr ja endlich!«, erklärte Frau Zöpfel in einem Ton, als hätte sie bereits seit Längerem auf die vier gewartet. »Die Erste von euch soll sich setzen«, fuhr sie fort und wies auf einen Stuhl, der mitten im Raum stand.

Da ihre Kolleginnen zögerten, nahm Eva Platz. Die Fremde trat neben sie und griff ihr in die Haare.

»Sehr schön!«, meinte sie dabei. »Die meisten Damen von Stand dürften dieses Mädchen um seine Haarpracht beneiden. Es wird sehr gut aussehen.«

»Was soll das?«, fragte Eva verwundert.

»Herr Karch lehnt es ab, euch Serviermädchen Hauben aufzusetzen. Ihr würdet sonst wie Stubenmadl aussehen, sagte er. Daher wird Frau Bencova euch die Haare aufstecken und mit einem Haarnetz befestigen«, sagte die Hausdame und forderte die Friseurin auf, anzufangen. »Wir haben nicht alle Zeit der Welt«, setzte sie bissig hinzu.

»Stillhalten!«, wies die Friseurin Eva an und machte sich ans Werk.

Es ziepte, und einmal pikste sie Evas Kopfhaut mit einer Haarnadel. Nach einiger Zeit legte sie vorsichtig ein Haarnetz über die Frisur.

»Ich glaube, so geht es«, meinte sie zufrieden.

Eva konnte sich nicht sehen, sah aber den überraschten Gesichtern der Hausdame und Herrn Karchs an, dass sie für diese einen ungewohnten Anblick bot.

Frau Zöpfel fasste sich rasch wieder. »Und nun die Nächste!«

Eva sah es als Aufforderung, aufzustehen und Platz zu machen. Nun setzte sich Afra hin, und Eva sah zu, wie Frau Bencovas kunstvolle Hände ihre Kollegin veränderten. Afra wirkte auf einmal ein wenig älter und sehr gediegen.

Auch Ludwig Karch musterte kurz Afra, dann kehrte sein Blick zu Eva zurück. Sie ist die Schönste der vier, dachte er. Schon als Stubenmadl war sie ihm aufgefallen, nun aber konnte er den Blick kaum von ihr lassen.

Da erklang Frau Zöpfels Stimme. »Eva und Afra, ihr könnt schon zu den Kellnern gehen und diesen bei den Vorbereitungen helfen!«

»Es gibt noch eine Sache, die ich ansprechen muss«, wandte Eva ein. »In der Küche meinte jemand, dass wir auch Weinflaschen aufmachen müssten. Aber das haben wir noch nie getan!«

»Dann wird es Zeit, dass ihr es lernt. Das übernehme ich!«, erklärte Ludwig Karch.

Die Hausdame krauste die Stirn. »Kann das nicht auch einer der Kellner übernehmen?«

»Die sind alle beschäftigt«, antwortete Karch lächelnd und trat zur Tür. »Kommt mit!«, forderte er Eva und Afra auf, und die beiden folgten ihm, während Frau Zöpfel verärgert hinterhersah.

Die jungen Frauen waren hübsch, und es war nicht zu übersehen, wie gut sie Ludwig Karch gefielen. Frau Karch duldete jedoch keine Liebschaften unter den Hotelbediensteten, und am wenigstens eine, an der ihr Neffe beteiligt war.

* * *

Im Vorraum des großen Saales wurde alles so vorbereitet, dass die Kellner nur kurze Wege zurücklegen mussten und rasch auftischen und nachschenken konnten. Ludwig Karch nahm einen Korkenzieher und eine Rotweinflasche, drehte den Korkenzieher in den Korken und zog diesen geschickt heraus.

»So geht das«, sagte er lächelnd. »Wenn die Flasche offen ist, füllst du den Wein etwa einen Daumennagel hoch in ein Glas und reichst es dem Herrn, der die Flasche bestellt hat. Er wird den Wein probieren und dir sagen, ob er in Ordnung ist oder nach Kork schmeckt.«

Ludwig Karch schwenkte das Glas ein wenig, roch daran und trank zuletzt einen kleinen Schluck. »Der ist in Ordnung! Es würde mich auch wundern, wenn es anders wäre, denn wir beziehen nur erstklassige Weine. Doch nun versuch du es!« Damit reichte er Eva eine Flasche Rotwein und den Korkenzieher.

Diese starrte darauf und schluckte. Sich zu weigern, war jedoch unmöglich. Daher nahm Eva die Flasche, setzte den Korkenzieher an und bemerkte rasch, dass dieser schief saß.

»Du musst darauf achtgeben, dass er sich gerade in den Korken hineinbohrt. Sonst könnten kleine Korkstücke in den Wein geraten, und dann kann er nicht mehr ausgeschenkt werden«, mahnte Ludwig Karch.

Eva biss die Zähne zusammen und versuchte es erneut. Diesmal saß der Korkenzieher richtig. Ihn herauszuziehen war jedoch eine andere Sache. Bei Ludwig Karch hatte es spielerisch ausgesehen. Sie war jedoch kurz davor, die Flasche zwischen die Knie zu klemmen. Sie zog mit aller Kraft, spürte mit einem Mal, wie der Korken sich lockerte, und zog ihn heraus. Danach legte sie den Korkenzieher beiseite, goss ein wenig Wein ein und reichte das Glas Ludwig Karch. Dieser probierte und nickte. »Der ist ganz gut! Wie du siehst, hast du es geschafft. Du solltest dabei nur nicht so angestrengt schauen. So sieht es aus, als müsstest du einen Ochsen am Schwanz durch eine Tür zerren.«

Afra gluckste, wich aber zurück, als Ludwig Karch sie aufforderte, ebenfalls eine Weinflasche zu öffnen.

»Es ist besser, wenn einer der Kellner oder Eva es machen«, sagte sie. »Ich habe Angst, so auszusehen, als würde ich einen Elefanten am Schwanz hinter mir herziehen.« Afra war nicht entgangen, wie schwer Eva sich getan hatte, und befürchtete nun, es selbst nicht zu schaffen.

Ludwig Karch sagte sich, dass man einen Jagdhund nicht zum Jagen tragen sollte, und nickte. »Ich sage den Kellnern, dass sie ein Auge auf eure Tische haben sollen.«

Über Evas Gesicht huschte ein Schatten. Wie sollten sie beweisen, dass sie als Serviererinnen nicht schlechter waren als die Kellner, wenn sie schwierige Arbeiten an diese abschoben.

Die Zeit drängte jedoch zu sehr, um ein ernstes Wort mit Afra sprechen zu können. Da Ida und Ulla hereinkamen, erteilte Ludwig Karch ihnen den Befehl, mitzuhelfen, genug Weinflaschen nach oben zu bringen.

»Stellt den Weißen kalt! Wir brauchen dadurch zwar mehr Eis, müssen aber nicht so oft in den Weinkeller laufen, um nachzuholen. Ebenso halten wir es mit dem Champagner«, setzte er hinzu und riet ihnen, Servierwagen zu nehmen und den Aufzug zu benutzen.

»Wenn der Pikkolo dort Sperenzien macht, dann sagt ihm, ich hab es so angeschafft. Er kann ja fragen kommen, ob das stimmt«, rief er noch und ging weiter, um die Vorbereitungen an anderer Stelle zu überprüfen.

»Kommt!«, forderte Eva ihre drei Mitstreiterinnen auf und besorgte sich einen Servierwagen.

Die nächste halbe Stunde waren sie damit beschäftigt, Flaschen und Kühlgefäße nach oben zu bringen. Die Flaschen, bei denen es wichtig war, wurden in Eis gepackt.

»Merkt euch die Etiketten!«, riet ihnen Jean. »Die Herrschaften verlangen nicht einfach nur einen weißen oder roten Wein, sondern nach einem Terlaner, einem Gumpoldskirchner, einen Tokajer, einem Burgunder oder einem Bordeaux. Wir haben die Flaschen entsprechend aufgeteilt. Wenn ihr achtgebt, dürfte es keine Probleme geben.«

»Ihr müsst sie uns aber aufmachen!«, sagte Afra, der es graute, es selbst tun zu müssen.

»Ja, ja!«, antwortete Jean und war mit seinen Gedanken bereits ganz woanders. »Jede von euch bekommt einen Tisch zugeteilt. Normal sind wir immer zu zweit. Diesmal fehlt uns dafür das Personal. Ihr nehmt die vier Tische dort in der Ecke. Da sitzen nachrangige Leute – und wenn die sich beschweren sollten, ist es nicht so schlimm. Macht eure Sache aber trotzdem gut!«

Das werden wir, schwor Eva sich. Da die Vorbereitungen fürs Erste abgeschlossen waren, forderte sie die drei anderen auf, mitzukommen und sich die ihnen zugewiesenen Tische anzusehen. Diese befanden sich in der entferntesten Ecke, und sie hatten vom Vorraum bis dorthin einen ziemlich weiten Weg zu gehen.

»Wir werden aufpassen müssen, dass wir nicht mit den Kellnern zusammenstoßen«, sagte Eva und fragte, welche Tische ihre Kolleginnen haben wollten.

Kaum hatten sie sie unter sich aufgeteilt, erklang Jeans Ruf, dass es auf sechs Uhr abends zugehe und alle am Eingang des Saales Aufstellung nehmen müssten.

* * *

Vor dem Eingang des großen Saales hatte man einen Tisch aufgebaut. An ihm saß Frau Heister, die diesmal nicht ihre übliche Arbeitskleidung trug, sondern ein gutes Kleid. Sie hatte eine lange Liste vor sich liegen, und in der rechten Hand hielt sie einen Stift, um die Namen der eingeladenen Gäste abzeichnen zu können.

Noch kam niemand, daher hatte sie kurz Zeit, Eva zuzuzwinkern. Im nächsten Augenblick wurden das Mädchen und ihre Kolleginnen auf ihre Plätze gescheucht. Direkt am Eingang des Saales standen der Hoteldirektor Ludwig Karch, die Hausdame Frau Zöpfel und Jean als Vertreter des erkrankten Oberkellners. Ihnen schlossen sich die anderen Kellner in einer langen Reihe an, während Eva und ihre drei Kolleginnen an das Ende der Schlange gestellt wurden. Zuletzt trat Frau Karch neben sie.

»Sollten Sie nicht ganz vorne stehen, Madame?«, fragte Eva überrascht.

»Ich halte es so für besser, wenn die Gäste mehr auf mich und weniger auf euch achten«, erklärte die Hotelbesitzerin kühl, als traute sie ihnen nicht mehr zu, als den Kellnern ein wenig zur Hand zu gehen.

»Vielleicht sollten wir uns erst gar nicht mit aufstellen«, antwortete Eva vergrätzt.

»Da ihr bedienen werdet, müssen die Gäste euch sehen, um darauf vorbereitet zu sein«, sagte Frau Karch um keinen Deut freundlicher.

Eva wechselte kurze Blicke mit ihren Mitstreiterinnen. Wir werden es Madame zeigen, sagte sie sich. Die anderen schienen das Gleiche zu denken, denn sie nickten. Vor Weihnachten hatten die Köche und Kellner sie nach Strich und Faden verspottet. Jetzt mussten sie die Kranken ersetzen und fühlten sich von ihrer obersten Chefin trotzdem nicht ernst genommen.

Als erste Gäste erschienen der Vorsitzende der Pferdezüchtervereinigung samt Gattin, Sohn und Tochter. Die vier schritten an den aufgereihten Kellnern vorbei, als wären diese nicht vorhanden. Beim Anblick der vier jungen Frauen wirkten sie irritiert, sahen dann aber Frau Karch und richteten ihre Aufmerksamkeit auf sie.

»Grüß Gott, Frau Karch! Wieder geht ein Jahr zu Ende, und wir versammeln uns in diesen Hallen, um dem alten Jahr Valet zu sagen und das neue willkommen zu heißen«, sagte der Vorsitzende.

»Herzlich willkommen, Herr von Hupfer! Ich freue mich sehr, dass Ihre Vereinigung der Pferdezüchter dieses Bezirks auch in diesem Jahr seinen Jahresabschlussball in meinem Adonis feiert.«

Frau Karch klang in Evas Ohren arg liebedienerisch. Dabei musste sie selbst sich beherrschen, um wegen des Namens von Hupfer nicht zu kichern. Sehr altadelig schien dieser ja wirklich nicht zu sein.

Nun löste sich Jean aus der Reihe und führte von Hupfer und seine Begleitung zu ihrem Tisch. Er würde dort auch gleich die Bestellung der Getränke aufnehmen und dann warten, bis die restlichen Gäste kamen, die am Tisch des Vorsitzenden der Pferdezüchtervereinigung Platz nehmen durften.

Eva fragte sich, wen sie und ihre Kolleginnen führen mussten. Laut Jean waren es Bauern aus der Umgebung, die ohne größere Bedeutung waren.

Die nächsten Gäste trafen ein und wurden zu ihren Tischen geleitet. Es war kein Schwall, sondern ein steter Strom, den Frau Heister steuerte, indem sie die Teilnehmer des Silvesterballs in ihre Liste eintrug und gruppenweise in den Saal schickte.

Die Schlange der Kellner wurde immer kürzer. Schließlich stupste der Letzte davon Eva kurz an. »Das sind jetzt die meinen. Die Nächsten, die kommen, übernimmst du. Gib es an die anderen weiter!«

Eva nickte und sah zu, wie er seine Tischgäste mit einer Verbeugung empfing und sie zu ihrem Tisch führte. Nur wenige Sekunden später kam eine Gruppe herein, der die ländliche Abkunft anzusehen war. Eva wisperte Afra zu, dass die Nächsten für sie seien, trat dann vor und knickste. »Herzlich willkommen im Adonis! Wenn Sie mir bitte folgen wollen.«

Zwar wirkten die Leute überrascht, sie kamen aber sofort mit. Eva führte sie zu ihrem Tisch, rückte dort die Stühle zurecht und fragte, was die Herrschaften zu trinken wünschten.

»Für uns Männer ein Bier und für die Frauen ein Kracherl!«, erklärte der Mann, der die Gruppe anführte.

Eva verkniff es sich zu fragen, ob ein Krug Bier für die vier Männer und eine Limonade für die gleiche Zahl Frauen nicht etwas wenig wäre. Zu ihrer Erleichterung wirkten die Gäste vom Land tatsächlich nicht so hochnäsig wie manche Städter oder gar Leute von Stand. Zudem waren sie von ihren Dorfwirtshäusern weibliche Bedienungen gewöhnt.

»Wie die Herrschaften wünschen«, sagte sie und eilte los, um das Verlangte zu bringen. Als sie die Schanktheke erreichte, sah sie Frau Zöpfel an einem Tisch an der Wand sitzen und eine Liste führen.

»Wenn ihr Getränke holt, meldet ihr es mir und dann später Frau Heister, die es wiederum übernimmt, damit wir es eintragen können. Das gilt auch für Wein und so weiter. Sag es auch den anderen!«, rief sie Eva zu.

Sie nickte und meldete, dass sie vier Bier und vier Limonaden hole. Nachdem alles eingeschenkt war, kehrte sie in den Saal zurück. Mittlerweile waren auch Afras und Idas Tische besetzt. Anders als die besseren Herrschaften waren ihre Leute tischweise gekommen, und so mussten sie nicht auf Nachzügler warten. Eva raunte den beiden zu, dass sie die Getränke Frau Zöpfel nennen mussten, und teilte an ihrem die gewünschten Bestellungen aus.

»Haben die Herrschaften schon die Speisen gewählt?«, fragte sie, da nur der Patriarch der Gruppe eine Speisekarte in der Hand hielt.

Jetzt griffen alle so hastig danach, dass Eva eine beschwichtigende Handbewegung machte. »Suchen Sie in aller Ruhe aus! Der Abend dauert noch länger.«

Einer der Männer lachte. »Mindestens bis nach Mitternacht! Aber bis dorthin wollen wir gegessen haben.«

Die jüngste der Frauen sah zu Eva auf. »Gibt es heuer wieder dieselbe Eisbombe wie im letzten Jahr?«

»Dieselbe nicht, sondern eine neue!« Diesmal konnte Eva sich nicht zurückhalten, schämte sich aber gleichzeitig wegen ihres Spotts. Sie kam selbst vom Land und wusste doch, wie die Leute dort redeten.

»Dieselbe wär auch über den Sommer geschmolzen«, sagte einer der Männer und tippte die junge Frau zärtlich an. »Du kriegst schon dein Eis, Schatzerl!«

Nun tranken die Männer, und sie hatten einen guten Zug. Aus den Augenwinkeln sah Eva, wie Afra drei Bier und fünf Limo zu ihrem Tisch brachte. Dort hatten drei Männer, drei Frauen und ein Mädchen von vielleicht vierzehn Jahren und ein Junge etwa im gleichen Alter Platz genommen.

Auch Ida brachte mittlerweile die Getränke. An ihrem Tisch schien eine Sippe zu sitzen, die von einer alten Matriarchin kommandiert wurde. Nur ein einziger Mann, der auch schon über fünfzig sein musste, erhielt ein Bier. Für alle anderen wurde Limonade aufgetragen.

Als Letzte kamen Ullas Tischgäste heran. Auch sie wirkten ländlich, und der Anführer der Gruppe entschuldigte sich bei Ulla, weil sie eine Viertelstunde zu spät gekommen seien. Von Hupfer würde so etwas nie tun, dachte Eva, mahnte sich dann aber selbst zur Eile, da zwei Bierkrüge an ihrem Tisch leer geworden waren.

Als sie mit vollen Krügen zurückkam und diese hingestellt hatte, zupfte Ulla sie am Ärmel. »Die meinen wollen einen Weißen. Welchen soll ich nehmen? Und wer macht mir die Flasche auf?«

Da die Gäste ihres Tisches noch immer die Speisekarte studierten, hatte Eva ein wenig Zeit. »Ich hol dir den Wein. Bring du die anderen Getränke«, sagte sie leise zu Ulla und ging in die Vorkammer, um aus den bereitgestellten Weinen eine Flasche auszusuchen. Da sie Ullas Tischgäste nicht so einschätzte, als wären es wahre Weinkenner, fragte sie einen der Kellner nach dem billigsten Weißwein und nahm diesen samt einem Kühlgefäß mit.

Eva hätte nun einen Kellner auffordern können, ihr die Flasche zu öffnen. Ihr Ehrgeiz war jedoch geweckt, und so nahm sie den Korkenzieher in die Hand. Wie hatte Ludwig Karch gesagt, sie dürfe dabei kein Gesicht machen, als wolle sie einen Ochsen am Schwanz durch die Tür ziehen. Sie bemühte sich daher, ruhig zu wirken, während sie den Korkenzieher eindrehte und daran zerrte.

Ludwig Karch, der durch den Saal schweifte, um da und dort helfend eingreifen zu können, wollte bereits zu Eva hingehen. Doch da hatte diese den Korken bereits gezogen und goss, die linke Hand vorschriftsmäßig auf den Rücken gelegt, ein wenig Wein in ein Glas.

»Du kannst ruhig vollschenken«, meinte der Gast.

»Sie müssen erst probieren, ob der Wein auch gut ist«, sagte Eva lächelnd.

Während der Mann es tat und zustimmend nickte, ließ Ludwig Karch Eva nicht aus den Augen. Sie war nicht nur schön, sondern verfügte auch über eine natürliche Eleganz, gepaart mit einem selbstsicheren Auftreten und einer trotzdem vorhandenen Bescheidenheit. Und es war noch mehr! Ludwig Karch überlegte, wie Eva sich an der Stelle der Hausdame machen würde, und gab sich sogleich die Antwort: Gewiss nicht schlechter als Frau Zöpfel. Sie wäre auf jeden Fall eine gute Gastgeberin und würde auch seine Tante übertreffen.

Ludwig Karch erschrak angesichts dieser kühnen Vorstellung, denn seine Tante würde niemals eine Angestellte aus ihrem eigenen Hotel als Nachfolgerin dulden. Aber Eva wäre auch nicht ihre Nachfolgerin. Der Nachfolger wäre ich, und sie wäre nur meine Ehefrau, meldete sich ein rebellischer Gedanke in seinem Gehirn. Zu seinem Schrecken begriff Ludwig Karch, dass er sich in dieses schöne, intelligente Mädchen verliebt hatte.

Bevor er jedoch weiter darüber nachdenken konnte, erschien Jean und wies auf einen der Honoratiorentische. »Entschuldigen Sie, Herr Karch, aber könnten Sie für diesen Tisch zwei Flaschen Wein besorgen? Der Vinzenz schafft es allein nicht!«

Ludwig Karch nickte und war dankbar, etwas zu tun zu haben, da ihm sonst die ganze Zeit Eva durch den Kopf gegangen wäre.

* * *

Die Kellner hatten an ihren Tischen zu tun, um die unterschiedlichsten Wünsche der Gäste zu erfüllen. Für Eva und ihre Gefährtinnen hingegen erwies es sich als Vorteil, an den hintersten Tischen eingeteilt worden zu sein. Ihre Gäste blieben zumeist bei Bier und Limonade, Wein wurde nur selten verlangt. Auch bestellten sie ihre Speisen nicht quer durch die gesamte Speisekarte. Die Suppe wurde zumeist für den ganzen Tisch geordert. Nur Ida musste für eine Frau eine andere Suppe bringen. Genauso hielten sie es bei den Vorspeisen, und von den Hauptspeisen bestellten die Männer am Tisch das Gleiche und die Frauen gemeinsam etwas anderes. Die Arbeit gestaltete sich daher leichter, als Eva es erwartet hatte, und sie fand zweimal sogar die Zeit, einen Kellner am Nachbartisch zu unterstützen.

Ludwig Karch entging das nicht, und wieder dachte er, dass Eva eine ausgezeichnete Hoteliersgattin werden würde. Ob dies seine Tante ebenso sehen würde, bezweifelte er. Jetzt nimm dich zusammen, ermahnte er sich. Die Eva ist ein nettes Mädchen, aber als der Hotelerbe Karch muss ich mir eine andere suchen. Der Gedanke schmerzte, und er fragte sich, ob er bei einer durch den Verstand ausgewählten Braut Eva wirklich würde vergessen können.

Eva ahnte nichts von dem Eindruck, den sie auf den Neffen der Hotelbesitzerin machte. Sie bediente die Gäste an ihrem Tisch, achtete dabei auf ihre Kolleginnen und räusperte sich mahnend, wenn Ulla vergaß, die linke Hand auf den Rücken zu legen.

Bei der Nachspeise waren die Gäste etwas wählerischer, doch Eva und ihre Kolleginnen bewältigten auch dies. Längst hatten sie ihre Unsicherheit abgelegt und servierten die Getränke ebenso rasch wie die Kellner, allerdings im Gegensatz zu diesen mit einem Lächeln auf den Lippen. Von Hupfer und seine Umgebung mochten auf die ernsten und getragenen Mienen der Kellner Wert legen. Die Gäste an diesen vier Tischen taten es jedenfalls nicht. Einige bedankten sich sogar, wenn Eva, Ulla, Ida und Afra ihnen die Getränke brachten.

Eva erinnerte sich daran, dass es an diesem Abend Musik geben sollte. Aber sie vernahm erst nach dem Essen erste Töne. Es waren zunächst nur einzelne Musikanten, die ihre Instrumente stimmten. Als die Kapelle dann am Rande des Saales Aufstellung nahm, spielte sie als Erstes einen Tusch.

Von Hupfer erhob sich, um seine Silvesteransprache zu halten. An den Tischen der vier Serviererinnen weckte diese offenbar den Durst der Gäste, denn in der nächsten halben Stunde mussten Eva und ihre Kolleginnen öfter für Nachschub sorgen als die Kellner an den gehobeneren Tischen.

Endlich beendete von Hupfer seine Rede mit einem Dank für das zahlreiche Erscheinen der Mitglieder der Pferdezüchtervereinigung und deren Familienangehörigen. Dann erhob er das Glas, um die Erfolge des endenden Jahres zu feiern und jener zu gedenken, die im Verlauf des Jahres verstorben waren.

Zuletzt winkte er den Musikanten gönnerhaft zu und forderte sie auf zu beginnen. Als Erstes spielten sie die Kaiserhymne, die alle Gäste dazu brachte, sich zu erheben. Als danach schmissige Melodien erklangen, ertappte Eva sich dabei, wie sie im Takt mit dem Fuß wippte. Gleichzeitig hätte sie fast übersehen, wie ein Mann an ihrem Tisch den Bierkrug hob, um zu zeigen, dass dieser leer war.

Rasch nahm sie den Krug und eilte los, um einen vollen zu holen. Als sie zurückkam, musste sie Ida anstupsen, die sich ebenfalls von der Musik hatte einfangen lassen.

»Tut mir leid!«, rief diese erschrocken und machte sich auf den Weg, um frische Getränke zu holen.

Eine Frau winkte Eva zu sich. »Habt ihr noch den guten Kirschlikör, der mir im letzten Jahr so gut geschmeckt hat? Da hätten wir gern vier Gläser!«

»Und viermal einen Becher-Likör«, rief einer der Männer.

»Sehr wohl!« Eva knickste und eilte zur Schanktheke im Nebenraum.

»Ich brauche vier Becher und vier Kirschlikör«, sagte sie.

Die beiden Männer, die dort arbeiteten, hatten alle Hände voll zu tun. Daher schob ihr einer acht Gläser und die beiden Likörflaschen hin.

»So einschenken, dass nichts überläuft!«, meinte er dabei.

»Also ist da nichts mit nur ein Drittel einschenken?«, fragte Eva lächelnd.

»Gott bewahre! Die Schnaps- und Likörgläser müssen voll sein«, sagte der Mann noch, um rasch die Bestellung von einem anderen Tisch zu erledigen.

Eva füllte die acht Gläser, meldete den Inhalt Frau Heister, die das Führen der Liste von der Hausdame übernommen hatte, und brachte die Liköre an ihren Tisch.

»Gut hast du eingeschenkt!«, sagte der Patriarch sichtlich zufrieden und hob sein Glas. »Auf das Jahr, das jetzt zu Ende geht, und darauf, dass das neue nicht schlechter wird. Zum Wohl!«

»Zum Wohlsein!«, antworteten die anderen im Chor und tranken.

Der Patriarch betrachtete sein Glas und warf Eva einen Blick zu. »Weißt du, auf einem Bein steht es sich schlecht!«

»Wenn wir so weitertrinken, werden wir ganz schön lustig werden«, wandte eine Frau ein.

»Es ist auch nur ein Mal im Jahr Silvester!«, antwortete der Mann und reichte Eva die leeren Gläser.

Diese brachte sie in den Schankraum und suchte sich frische Gläser, um diese zu füllen.

»So mag ich es«, meinte einer der Schankkellner. »Du hilfst uns wenigstens. Daran sollten sich die Kellnerbüffel ein Beispiel nehmen. Letztes Jahr waren wir zu fünft, und jetzt sind wir bloß zu zweit. Da bräuchte ein jeder von uns noch ein weiteres Paar Arme!«

»Ich sag der Ida und den anderen, sie sollen den Schnaps selber einschenken«, bot Eva an.

Der Schankkellner nickte dankbar. »Das würde uns helfen! Das Bier geht ja, aber bei all dem, was wir sonst ausschenken müssen, sind wir für jede Unterstützung dankbar.«

Eva kehrte in den Saal zurück, teilte ihre Schnäpse und Liköre aus, und winkte dann Afra, Ida und Ulla zu sich, um ihnen zu sagen, dass sie einige Getränke selbst einschenken sollten, um den Männern an der Schanktheke die Arbeit zu erleichtern.

* * *

Zwischendurch trat ein Chor auf und wurde mit warmem Beifall bedacht. Als danach wieder die Musikanten aufspielten, versammelten sich die ersten Paare auf der freien Fläche, um zu tanzen. Für die Kellner und die Serviererinnen wurde dies zu einem Problem, da die Gäste wenig Rücksicht auf sie nahmen und einige davon auch nicht mehr ganz sattelfest waren.

»Jedenfalls ist die Stimmung gut!«, sagte Eva zu später Stunde zu ihren drei Kolleginnen.

»Bei uns gleich gar! Ich hoffe, die Rosse kennen den Heimweg. Ob die Gäste an meinem Tisch den noch finden, bezweifle ich«, sagte Ulla, die eben die siebte Lage serviert hatte.

»Wenigstens haben wir uns nicht blamiert.« Afra klang erleichtert, denn sie hatte einen gewaltigen Bammel vor diesem Abend gehabt.

Auch Eva war froh, dass bisher alles gut gegangen war. Da sah sie Frau Zöpfel herankommen.

»Es ist elf Uhr vorbei! Ihr müsst bald mit rauskommen in den Vorraum. Dort werden bereits die Eisbomben bereitgestellt. Die werden bei der Parade in den Saal getragen. Herr Karch führt uns an, danach komme ich und hinter mir die Kellner nach der Tischreihenfolge. Ihr vier seid die Letzten. Lauft einfach mit. Wenn dann die Kellner zu ihren Tischen gehen, tut ihr das auch und stellt die Eisbombe in die Mitte. Danach teilt ihr das Eis auf kleine Teller auf, die ihr vorher noch holen müsst.«

»Das machen wir lieber gleich«, sagte Eva und wollte los.

»Halt!«, sagte da die Hausdame. »Ich bin noch nicht fertig. Einige Sekunden vor Mitternacht gibt Herr Karch ein Zeichen. Ihr stellt euch dann an die Tische, nehmt ein Schwefelhölzchen, streicht es an und entzündet das Tischfeuerwerk.«

»Das hat uns noch keiner gesagt!«, platzte Ulla heraus.

Eva sah zu ihrem Tisch hin. Bis jetzt hatte sie der Dekoration wenig Beachtung geschenkt. Nun aber stach ihr das aus Pappe gebastelte Schloss ins Auge, das sie für einen netten Tischschmuck gehalten hatte. War da nicht ein Docht genau in der Mitte? Sie machte Frau Zöpfel darauf aufmerksam und sah diese nicken.

»Genau dort zündet ihr das Tischfeuerwerk an! Gebt aber acht, dass eure Gäste sich nicht zu weit vorbeugen. Selbst wenn sie nicht verletzt werden, könnte es Brandflecken auf der Kleidung geben.«

»So gefährlich ist das?«, fragte Ida erschrocken.

»Man muss schon aufpassen«, erklärte Afra.

Anders als Eva, Ulla und Ida hatte sie bereits einmal ein Tischfeuerwerk erlebt. Es war vor einem Jahr in der Belegschaftsküche gewesen. Damals hatte einer der Köche ein »Vulkan« genanntes Ding gekauft, das dann Feuer gespuckt hatte. Allerdings war dieser Vulkan um einiges kleiner gewesen als das Schloss auf ihren Tischen.

»Jetzt wisst ihr es! Wenn ich euch das Zeichen gebe, verlasst ihr den Raum und übernehmt eure Eisbombe«, sagte Frau Zöpfel und erinnerte Eva und ihre Mitstreiterinnen daran, dass es vor dem Tischfeuerwerk noch etwas anderes zu erledigen gab.

»Haben wir überhaupt Schwefelhölzchen?«, fragte Eva.

»Die bekommt ihr, wenn ihr die Eisbomben holt. Da ist nämlich auf jeder eine Kerze, die ihr anzünden müsst!«, erklärte ihr die Hausdame.

»Was nicht noch alles?«, stöhnte Ulla und entschuldigte sich dann, da an ihrem Tisch wieder neue Getränke gefordert wurden.

Auch die drei anderen sahen zu, dass ihre Tischgäste für die nächsten Minuten versorgt waren, und holten dann noch schnell die Teller für das Eis.

Als Eva sie verteilte, bemerkte sie, dass die Kellner den Raum verließen, und nahm auch Frau Zöpfels Zeichen wahr. »Auf geht's!«, sagte sie zu ihren Kolleginnen und ging in den Vorraum. Dort standen die Eisbomben bereit. Sie besaßen die Form eines Serviettenknödels, waren aber um einiges größer, und auf jeder steckte eine Kerze.

»Wer hat noch keine Zündhölzer?«, fragte Ludwig Karch.

Eva, Afra, Ulla und Ida hoben die Hand. Anders als sie hatten die Kellner sich vorbereitet, jeder von ihnen zog ein Schächtelchen mit Schwefelhölzchen aus der Tasche. Auch Evas Gruppe erhielt welche, und sie machten sich bereit, die Kerzen anzuzünden.

»Blast die Zündhölzer danach aus und werft sie in diesen Metallbehälter. Nicht, dass ihr uns das Hotel abbrennt!«, mahnte Ludwig Karch und blickte angespannt auf seine Taschenuhr.

»Jetzt!«, rief er.

Sofort rissen die Kellner die Schwefelhölzchen an und hielten die Flammen an die Kerzendochte. Diese brannten sofort. Auch Eva und Afra schafften es. Bei Ulla dauerte es ein paar Sekunden länger, während Idas Zündholz nicht entflammen wollte.

Rasch entzündete Eva Idas Kerze mit ihrem Schwefelhölzchen, warf es in den genannten Behälter und nahm den Teller mit der Eisbombe in die Hand.

»Jetzt!«, rief Ludwig Karch erneut und schritt los.

Frau Zöpfel folgte ihm als Erste, dann kamen Jean und die Kellner in der Reihenfolge der Nummern ihrer Tische. Eva und die drei anderen Serviererinnen warteten, bis sie an der Reihe waren, und bildeten die Nachhut.

Die Musikkapelle spielte einen Marsch, und die Gäste klatschten im Takt, während sie mit erwartungsvollen Augen zusahen, wie die Eisbomben hereingetragen wurden.

Ludwig Karch und die Kellner begnügten sich nicht damit, einfach nur in den Saal hineinzugehen und sich dann aufzuteilen, sondern schritten an jeder Tischreihe vorbei, damit die Gäste sahen, auf welche Köstlichkeit sie sich freuen konnten.

Eva ging gottergeben mit, atmete aber auf, als die ersten Kellner auf ihre Tische zueilten. Endlich konnten auch sie und ihre Kolleginnen zu ihren Tischen treten. Sie stellten die Eisbomben darauf ab, nahmen jeweils ein Tellerchen in die Hand und stachen die erste Portion ab. Eva schaute dabei mehrfach zu einem der Kellner hinüber. Der schaffte es, allen Gästen so vorzulegen, dass in der Mitte noch eine Eissäule übrig blieb, auf der die noch immer brennende Kerze thronte. Sie versuchte, ihm nachzueifern, aber irgendwann kippte die Kerze doch. Sie fing sie auf und stellte sie neben die Reste der Eisbombe. Damit, so sagte sie sich, konnte sie das Tischfeuerwerk leichter entzünden als mit einem Schwefelhölzchen.

* * *

Während die Gäste dem Eis zusprachen und es untereinander über den grünen Klee lobten, flüsterte Eva ihren Mitstreiterinnen zu, sie sollen ihr die Kerzen übergeben. Sie hielt deren Dochte an die Flamme ihrer Kerze und reichte sie brennend zurück.

»Damit können wir das Tischfeuerwerk anzuzünden«, sagte sie augenzwinkernd.

»Ich habe schon Angst gehabt, es geht mir wieder wie vorhin«, bekannte Ida.

»Genau das wollen wir nicht«, erklärte Eva und sah dann den Patriarchen an ihrem Tisch winken.

»Auch wenn mir der Schampus nicht so schmeckt, so ist es doch Sitte, um Mitternacht damit anzustoßen. Bringe zwei Flaschen!«, forderte er Eva auf.

Weinflaschen zu öffnen hatte sie gelernt, Champagnerflaschen waren jedoch etwas ganz anderes. Ihr blieb jedoch nichts anderes übrig, als die beiden bestellten Flaschen zu holen. Bei Afra war es eine Flasche, bei Ulla drei und bei Ida zwei.

Alle vier sahen einander an wie neugeborene Lämmer bei ihrem ersten Gewitter.

»Wie machen wir das?«, fragte Ulla verzweifelt.

Einer der Schankkellner hörte es und nahm eine Champagnerflasche. »Ihr müsst den Blechverschluss aufdrehen und abnehmen. Dann greift ihr nach dem Korken, dreht ihn ein wenig. Er kommt dann von selbst, schießt dabei aber ziemlich heraus. Achtet also darauf, dass ihr die Flasche nicht auf andere Leute haltet! Zielt auch nicht direkt auf die schönen

Stuckarbeiten an der Decke und den Wänden.« Obwohl er nur so tat, als würde er die Flasche öffnen, begriff Eva trotzdem, was er meinte.

»Soll man den Korken dann nicht besser festhalten, damit er nicht wegfliegt?«, fragte sie.

Der Schankkellner schüttelte den Kopf. »Der Korken soll ja knallen, damit die Leute das Gefühl haben, dass es ein guter Champagner ist. Man muss nur Sorge tragen, niemanden zu verletzen und nichts kaputt zu machen. Schießt daher auch nicht auf die Fenster. Der Frau Karch würde es nicht gefallen, wenn sie morgen, am Neujahrstag, den Glaser holen lassen müsste!«

»Ihr habt es gehört!«, sagte Eva zu ihren Kolleginnen. »Jetzt aber müssen wir uns eilen, damit wir rechtzeitig fertig werden, um das Feuerwerk anzuzünden!«

Sie kehrten in den Saal zurück. Während Afra, Ulla und Ida zögerten, öffnete Eva den Verschluss der ersten Flasche, drehte den Korken ein wenig und richtete den Hals der Flasche so aus, dass er weder auf eine Stuckarbeit noch auf ein Gemälde wies. Der Korken schoss mit einem hörbaren Knall aus der Flasche und fiel ein Stück von ihr entfernt zu Boden. Das Getränk schäumte hoch, und so beeilte Eva sich, es in die bereitgestellten Champagnergläser zu füllen.

Aus den Augenwinkeln sah sie, wie Frau Zöpfel Ulla zu Hilfe kam und Ludwig Karch Idas Flaschen öffnete. Eva entkorkte auch ihre zweite Flasche und half dann Afra, die mit dem Metallbügel der Champagnerflasche kämpfte. Wenig später war auch diese offen, und Afra konnte einschenken.

Nun erntete Eva ein anerkennendes Lächeln von Frau Zöpfel und sah gleich darauf, wie Ludwig Karch seine Uhr aus der Tasche zog.

Er warf einen Blick auf die Zeiger und rief: »Wir haben noch drei Minuten bis Mitternacht!«

Die Kellner schenkten ein letztes Mal nach und stellten sich dann auf, um Punkt zwölf Uhr das Tischfeuerwerk zu entzünden.

Ludwig Karchs Blicke saugten sich förmlich an seiner Uhr fest. Mit einem Mal hob er die Hand, schien für sich zu zählen und rief dann: »Jetzt!« Die Kellner strichen ihre Zündhölzer an und hielten sie an die Dochte der Tischfeuerwerke, während Eva und ihre drei Kolleginnen die brennenden Kerzen dafür benutzten.

Ihre vier Tischfeuerwerke brannten als Erste. Farbige Funken glühten wie kleine Sterne auf, und Feuerstrahlen schossen in die Luft.

Eva hatte so etwas noch nie erlebt und sah mit großen Augen zu, wie die Gäste sich erhoben, mit ihren Tischpartnern anstießen und »Prosit Neujahr!« riefen.

Die Kapelle stimmte erneut die Kaiserhymne an, um das neue Jahr zu begrüßen, und viele Gäste sangen zwar laut, aber nicht mehr ganz taktfest mit.

Die Tischfeuerwerke brannten mehr als eine Minute lang, bevor sie zischend erloschen. Jetzt erst löste Eva sich aus ihrer Erstarrung und eilte herbei, um die leer gewordenen Gläser erneut zu füllen.

Es ging noch eine Weile so weiter. Die Gäste waren lustig, es wurde getrunken, und Herr von Hupfer, der Vorstand des Vereins, trat an jeden Tisch, um den dort sitzenden Pferdezüchtern und deren Familien ein gutes neues Jahr zu wünschen.

Eva war noch nie so lange aufgeblieben wie an diesem Tag und spürte, wie sie immer müder wurde. Wenigstens musste sie die Zeche ihrer Tischgäste nicht selbst ausrechnen, dachte sie erleichtert. Zu Beginn des Balls hatte Frau Zöpfel Liste darüber geführt, was an den einzelnen Tischen getrunken worden war. Danach hatte Frau Heister es von ihr übernommen. Die

Rechnungen wurden den Gästen jedoch nicht sofort präsentiert, sondern mussten erst noch geschrieben und dann mit der Post versandt werden.

Obwohl alles gut gegangen war, atmete Eva auf, als die Gäste an ihrem Tisch schließlich aufbrachen.

»Gut war es!«, sagte der alte Patriarch. »So hat es mir besser gefallen als in den letzten Jahren. Bei den Kellnern habe ich immer das Gefühl gehabt, als müsste ich mich bei ihnen bedanken, dass sie mich überhaupt bedienen. Du aber hast immer freundlich geschaut!«

»Das hast du wirklich!«, stimmte ihm die älteste Frau am Tisch zu.

»Vor allem hast du nicht das Gesicht verzogen, wenn wir ein Bier bestellt haben. Bei den Herren Kellnern hat es da schon Wein und Champagner sein müssen«, setzte ein nicht mehr sonderlich nüchterner junger Mann hinzu.

»Einen schönen ersten Januar und ein gutes neues Jahr!«, sagte Eva und knickste. Als sie sich umdrehte, fiel ihr auf, wie leer der Saal bereits geworden war. Auch die Musikanten waren längst verschwunden.

»Gott sei Dank ist es vorbei!«, sagte Ida stöhnend. »Wär das jeden Tag so, würde ich in die Wäscherei zurückgehen!«

»Und ich zu den Stubenmadln!« Eva atmete tief durch und begann dann, die Gläser und letzten Teller abzuräumen.

»Die ausgebrannten Tischfeuerwerke bringt ihr nach draußen und schmeißt sie in den Abfall. Hier im Saal können sie nicht bleiben. Nicht, dass irgendwo noch ein Funke glimmt und das ganze Hotel in Flammen aufgeht!«, rief Jean ihnen zu.

Eva nickte. Da sie ihren Tisch so weit abgeräumt hatte, nahm sie die Reste der vier Feuerwerkskörper und brachte sie nach draußen, während die drei anderen noch mit ihren Tischen beschäftigt waren.

Die kühle Luft der Winternacht biss ihr ins Gesicht. Rasch warf sie das Zeug auf den Müll und kehrte ins Hotel zurück. Drinnen kam ihr die Luft abgestanden und schal vor, und sie spürte ihre Müdigkeit nun doppelt. Ihre Kolleginnen traten zu ihr.

»Gibt es noch was zu tun?«, fragte Afra.

Frau Zöpfel hatte es gehört und schüttelte den Kopf. »Ihr könnt jetzt zu Bett gehen. Den Rest erledigen wir morgen!«

Erleichtert strebten die vier jungen Frauen dem Ausgang zu. Im Souterrain angekommen, überlegte Eva sich, ob sie wirklich noch die Badestube aufsuchen sollte. Sie tat es dann doch, und ihr Beispiel spornte die drei anderen an, mit ihr zu kommen. Allzu lange hielten sie sich nicht dort auf. Kaum hatten sie die Zähne geputzt und sich notdürftig gewaschen, winkte der Bettzipfel. Sie waren gerade noch in der Lage, einander eine gute Nacht zu wünschen, dann schlossen sie die Augen und dämmerten so schnell weg wie selten zuvor in ihrem Leben.

* * *

Im Traum erlebte Eva den Ball noch einmal, und diesmal ging alles schief. Gerade als Frau Zöpfel sie zornig schalt, wachte sie auf, weil jemand sie an der großen Zehe zupfte. Als sie die Augen öffnete, sah sie Angelika Breitenreiter, ihre frühere Vorgesetzte als Zimmermädchen, neben dem Bett stehen.

»Los, aufwachen! Ihr wollt doch sicher noch etwas vom Frühstück haben. Oder glaubt ihr etwa, für euch wird extra gekocht?«

Eva war so müde, dass sie endlos hätte weiterschlafen können. »Wie spät ist es?«, fragte sie.

»Schon sechs Uhr vorbei! Als Stubenmadl müsstest du bereits arbeiten. Also raus aus den Federn und rein in die Badestube, um den Schlaf aus den Augen zu waschen!«

Angelika klang munter. Zwar hatte sie wie etliche andere am Abend Hilfsarbeiten in der Küche leisten müssen, war aber doch ein paar Stunden früher ins Bett gekommen als Eva und deren Kolleginnen. Sie hätte den vieren gerne ein wenig mehr Schlaf gegönnt. Die Pflicht war jedoch wichtiger als die persönlichen Bedürfnisse.

Dies wusste auch Eva. Sie kämpfte sich aus dem Bett, stieg die Leiter hinab und weckte die anderen.

»Aufstehen! Sonst gibt es kein Frühstück mehr!«, rief sie.

»Brauch kein Frühstück!«, meinte Ulla müde und wollte sich umdrehen und weiterschlafen.

Da zog Angelika ihr die Bettdecke herunter. »Was meinst du, was die Frau Zöpfel sagen würde, wenn es heißt, ihr liegt noch im Bett?«, fragte sie spöttisch.

»Die Frau Zöpfel schläft sicher noch«, sagte Ulla schlaftrunken und wollte ihre Bettdecke wieder über sich ziehen.

»Da täuschst du dich! Die ist schon draußen und inspiziert alles. Wir sollen nach dem Frühstück den Saal aufräumen, damit er den Hausgästen zu Mittag zur Verfügung steht. Also kommst du jetzt, oder willst du warten, bis Frau Zöpfel erscheint und dich fragt, wann das gnädige Fräulein sein Bett zu verlassen gedenkt?«

Diesmal klang Angelika ernst. Für die Hausdame stand die Pflicht an erster Stelle. Eine Angestellte, die nicht arbeiten wollte, musste schon so krank sein, dass der Arzt ihr Bettruhe verordnete. Müdigkeit allein galt da nicht.

Dies wussten alle vier. Während Eva bereits zur Badestube ging, standen die anderen Kaffeemadln auf und rieben sich den Schlaf aus den Augen.

»Wenn ich das ein zweites Mal mitmachen muss, gehe ich zu den Stubenmadln zurück«, maulte Ulla.

»Weißt du überhaupt, ob wir dich wieder nehmen würden?«, fragte Angelika und lachte. »Außerdem finden solch große Bälle wie gestern höchstens fünf- oder sechsmal im Jahr statt, und dann haben wir hier sicher wieder genug Kellner, sodass man euch nicht zum Servieren braucht. Aber jetzt kommt, sonst kriegt ihr wirklich nichts mehr zum Frühstück!«

Das half, und die jungen Frauen eilten los. Angelika folgte ihnen und sorgte dafür, dass sie sich in der Belegschaftsküche setzen und essen konnten.

»Es war gestern ganz schön heftig, nicht wahr?«, fragte Wanda Heister.

»Wir haben uns über zu wenig Arbeit nicht beklagen müssen«, antwortete Afra. »Dabei haben wir Sachen gemacht, die wir gar nicht gekannt haben.«

»Den Champagner aufzumachen zum Beispiel! Die Eva hat es geschafft, aber ich hab zu viel Angst gehabt, ich mach was kaputt«, sagte Ida zwischen zwei Bissen.

»Ich frage mich, was die Leute an dem Gesöff finden! Ich habe beim Aufräumen an einem noch halb vollen Glas probiert. Der Champagner schmeckt entsetzlich«, rief Ulla schaudernd.

»Vielleicht war er schon schal!«, sagte Eva. Sie bedauerte, nicht auch probiert zu haben. An ihrem Tisch hatten die Gäste jedoch alle Gläser bis zur Neige geleert.

»Darum haben die Männer an unseren Tischen auch das Bier vorgezogen«, fuhr Eva fort. »Einer der Herren meinte sogar, es wäre ihm lieber gewesen, dass ich sie bedient habe. Die Kellner hätten immer das Gesicht verzogen, wenn er statt Wein einen Krug Bier bestellt hat.«

»Was du nicht sagst!«

Frau Zöpfel war hereingekommen und hatte Evas Bemerkung gehört. Sie sah aus wie immer. Ihr graues Kleid und die nur wenig hellere Schürze waren sauber, ihre Haare perfekt aufgesteckt, und von einer möglichen Müdigkeit war nichts zu bemerken.

»Wenn ihr fertig seid, helft ihr im Saal beim Aufräumen«, erklärte sie. »Heute Mittag muss alles wieder so sein, wie es vorher war, damit unsere Hausgäste sich wohlfühlen und im nächsten Jahr wiederkommen.«

Eva wusste, dass solche Feiern zwar eine willkommene Nebeneinnahme für das Hotel brachten, der Beherbergungsbetrieb aber wichtiger war. Auch wenn die Gäste jetzt im Winter weniger für ihre Zimmer bezahlen mussten als in der Saison, so brachten sie doch gutes Geld in die Kassen und durften daher nicht das Gefühl bekommen, lästig zu sein. Für den gestrigen Abend hatte man sie dadurch entschädigt, dass sie in Frau Karchs geheiligtem Festsaal hatten speisen dürfen. Dort wurde ihnen an diesem Tag auch das Frühstück bereitgestellt. Danach aber hatte es wieder so weiterzugehen wie an normalen Tagen, auch wenn dies hieß, dass die Hotelangestellten, die bis tief in die Nacht hinein hatten arbeiten müssen, nur wenig Schlaf gefunden hatten.

* * *

In der Nacht hatte Eva gedacht, sie hätten im Saal bereits aufgeräumt. Bei Tageslicht betrachtet erkannte sie, dass dies ein Wunschtraum gewesen war. Auf etlichen Tischen befanden sich Wachsflecken, denen sie mit aller Vorsicht zu Leibe rücken mussten. Auch am Boden gab es Flecken, und überall lagen noch Reste der Tischfeuerwerke herum.

»Wenn ich das so anschaue, haben die Kellner ihre Tische nicht so gut aufgeräumt wie wir die unseren«, meinte Afra schnaubend.

»Wo sind die eigentlich? Dürfen die vielleicht noch schlafen, während wir schon buckeln müssen?«, fragte Ulla verärgert, denn sie musste gerade einen Tisch säubern, bei dem sich ein Gast die Mühe gemacht hatte, das Wachs der Kerzen fein säuberlich auf der halben Tischplatte zu verteilen. »Das muss ein besonders besoffener Trottel gewesen sein«, schimpfte Ulla weiter.

»So redet man nicht über einen Gast!«, rief Frau Zöpfel.

Sie war wie ein Geist aus dem Nichts erschienen, um den Fortschritt der Arbeiten zu begutachten. Sie tadelte Ulla, sah dann, wie Eva, die ihre Zungenspitze leicht zwischen die Lippen geschoben hatte, einen Wachsfleck entfernte und Ida die in zahllose Stückchen zerfetzten Bestandteile eines Tischfeuerwerks vom Boden aufhob.

»Wenn Leute zu viel trinken, packt sie gelegentlich der Übermut. Das müssen wir hinnehmen!«, erklärte sie.

»Warum helfen uns die Kellner nicht?«, fragte Ulla.

»Ein Teil von ihnen ist unten im Weinkeller. Andere sind auf dem Weg nach Hause. Sie wurden nur für diesen einen Tag zurückgeholt, da wir für den normalen Gastbetrieb nicht so viele Kellner brauchen«, erklärte ihr Frau Zöpfel. »Aber da ich gerade dabei bin: Ihr werdet ab morgen das Frühstück mit auftragen. Nach der Frühstückszeit helft ihr dort im Hotel mit, wo es nötig ist. Das gilt so lange, bis der Cafésalon eröffnet wird!«

Danach ging die Hausdame wieder.

Ulla sah ihr grummelnd nach. »Danke schön dafür, dass wir gestern so fleißig gewesen sind, hätte sie aber schon sagen können!«

Der Cafésalon

Eva sah sich im Cafésalon um und stellte fest, dass alles bereit war, Gäste zu empfangen. Die Tische standen in kleinen, aus Holzwänden gebildeten Nischen, und an den Wänden hingen gerahmte Fotos mit Motiven aus Karlsbad. Auch gab es eine kleine Schanktheke für Gäste, die nicht nur Kaffee, sondern auch ein Glas Wein oder Bier trinken wollten. Bei der Theke stand ein Herd, auf dem rasch Wasser erhitzt werden konnte, und dahinter hing ein Schrank mit Tassen, Gläsern und kleinen Tellern. Auf der anderen Seite der Schanktheke gab es ein gläsernes Schränkchen für Kuchen. Alles war da! Fast alles, schränkte Eva für sich ein. Das Wichtigste fehlte allerdings noch, nämlich die Gäste.

»Gestern haben wir gerade einmal zwei Kaffee verkauft. Wie es aussieht, kommt heut kein Einziger zu uns herein.« Afra klang so besorgt, dass Eva beschwichtigend die Hand hob.

»Jetzt sei nicht gleich verzagt! Es ist doch noch Winter. Sobald die Saison anfängt, wird es anders werden.«

»Ich weiß nicht, ob man uns bis dorthin alle hier lassen wird. Bei zwei Kaffee am Tag reicht eine von uns zum Bedienen.« Nachdem Ulla erneut von den Zimmermädchen weggeholt worden war, wollte sie nicht noch einmal zurückgeschickt werden.

»Wenn die Leute von unserem Cafésalon wüssten, würden auf jeden Fall mehr kommen«, sagte Ida.

Eva nickte. »Da hast du recht! Ich glaube, nicht einmal die Gäste in unserem Hotel wissen, dass es uns gibt. Die Frage ist nur, wie wir das ändern können.«

»Vielleicht sollten wir Frau Zöpfel bitten, dass sie bei der Rezeption ein Schild anbringen lässt, das auf uns hinweist«, schlug Afra vor.

»Darum habe ich sie bereits gebeten. Frau Zöpfel will aber nicht, dass die offiziellen Räume, wie sie sagt, durch Plakate verschandelt werden.« Eva klang im Moment bissig, winkte dann aber ab. »Es ist aber nicht wegen uns, sondern weil sonst alle möglichen Vereine bitten würden, dass auch für sie geworben wird. Das aber will Frau Karch nicht.«

»Damit schneidet sie sich ins eigene Fleisch – oder besser gesagt, in das unsere!«, erwiderte Ulla verärgert.

»Für uns könnte sie doch Werbung machen. Wir gehören schließlich zum Haus!« Ida seufzte und sah auf die Uhr. »Es ist bald vier Uhr. Glaubt ihr, dass bis um sechs noch jemand kommt?«

Eva sah auf die leeren Bänke und überlegte. »Wenigstens die Hausgäste sollten wissen, dass sie bei uns Kaffee und Kuchen kriegen können. Da wir kein Plakat aufhängen dürfen, müssen wir es ihnen anders mitteilen.«

»Aber wie?«, fragten Ida und Afra gleichzeitig.

»Das Adonis hat sechsundneunzig Zimmer. Davon sind derzeit einundzwanzig belegt. Da wir genug Zeit haben, können wir doch Zettel schreiben, auf denen steht, dass die Gäste bei uns Kaffee trinken können, und die in den Zimmern auslegen.« Der Gedanke war Eva gerade gekommen.

Afra schüttelte den Kopf. »Das geht nicht. Wir haben doch keine Schlüssel für die Zimmer.«

»Aber Angelika hat sie!«, trumpfte Ulla auf. »Eva hat recht. Wir müssen was tun, wenn wir uns nicht vollkommen blamieren wollen.«

»Aber was wird Frau Zöpfel sagen, wenn sie davon erfährt?«, wandte Ida ein.

»Sie wird kaum schimpfen, weil wir es ja für das Hotel tun«, sagte Eva. »Außerdem verschandeln wir nicht die Vorhalle oder andere, für alle Gäste zugängliche Räume. Wisst ihr was? Wir besorgen uns jetzt Papier, Tinte und Federhalter. Wer von uns die schönste Handschrift hat, schreibt, dass der Cafésalon des Adonis erfreut wäre, die geschätzten Gäste begrüßen zu dürfen.«

Afra nickte zustimmend. »Besser als nichts ist es auf jeden Fall! Aber meine Handschrift ist nicht so gut, dass ich es mir zutrauen würde.«

»Ich habe auch keine gute Handschrift!«, erklärte Ida.

Eva wusste nicht, ob es stimmte, oder ob die beiden nur Angst davor hatten, mit dieser Aktion anzuecken. Da jedoch alles besser war als der jetzige Zustand, wollte sie es riskieren.

»In der Schule hat mich der Lehrer wegen meiner Handschrift gelobt. Das ist zwar schon ein paar Jahre her, aber ich glaube, ich kann es noch.«

»Jetzt tu nicht so, als wenn du schon eine alte Oma wärst. Schließlich bist du die Jüngste von uns!«, rief Ida und erklärte sich bereit, Papier und Schreibzeug zu besorgen. »Frau Heister hat immer einen Vorrat in der Wäscheausgabe. Wenn ich ihr sage, wozu wir es brauchen, gibt sie mir sicher was«, setzte sie hinzu und wandte sich zum Gehen.

»Ich komm mit.« Ulla schloss sich ihr an, und so blieben Eva und Afra allein zurück.

Noch während Eva darüber nachdachte, wie sie die Ankündigung des Cafésalons formulieren sollte, kam einer der beiden Gäste herein, die bereits tags zuvor hier Kaffee getrunken hatten.

»Einen schönen guten Tag! Ich hätte gerne einen großen Braunen und ein Stück Marmorkuchen mit Schlagobers.«

»Sehr gerne, gnädiger Herr!« Eva machte sich daran, den Kaffee aufzubrühen, während Afra sich um Kuchen und Sahne kümmerte.

»So gefällt es mir«, meinte der Gast, als sowohl die volle Tasse wie auch der Teller mit dem Kuchen vor ihm stand, und wies dann mit dem Kopf nach draußen. »Bei dem Regen bleibt man gerne im Hotel!«

»Aber was machen Sie, wenn Ihnen der Doktor den Trunk am Sprudel oder an den Brunnen verordnet hat?«, fragte Eva.

»Da muss man raus! Aber sonst bleibt man brav im Hotel. Vor allem, wo es bei euch einen so guten Kaffee und einen ausgezeichneten Kuchen gibt.«

»Das freut uns.« Eva dachte daran, dass der Kuchen noch von gestern war, da sie es heute nicht gewagt hatten, frischen zu holen. Doch solange er schmeckte, war es gut.

Unterdessen kamen Ulla und Ida mit Papier, Tintenfass und mehreren Federhaltern zurück.

»Frau Heister meint, dass wir es richtig machen, wenn wir die Gäste so auf unseren Cafésalon aufmerksam machen!«, erklärte Ulla und sah dann erst den Gast.

»Grüß Gott, der Herr!«, sagte sie und knickste.

Der Gast sah das Papier und das Schreibzeug und fragte verwundert, was sie vorhätten.

»Wir wollen Zettel schreiben und in die Gästezimmer legen lassen, damit die Gäste erfahren, dass es unseren Cafésalon gibt«, erklärte Eva ihm.

»Das ist eine gute Idee«, fand der Gast. »Ich würde diese Zettel aber nicht nur in die Gästezimmer legen, sondern sie auch beim Frühstück verteilen. Da überlegen sich die meisten nämlich, was sie mit dem Tag anfangen sollen.«

Für Eva hieß dies, gut die doppelte Anzahl der geplanten Informationszettel zu schreiben. Da sie den Vorschlag jedoch gut fand, setzte sie sich auf eine Bank und machte sich ans Schreiben.

»Du hast wirklich eine schöne Handschrift«, lobte Afra sie.

»Du könntest eigentlich auch unsere Preisliste abschreiben, damit wir sie auf den Tischen auslegen können«, schlug Ida vor.

Eva stöhnte. »Das ist ja noch schlimmer als eine Strafarbeit in der Schule. Ich musste mal ›Ich bin ein Esel‹ schreiben – und das zwanzig Mal!«

Afra kommentierte es mit einem leisen Lachen. »Ein Esel bist du nicht, höchstens eine Eselin. Aber das hat dein Lehrer anscheinend nicht auseinanderhalten können.«

Nun musste auch Eva schmunzeln. »Für den waren wir alle Esel, wenn er gut aufgelegt war. Sonst waren wir noch Schlimmeres. Das heißt, ich eigentlich nicht. Bei mir ist es bei dem einen Mal geblieben. Aber von den Buben hat jeder mindestens einmal in der Woche seine zwanzig Mal ›Ich bin ein Ochse‹ oder ›Ich bin der größte Depp im ganzen Kaiserreich‹ schreiben müssen.«

»Da hattet ihr aber einen ganz besonderen Lehrer«, spottete Ulla.

»Eigentlich war er Unteroffizier beim Heer! Bei Königgrätz haben ihm die Preußen einen Arm abgeschossen. Darum haben sie ihn nicht bei den Soldaten behalten, sondern zum Lehrer gemacht. Aber so schlimm war er dann doch nicht. Er hat nur selten mit seinem Rohrstock zugeschlagen. Von uns Madln eigentlich keine, und bei den Buben nur, wenn einer wirklich was ausgefressen gehabt hat. Das war aber höchstens ein- oder zweimal im Jahr.«

»Bei uns war es der Pfarrer! Der lebte in dem Glauben, dass man das Christentum am schnellsten lernt, wenn es einem mit Stockhieben eingebläut wird. Den Buben hat er auf den Rücken geschlagen. Uns Madln weiter unten!« Ida schüttelte sich bei der Erinnerung und griff sich unwillkürlich ans Gesäß.

Nun erschien auch der zweite Gast vom Vortag und brachte zwei Bekannte mit, denen er den Cafésalon schmackhaft gemacht hatte. Während Afra die Bestellung aufnahm und mit Ulla und Ida zusammen erfüllte, arbeitete Eva weiter an ihren Einladungen in den Cafésalon. Sie war erleichtert, weil sich die Zahl der Gäste im Vergleich zum Vortag verdoppelt hatte und hoffte, dass es in den nächsten Tagen noch besser werden würde.

Zwischendurch beschrieb sie mehrere Blätter mit den Preisen, die sie fordern durften, und legte sie aus. Danach setzte sie sich wieder und nahm den Federhalter zur Hand. Wenn ihre Zettel nur ein halbes Dutzend Leute mehr in den Cafésalon lockten, waren sie schon besser als der alte, viel zu große Kaffeesalon, den Ludwig Karch zum Billardsalon umgestaltet hatte.

Plötzlich kniff Eva die Augen zusammen. Noch wurde dort nicht gespielt. Aber da sie nur eine Tür weiter waren, konnte es durchaus sein, dass die Billardspieler Appetit auf eine Tasse Kaffee bekamen und bei ihnen eine Pause einlegen würden. Daher würde sie auch dort ihre Zettel auslegen.

* * *

Als Eva Angelika bat, die Zettel in den Zimmern auslegen zu lassen, war diese sofort dazu bereit. Sie befolgte zudem den Rat des freundlichen Gastes und verteilte beim Frühstück einige.

Der Erfolg ließ nicht lange auf sich warten. Bereits am nächsten Vormittag erschienen mehrere Frauen, die sich hier angefreundet hatten, um eine Trinkschokolade und ein Stück Kuchen zu genießen.

»Schön ist es hier!«, rief die Jüngste von ihnen angesichts der voneinander abgetrennten Sitzgruppen und den angenehm weichen Bänken, auf denen sie bequem sitzen konnten.

»Da kann man es aushalten, vor allem bei dem Schnürlregen«, sagte eine Ältere und wies nach draußen, wo das Wetter alles andere als angenehm war.

Eva und ihre Mitstreiterinnen legten sich ins Zeug, um den Damen den Aufenthalt so gemütlich wie möglich zu machen.

»Ich hoffe, das Mittagessen passt noch hinein«, sagte die Jüngere, die einem zweiten Stück Kuchen nicht hatte widerstehen können.

Eine ihrer Begleiterinnen lachte. »Das glaube ich schon! Im Adonis wird nämlich gut gekocht! Bei dem Wetter habe ich erst gar nicht die Absicht, nach draußen in eines der Restaurants zu gehen. Mir hat der Gang zum Marktbrunnen vorhin gereicht.«

»Aber der muss sein! Immerhin sind wir hier, um zu kuren. Wenn schon Könige und Kaiser hierherkommen, um etwas für ihre Gesundheit zu tun, muss das Heilwasser gut sein.« Die Frau nannte nun einige Personen, von denen sie wusste, dass diese Karlsbad aufgesucht hatten, wie König Albert von Sachsen und vor allem die Kaiserin Elisabeth.

»Ihrer Majestät würde ich wirklich gerne begegnen«, sagte ihre Freundin seelenvoll.

»Da müssten wir schon im Sommer kommen, wenn Saison ist! Aber die Preise kann mein Mann sich nicht leisten.« Die Sprecherin schnaubte ein wenig, so als würde sie es ihrem Ehemann verübeln, dass dieser ihr den Aufenthalt während der Saison nicht bezahlen wollte.

Eva lauschte mit halbem Ohr auf die Gruppe und musterte dabei ihre Vorräte an Kuchen. Da sie nicht allzu viel besorgt hatten, war durch die vier Damen eine größere Lücke entstanden.

»Wir werden Kuchen holen müssen«, sagte sie zu Afra.

»Glaubst du wirklich? Es sind noch ein paar Stücke da. Wenn am Nachmittag ähnlich viele Gäste kommen wie gestern, reicht das gut aus.«

»Aber wenn es mehr werden, reicht es nicht aus!«, gab Eva zu bedenken. »Es ist bedauerlich, dass es im Adonis keinen eigenen Zuckerbäcker gibt. Wir müssen alles aus der Konditorei besorgen. Wenn zu viel übrig bleibt, wird es uns vom Lohn abgezogen.«

Das war ein Problem, von dem sie nicht wussten, wie sie es lösen konnten. Ein, zwei Stücke Kuchen waren nicht schlimm, doch wenn mehr als ein Viertel oder gar die Hälfte unverkauft blieb, hielt Frau Zöpfel es für Verschwendung, und dies hieß, sie mussten sie selbst bezahlen. Auch deshalb wäre ihr ein eigener Kuchenbäcker im Hotel lieber gewesen. Das hätte ihnen mehr Freiheit verschafft. Momentan jedoch mussten sie jedes Stück Kuchen in der Konditorei kaufen und hinterher mit Frau Zöpfel abrechnen.

»Warten wir noch!«, sagte sie daher. »Wenn am Nachmittag wirklich mehr Gäste kommen, können wir immer noch frischen Kuchen holen.«

»Das ist das Beste!«, stimmte ihr Afra zu. Auch sie wollte nicht für überzähligen Kuchen zahlen müssen.

Auch Ida und Ulla waren einverstanden. »Bis zur Konditorei sind es nicht viel mehr als hundert Meter. Da könnten wir den Kuchen sogar noch holen, wenn er bestellt wird«, sagte Letztere.

»Nur wissen wir nicht, ob der Konditor den bestellten Kuchen noch hat. Außerdem kriegen die Gäste oft erst beim Schauen Appetit. Aber ich glaube, die Damen wollen zahlen!«, sagte Eva.

Sie trat auf den Tisch zu und kassierte. Diese Aufgabe war an ihr hängen geblieben, da ihre Kolleginnen Angst davor hatten, sich zu verrechnen. Eine aber musste es tun, und so hatte sie sich breitschlagen lassen. Andererseits war sie beim Rechnen die Beste in der Schule gewesen und hatte in den letzten Tagen geübt, um dieser Aufgabe gewachsen zu sein.

Es gab sogar Trinkgeld, aber das wanderte in eine gemeinsame Kasse. Deren Inhalt wollten sie später untereinander aufteilen. Als die Damen gingen, räumten sie auf, wischten über den Tisch und sahen einander an.

»Gleich ist Mittag! Wir sperren jetzt für eine Stunde zu und gehen essen. Danach können wir uns immer noch überlegen, ob wir noch ein paar Stückerl Kuchen holen oder nicht. Ich würde nämlich gern schauen, was es in der Konditorei alles gibt, damit wir einen Überblick haben«, erklärte Eva.

»Du bist aber sehr optimistisch«, sagte Afra und sah kurz zu dem Kuchenschränkchen hin. »Aber du hast schon recht. Ein bisserl mehr als die zwei Sorten, die noch in der Auslage sind, sollten es sein!«

Eva trat zur Tür und sah ihre Mitstreiterinnen auffordernd an. »Dann machen wir es so. Aber kommt jetzt! Ich möchte früh genug zurück sein, damit niemand vor unserer Tür warten muss.«

»Du glaubst immer noch an unseren guten Stern!«, rief Ida lachend. »Aber wenn zu viel Kuchen übrig bleibt, isst jede von uns ein Stück, und du zahlst!«

»Wenn es sein muss!«

Eva hoffte, dass es nicht zu viel sein würde. Dabei würde sie ihre Freundinnen gerne einmal auf ein Stück einladen. Allerdings wäre der Kuchen, wenn er hier im Hotel gebacken würde, auf jeden Fall billiger als beim Konditor. Aber es war nun einmal so, wie es war, und damit musste sie leben.

* * *

Nach dem Essen trotzten Eva und Ulla dem Regen und eilten zur Konditorei. Das Angebot dort war so verführerisch, dass sie kräftig einkauften. Als sie später die Kuchen in den Schrank legten, verspürte Eva ein gewisses Magendrücken. Wenn sie nicht genug verkauften, würde sie als die Schuldige gelten und das bezahlen müssen, was übrig blieb.

Evas Ängste hielten nicht ganz eine Stunde an. Da öffnete sich plötzlich die Tür, und ein Schwall Gäste strömte herein. Sie waren bei den Heilbrunnen gewesen, um davon zu trinken, und wollten nun, wie ein Mann sagte, den sehr gesunden Geschmack mit einem guten Kaffee hinunterspülen.

Ab dem Augenblick hatten die vier Kaffeemädchen viel zu tun. Die Kuchen lockten die Gäste ebenfalls, und noch bevor eine Stunde vergangen war, musste Eva sich erneut auf den Weg machen, um Nachschub zu holen.

Als sie in den Cafésalon zurückkam, war dieser noch voller als zuvor.

»Hast du eine Nusstorte mitgebracht?«, rief Afra Eva zu.

»Hab ich, zwei Stück«, antwortete diese.

»Die kannst du gleich an Tisch drei bringen. Wenn wir noch was davon brauchen, muss Ulla gehen. Du musst bleiben, weil die Leute ja auch zahlen wollen«, sagte Afra und bereitete eine Tasse Trinkschokolade zu.

Das Wetter hielt die Gäste im Hotel. Jene, die bei den Brunnen gewesen waren, hatten wenig Lust, in ihren Zimmern zu hocken und die Wände anzustarren. Da war es weit angenehmer, mit den Gästen, die man hier kennengelernt hatte, im Cafésalon zu sitzen, sich zu unterhalten und sich von den vier Serviererinnen mit Kaffee, Tee, Kakao und Kuchen verwöhnen zu lassen.

Für Eva und die drei anderen hieß es, flink, aufmerksam und freundlich zu sein und notfalls drei Bestellungen auf einmal zu bewältigen.

So traf Frau Zöpfel die Situation im Cafésalon an. Einer der Kellner, der letztes Jahr mit für den alten Kaffeesalon verantwortlich gewesen war, hatte spöttisch zu ihr gemeint, dass die Weiberröcke auch nicht mehr verkauften als sie damals. Nun aber waren drei Viertel der Plätze belegt. Eben kam Ulla mit einer großen Schachtel herein, auf der der Name der Konditorei stand, und rief durch den gesamten Raum, dass die Nusstorte aus sei.

Die Hausdame konnte es kaum glauben. An der kleinen Schanktheke füllte Afra gerade Kaffee in mehrere Tassen. Ida schlug Sahne, während Eva hin und her sauste und die Bestellungen erledigte.

»An Tisch drei zweimal Gugelhupf, Tisch fünf dreimal Sahnetorte, Tisch sieben sechsmal Marmorkuchen!«, rief Eva Ulla zu.

»Da darf ich ja gleich wieder laufen!«, antwortete diese missmutig, da es nicht gerade ein Vergnügen war, durch den Regen zu gehen.

Frau Zöpfel überlegte, ob sie sich unauffällig zurückziehen sollte, entschloss sich aber, Platz zu nehmen und einen Kaffee zu trinken.

»Afra, einen Milchkaffee!«, rief sie, sah dann den Gugelhupf, den Ulla gerade auspackte, und bekam darauf Appetit.

»Und einen Gugelhupf mit Schlagobers«, setzte sie hinzu und maß insgeheim die Zeit, die ihre Kaffeemädchen dafür brauchten. Sie waren schneller, als sie erwartet hatte. Zudem stellte die Hausdame fest, dass die vier sich die Arbeit so aufgeteilt hatten, wie sie diese am besten erledigen konnten. Eben trug Eva ein Tablett mit sechs Tassen zu einem Tisch.

»Wohl bekomme es!«, sagte sie lächelnd.

»Schön ist es bei euch! Das habt ihr gut gemacht. Letztes Jahr mussten wir wegen jeder Tasse Kaffee in die Stadt laufen«, meinte einer der Gäste.

Ein anderer am Tisch nickte eifrig. »So war es! Ich tät am liebsten hier meinen Geburtstag feiern. Für jeden Kaffee und ein Weinderl und natürlich genug Torten und Kuchen, und zum Abschluss ein Schnapserl. Wär das nix?«

»Wir könnten das schon hinkriegen!«, bot Eva an.

»Aber bloß, wenn eine von euch dabei singt!«, rief ein Dritter am Tisch. Er lachte, um zu zeigen, dass es nicht ganz ernst gemeint war.

Aber seine Freunde nickten und musterten die vier Kaffeemädchen. »Na, was ist, kann eine von euch singen?«, fragte einer.

»Wenn eine von euch die Kaiserhymne singt, feiern wir Anderls Geburtstag bei euch und zwei Tage später unser Abschiedsfest, weil's am Tag drauf wieder heimgeht. Na, traut sich eine von euch?«

Nicht nur die fröhliche Gruppe am Tisch war gespannt auf die Antwort, auch Frau Zöpfel war es. Sie sah, wie Afra, Ida und Ulla sich klein machten, während Eva mit entschlossener Miene einen Schritt vortrat.

»Die Herren wollen die Kaiserhymne hören. Bittschön!« Eva atmete tief durch und begann dann die erste Strophe.

»Gott erhalte, Gott beschütze,
unsern Kaiser, unser Land!«

Sie sang sämtliche Strophen, und als sie endete, war es erst einmal still im Raum. Dann aber sprang die Männergruppe auf und klatschte begeistert.

»Wir feiern bei euch! Da ist es lustig und fidel!«, erklärte der Wortführer und bestellte eine Runde Wein.

Frau Zöpfel musterte Eva und fragte sich, über welche Talente dieses Mädchen noch verfügen mochte. Gleichgültig, welche Arbeit man ihr auftrug, sie erledigte sie zu aller

Zufriedenheit. Jetzt entdeckte sie auch den Zettel mit den Preisen im Cafésalon. Sie kannte Evas Handschrift von den Umschlägen der Briefe her, die diese an ihre Familie schickte, und wusste, dass diese Listen von ihr stammten.

Mit einem schiefen Lächeln nahm sie den Zettel in die Hand. »Muss ich das auch zahlen?«, fragte sie.

Eva eilte zu ihr. »Natürlich nicht! Sie sind ja die Hausdame. Wir würden uns nur freuen, wenn Sie Ihren Verzehr abzeichnen könnten. Nicht dass es heißt, wir hätten diese Sachen gegessen und getrunken.«

Frau Zöpfel war überrascht, dass Eva daran gedacht hatte. Im Allgemeinen wurde nicht darauf geachtet, wenn die führenden Kräfte ein Glas Wein tranken oder etwas zusätzlich verzehrten. Hier war es jedoch etwas anderes. Der Kuchen musste aus der Konditorei geholt werden, und dies lief über die Kasse des Cafésalons und nicht über das Hotel. Wenn sie hier ein Stück Kuchen aß, und es wurde nicht aufgeschrieben, galt es als nicht verkauft und würde den vier jungen Frauen angerechnet werden.

Sie forderte Eva auf, eine Rechnung zu schreiben, und notierte darauf, dass sie den Kaffee und den Kuchen ohne Bezahlung verzehrt habe.

»So machen wir das in Zukunft immer! Ich werde es der Madame und Herrn Karch mitteilen«, setzte sie lächelnd hinzu und verließ den Cafésalon mit dem Gefühl, dass Frau Karchs Neffe ein gutes Gespür gezeigt hatte.

Wenig später klopfte sie an die Tür ihrer Chefin.

»Nun, Zöpfel, was gibt es?«, fragte Frau Karch.

»Ich komme eben aus dem Cafésalon«, berichtete die Hausdame.

»Sind Sie etwa in Sorge, weil sich dort nichts tut, Zöpfel? Sobald die Saison beginnt, wird sich das ändern!«

Frau Karch klang so, als sehe sie den Cafésalon als etwas an, was nur deshalb eingerichtet worden war, damit der größere Salon für Billardspieler zur Verfügung stand. Außerdem war ein Cafésalon ein Muss für ein Hotel dieser Klasse, gleichgültig, ob nun ein paar Tassen am Tag ausgegeben wurden oder hundert.

»Sie meinen, dort tut sich nichts? Dann gehen Sie mal hinein. Die Kaffeemädchen haben heute bis jetzt sechzig Stücke verschiedener Kuchen von der Konditorei geholt, und es sieht so aus, als müssten sie noch mindestens einmal gehen. Die Gruppe aus Linz will zudem den Geburtstag eines ihrer Mitreisenden dort feiern. Wenn das so weitergeht, reichen die vier Mädchen als Servierpersonal bald nicht mehr aus.«

Frau Karch kniff die Augen zusammen. »Sagen Sie das noch einmal!«

»Es sind über drei Viertel der Plätze im Cafésalon besetzt, die Gäste sind fröhlich, und unsere Mädchen arbeiten so flink, wie sie nur können«, erklärte die Hausdame mit Nachdruck.

»Erstaunlich!«, sagte die Hotelbesitzerin. »Aber wie kann das sein?«

»Ich nehme an, dass es deshalb ist!« Frau Zöpfel hatte im Cafésalon einen der Zettel gefunden, die Eva an die Gäste hatte verteilen lassen, und reichte ihn nun Frau Karch. Diese las ihn aufmerksam und nickte anerkennend.

»Wer von den Mädchen mag auf diesen Gedanken gekommen sein?«

»Ich nehme an, dass es Eva war«, erklärte die Hausdame.

»Eva also!« Frau Karch wurde schmallippig, denn sie wusste, dass ihr Neffe eine gewisse Vorliebe für dieses Mädchen gefasst hatte. Doch das war nichts, was ihr gefallen konnte.

* * *

Es kamen auch Tage, an denen im Cafésalon weniger los war. Zu tun hatten Eva und die ihren jedoch immer. Ihnen war es jedoch lieber so, als beschäftigungslos im Raum herumstehen zu müssen. Die Zeit, die ihr blieb, nützte Eva, um Zettel mit dem Hinweis auf den Cafésalon zu schreiben, damit diese in die Zimmer der neu ankommenden Gäste gelegt werden konnten.

Die angekündigte Geburtstagsfeier fand statt und brachte erfreuliche Einnahmen, und zwar nicht nur für den Cafésalon, sondern auch für die Konditorei. Es wurden insgesamt so viele Kuchen verkauft, dass Ludwig Karch dem auf den Grund gehen wollte. Daher suchte er den Cafésalon auf, setzte sich an einen Tisch und bestellte Kaffee und Kuchen.

»Würden Sie bitte auf die Rechnung schreiben, dass Sie es verzehrt haben, Herr Karch. Da die Kuchen von außer Haus geholt werden, müssten wir sie sonst bezahlen«, bat Eva.

Ludwig Karch sah sie überrascht an. »Wie das?«

»Da der Kuchen beim Konditor gekauft werden muss, achtet Frau Zöpfel darauf, dass wir nicht zu viel holen. Wenn etwas übrig bleibt, wird es uns in Rechnung gestellt. Deshalb kaufen wir nicht mehr ein, als wir zu brauchen glauben. Wird mehr Kuchen verlangt, muss eine von uns zum Zuckerbäcker und Nachschub holen«, erklärte Eva.

Ludwig Karch musterte sie fasziniert. Sie war noch sehr jung, aber klug und bereits jetzt jemand, der dem Adonis guttat. »Wir müssen eine bessere Lösung finden«, sagte er. »Kannst du mir eine Liste machen, wie viel Kuchen ihr am Tag und in der Woche verkauft, und auch welche Kuchen es sind? Das würde mich interessieren.«

»Jetzt im Winter sind es zumeist Torten, Gugelhupf und Marmorkuchen. Im Sommer werden verschiedene Obstkuchen dazukommen. Wir sollten daher über einen längeren Zeitraum notieren, welche Kuchen unsere Gäste bevorzugen«, sagte Eva und deutete auf den kleinen Glasschrank, in dem fünf Stück Napfkuchen und zwei Tortenstücke standen.

»Wir haben heute noch zwei Stunden geöffnet. So kurz vor dem Abendessen werden nicht mehr viele Gäste kommen. Aber drei Stück Kuchen sollten wir mindestens noch anbringen. Ein Rest von sieben ist zu viel!«

»Wie viel habt ihr heute schon verkauft?«, fragte Ludwig Karch.

»Einen Moment, da muss ich in meiner Abrechnungsliste nachsehen!« Eva eilte zur Schanktheke und zog einen Zettel aus einem Fach heraus. »Es ist heute etwas weniger als sonst. Wir haben sechsundzwanzig Tortenstücke und neunundzwanzig Napfkuchen … Halt, das kann nicht stimmen. Wir haben fünfunddreißig geholt. Da fehlt ein Stück!«

»Das ich gerade esse«, erwiderte Ludwig Karch amüsiert.

»Dann stimmt es.« Eva lächelte, schrieb jetzt aber auf, dass Herr Karch einen Gugelhupf verzehrt habe, und legte ihm den Zettel zum Unterschreiben hin.

»Du bist aber sehr akkurat«, sagte Ludwig Karch.

»Frau Pfnür, die mich letztes Jahr ins Adonis vermittelt hat, sagte, hier müsse alles akkurat und picobello sein. Danach richte ich mich!« Noch während Eva es sagte, kamen zwei weitere Gäste und bestellten je einen Kaffee und einen Napfkuchen.

»Damit sind es nur noch drei Stück Napfkuchen. Die kann Frau Zöpfel euch wirklich nicht in Rechnung stellen«, sagte Ludwig Karch mit einem Augenzwinkern.

»Wären die beiden Tortenstücke nicht, würde sie es wohl nicht tun. Aber so sind es zusammen noch fünf Stück.«

»Von dreiundsechzig, die ihr geholt habt. Das ist nicht einmal ein Zehntel!«, sagte Ludwig Karch kopfschüttelnd.

»Wenn Frau Zöpfel sagt, dass es zu viel ist, ist es zu viel«, erklärte Eva in der Hoffnung, doch noch das eine oder andere Stück Torte oder Kuchen loswerden zu können.

Ludwig Karch überlegte, ob er Frau Zöpfels Anweisung, überzähligen Kuchen von den Frauen im Cafésalon bezahlen zu lassen, außer Kraft setzen sollte. Als Hoteldirektor konnte er es tun. Andererseits würde er sie damit übergehen und Unfrieden ins Hotel bringen. Zudem war zu erwarten, dass seine Tante sich auf die Seite der Hausdame schlug, da sie Verschwendung für ein Übel hielt.

Die Sache muss ich anders regeln, dachte er und sah sich um. Eben kamen neue Gäste. Eva ging zu ihnen hin und fragte nach ihren Wünschen. Die Leute wollten Kaffee, und Eva wurde ein Stück Torte und ein weiteres Stück Napfkuchen los.

Als sie zu Ludwig Karch zurückkehrte, lächelte sie erleichtert. »Jetzt befinden sich noch zwei Stück Napfkuchen und ein Tortenstück in der Auslage. Wenn wir die nicht mehr loswerden, kann auch Frau Zöpfel nichts sagen.«

»Das will ich schwer hoffen! Aber ich glaube, das Tortenstück könnte ich noch vertragen«, erklärte Ludwig Karch und wünschte sich, noch stundenlang in Evas Gesellschaft bleiben zu können.

Eva wollte das Stück Torte holen, als ein junges Paar hereinkam. Die Frau eilte zum Kuchenschrank und stieß einen Jubelruf aus. »Da ist noch ein Stück Nusstorte. Das möchte ich haben!«

Eva drehte sich mit bedauernder Miene zu Ludwig Karch um. »Es tut mir leid, aber Sie wissen selbst, was Ihre Tante hier im Hotel als Motto ausgegeben hat: Der Gast kommt zuerst!«

»Dann nehme ich noch ein Stück Gugelhupf«, sagte Ludwig Karch und hoffte, dass nicht ein weiterer Gast kam, der ihn für sich haben wollte. Es war schön, von Eva bedient zu werden, und noch schöner, mit ihr reden zu können.

Mit dem Cafésalon war er jedenfalls zufrieden. Dieser wurde von den Gästen gut angenommen, und er wollte bei seiner Tante durchsetzen, dass die vier jungen Frauen, die dafür verantwortlich waren, eine Belohnung bekamen. Vor allem Eva hatte es wahrlich verdient.

* * *

In den nächsten Tagen dachte Ludwig Karch immer wieder an Eva. Ihm gefiel, wie sie lächelte und wie freundlich und geschickt sie mit den Gästen umging. Das war nicht die gespielte Unterwürfigkeit, die seine Tante hochrangigen Leuten gegenüber an den Tag legte, sondern kam von Herzen. Wenn er allein war und Zeit hatte, stellte Ludwig Karch sich vor, wie Eva anstelle seiner Tante bei Problemen reagieren würde, die das Hotel betrafen. Bei ihr würden die Angestellten es nicht für möglich halten, dass sie ihnen das Geld, welches Thea Schroll damals seiner Tante gestohlen hatte, vom Lohn einbehalten würde. Seine Tante hatte es zwar nicht getan, doch für einige Tage hatte sogar er es befürchtet.

Eva würde sich auch nicht so gegen Neuerungen stemmen, wie seine Tante es tat. Das Grandhotel Pupp zeigte, wie die Zukunft in Karlsbad aussehen würde. Er erinnerte sich daran, wie lange es gedauert hatte, seinen Vorschlag durchzusetzen, den alten, kaum benützten Salon für Billard- und Kartenspiel umzubauen und aus dem kleinen Salon dahinter den neuen Cafésalon zu machen.

Da Ludwig Karch schon dabei war, über seine Tante zu richten, dachte er an einen weiteren Vorschlag, den seine Tante nicht einmal zur Gänze angehört hatte. Da es hieß, das Wasser der Karlsbader Quellen sei nicht nur für eine Trinkkur geeignet, sondern helfe auch bei äußerlicher Anwendung in Form entsprechender Bäder, war in einem Flügel des Pupp ein Badebereich mit Wannenbädern eingerichtet worden, in dem die Gäste unter entsprechender Diskretion ärztlich verordnete Bäder nehmen konnten. Die Herren wurden von männlichen

Badegehilfen bedient, die Damen von dafür ausgebildeten Bademädchen.

Seine Tante hatte seinen Vorschlag, auch im Adonis einen Badebereich einzurichten, als unerhört abgelehnt. Es sei unmoralisch, von den Gästen zu erwarten, sich unbekleidet irgendwelchen Badegehilfen oder -mädchen zu zeigen. Selbst der Hinweis, man könne die entsprechenden Badewannen so abdecken, dass nur die Köpfe der Gäste zu sehen waren, hatte nichts gefruchtet.

Eva würde es verstehen, dachte er. Seine Tante hing jedoch althergebrachten Vorstellungen an, die von mehr und mehr Leuten, die etwas davon verstanden, als ungeeignet bezeichnet wurden. Auf Unterstützung aus dem Haus brauchte er nicht zu hoffen. Für die Hausdame war das, was seine Tante sagte, ihr Evangelium, und der Chefkoch und der Oberkellner interessierten sich nicht für diese Belange des Hotels.

Bei diesem Gedanken fragte Ludwig Karch sich, was der Oberkellner zur Entwicklung im Cafésalon sagen würde. Der Mann hatte es abgelehnt, die Verantwortung dafür zu übernehmen, und darauf gedrängt, dass dieser Teil Frau Zöpfel unterstellt wurde. Der Mann war ebenso rückwärtsgewandt wie seine Tante. Was unter Kaiser Franz I. und Kaiser Ferdinand gegolten hatte, sollte ihrer Meinung nach auch bei Kaiser Franz Joseph Bestand haben. Dabei übersahen sie ganz, dass in wenigen Jahren das zwanzigste Jahrhundert beginnen würde.

Zu alldem kam ein weiteres Problem. Seine Tante drängte ihn zunehmend, die Tochter des Hoteliers Sebastian Straßer aus Brünn zu heiraten und eine Familie zu gründen. Zwar hatte er grundsätzlich nichts dagegen, sich eine Frau zu nehmen. Wenn er jedoch die Brünnerin nahm, würde diese sich nach seiner Tante richten und er gleich gegen zwei Bollwerke anrennen müssen, um seine Vorstellungen von einem modern geführten Hotel durchzusetzen.

Erneut dachte er an Eva. Diese würde nach einer Heirat ihren Ehemann unterstützen und nicht dessen die Schwiegermutter spielende Tante. Ludwig Karch zuckte bei diesem Gedanken zusammen. Das war unmöglich. Seine Tante würde es niemals zulassen.

»Muss sie wissen, was ich vorhabe?«, fragte er sein Spiegelbild und schüttelte den Kopf. »Wenn ich erst einmal verheiratet bin, wird sie sich fügen müssen!«

Zwei Dinge hinderten ihn daran, diesen Gedanken sofort in die Tat umzusetzen. Zum einen war Eva mit ihren siebzehn Jahren noch arg jung. Für eine Ehe sollte sie schon ein oder besser noch zwei Jahre älter sein. In der Zeit bis dahin konnte er sie auch besser kennenlernen und dafür sorgen, dass sie das Wissen erhielt, das sie einmal benötigen würde. Die Frage, ob sie überhaupt bereit war, ihn zu heiraten, kam ihm erst gar nicht in den Sinn. Immerhin stellte er als Nachfolger seiner Tante und nächster Besitzer des Adonis etwas dar. Für ein Mädchen wie Eva musste es so sein, als würde eine gütige Fee ihren Zauberstab schwenken und aus einem ehemaligen Zimmer- und Kaffeemädchen die Ehefrau eines geachteten und reichen Mannes machen.

Das zweite Problem lag bei seiner Tante. Sie würde behaupten, er wäre einer momentanen Laune gefolgt, die nicht ernst zu nehmen sei. Daher musste auch sie Eva besser kennenlernen und sehen, wie diese unter seiner Leitung an Wissen und Erfahrung gewann.

* * *

Ludwig Karch war verliebt, aber noch so weit bei Verstand, um zu wissen, dass seine Tante Eva zumindest im Augenblick nicht als seine Frau akzeptieren würde. Es bestand sogar die Gefahr, dass sie ihm das Erbe versagte und das Hotel seinem Vetter Erwin hinterließ.

Allerdings zog es Ludwig Karch mit einer solchen Macht zu Eva hin, dass er diese am liebsten den ganzen Tag um sich gehabt hätte. Eva war jedoch dem Cafésalon zugeteilt und durfte diesen nicht verlassen. Aber er war in der Lage, diesen jederzeit zu betreten, und das nützte er aus.

Immer, wenn es ihm möglich war, ging er in den Cafésalon. Er nahm Papier und Schreibzeug mit und erledigte seine Korrespondenz und einen großen Teil seiner Pflichten von dort aus.

Eva bediente ihn freundlich, ohne zu wissen, dass er in ihrem Lächeln mehr sah als professionelle Freundlichkeit. Anders als sie bemerkten Afra, Ulla und Ida, wie seine Blicke ihr folgten. Die drei wussten nicht, wie sie sich dazu stellen sollten. Daran, dass Ludwig Karch ernste Absichten haben könnte, glaubte keine von ihnen. Sie vermuteten daher, er wäre auf eine kurze Liebelei aus, und fragten sich, ob sie Eva nicht darauf ansprechen sollten.

»Ich würde es nicht tun!«, meinte Afra. »Die Eva ist ein vernünftiges Madl und weiß selber, wie sie Herrn Karch zu behandeln hat.«

Ulla wiegte zweifelnd den Kopf. »Es ist schon ein bisserl auffällig, wie er ihr nachschaut. Die Eva ist noch sehr jung …«

»Gerade mal zwei Jahre jünger als du!«, wandte Ida ein.

»Aber es könnte ihr den Kopf verdrehen. Er hat Erfahrung mit Frauen und weiß, wie man eine herumkriegt.«

»Unsere Eva ist keine, die man herumkriegt!«, schimpfte Ida.

»Leicht sicher nicht!«, wandte Afra ein. »Aber der Herr Karch ist als Neffe der Madame auch eine Respektsperson. Dem widerspricht man nicht so leicht. Wenn er einmal anfängt, sitzt die Eva in der Falle. Dann muss sie entweder hart bleiben und riskieren, dass sie hochkant aus dem Adonis hinausfliegt, oder nachgeben, selbst wenn es ihr schwerfällt.«

Afra war die Älteste von ihnen, und ihr Wort hatte Gewicht. Zwar teilte sie Ullas Meinung, Ludwig Karch könnte Eva verführen wollen, glaubte aber ebenso wie Ida, dass Eva sich dagegen sträuben würde.

»Also reden wir mit ihr, oder tun wir es nicht?«, fragte Ulla.

»Ich tät damit noch warten!«, schlug Ida vor.

»Und wenn es dann zu spät ist?«

»Wir werden es schon früh genug merken, Ulla. Außerdem vergisst du, dass der Herr Karch ein Ehrenmann ist. Er wird die Grenzen, die ihm von der Moral gesetzt werden, nicht überschreiten.«

»Wenn es um das geht, vergessen die Männer leicht, dass sie Ehrenmänner sein sollten, und kümmern sich nicht um Moral und Unrecht!« So, wie Ulla klang, musste ihr so etwas schon widerfahren sein.

Afra nahm sie kurz in die Arme. »Es ist alles gut! Wir passen schon auf!«

* * *

Nicht nur Evas Kolleginnen machten sich Gedanken über Ludwig Karchs verändertes Verhalten. Da der Cafésalon in Frau Zöpfels Obhut fiel, schaute sie öfter nach, wie es dort lief. Die ersten Male achtete sie nicht auf den Neffen ihrer Chefin. Irgendwann aber wunderte sie sich, weil er immer wieder zu Eva hinsah.

Das Mädchen war ausnehmend hübsch, gut gewachsen und von einem ruhigen und angenehmen Gemüt. Damit konnte sie einen Mann schon reizen, sagte sich die Hausdame. Sie fand aber auch, dass Ludwig Karch sich besser beherrschen sollte. Seine Tante hatte Liebschaften im Hotel ausdrücklich verboten.

Anders als Ida, Afra und Ulla war Frau Zöpfel nicht gewillt, zu warten. Als Ludwig Karch wieder einmal mehr als einen halben Tag im Cafésalon verbrachte, ging sie zum Büro ihrer Chefin und klopfte.

»Was gibt es, Zöpfel?«, fragte Isolde Karch, als die Hausdame eintrat.

»Es steht mir nicht zu, über Ihren Neffen zu richten. Aber mein Gewissen zwingt mich, es zu sagen.«

»Und was?«, fragte die Hotelbesitzerin in dem Glauben, es wäre zwischen ihrem Neffen und Frau Zöpfel zu einem Streit gekommen.

»Ich hege den Verdacht, dass Herr Ludwig Karch eine unziemliche Vorliebe für Eva Riegler entwickelt hat. Er hält sich kaum mehr in seinem Büro auf, sondern sitzt die meiste Zeit im Cafésalon und erledigt dort auch seinen Schriftverkehr. Dabei zeigt er deutlich, dass der eigentliche Grund für seine Anwesenheit Eva ist.«

Frau Karch hörte ihrer Hausdame zu und starrte dabei gegen die Wand. Auch wenn sie ihren Neffen mochte, hatte er sich nach dem zu richten, was sie wollte. Eine heimliche oder gar offene Liebschaft mit einem Kaffeemädchen zählte jedenfalls nicht dazu.

»Es ist gut, dass Sie mich informiert haben, Zöpfel! Da es nicht anders geht, werden wir Eva entlassen müssen«, sagte Isolde Karch.

»Davon würde ich abraten!«, wandte Frau Zöpfel ein. »Lord Augustus Beauvais hat sein Kommen für Mai angekündigt. Wenn er erscheint und hört, dass Eva entlassen wurde, könnte es ihn dazu bewegen, das Adonis zu verlassen und sich woanders einzumieten. Er hat im letzten Jahr eine große Vorliebe für Eva gezeigt.«

Frau Karch wusste selbst, welch verheerendes Echo es nach sich ziehen würde, wenn ein so hoher Gast wie Lord Augustus das Adonis verließ. Es konnte dem Hotel auf Jahre hinaus hochrangige Gäste kosten. Trotzdem musste sie etwas unternehmen. Wenn sie nicht verhindern konnte, dass ihr Neffe ein Verhältnis mit einer Angestellten begann, würden auch andere es tun und das Adonis zu einem Hort der Unmoral verkommen.

»Es ist gut, dass Sie es mir gesagt haben, Zöpfel. Ich werde darauf achten!«, sagte sie und überlegte, nachdem die Hausdame sie verlassen hatte, was sie tun sollte.

Wenig später stand sie auf, verließ ihr Büro und ging zu dem ihres Neffen. Als sie hineinschaute, war es leer. Nun lenkte Frau Karch ihre Schritte zum Cafésalon und trat ein. Er war gut besucht, und die Kaffeemädchen hatten zu tun. Nur Eva stand bei ihrem Neffen, der so eifrig auf die junge Frau einsprach, dass ihm das Erscheinen der Tante ganz entging.

Frau Karch hatte nicht die Absicht, es zu einem Streit kommen zu lassen, daher blieb sie in einer Ecke stehen und beobachtete. Die Blicke, mit denen ihr Neffe Eva verschlang, ließen keinen Zweifel. Ludwig war in das Mädchen verliebt. Nein, vernarrt, korrigierte Frau Karch sich. Eva lächelte zwar, wirkte aber eher verlegen als erfreut. Schließlich wies sie auf die anderen Gäste.

»Entschuldigen Sie, Herr Karch! Aber ich muss arbeiten! Ich kann die anderen nicht allein lassen.«

Frau Karch nickte zufrieden. Ihr Neffe mochte in Eva verliebt sein, aber noch wusste die junge Frau, wo ihr Platz war, und der war hier als Kaffeemädchen im Cafésalon. Mehr wollte sie wohl auch nicht sein. Wenigstens im Augenblick nicht, schränkte Frau Karch für sich ein. Anders war es, wenn Ludwig sie stärker bedrängte und ihr Hoffnungen machte, er könnte sie vielleicht heiraten. Sie schüttelte den Kopf darüber, dass ihr Neffe sich mit sechsundzwanzig Jahren noch so benahm wie ein Pennäler bei seiner ersten Liebe. In dem Alter sollte er wirklich vernünftiger sein.

Sie setzte sich und winkte Eva zu sich. »Wie es aussieht, macht sich der Cafésalon, nicht wahr?«

Eva knickste. »Wir sind zufrieden, Madame! Schöner wäre es natürlich, wenn wir im Adonis einen eigenen Zuckerbäcker hätten und wir die Kuchen nicht aus der Konditorei holen müssten.«

»Ich werde mir die Abrechnungen ansehen, ob es sich lohnt, einen einzustellen. Es wäre auch für das Hotel von Vorteil, da wir unsere Dessertkarte erweitern könnten.« Frau Karch nickte und hatte den Beschluss, einen Konditor einzustellen, fast schon gefasst.

Dann aber sah sie Eva an. »Du könntest mir einen Darjeelingtee und einen Gugelhupf bringen!«

»Sehr wohl, Madame!« Eva knickste und eilte los, um das Verlangte zu bringen.

Zu Frau Karchs Verwunderung legte sie ihr eine Rechnung vor und bat sie, diese abzuzeichnen.

»Wieso das?«, fragte die Hotelbesitzerin verwundert.

»Wir müssen Kuchen und Gebäck beim Zuckerbäcker kaufen und mit Frau Zöpfel abrechnen. Wenn etwas auf der Abrechnung fehlt, müssen wir es selbst bezahlen. Deshalb brauchen wir Ihre Unterschrift, aber auch die von Herrn Karch und Frau Zöpfel, wenn diese hier etwas verzehren.«

»Verzehren die beiden viel?«, fragte Frau Karch weiter.

»Frau Zöpfel nicht. Die trinkt vielleicht zweimal in der Woche einen Kaffee und isst ein Stück Kuchen!«

»Und mein Neffe?«, bohrte Frau Karch weiter.

»Herr Karch kommt öfter und isst ein oder zwei Stücke Kuchen«, antwortete Eva.

»Er schmeckt auch gut«, lobte Frau Karch und beschloss, sich von Frau Zöpfel die Abrechnung der letzten Woche zeigen zu lassen.

Zurück in ihrem Büro schrieb sie einen Brief an den Hotelier Sebastian Straßer in Brünn. Bis dieser ihr geantwortet hatte, wollte sie nichts unternehmen. Dann aber würde ihr Neffe lernen müssen, wer hier immer noch das Regiment führte.

* * *

Ein paar Tage später schloss Eva am Abend den Cafésalon zu und sah dann kopfschüttelnd ihre Kolleginnen an.

»Ich wünschte, Herr Karch würde wieder in seinem Büro arbeiten. Hier nimmt er einen Tisch in Beschlag, an dem bis zu sechs Gäste sitzen könnten. Heute sind deswegen zwei wieder gegangen. Am liebsten tät ich ihn ja wegschicken. Aber da er der Neffe der Madame ist, traue ich mich nicht.«

»Du würdest ihn wegschicken?« Afra sah Eva verwundert an, begriff dann aber, dass diese die Aufmerksamkeit, die Ludwig Karch ihr zukommen ließ, gar nicht bemerkt hatte. In dieser Hinsicht war Eva tatsächlich noch etwas kindlich.

»Weißt du, die Ulla meint, der Herr Karch könnte eine gewisse Vorliebe für dich gefasst haben«, begann Afra vorsichtig.

»Vorliebe?« Eva kniff die Augen zusammen und dachte nach. »Das kann ich mir nicht vorstellen!«

Noch während sie es sagte, erinnerte sie sich daran, wie oft Ludwig Karch sie in ein Gespräch verwickelt hatte. Zwar war er nie anzüglich geworden. Seltsam aber war es dennoch.

»Zu so was gehören immer zwei!«, sagte sie. »Wenn Herr Karch aufdringlicher werden sollte, bitte ich Frau Zöpfel, mich wieder als Stubenmadl einzuteilen.«

»Ich weiß nicht, ob das klug wäre. Er könnte dir in einem der Zimmer auflauern. Würdest du schreien, wenn er …« Afra sprach es nicht aus, doch Eva wusste auch so, was sie meinte.

»Wenn er das tut, kriegt er eine gesalzene Watschen, und ich schau zu, dass ich in einem anderen Hotel unterkomme!«, sagte sie.

Es klang entschlossen, und daher hoffte Afra, dass es nicht dazu kommen würde. Immerhin hatten sie einen großen Teil ihres Erfolgs im Cafésalon Eva zu verdanken. Wenn sie nicht mehr hier wäre, würden mit Sicherheit weniger Gäste kommen.

»Noch ist der Herr Karch harmlos, und wir wollen hoffen, dass es auch so bleibt«, sagte Afra und stieß Eva leicht an. »Wir sollten uns jetzt eilen, sonst kommen wir als Letzte zum Abendessen und kriegen nur noch die Reste ab.«

* * *

Endlich hatte Frau Karch die erhoffte Antwort aus Brünn erhalten. Sie wartete bis zum Ende des Abendessens, das sie mit ihrem Neffen, Frau Zöpfel und den anderen Führungskräften des Hotels einnahm. Als sie den Dessertlöffel weglegte, wandte sie sich Ludwig zu. »Wir müssen noch etwas bereden. Komm mit in mein Büro!«

Ihr Neffe glaubte, es ginge um einige Änderungsverschläge, die er seiner Tante gemacht hatte, und folgte ihr. In ihrem Zimmer nahm er auf dem Stuhl Platz, auf dem er dort gewöhnlich saß, und wartete darauf, was sie ihm zu sagen hatte.

Isolde Karch musterte ihn mit einem kühlen Blick. »Du hältst dich in letzter Zeit sehr oft und sehr lange im Cafésalon auf!«

»Es war ja meine Idee, und da will ich natürlich schauen, wie er von den Gästen angenommen wird.«

»Schaust du da nicht eher auf jemand ganz Speziellen? Du weißt, dass ich keine Liebschaften im Hotel dulde. Das schließt auch dich ein!« Diesmal klang Frau Karch scharf.

Ludwig schüttelte erregt den Kopf. »Es gibt keine Liebschaft, und ich will auch keine anfangen!«

»Auch nicht mit Eva Riegler?«

Für einen Moment schloss Ludwig die Augen und überlegte. Dann aber sagte er sich, dass es am besten war, offen und ehrlich zu bekennen, was er für Eva fühlte.

»Ich will keine Liebschaft mit der Eva. Ich will sie heiraten.«

»Heiraten?« Jetzt musste Isolde Karch schlucken. Das war ja noch schlimmer, als sie es befürchtet hatte.

»Bist du denn ganz närrisch geworden?«, setzte sie nach einer kurzen Pause hinzu.

»Eva ist ein wunderbares Mädchen, und sie weiß, was für das Adonis gut ist!«, antwortete Ludwig, der bemüht war, sich von seiner Tante nicht einschüchtern zu lassen.

»Sie gehört nicht zu unserer Gesellschaftsschicht und würde auch nie von ihr akzeptiert werden. Also schlag dir diesen unsinnigen Gedanken aus dem Kopf!«, erklärte Isolde Karch streng.

»Das werde ich nicht! Eva wird sich auch in unserer Gesellschaftsschicht behaupten. Sie ist …«

»… die Tochter eines Tagelöhners, die gerade einmal lange genug die Schule besucht hat, um lesen und schreiben zu lernen? Was Bildung wirklich bedeutet, hat sie nie erfahren«, unterbrach Isolde Karch ihren Neffen aufgebracht. »Sie ist nichts für dich, weder als Geliebte und noch weniger als Ehefrau! Hast du verstanden?«

Da die Augen ihres Neffen rebellisch aufblitzten, schlug Isolde Karch mit der flachen Hand auf den Tisch. »Wenn es sein muss, kann ich auch anders! Dann hole ich mir Erwin als meinen Nachfolger ins Hotel. Er wird das tun, was ich will.«

Ludwig Karch hätte am liebsten ebenfalls auf den Tisch geschlagen. Er begriff jedoch, dass es seiner Tante mit der Drohung todernst war. Da er allgemein als ihr Erbe galt, würde er, wenn sie ihn verstieß, im Gastgewerbe kein Bein mehr auf die Erde bringen. Geld, um sich selbst etwas aufbauen zu können, hatte er nicht. Damit aber konnte er Eva auch nicht das Leben bieten, das er sich vorstellte.

Einen Augenblick lang dachte er noch daran, sich trotzdem gegen seine Tante zu stellen, um Eva für sich zu gewinnen. Dann aber senkte er besiegt den Kopf.

»Du weißt, Tante, ich tue alles, was du willst!«

»Das freut mich!«, erklärte Isolde Karch zufrieden. »Daher wirst du deine Sachen packen und übermorgen mit dem ersten Zug nach Brünn fahren. Dieses Jahr wirst du in Sebastian Straßers Hotel arbeiten und dessen Tochter Barbara umwerben. Spätestens im Herbst will ich nach Brünn zu eurer Verlobungsfeier kommen, und in einem Jahr wird geheiratet!«

Ludwig Karch schluckte, denn für ihn war es wie die Verbannung aus dem Paradies. Er sagte sich aber auch, dass ihm keine andere Wahl blieb. Seine Tante war die Besitzerin des Hotels. Obwohl er ihr Lieblingsneffe gewesen war, konnte sie jederzeit seinen Vetter Erwin zu ihrem Erben ernennen. Ohne das Adonis war er jedoch ein Nichts!

* * *

Als Eva am Sonntag zur Kirche ging, dachte sie zu ihrem Ärger mehr an Ludwig Karch als an Franz, mit dem sie sich nach der heiligen Messe treffen wollte. Was fiel dem Sohn ihrer Chefin ein, sie so zu verfolgen, dass alle glaubten, er wolle mit ihr ins Heu? Stimmt nicht, sagte sie sich. Ins Heu mit ihr hatte Karl Wenzl gewollt. Für den Herrn Hotelerben war es natürlich das Bett.

Sie fauchte bei dem Gedanken. Schließlich hatte sie die Heimat auf der Flucht vor dem Großbauernsohn nicht verlassen, um hier das Opfer eines übermäßig von sich eingenommenen Städters zu werden. Mit diesem Gedanken betrat sie die

Kirche und setzte sich auf ihren gewohnten Platz. Erst als der Gottesdienst dem Ende zuging, dachte sie daran, dass sie noch nicht geschaut hatte, ob Franz da war. Sie holte es nach, sah ihn und wunderte sich über seine mürrische Miene.

Dem scheint eine große Laus über die Leber gelaufen zu sein, dachte sie. Es war schon ein Kreuz, ganz unten zu stehen und sich ducken zu müssen. Eines nahm sie sich fest vor: Wenn Ludwig Karch sie weiterhin belästigte, würde sie im Adonis kündigen und die Vermittlerin Josepha Pfnür bitten, sie in einem anderen Hotel unterzubringen.

Kaum war die Messe zu Ende, verließen die Gläubigen die Kirche und gingen ihrer Wege. Eva hingegen blieb auf dem Kirchplatz stehen und wartete auf Franz. Er kam schließlich, die Hände in den Hosentaschen und blieb neben ihr stehen.

»Grüß dich, Eva!«

»Grüß Gott, Franz! Ist was, weil du so verärgert wirkst?«, fragte Eva besorgt.

»Was soll schon sein?«, antwortete er brummig, zog dabei aber eine abwehrende Miene. »Da haben sie mir gesagt, ich kann im neuen Jahr als Kellner arbeiten. Und was ist? Ich muss immer noch den Hausknecht machen! Einen solchen haben sie nämlich nicht eingestellt.«

»Aber du kriegst doch mehr Lohn als letztes Jahr«, sagte Eva.

»Die paar Heller machen das Kraut auch nicht fett. Kellnern darf ich bloß, wenn viele Gäste bedient werden müssen. Die meiste Zeit aber laufe ich mit der blauen Schürze des Hausknechts herum. Da war es im letzten Jahr fast noch besser!«

Eva spürte Franz' Unmut und legte ihm eine Hand auf den Arm. »Es ist vom Besitzer des Goldenen Schlüssels nicht recht, dich so zu behandeln. Immerhin hat er dir versprochen, dass du in diesem Jahr als Kellner arbeiten darfst.«

»Wenn ich das gewusst hätte, hätte ich den Dienst gewechselt. Aber ich habe mir halt gedacht, in einem kleinen Hotel komme ich schneller hoch als in so einem Protzpalast wie dem Pupp oder bei euch!« Franz warf jeweils einen Blick in die Richtung, in der er die beiden Hotels wusste, und wechselte das Thema. »Langsam können wir schon einmal zusammen in ein Kaffeehaus gehen. Immerhin kennen wir uns fast bald ein Jahr.«

»Ein Madl sollte nicht mit einem Burschen zusammen in ein Lokal gehen, ohne dass es die Mutter erlaubt«, wandte Eva ein.

»Deine Mutter kannst du schlecht fragen. Die ist zu weit weg«, erwiderte Franz verärgert.

»Es müsste jemand dabei sein! Vielleicht machen wir es, wenn die Helga wieder da ist.«

Eva freute sich auf die Rückkehr ihrer Freundin, die im letzten Jahr wie sie als Zimmermädchen im Adonis gearbeitet hatte. Noch war Helga in ihrer Heimat, aber wenn in ein paar Wochen die neue Saison begann, würde sie ebenfalls wieder im Adonis arbeiten.

Franz begriff, dass er bei Eva nicht mehr erreichen konnte, und zeigte mit verkniffener Miene auf die Kirchturmuhr. »Heut habe ich nicht so viel Zeit, weil Gäste erwartet werden. Bis nächsten Sonntag!«

»Bis nächsten Sonntag«, antwortete Eva und hoffte, dass sich sowohl bei Franz wie auch bei ihr die Probleme lösen würden.

Die Saison beginnt

Helga sah Eva, stürmte auf sie zu und umarmte sie quietschend vor Freude. »Du bist extra zum Bahnhof gekommen, um mich abzuholen? Das ist aber lieb von dir. Wie geht es dir? Gut siehst du aus! Hast du den Winter hinter dich gebracht? Was gibt es Neues im Adonis?«

»Das sind aber viele Fragen auf einmal!«, antwortete Eva lachend. »Lass dir erst einmal Grüß Gott sagen. Schön, dass du wieder da bist!«

Das Zimmermädchen Helga hatte den Winter zu Hause verbracht und war nun wieder nach Karlsbad gekommen, um während der Saison im Adonis zu arbeiten. Nun war sie neugierig, was sich in der Zwischenzeit alles ereignet hatte. Eva hakte sich bei ihr unter und wies mit dem Kinn in Richtung Stadt. »Wir können unterwegs reden. So lange, um dir alles am Bahnhof erzählen zu können, darf ich nicht wegbleiben.«

»Dann nichts wie los!« Helga lächelte und sagte, dass sie froh sei, wieder in Karlsbad zu sein. »Weißt du, daheim ist es zwar schön. Aber wenn du die ganze Zeit mithilfst und kriegst nicht einmal ein Taschengeld dafür, freust du dich auf das Adonis. Da werde ich für das, was ich tue, wenigstens bezahlt.«

»Auch wenn du dafür mit fünf anderen und in Stockbetten schlafen musst?«, fragte Eva feixend.

Helga tat diese Bemerkung mit einer Handbewegung ab. »Daheim geht es auch eng zu! Du müsstest es doch am besten wissen. Wie viele Kinder seid ihr jetzt, fuchzehn? Oder sind es schon mehr?«

»Fünfzehn! Und es schaut zurzeit nicht so aus, als wenn es sechzehn werden könnten«, antwortete Eva.

»Das sind mehr als genug! Wenn ich mir vorstelle, ich hätte so viele Geschwister!« Helga schüttelte es bei dem Gedanken. Dann aber lächelte sie. »Jetzt sind wir wieder zusammen. Ist das nicht schön?«

»Das ist es!«, sagte Eva. »Wenigstens sehen wir uns zu den Mahlzeiten und können in unserer Freizeit was zusammen unternehmen.«

»Was ist eigentlich mit dem Franz? Triffst du dich noch mit ihm?«, fragte Helga weiter.

»Jeden Sonntag nach der Kirche für eine halbe Stunde. Er will unbedingt, dass ich mit ihm einmal in ein Kaffeehaus gehe. Allein möchte ich das nicht. Aber wenn du mitkommen würdest …«

»Als Anstandswauwau!« Helga lachte. »Natürlich mache ich das. Er ist ja auch ein ganz Netter, der Franz! Ist er Kellner geworden, so wie er gehofft hat?«

Eva nickte. »Vom Namen her ist er es, aber sein Chef lässt ihn immer noch als Hausknecht arbeiten. Das passt ihm natürlich nicht, weil er doch auf Trinkgelder gehofft hat. Aber die sackeln seine beiden Kollegen ein. Die müssen sich nämlich nicht damit abschinden, Bierfässer aus dem Keller heraufzuschleppen, Gästen die Koffer in die Zimmer zu tragen und so weiter.«

Eva bemerkte, dass sie Franz' Klagen fast wortwörtlich wiederholte. Und mit einem Mal fragte sie sich, was so schlimm daran war, Dinge zu tun, die er auch im letzten Jahr hatte machen müssen. Er war nun einmal der Neue im Hotel und sollte sich freuen, wenn sein Chef ihm zutraute, alle Arbeiten zu seiner Zufriedenheit erledigen zu können.

Helga bemerkte einen Schatten auf Evas Gesicht und ahnte, dass er Franz galt. »Und wie ist es mit dir?«, fragte sie. »Läuft euer Cafésalon? Die Kellner, die im alten Salon bedient haben, meinten ja, das Geld dafür hätte man genauso gut zum Fenster hinauswerfen können.«

»So? Meinten sie das? Da haben sie sich aber getäuscht!« Eva klang spöttisch, denn genau dasselbe hatte auch sie gehört. Der alte Salon war groß und unpersönlich gewesen und die Kellner etwas hochnäsig. Der neue Cafésalon war anheimelnd, die Tische durch hölzerne Stellwände voneinander getrennt, sodass man dort ein wenig für sich sein konnte. Das war wohl einer der Gründe, weshalb der Cafésalon von den Gästen so gut angenommen worden war.

»Dann habt ihr dort viel zu tun!«, schloss Helga aus ihren Worten.

»Das stimmt!«, gab Eva zu. »Aber das ist auf alle Fälle besser, als nichts zu tun zu haben.«

»Und was gibt es sonst Neues?«, fragte Helga weiter, während sie am Ufer der Tepl entlanggingen.

»Herr Karch ist von seiner Tante nach Brünn geschickt worden, um dort neue Erfahrungen zu sammeln, und wird vor dem Spätherbst nicht wiederkommen«, antwortete Eva und klang dabei so zufrieden, dass Helga sich wunderte. Da Eva jedoch nichts weiter dazu sagte, wollte sie nicht nachfragen.

Evas Gedanken galten kurz dem Neffen ihrer Chefin. Da er fort war, konnte sie in dieser Saison noch im Adonis bleiben. Ob sie es auch weiterhin tun würde oder sich eine neue Arbeitsstelle suchen sollte, musste sich zeigen. Es war jedenfalls nichts, mit dem sie Helga bereits jetzt überfallen wollte.

Sie erreichten die Mühlbrunnenkolonnade und blieben kurz stehen, um den Kurgästen zuzusehen. Noch hatte die

Saison nicht begonnen, trotzdem waren bereits mehr Menschen nach Karlsbad gekommen als in den Wochen zuvor, und es hatten sich sogar kurze Schlangen vor den Trinkbrunnen gebildet.

»Wie es aussieht, hat sich nichts geändert, seit wir zwei das erste Mal zusammen hier vorbeigegangen sind. Außer, dass wir ein Jahr älter geworden sind«, sagte Helga nachdenklich.

»Viel hat sich tatsächlich nicht geändert«, gab Eva zu.

»Hast du mit der Angelika reden können, ob heuer mehr Stubenmadl eingestellt worden sind? Letztes Jahr war es manchmal schwer, mit allem fertig zu werden«, sagte Helga, da dies sie persönlich berührte.

»Vor allem, weil gleich zwei Stubenmadl nur die Grande Suite und das Zimmer hergerichtet haben, in denen Lord Augustus und sein Diener gewohnt haben«, ergänzte Eva.

»Du hast dann auch noch den Diener des Lords pflegen müssen! Die Frau Zöpfel hätte gescheiter sein müssen und Rosa die normale Arbeit tun lassen. So hat die Thea sich einen faulen Lenz machen können. Wir anderen haben derweil geschuftet, dass uns der Buckel gekracht hat. Hat man übrigens noch was von der Thea gehört?«

Eva schüttelte den Kopf. »Nichts! Aber Österreich ist groß, und es gibt sicher genügend Winkel, in denen sie sich verstecken kann.«

»So eine ungute Nuss!«, schimpfte Helga. »Die war faul, hinterhältig und gemein. Aber bei der Frau Zöpfel hat sie sich lieb Kind gemacht, dass die sie zu Angelikas Stellvertreterin ernannt hat. Weißt du, wer das heuer wird?«

Erneut schüttelte Eva den Kopf.

»Ich werde es gewiss nicht! Aber es sollte eine werden, die auch selber arbeitet und net bloß anschafft. Die Thea hat ihre Stubenmadln oft genug dazu gebracht, einen Teil ihrer Zimmer zu übernehmen. Wenn sie einmal selber was geschafft hat und es ist was kaputt gegangen, hat sie die Schuld auf andere abgewälzt!«

Eva verstand Helgas Ärger, denn die Freundin war ein bevorzugtes Ziel für Theas Bosheiten gewesen. Einmal hatte Thea eine wertvolle Porzellanfigur zerbrochen, aber es so hingedreht, dass Helga dafür bestraft worden war.

»Da sind wir!«, sagte sie, um das unangenehme Thema zu beenden. Thea war Vergangenheit und würde keiner von ihnen noch einmal schaden können.

Sie betraten das Adonis und gingen nach unten, um sich umzuziehen. Während Helga anschließend Frau Zöpfels Büro aufsuchte, um sich zurückzumelden, eilte Eva in den Cafésalon, damit ihre Kolleginnen nicht zu lange für sie mitarbeiten mussten.

»Und? Hast du Helga vom Bahnhof abgeholt?«, fragte Afra lächelnd.

»Die hätte den Weg gewiss auch allein gefunden!«, stichelte Ulla, die als Zimmermädchen zu Theas Truppe gehört und die Mädchen der anderen Gruppe als Konkurrenz angesehen hatte. Dann erinnerte sie sich, dass ja auch Eva bei den anderen mitgearbeitet hatte, und schüttelte insgeheim den Kopf über sich selbst. »Auf jeden Fall war es nett von dir!«, setzte sie hinzu, um ihrer vorigen Bemerkung die Spitze zu nehmen.

»Solange noch nicht so viel los ist, ruht ihr euch ein bisserl aus und lasst mich die Arbeit machen«, erklärte Eva und trat auf ein älteres Paar zu, das eben hereingekommen war.

»Einen schönen guten Tag, die Herrschaften. Was darf es denn sein?«

* * *

Anders als im letzten Jahr, als sie beide noch als Zimmermädchen gearbeitet hatten, trafen Eva und Helga sich zumeist nur bei den Mahlzeiten. Auch wenn sie dort ein paar Worte wechseln konnten, zählte Trödeln beim Essen nicht zu dem Verhalten, das Frau Zöpfel tolerierte. Um ungestört miteinander reden zu können, blieb ihnen nur ihre knapp bemessene Freizeit. Da ihr Arbeitsrhythmus ungleich war, hatten sie im Grunde nicht mehr als die halbe Stunde für sich, die ihnen am Sonntag nach der Messe zur Verfügung stand.

Da Eva sich in dieser Zeit auch mit Franz treffen wollte, nahm sie Helga einfach mit, und so schlenderten sie zu dritt die Alte Wiese entlang. Sowohl Franz wie auch die beiden jungen Frauen hatten einiges zu erzählen. Da Helga ein Talent besaß, auch ernste Dinge mit einem gewissen Humor auszudrücken und Franz nur noch gelegentlich über seine Stellung im Goldenen Schlüssel klagte, konnte Eva die gemeinsame Zeit genießen. Daher freute sie sich die ganze Woche darauf, wieder mit Helga und Franz zusammen zu sein. Noch aber zögerte sie, mit ihm und Helga zusammen in ein Kaffeehaus zu gehen. Ihrer Erziehung nach war es ein zu bedeutender Schritt, als dass sie ihn ohne einen wichtigen Grund gehen wollte.

Die Kursaison lief gut an, die Zahl der Gäste stieg, und der Cafésalon im Adonis wurde gut besucht. Zwar hatten Eva und ihre Mitstreiterinnen viel zu tun, aber die Arbeit gefiel ihnen. Da die Gäste nicht mit Trinkgeld geizten, stieg auch ihr Guthaben auf den jeweiligen Konten bei Frau Karch.

Helga hatte ebenfalls nicht zu klagen. Nach längerem Überlegen hatte Frau Zöpfel ihr Theas alten Posten übertragen, sodass sie eine der beiden Gruppen anführte, die die Zimmer reinigten. Die Hausdame hatte ihrer Gruppe die unteren Stockwerke zugeteilt. Diese Zimmer war sie gewöhnt und wusste sich auch schon bald gegen einige aufmüpfige Mädchen zu behaupten.

»Ich hätte nie gedacht, dass ich einmal Gruppenleiterin werde«, sagte sie, als sie wieder einmal am Sonntag mit Eva und Franz durch die Stadt schlenderte.

»Im ersten Jahr bist du von Thea niedergedrückt worden. Im letzten hast du dich aber gemacht, und daher ist es recht und billig, dass du jetzt Theas Posten bekommen hast«, sagte Eva.

»Man muss alleweil schauen, dass man vorwärtskommt!«, warf Franz ein. »Aber das ist nicht einfach, wenn einem immer wieder Knüppel zwischen die Beine geworfen werden.«

»Ist wieder was passiert?«, fragte Eva besorgt.

»Nicht direkt! Aber die zwei Deppen von Kellnern bei uns haben miteinander ausgemacht, dass sie abwechselnd auf der Terrasse an der Tepl bedienen und ich nur dann drankomme, wenn keiner von ihnen da ist. Ich hab mich deswegen beim Chef beschwert, doch der hält zu den beiden. Daher wechsle ich im Herbst auf jeden Fall in ein besseres Hotel«, sagte Franz.

»Wohl ins Pupp?«, meinte Helga und lachte.

»Warum nicht? Zutrauen tu ich es mir! Wenn ich dann später ein gutes Zeugnis vom Pupp hab, krieg ich auch bald eine Stellung als Oberkellner in einem ordentlichen Restaurant oder Hotel.«

Vor ein paar Wochen noch hatte Eva sich Franz' Meinung angeschlossen, im Goldenen Schlüssel schlecht behandelt zu werden. Mittlerweile mochte sie seine Klagen nicht mehr hören. Ende letzten Jahres hatte er sich noch gefreut, nicht mehr als Hausknecht, sondern als Kellner zu gelten. Der Goldene Schlüssel war jedoch eines der kleineren Hotels, und da mussten alle überall mit anpacken. Seine Arbeit unterschied sich daher nur wenig von der im letzten Jahr, zumal er bewiesen hatte, alle ihm aufgetragenen Aufgaben zur vollen Zufriedenheit des Hoteliers erledigen zu können. Natürlich musste er zusehen, dass er beruflich weiterkam. Aber ob sein Weg dorthin der richtige war, vermochte sie nicht einzuschätzen.

Franz' neuer Anfall von Unzufriedenheit machte Eva traurig, denn sie hätte ihm gerne geholfen. Wenn sie jedoch versuchte, ihn zu beschwichtigen, reagierte er gereizt.

Nun jedoch wies Franz auf ein Kaffeehaus in ihrer Nähe. »Mir wird ein bisserl kühl. Wollen wir nicht einen Kaffee trinken? Ich lade euch ein.«

»Gern«, antwortete Helga, der auch kalt geworden war.

Eva zögerte zunächst. Dann aber sagte sie sich, dass sie es nicht bis zum Sankt Nimmerleinstag hinauszögern konnte, und nickte. »Die Zeit haben wir noch. Heute muss ich erst in einer Stunde anfangen.«

»Dann lasst uns hineingehen!« Franz öffnete die Tür des Kaffeehauses und ließ die beiden jungen Frauen eintreten. Es war noch nicht viel los, und so konnten sie sich einen Platz aussuchen. Die Bedienung kam, um ihre Bestellung aufzunehmen, und brachte dann Kaffee und Gugelhupf.

»So lasse ich mir den Sonntag gefallen!«, sagte Helga fröhlich.

»So eine Ausgabe kann ich mir nicht oft leisten«, meinte Franz. »Ich will nämlich mein Geld zusammenhalten. Sobald ich genug hab, will ich ein Kaffeehaus oder eine Wirtschaft pachten. Ein Knecht zu sein, davon habe ich langsam genug.«

»Bei dem, was ich verdiene, tät das hundert Jahr dauern!« Helga seufzte tief, musste dann aber lachen. »Ich mach es so, wie die Mam mir geraten hat. Ich werde noch drei, vier Jahre in Karlsbad arbeiten und mir dabei eine Aussteuer zusammensparen. Dann heirate ich einen braven Mann und lebe mit ihm glücklich und zufrieden.«

»Nicht alle wollen so hoch hinaus wie ich«, sagte Franz und sah Eva an. »Und wie stellst du dir dein weiteres Leben vor?«

»Ich habe mir da noch keine Gedanken gemacht«, antwortete Eva unsicher. »Ich sag mir, man muss das Leben so nehmen, wie es kommt.«

»Aber du musst doch Träume und Wünsche haben!«, rief Helga verständnislos.

Eva lächelte sanft. Ausgerechnet Helga, die im letzten Jahr nur gehofft hatte, auch in diesem Jahr im Adonis beschäftigt zu werden, sprach von Wünschen und Träumen. Ihr wurde klar, dass bei Helga über den Winter eine gewisse Veränderung stattgefunden hatte. Sie wirkte erwachsener und hatte an Selbstbewusstsein gewonnen. Es mochte nicht zuletzt daran liegen, dass sie heuer zu Angelikas Stellvertreterin ernannt worden war. Daher bekam sie einen höheren Lohn und mehr Trinkgeld und konnte sich ihren Traum, in ein paar Jahren genug zu sparen, um sich für ihre Verhältnisse gut zu verheiraten, auch erfüllen.

Doch was wollte sie selbst, fragte Eva sich. Da sie diese Frage sich nicht einmal selbst beantworten konnte, vermochte sie es auch Helga und Franz gegenüber nicht.

»Ich jedenfalls weiß, was ich will!«, erklärte Franz eben. »Ein Vetter meiner Mam hat versprochen, mir ein paar Tausend Kronen zu vererben. Sobald ich die habe, stelle ich mich auf die eigenen Füße. Bis dorthin will ich so viel lernen, wie es nur möglich ist.«

Für einen Mann war dies ein löblicher Vorsatz, und Eva wünschte sich, dass es ihm gelang. Dabei schlich sich ein anderes Gefühl in ihre Gedanken. Sie würde es sehr bedauern, wenn Franz seiner Wege ging und sie sich nicht mehr sehen konnten. Konnten sie diesen Weg vielleicht auch gemeinsam gehen? Sie hatte Franz gern und glaubte, dass ihm auch etwas an ihr lag. Sie waren beide noch jung, und bis er seine Pläne in die Tat umsetzen konnte, würden einige Jahre vergehen.

»Ja«, sagte sie nachdenklich, »einen Traum habe ich. Aber der ist noch zu vage, um von ihm erzählen zu können. Doch jetzt zu etwas anderem. Nächste Woche kommt Lord Augustus Beauvais nach Karlsbad und wird sechs Wochen im Adonis bleiben. Schade, dass du nicht für seine Suite eingeteilt bist, Helga. Sein Trinkgeld würde es dir leichter machen, deine Mitgift zusammenzubringen.«

»Der Lord kommt?« Franz hatte das zwar irgendwie erwartet, trotzdem kam es für ihn überraschend. Im letzten Jahr war Beauvais nämlich zwei Monate später in Karlsbad erschienen.

»Weil ihm das Heilwasser am Sprudel im letzten Jahr gutgetan hat, schickt ihn sein Arzt heuer früher nach Karlsbad. Er kommt vielleicht sogar im Herbst noch einmal für zwei Wochen«, berichtete Eva.

Franz fragte sich, woher sie das wusste. Im Allgemeinen wurden Beschäftigte eines Hotels nicht darüber informiert, welche Gäste in mehreren Monaten kommen würden. Wichtig waren die Gäste, die bereits anwesend waren, und jene, die in den nächsten Tagen anreisten. Er sagte jedoch nichts und erfuhr daher auch nicht, dass Lord Augustus Eva einen Brief geschickt und ihr seine Pläne für Karlsbad mitgeteilt hatte.

Das Gespräch ging weiter. Franz redete über seine Pläne, während Helga ein Bild von dem Mann entwarf, den sie einmal heiraten wollte. Als sie Eva fragte, welcher Mann ihr denn gefallen würde, hob diese lachend die Hände. »Jetzt erwischst du mich auf dem falschen Fuß! Darüber habe ich mir noch keine Gedanken gemacht.« Zwar hatte sie dies schon öfter getan, aber sie wollte nicht vor Franz sagen, dass er diesem Bild am meisten entsprach. Eine Einschränkung gab es jedoch, kam ihr plötzlich in den Sinn. War er im letzten Jahr noch ein fröhlicher Bursche gewesen und bereit, sein Leben anzupacken, beschwerte er sich heuer für ihr Gefühl zu sehr darüber, weil ihm nicht die Achtung entgegengebracht wurde, die er sich wünschte.

Nach einer Weile hörte Eva die Kirchenuhr schlagen und stand auf. »Ich muss jetzt los und arbeiten. Schön war es, mit euch zusammensitzen zu können!«

»Ich muss erst am Mittag meinen Dienst antreten und hab daher noch Zeit«, sagte Helga und bestellte einen zweiten Kaffee und einen Kuchen auf eigene Rechnung.

»Ich trinke auch noch einen Kaffee«, sagte Franz.

»Obwohl du dein Geld zusammenhalten willst, um dich in absehbarer Zeit selbstständig machen zu können?«, fragte Eva mit leichtem Spott und sah dann Helga an. »Du solltest auch gehen! Es macht kein gutes Bild, wenn du mit einem jungen Mann zusammen im Kaffeehaus gesehen wirst.«

»Bist du vielleicht eifersüchtig?«, fragte Franz.

Für Eva klang das etwas zu eingebildet, und sie fragte sich, wie Franz sich über den Winter so zu seinen Ungunsten hatte verändern können.

»Ich komm bald nach«, antwortete Helga und ärgerte sich, weil sie bereits bestellt hatte. Franz' Bemerkung mit der Eifersucht hatte sie getroffen, und sie hoffte nicht, dass ihre Freundschaft mit Eva darunter litt.

Als diese sich verabschiedete und ging, sah Helga ihr nach. »Die Eva ist schon etwas Besonderes!«, sagte sie. »Sie übt jetzt wieder Englisch, damit sie sich mit dem Lord unterhalten kann.«

Franz hatte sich im letzten Jahr halbwegs mit Lord Augustus verständigen können. Allerdings war Eva schon damals besser gewesen. Nun ärgerte er sich darüber und überlegte, ob er sie nicht auffordern sollte, mit ihm zusammen zu üben. Damit aber würde er zugeben müssen, dass sie besser war als er, und das wiederum wollte er nicht.

* * *

Hochrangige ausländische Gäste waren immer etwas Besonderes. Gerade in der jetzigen Zeit, in der das Grandhotel Pupp diese wie ein Magnet anzog, war es für das Adonis doppelt wichtig, Lord Augustus Beauvais beherbergen zu können. Als er im letzten Jahr nach fünfjähriger Abwesenheit wiedergekommen war, hatte Frau Karch alles getan, damit er sich wohlfühlen und wiederkommen sollte.

In diesem Jahr wollte sie den Aufwand etwas geringer halten, aber dennoch den für andere Gäste übertreffen. So war Angelika exklusiv für die Grande Suite eingeteilt worden, die der Gast bewohnen würde. Sie sollte auch für das Zimmer seines Dieners Jones verantwortlich sein. Eine Helferin wie Rosa, die im letzten Jahr Thea zugeordnet worden war, würde sie allerdings nicht bekommen.

Im Augenblick aber interessierte sich die Hotelbesitzerin nur wenig für Lord Augustus. Sie ließ Frau Zöpfel in ihr Büro rufen und wedelte, als diese erschien, mit einem Brief vor deren Nase herum.

»Was denkt dieser unmögliche Mensch sich nur? Der schreibt doch tatsächlich, weil er beim Pupp die geforderte Suite zu dem von ihm geforderten Zeitpunkt nicht erhalten habe, gedenke er, hier im Adonis zu nächtigen, sofern die Grande Suite für ihn und die zweitbeste Suite für seine Tochter zur Verfügung gestellt wird.«

Frau Karch war sauer. Seit die Familie Pupp den Sächsischen Hof und den Böhmischen Hof hatte umbauen lassen, die nun durch einen neuen Mittelbau zu einem riesigen Hotelkomplex zusammengefasst worden waren, stellte das Grandhotel Pupp für sie ein Reizwort dar, welches das rote Tuch für einen Stier noch übertraf. Nun zu lesen, ihr Hotel sei nur als Ersatz gewählt worden, weil der Gast die gewünschte Suite im Pupp nicht erhalten hatte, brachte sie fast dazu, dem Herrn zu schreiben, er könne ihretwegen bleiben, wo der Pfeffer wächst.

Tatsächlich aber war die Grande Suite zu dem fraglichen Zeitpunkt noch von niemand gebucht worden. Daher wäre es ein fataler Fehler gewesen, diese Anfrage abschlägig zu beantworten. Frau Karch beherrschte sich daher und sah dann ihre Hausdame an. »Einen Tag, nachdem Lord Augustus abgereist ist, muss die Grande Suite erneut zur Verfügung stehen, und ebenso die Suite daneben.«

»Die ist aber schon für zwei Wochen belegt«, wandte Frau Zöpfel ein.

»Dann müssen ein paar Gäste anders eingeteilt werden. Kümmern Sie sich darum!«, erklärte die Hotelbesitzerin.

Für Frau Zöpfel hieß dies, ihre gesamten Pläne für die zweite Junihälfte und den Juli ändern zu müssen. »Wer ist denn so wichtig, dass wir einen unserer Stammgäste umquartieren müssen?«, fragte sie neugierig.

Die Hotelbesitzerin sah noch einmal auf den Brief. »Ein gewisser Mister Ferguson aus Baltimore, Maryland«, erklärte sie.

»Aus den Vereinigten Staaten also. Das macht sich sehr gut auf der Kurgastliste!«, rief Frau Zöpfel. Sie klang zufrieden. Auch wenn immer wieder Kurgäste von jenseits des Atlantiks nach Karlsbad kamen, so war jemand, der sich für sechs Wochen die beiden besten Suiten des Hotels leisten konnte, etwas Besonderes.

Dies fand auch Frau Karch und wollte bereits ein freundlichst formuliertes Antwortschreiben aufsetzen, als ihr noch etwas einfiel. »Ich habe mich entschlossen, Afra mit der Leitung des Cafésalons zu betrauen«, sagte sie zu Frau Zöpfel.

Diese verzog leicht das Gesicht. »An Ihrer Stelle würde ich diese Entscheidung noch einmal überdenken, Madame. Eva ist für diese Position besser geeignet.«

»Sie haben mit Thea Schroll schon einmal ein Mädchen gefördert, das sich als Schlange am Busen erwiesen hat, Zöpfel!« Die Hotelbesitzerin klang hart und Frau Zöpfel begriff, dass sie nichts für Eva erreichen konnte. Sie bedauerte es, denn im Gegensatz zu der Diebin Thea war Eva fleißig, ehrlich und bereit, sich für das Hotel und ihre Kolleginnen einzusetzen. Bedauerlicherweise aber hatte Frau Karchs Neffe sich in Eva verliebt. Obwohl Eva Ludwig Karchs Zuneigung nicht erwidert oder gar gefördert hatte, wurde sie dafür bestraft. Gerecht war dies nicht, sagte die Hausdame sich. Doch was auf dieser Welt war schon gerecht? Mit diesem Gedanken bat sie Frau Karch, sich verabschieden zu dürfen, da sie an diesem Tag noch etliche Aufgaben zu erledigen habe.

»Tun Sie das, Zöpfel!«, antwortete Frau Karch und widmete sich dem Brief an Mister Henry Ferguson, in dem sie ihm mitteilte, dass er und seine Tochter im Hotel Adonis höchst willkommen seien.

* * *

Afras Beförderung zur Chefin des Cafésalons traf Eva weniger, als Frau Zöpfel es erwartet hatte. Als Jüngste der vier Serviermädchen hatte Eva ohnehin nicht damit gerechnet, dazu ernannt zu werden. Zudem kam sie mit Afra sehr gut zurecht. Sie erledigte ihre Arbeit daher weiterhin mit Freude und wartete auf den Tag, an dem Lord Augustus eintreffen würde. Er hatte ihr im letzten Jahr beim Abschied ein paar Bücher geschenkt, und sie wollte ihm sagen, wie sehr ihr diese gefallen hatten.

Am Sonntag traf Eva sich wieder mit Helga und Franz. Da sie diesmal wenig Zeit zur Verfügung hatten, kauften sie nur ein paar Oblaten, die sie unterwegs knabberten. Franz berichtete von einem skurrilen Gast im Goldenen Schlüssel und brachte Helga damit zum Lachen. Auch Eva schmunzelte, fand aber hinterher, dass man sich über einen Gast im eigenen Haus nicht lustig machen sollte.

Ab Montagmorgen begann dann das Warten auf Lord Augustus. Da dieser im letzten Jahr erst zu sehr später Stunde erschienen war, befürchtete Frau Karch, sie müsse auch diesmal den Wagen mehrmals zum Bahnhof schicken. Zu ihrer Erleichterung traf am späten Vormittag jedoch ein Telegramm ein, in dem Augustus Beauvais seine Ankunft am Bahnhof für vierzehn Uhr ankündigte.

Obwohl er damit erst nach der offiziellen Mittagszeit im Hotel sein würde, wies Frau Karch den Küchenchef an, sich bereitzuhalten, um seiner Lordschaft trotzdem noch ein Mahl vorsetzen zu können. Die Hotelbesitzerin selbst stand, nachdem sie den Kutscher mit dem Wagen losgeschickt hatte, am Fenster und wartete angespannt auf den hohen Gast. Auf ihren Befehl hin mussten Frau Zöpfel, der Küchenchef, der Oberkellner und auch Angelika dabei sein, um Lord Augustus zu begrüßen. Frau Zöpfel hätte auch Eva hinzugeholt, wagte aber nach der letzten Abfuhr nicht, ihrer Chefin diesen Vorschlag zu machen.

Weniger als eine halbe Stunde nach Ankunft des Zuges fuhr der Fiaker mit dem Lord vor dem Hotel vor. Diesem folgte das Fuhrwerk mit dem Gepäck.

Zu ihrer Erleichterung sah Frau Karch, dass diesmal sowohl der Lord wie auch sein Diener gesund wirkten. Jones stieg als Erster aus und half seinem Herrn, den Wagen zu verlassen. Lord Augustus ging auf den Hoteleingang zu. Sofort öffnete ihm der Pförtner die Tür, und er sah Frau Karch und deren Untergebene vor sich.

Lord Augustus Blick schweifte über die Gruppe. Ein grimmiger Zug trat auf sein Gesicht, und er achtete nicht auf Frau Karch, die eben erklärte, es sei alles für seinen Aufenthalt im Adonis vorbereitet worden.

»So, ist es das?«, fragte er. »Wo ist Eva? Warum ist sie nicht hier?«

Frau Karch hatte irgendwie gehofft, Lord Augustus' seltsame Vorliebe für Eva könnte nachgelassen haben. Jetzt aber trat er auf, als wäre er nur ihretwegen gekommen. Sie bedauerte nun doch, Eva missachtet zu haben, denn damit hatte sie den Lord gleich zu Beginn verärgert.

Lord Augustus musterte sie mit einem Blick, der jeden Menschen mit schwächeren Nerven dazu gebracht hätte, das nächste Mauseloch zu suchen und sich darin zu verstecken. »Ich erwarte, dass Eva mir ebenso zur Verfügung steht wie im letzten Jahr!«

Während die Hotelbesitzerin an dieser Forderung zu kauen hatte, vergönnte Frau Zöpfel ihr die Situation. Sie trat nun einen Schritt vor und knickste vor Beauvais. »Verzeihung, Euer Lordschaft! Eva ist in diesem Jahr in unserem neuen Cafésalon beschäftigt. Hätten wir geahnt, dass Euer Lordschaft sie sofort zu sehen wünscht, hätten wir sie selbstverständlich zur Begrüßung Eurer Lordschaft hinzugeholt.«

»Cafésalon? Gibt es dort auch Tee?«, fragte Lord Augustus.

Die Hausdame nickte. »Selbstverständlich, Euer Lordschaft!«

»Wo ist dieser Cafésalon? Ich wünsche, eine Tasse Tee zu trinken.«

Alle begriffen, dass ihm weniger an Tee als an Eva gelegen war. Frau Zöpfel knickste erneut und bat den Lord, ihr zu folgen. Isolde Karch kam ebenfalls mit.

Wenig später betraten sie den Cafésalon. Lord Augustus war überrascht, wie angenehm dieser eingerichtet war. Eine adrett aussehende Frau goss eben Kaffee in mehrere Tassen. Eine andere, ebenfalls attraktive Frau brachte diese Bestellung zu den Gästen. Der Lord entdeckte noch eine weitere Serviererin und dann Eva, die soeben mit einer großen Kuchenschachtel zur Tür hereinkam.

»Ich habe sechsmal Nusstorte, zwölf Gugelhupf, neun Marmorkuchen, fünf Sahnestücke und zehn Windbeutel mitgebracht. Das wird fürs Erste reichen. Ich habe eben den Wagen leer wegfahren sehen. Ist Lord Augustus bereits eingetroffen?«, rief sie munter.

»Das bin ich, mein Kind!«, antwortete Beauvais auf Englisch und trat ein paar Schritte auf sie zu. »Du trägst schwer!«, befand er.

»Das ist nicht so schlimm! Schlimmer wäre es, wenn ich nichts tragen müsste. Dann würden wir nämlich nichts verkaufen«, antwortete Eva auf Englisch.

Der Lord stellte fest, dass sie geübt haben musste, und nickte zufrieden. »Stell diesen Karton ab und bringe mir eine Tasse Tee. Nein, drei Tassen! Mein braver Jones hat sicher nichts dagegen, auch eine zu trinken – und die dritte ist für dich!«

»Aber Euer Lordschaft! Ich kann mich bei so vielen Gästen im Cafésalon nicht einfach hinsetzen und meine Kolleginnen die Arbeit tun lassen«, wandte Eva ein.

»Es ist schon gut, Eva!«, sagte Frau Zöpfel. »Ich werde jemanden schicken, der Afra und den anderen helfen wird. Du bist für die nächsten sechs Wochen von der Arbeit befreit und stehst Seiner Lordschaft zur Verfügung. Es soll ihm an nichts fehlen!«

Eva stellte die Schachtel ab und räumte rasch die Kuchenstücke ein. Dann trat sie hinter die Schanktheke und richtete alles für den Tee.

Unterdessen setzte Lord Augustus sich an einen Tisch, von dem aus er Eva beobachten konnte, und forderte Jones auf, ihm gegenüber Platz zu nehmen. Wenig später stand der Tee vor ihnen.

»Ich hoffe, es ist so recht. Eure Lordschaft haben nämlich nicht gesagt, welche Sorte Sie haben wollen.«

»Du hättest fragen sollen!«, sagte Frau Karch sofort. Es klang nicht gerade freundlich.

Lord Augustus begriff, dass etwas vorgefallen sein musste, und sein Gefühl sagte ihm, dass nicht Eva die Schuld daran trug. Nachstechen wollte er so kurz nach seiner Ankunft jedoch nicht, nahm sich aber vor, es während seines Aufenthalts in Karlsbad auf jeden Fall zu tun.

»Bringe uns drei Kuchen!«, wies er Eva an.

»Welchen wünschen Sie?«, fragte Eva, um nicht erneut von Frau Karch angeranzt zu werden.

Beauvais deutete aufs Geratewohl auf ein Stück.

»Denselben nehme ich auch«, sagte Jones.

Eva holte die beiden Stücke und stellte sie ihnen hin.

»Und was ist mit dir?«, fragte der Lord mit Nachdruck.

»Verzeihen Sie, Mylord, aber ich habe nur zwei Hände!«, antwortete Eva und holte sich ein Stück des billigsten Kuchens, den sie im Angebot hatten.

Lord Augustus musste lachen. »Auf den Mund gefallen bist du nicht! Aber nun hole Sahne für uns drei. Zu Hause versage ich sie mir, um nicht als unmännlich zu gelten. Hier aber will ich auf diesen Genuss nicht verzichten.«

Sofort machte Eva sich ans Werk. Während sie die Sahne schlug, dachte sie an den Augenblick, in dem sie das zum ersten Mal hatte tun müssen. Damals wäre sie fast verzweifelt. Mittlerweile gelang es ihr spielend.

Als sie fertig war, teilte sie die Sahne auf und setzte sich zu Lord Augustus und Jones. Sie fragte sich allerdings, was Afra, Ulla und Ida sagen würden, weil die drei nun für sie mitarbeiten mussten.

Da winkte der Lord Evas Kolleginnen heran. »Da ihr sechs Wochen auf Eva verzichten müsst, soll das nicht ohne Dank geschehen!«, sagte er und drückte jeder eine Goldmünze in die Hand.

Die drei starrten auf die Münzen, knicksten und bedankten sich sichtlich überrascht. Auch wenn sie den Wert eines englischen Sovereigns nicht kannten, so begriffen sie doch, dass er weit höher lag als das Trinkgeld, auf das sie in diesen sechs Wochen hoffen konnten.

Eva freute sich für ihre Kolleginnen und sagte sich gleichzeitig, dass sie ihr damit keine Vorwürfe machen konnten, ausgenützt worden zu sein. Nun fragte sie den Lord nach seinem Befinden und war erleichtert, als er ihr sagte, dass er bei besserer Gesundheit sei als im letzten Jahr.

»Der Arzt hat mir geraten, den Winter an der Riviera zu verbringen. Das hat auch meinem braven Jones gutgetan, und so hat er sich diesmal keine so scheußliche Erkältung zugezogen wie im letzten Jahr«, berichtete Beauvais.

»Die Riviera soll sehr schön sein, habe ich von anderen Gästen gehört«, meinte Eva.

Lord Augustus nickte. »Das ist sie! Ich bin ganz froh, weil ich dort dem nassen und kalten englischen Winter entgehen konnte. Den Sommer aber will ich auf Beauvais Hall verbringen. Es geht nichts über einen Sommer in England, mein Kind.«

Während der Lord sich mit Eva unterhielt, stand Frau Karch in der Nähe, als wäre sie bestellt, aber nicht abgeholt worden. Auch der Küchenchef wusste nicht, was er tun sollte. Er hatte extra seinen besten Koch und mehrere Helfer in der Küche behalten, um für Beauvais zu kochen. Dieser machte jedoch keine Anstalten, den Cafésalon zu verlassen.

Schließlich sprach Frau Zöpfel den Lord an. »Verzeihen Sie, Euer Lordschaft. Wir haben extra alles für Ihren Lunch vorbereitet.«

»Ich könnte mit dem Essen eigentlich bis zum Abend warten. Mein guter Jones aber wird Hunger haben. Sorgen Sie dafür, dass für uns in einer Stunde aufgetischt wird. Drei Gedecke!« Der Blick, mit dem Lord Augustus Eva bedachte, ließ keinen Zweifel daran, für wen das dritte Gedeck sein sollte.

Frau Karch stand vor der Wahl, entweder den wichtigsten Gast dieser Saison endgültig zu verärgern oder auch diese Kröte zu schlucken. Leicht fiel ihr die Entscheidung nicht. Der Gedanke, Lord Augustus könnte, noch bevor er seine Suite im Adonis bezogen hatte, dass Hotel wieder verlassen und sich in dem von ihr verhassten Pupp einquartieren, gab den Ausschlag. »Sorgen Sie dafür, dass alles nach den Wünschen Seiner Lordschaft getan wird, Röber!«, wies sie den Küchenchef an.

Diesem passte es ebenso wenig wie seiner Chefin, einer niederrangigen Angestellten wie Eva im Festsaal auftischen zu lassen. Es Lord Augustus jedoch zu verweigern, war unmöglich, und so machte er sich auf den Weg.

Auch Frau Karch wollte gehen, als Evas Stimme erklang. »Sie haben noch gar nicht gesagt, was Sie zu speisen wünschen, Euer Lordschaft!«

Frau Karch hatte Eva vorher gerügt, weil diese Beauvais nicht gefragt hatte, welchen Tee er haben wolle. Nun war ihrem Küchenchef und ihr der gleiche Fauxpas passiert. Eigentlich war es noch schlimmer, denn hier ging es nicht nur um eine Tasse Tee, sondern um ein ganzes Mahl. Daher fragte sie rasch, was Lord Augustus zu speisen wünsche, und eilte, nachdem sie die Auskunft erhalten hatte, hinter dem Küchenchef her, um es ihm mitzuteilen.

* * *

Lord Augustus hatte sich für Tafelspitz entschieden und befohlen, dass Eva und Jones das Gleiche erhielten. Dazu ließ er eine Flasche vom hochpreisigen Bordeaux bringen. Eva war es unangenehm, im besten Speisesaal des Adonis Platz nehmen und dort essen zu müssen. Vor einem Jahr hatte man sie zur Strafe, weil sie es gewagt hatte, sich heimlich hier einzuschleichen, zu den Spülerinnen gesteckt. Nun musste Jean, der noch vor wenigen Monaten über sie, Afra, Ulla und Ida gespottet hatte, sie bedienen, als wäre sie eine Dame von Stand.

Ein Pfannkuchen an einem der Stände an der Alten Wiese wäre ihr lieber gewesen als der Tafelspitz, bei dem der Koch sein ganzes Können aufgewendet hatte. Er schmeckte allerdings ausgezeichnet. Selbst Lord Augustus, der in den feinsten Restaurants verkehrte, lobte ihn als äußerst gelungen.

»Der Kren ist ein wenig scharf«, stöhnte Eva nach einer Weile, weil sie etwas zu viel des geriebenen Meerrettichs erwischt hatte. Sie versuchte, nicht zu weinen, unterlag aber und wischte sich rasch mit der Serviette die Augen trocken.

»Dafür nimmt man ein sauberes Taschentuch«, sagte Lord Augustus lächelnd.

»Wenn ich denn eines bei mir hätte.« Obwohl ihr die Tränen über die Wangen liefen, konnte Eva schon wieder lächeln.

Lord Augustus musterte sie und fand, dass sie nichts von dem verlernt hatte, was sie sich bei seinem letzten Aufenthalt in Karlsbad angeeignet hatte. Ihm kam eine Idee. Er mochte Eva und wollte nicht, dass sie auf Dauer ihr Leben als Zimmer- oder Kaffeemädchen fristete. Nun hatte er sechs Wochen Zeit, um sie auf ein Leben über diesem Stand vorzubereiten. Für ihn war es eine angenehme Beschäftigung, und Eva würde lernen, später einmal verantwortungsvollere Posten einzunehmen. Dabei erinnerte Lord Augustus sich auch an Franz. Im letzten Jahr hatte er das Gefühl gehabt, die beiden würden sich mögen. Noch war es zu früh, um diese Angelegenheit zu forcieren. Immerhin waren beide jung und hatten noch ein paar Jahre Zeit, bevor sie im Leben neue Wege einschlagen sollten. Den Grundstein dafür aber wollte er diesmal legen.

»Du wirst mir in Karlsbad bei den Mahlzeiten Gesellschaft leisten«, sagte er nun zu Evas Entsetzen.

»Das geht nicht, Euer Lordschaft! Diesmal war niemand hier, der mich gesehen hat, aber die anderen Gäste würden es niemals akzeptieren, wenn eine wie ich unter ihnen säße.«

Beauvais klopfte mit dem Fingerknöchel auf die Tischplatte. »Dies ist mein Tisch, und wer daran Platz nehmen darf und wer nicht, entscheide ich ganz allein!«

»Aber die Leute würden darüber reden!«, rief Eva verzweifelt.

»Haben sie das im letzten Jahr nicht auch getan?«, fragte Beauvais.

Je länger er darüber nachdachte, umso mehr gefiel ihm der Entschluss, Eva während seines Aufenthalts beizubringen, einmal mehr zu sein, als das Schicksal ihr in die Wiege gelegt hatte.

»Du wirst dieses Serviererinnenkleid ablegen und es erst wieder anziehen, wenn ich Karlsbad verlassen habe«, sagte er und ließ keinen Zweifel daran, dass Eva zu gehorchen hatte.

Diese überlegte, welches ihrer beiden Kleider sie wählen sollte. Das eine trug sie in ihren freien Stunden, das bessere in der Kirche. Dieses würde sie nun für die Mahlzeiten nehmen, das andere für die Spaziergänge mit dem Lord und den Weg zum Sprudel. Ich brauche noch mindestens ein Kleid zum Wechseln, dachte sie und beschloss, noch am selben Tag zu Frau Heister zu gehen. Ob diese zu einem so frühen Zeitpunkt der Saison bereits eine gewisse Auswahl hatte, bezweifelte sie allerdings.

Nun aber nahm sie sich zusammen und ging auf die Unterhaltung ein, die Lord Augustus begann. Dabei sprach sie auch immer wieder Jones an, um diesen nicht auszuschließen.

Sie hat Takt, dachte Beauvais. Es ist wirklich schade, dass sie nicht wenigstens in eine gutbürgerliche Familie hineingeboren worden ist. Als Tagelöhnerstochter hat sie es weitaus schwerer, sich im Leben zu behaupten.

Nachdem der Tafelspitz gegessen war, wurde das Dessert gereicht. Es schmeckte himmlisch. Der Lord winkte den Küchenchef, der in der Nähe stand, zu sich. »Richten Sie dem Koch aus, es habe vorzüglich geschmeckt!«, sagte er, hob aber die Hand, als Röber sich entfernen wollte.

»Ich wünsche zu den Zeiten, in denen ich hier frühstücke oder meine Mahlzeiten einnehme, dass immer für zwei Personen gedeckt wird!«, befahl Beauvais.

Er hatte überlegt, ob er Jones mit an den Tisch holen wollte, sagte sich aber, dass er damit in den Augen der anderen Gäste den Bogen überspannen würde. Über Eva würden sie sich bereits arg die Mäuler zerreißen. Ein Diener aber hatte im Festsaal erst recht nichts verloren.

Der Küchenchef überlegte verzweifelt, wie er Lord Augustus davon abbringen konnte, doch alles, was ihm in den Sinn kam, hätte den hohen Gast nur verärgert. Daher verbeugte er sich mit einer Miene, als hätte Beauvais von ihm verlangt, nackt die Alte Wiese hoch und die Neue Wiese wieder herab zu gehen, und verschwand, um Frau Karch von dem unerhörten Verlangen des Lords zu berichten.

* * *

Für Eva begann eine zwiespältige Zeit. Einesteils musste sie Lord Augustus wie im Vorjahr zu den Sprudelkolonnaden begleiten, sich dort am Brunnen anstellen und ihm das Heilwasser bringen. Andererseits aber führte er sie in Kaffeehäuser und Restaurants und achtete dabei nicht auf die indignierten Mienen der anderen Gäste und der Kellner. Er war ein englischer Lord und gewöhnt, dass man sich nach ihm richtete und nicht er sich nach anderen.

Sein hohes Alter hinderte die meisten daran, ihm gewisse Absichten zu unterstellen. Wer es doch tat, fand kaum Widerhall, da Lord Augustus streng darauf achtete, dass Eva und er stets in Gegenwart anderer gesehen wurden. Während dieser Tage brachte er Eva die Manieren und Sitten gehobener Stände nahe. Sie sprachen über die Bücher, die er ihr im letzten Jahr geschenkt hatte, unterhielten sich über Städte und Menschen, die Eva nicht kannte, und verbrachten auf diese Weise angenehme Stunden miteinander.

Als Lord Augustus darauf bestand, Eva solle ihn in das Restaurant des Grandhotel Pupp begleiten, um dort zu Abend zu essen, weigerte sie sich. »Die lassen mich dort gewiss nicht hinein.«

»Das werden wir sehen! Ich habe durch Jones einen Tisch für zwei Personen reservieren lassen. Da du mich bereits die ganze Zeit begleitet hast, dürfte man dort wissen, wen ich mitbringe.«

»Ich weiß nicht …«, sagte Eva unglücklich, folgte ihm aber dorthin.

Der Portier des Pupp sah aus, als würde er sie am liebsten wie ein Erzengel mit dem Flammenschwert vertreiben. Anton Pupp höchstpersönlich hatte, wenn auch mit knirschenden Zähnen, erklärt, dass es ungut wäre, Lord Augustus Beauvais vor den Kopf zu stoßen. Die Nachricht würde bis nach England gelangen, und einige der dortigen Herren, die bisher das Grandhotel Pupp bevorzugten, möglicherweise dazu bringen, sich eine andere Unterkunft zu suchen.

Lord Augustus wurde daher mitsamt seiner Begleiterin ins Restaurant geführt und erhielt dort einen passablen Tisch. Aber unter den Gästen gab es einige, die davon nicht angetan waren.

»Dass man so etwas dulden muss! Es war im letzten Jahr bereits schlimm genug, als der Engländer diese Person in den Kaffeepavillon mitgenommen hat. Sie hier im besten Saal des Hotels zu präsentieren, ist eine Unverschämtheit sondergleichen!«, erklärte eine ältere adelige Dame am Nebentisch. Sie sprach bewusst Englisch, damit der Lord ihre Meinung auch mitbekam.

Eva wäre am liebsten im Boden versunken, doch Lord Augustus lächelte nur. »An Bosheiten muss man sich gewöhnen, mein Kind! Viele Leute haben vom Leben nichts anderes mehr, als nur noch ihr Gift zu verspritzen.« Er sagte es in einer Lautstärke, dass es auch die Dame hören musste.

Diese öffnete den Mund zu einer geharnischten Gegenrede, da legte ihr eine jüngere Frau die Hand auf den Arm.

»Echauffiere dich nicht, Mama! Lord Augustus ist ein Engländer, und diese lieben es, andere zu schockieren. Lass ihn doch seinen Affen ausführen.« Auch sie sprach Englisch und laut genug, damit der Lord und Eva es hörten.

Beauvais fasste nach Evas Hand, damit diese nicht ausriss und davonstürmte.

Die ältere Dame sah ihre Tochter erstaunt an. »Wie meinst du das mit dem Affen, Sidonie?«

»Als Kind hat mir meine Gouvernante ein Märchen aus der Feder von Wilhelm Hauff vorgelesen. Darin ging es um einen Engländer, der seinen angeblichen Neffen in eine deutsche Stadt brachte und diesen allen Leuten vorstellte. In Wirklichkeit war dieser Neffe ein dressierter Affe, mit dem er die Einwohner zum Narren hielt. So kommt es mir auch bei Lord Beauvais vor, nur dass er statt eines Affen dieses Zimmermädchen ausführt! Es heißt, die Besitzerin des Adonis soll todunglücklich darüber sein. Doch was soll sie dagegen tun? Lord Beauvais ist ein Engländer, und diese scheren sich nicht darum, was andere über sie denken.«

»O doch, das tun wir schon«, flüsterte Lord Augustus Eva zu. »Doch nun such dir aus, was du essen willst! Wer weiß, ob du noch einmal in ein solches Restaurant kommst.«

»Ich glaube nicht, dass ich das will«, antwortete Eva und wählte Speisen aus, von denen sie hoffte, dass sie diese verzehren konnte, ohne sich dabei zu blamieren.

Lord Augustus verwickelte sie in ein Gespräch, ohne den anderen Gästen auch nur einen Hauch Aufmerksamkeit zu gönnen. Die meisten starrten immer wieder zu ihm und seiner Begleiterin hin. Auch die ältere Dame tat es und bezahlte es damit, dass ihr der nächste Bissen von der Gabel fiel und in ihrem Schoß landete. Sofort eilte ein Kellner herbei, um ihr beizustehen. Doch auch er konnte nicht verhindern, dass die Dame den Saal mit verkniffener Miene verlassen musste, um sich in ihrem Zimmer umzuziehen. Damit der Fleck nicht zu offensichtlich wurde, hielt sie auf der Flucht aus dem Saal krampfhaft ihr Ridikül davor.

Eva presste sich die Serviette vor den Mund, um nicht laut loszulachen. Das vergönnte sie diesem boshaften Biest. Danach aber richtete sie ihre Aufmerksamkeit auf das Essen und ignorierte die Blicke der anderen Gäste, mochten sie neugierig, verwundert oder auch verächtlich sein. Lord Augustus hatte sie hierher eingeladen, und sie musste alles tun, damit er sich ihretwegen nicht zu schämen brauchte.

Irgendwann war Eva ruhig genug, um sich ein wenig umschauen zu können. Sie verstand nun, weshalb Frau Karch die Familie Pupp so glühend um ihr Hotel beneidete. Allein der Festsaal für die hochrangigsten Gäste war größer als der große Speisesaal im Adonis. Der angrenzende große Speisesaal übertraf diesen hier noch einmal fast um das Dreifache. Dabei gab es außer diesen beiden Sälen weitere im anderen Flügel des Pupp. Der Unterschied zwischen den beiden Hotels war auch bei der Ausstattung offenkundig. Die großen Deckengemälde verrieten eine Meisterhand, die sich die Besitzerin des Adonis nicht leisten konnte. Die Stuckverzierungen waren hier weitaus filigraner, und die Bilder bedeutender Gäste, die es im Pupp ebenso wie im Adonis gab, waren in kostbarere Rahmen gefasst.

Eigentlich war dies hier die Welt, in die Lord Augustus gehörte, dachte Eva. Er war wohl nur aus sentimentaler Erinnerung an frühere Zeiten ins Adonis zurückgekehrt. Oder hatte er es getan, weil er dort »der« Gast war, während er hier nur einer unter vielen wäre? Seine Art von Humor deutete darauf hin. Jedenfalls musste er selbst für einen Engländer exzentrisch sein, wenn er ein Kaffeemadl wie sie ins beste Haus am Platz einlud.

Eva kamen nun die Lehren zugute, die sie sich als Serviererin beim großen Silvesterball im Adonis hatte aneignen müssen, und sie benahm sich so manierlich, dass die meisten allmählich das Interesse an ihr verloren. Einige fragten sich sogar, ob sie nicht einem boshaften Gerücht aufgesessen waren. Eine schlichte Bedienstete in einem Hotel konnte unmöglich wissen, wie an einer feinen Tafel gespeist wurde.

Lord Augustus beobachtete Eva zufrieden und fand, dass sie für ihn eine ebenso angenehme Begleiterin wie aufmerksame Schülerin war.

* * *

Lord Augustus' und Evas Abendessen im Pupp wurde auch im Adonis bekannt. Mangels einer anderen Person, der sie ihr Herz ausschütten konnte, rief Isolde Karch Frau Zöpfel zu sich und sah sie mit einer wahren Leidensmiene an.

»Gott ist mein Zeuge, Zöpfel, wie sehr ich mich im letzten Jahr gefreut habe, als Lord Augustus nach mehrjähriger Pause wieder mein Adonis aufgesucht hat. Nun aber muss ich sagen, er wäre besser ferngeblieben oder hätte sich für ein anderes Hotel – meinetwegen auch für das Pupp – entschieden. So aber hat er uns zum Gespött der ganzen Stadt gemacht. Was für eine Narretei, sich von einem Kaffeemädchen wie Eva überallhin begleiten zu lassen! Dieser Mann ist nicht mehr richtig im Kopf. Wäre er nicht bereits über achtzig, würde ich wirklich glauben, er hätte unlautere Absichten.«

»Wäre dies der Fall, würde er sie gewiss nicht so offen in der Stadt präsentieren!«, wandte Frau Zöpfel ein. »Auch gibt es nichts, das diesen Verdacht bestätigen könnte. Lord Augustus ist niemals mit Eva allein. Selbst hier im Hotel achtet er strikt darauf.«

»Und was ist mit den Nächten?«, fragte Frau Karch.

Frau Zöpfel schüttelte lächelnd den Kopf. »Eva schläft bei den drei anderen Kaffeemädchen. Um zu Lord Augustus' Suite zu gelangen, müsste sie sich vom Souterrain bis in die oberste Etage schleichen. Dabei würde sie auffallen!«

»Können Sie da sicher sein?«, fragte Frau Karch.

»Ich habe, Ihre Erlaubnis voraussetzend, eine Nachtwache mit mehreren Frauen eingerichtet, denen ich voll und ganz vertraue«, erklärte die Hausdame. »Wie Ihnen ist mir der unbefleckte Ruf des Adonis heilig! Ich tat es nicht, weil ich an Eva zweifle, sondern um beweisen zu können, dass gewisse Verleumdungen nichts weiter als übles Geschwätz sind.«

Obwohl Frau Karch in ihrem Hotel sehr auf die Moral achtete, hätte sie sich nun sogar gewünscht, es wäre zwischen Lord Augustus und Eva zu gewissen Dingen gekommen. Dann wäre es ihr möglich, Eva nach Lord Augustus′ Abreise zu entlassen. Es schien ihr zu gefährlich, sie im Adonis zu behalten. Auch wenn ihr Neffe ihrem Willen gehorchte, würde die junge Frau stets eine Versuchung für ihn bleiben. Unwillkürlich brachte sie nun das Gespräch auf ihn.

»Ludwig hat geschrieben! Er hat sich in Brünn gut eingelebt und nimmt in Straßers Hotel verschiedene Aufgaben wahr. Laut seinen Worten ist das Hotel nur halb so groß wie das unsere, wird aber ausgezeichnet geführt. Er schreibt auch von Straßers Tochter und nennt Barbara ein angenehmes und verständiges Frauenzimmer.«

Die Bezeichnung »angenehmes und verständiges Frauenzimmer« zeugt nicht gerade von überschäumender Leidenschaft, dachte Frau Zöpfel. Ludwig Karch würde Barbara Straßer trotzdem heiraten müssen, wenn er nicht seines Erbes verlustig gehen wollte. Da Frau Karch bereits mehrmals angedeutet hatte, dass sie Eva in der nächsten Saison nicht mehr beschäftigen wollte, erschien es ihr am besten, wenn diese sich bald eine neue Stelle suchte. Allerdings sollte es eine sein, bei der sie sich nicht verschlechterte.

Ausflüge

Im vergangenen Jahr waren Lord Augustus und Eva immer wieder mit Franz zusammengetroffen, da er häufig den Pförtner im Goldenen Schlüssel hatte vertreten müssen.

War Franz damals froh gewesen, überhaupt einen Posten in Karlsbad zu erhalten, ärgerte er sich jetzt darüber, sich nicht spürbar verbessert zu haben. Er galt zwar als rangniedrigster Kellner im Goldenen Schlüssel, doch einen weiteren Aufstieg konnte er in den nächsten Jahren nicht erwarten.

Er wollte daher nach der heiligen Messe mit Eva über seinen Verdruss reden und erwartete Zustimmung und Trost. Als er jedoch aus der Kirche kam und sich nach ihr umschaute, sah er sie in Richtung des Adonis eilen. Enttäuscht stapfte er über den Markt, als er plötzlich einen Schatten neben sich bemerkte. Er drehte sich um und sah Helga, die ihn mit einem scheuen Lächeln begrüßte. »Servus, Franz! Du gehst wohl schon heim?«

Franz zuckte mit den Schultern. »Eigentlich wollte ich mit der Eva reden, aber die ist einfach weggegangen.«

»Lord Augustus hat sie aufgefordert, ihn zur englischen Kirche zu begleiten. Danach wollen sie zum Posthof wandern und dort zu Mittag essen«, berichtete Helga.

»Für den Lord hat sie Zeit! Aber wenn ich …« Franz brach ab und zuckte erneut mit den Schultern. »Ich bin halt nicht wichtig genug.«

»Das darfst du nicht sagen!«, widersprach Helga. »Sobald Lord Augustus fort ist, hat die Eva wieder Zeit für dich.«

»Das sind noch gut fünf Wochen!« Franz klang gekränkt, denn er hatte geglaubt, Eva würde den Lord aus England wenigstens für eine halbe Stunde am Sonntag allein lassen. Mehr Zeit verlangte er doch nicht von ihr.

»Die Eva kann ein gutes Trinkgeld bekommen! Da darf sie Lord Augustus nicht verärgern. Sonst gibt er ihr keins.«

Helgas Erklärung traf Franz' wunden Punkt. Da er hinter seinen älteren Kollegen zurückstehen musste, waren die Trinkgelder, die er bekam, gering. Wie er jedoch den Lord kannte, würde dieser Eva so viel geben, wie er selbst in einem ganzen Jahr nicht zusammenbrachte.

Helga entging seine verkniffene Miene nicht. »Hast du wieder Zores mit deinen Kollegen?«, fragte sie neugierig.

»Das kannst du laut sagen. Zwar darf ich ein bisserl kellnern, aber sonst ist alles wie im letzten Jahr. Alleweil heißt es, Franz, hol ein Fass aus dem Keller, Franz, bring das Gepäck des Herrn Kommerzienrat auf Zimmer vier und so weiter. Wenn ich das gewusst hätte, wäre ich im letzten Herbst zur Frau Pfnür gegangen, damit sie mich woandershin vermittelt.«

»Aber jetzt bist du halt im Goldenen Schlüssel und musst zusehen, dass du die Saison hinter dich bringst. Oder willst du unter der Saison wechseln?«, fragte Helga.

Franz wusste selbst, dass ein Angestellter, der mitten in der Saison eine neue Stelle suchte, stets im Verdacht stand, nicht so gearbeitet zu haben, wie es von seinen Vorgesetzten gefordert worden war.

»Dabei bin ich immer einer der Fleißigen gewesen! Aber gerade deswegen werde ich im Goldenen Schlüssel ausgenutzt.

Die anderen Kellner dürfen draußen auf der Terrasse servieren, während ich Fässer und Koffer schleppen muss.«

»So ist es mir mit der Thea gegangen!«, sagte Helga nachdenklich. »Die hat uns auch ausgenutzt und sich einen faulen Lenz gemacht. Sie konnte halt der Frau Zöpfel gut in den … äh, sich bei ihr lieb Kind machen«, bog sie ihren Satz noch um, damit er nicht zu derb ausfiel.

»Aber jetzt bist du bei euch die stellvertretende Gruppenleiterin der Stubenmadl, und die Thea ist eine steckbrieflich gesuchte Diebin«, sagte Franz.

»Sie wollte dieser polnischen Gräfin eine Brosche stehlen und sie Eva unterschieben, damit die als Diebin hätte gelten sollen. Das ist aber gründlich schiefgegangen. Es ist nur schad, dass sie nicht erwischt worden und ins Gefängnis gekommen ist.«

Helgas Augen leuchteten rachsüchtig, denn sie hatte diesem Biest Thea einiges Unschöne zu verdanken. Da sie nun einmal im Reden war, erfuhr Franz, wie Thea eine wertvolle Porzellanfigur zerbrochen hatte. »Sie hat sie aber wieder zusammengesetzt und mir am nächsten Tag angeschafft, das Zimmer zu machen. Ich hab die Figur kaum berührt, da ist sie schon auseinandergefallen. Alle haben mich beschuldigt, ich hätte sie zerbrochen. Frau Zöpfel war so zornig, dass sie mich am liebsten rausgeschmissen hätte. Wenn wir nicht eh zu wenig Stubenmadl gehabt hätten, hätte sie es wahrscheinlich auch getan. So bin ich zu zehn Schlägen mit dem Teppichklopfer auf den …«, sie strich mit der Hand leicht über ihr Hinterteil, »… verurteilt worden. Ich habe es zulassen müssen, weil ich sonst mit einem grottenschlechten Zeugnis auf der Straße gestanden hätte.«

»Das war gemein von der Thea! Aber eure Hausdame ist auch eine blöde Kuh«, erwiderte Franz.

»Im letzten Jahr war es dann ganz anders«, berichtete Helga. »Da hat mir die Eva geholfen, und gegen die ist die Thea nicht angekommen. Ich habe meine Arbeit so gut gemacht, dass ich heuer befördert worden bin. Allerdings habe ich Glück gehabt, weil die Eva zu den Kaffeemadln gekommen ist. Sonst hätte die meinen Posten bekommen.«

Die Erinnerung daran, dass Eva im Cafésalon des Adonis servierte und damit Aussicht auf gute Trinkgelder hatte, ließ Franz' Neid auf sie noch mehr wachsen. Während er auf der Stelle trat, war Eva rasch vorwärtsgekommen und genoss den Erfolg, den er sich gewünscht hatte. Das Gespräch mit Helga hatte ihm trotzdem gutgetan, und so fragte er sie, als sie sich trennten, ob sie sich nicht am nächsten Sonntag nach der Messe wieder treffen sollten.

* * *

Im vergangenen Jahr hatte Lord Augustus einen guten Eindruck von Franz gewonnen. Er hätte auch heuer gern mit ihm gesprochen. Doch stets, wenn er mit Eva zusammen am Goldenen Schlüssel vorbeiging, war von Franz nichts zu sehen. Zweimal setzte er sich mit Eva sogar auf die Terrasse des Hotels und bestellte Tee für sich und Kaffee für Eva. Seine Hoffnung, Franz werde herauskommen und sich für einen Augenblick zu ihnen setzen, erfüllte sich jedoch nicht.

Zwar sah Franz die beiden, er war jedoch so eifersüchtig auf den alten Herrn, der Eva für sich in Beschlag nahm, dass er sich lieber von ihnen fernhielt.

»Ist etwas mit Franz?«, fragte Lord Augustus daher, als er und Eva wieder einmal auf der Terrasse des Goldenen Schlüssels saßen.

Die junge Frau wollte nicht so recht mit der Sprache herausrücken. Schließlich aber berichtete sie, dass Franz mit seiner

Stellung im Hotel unzufrieden sei. Durch geschicktes Fragen erfuhr Lord Augustus mehr darüber, und sie gab schließlich zu, dass Franz sich zum Schlechteren verändert habe.

Vielleicht renkt es sich wieder ein, vielleicht aber auch nicht, dachte er und beschloss, sich nicht einzumischen. Dafür aber legte er Wert darauf, dass Eva so viel wie möglich von ihm lernte. »Du weißt nicht, ob du es nicht doch einmal brauchst!«, sagte er, während sie mit Jones im Gefolge zum Posthof wanderten.

Für einen jungen Menschen wie Eva war die Entfernung nur ein Katzensprung. Ein alter Herr wie Lord Augustus brauchte dafür jedoch seine Zeit. Daher war er froh um die Bänke, die die Stadt Karlsbad aufgestellt hatte, damit die Kurgäste sich unterwegs ausruhen konnten.

»Ich bin nun einmal ein alter, morscher Baum«, sagte er mit einem kurzen Auflachen. »Noch stehe ich aufrecht! Der Sturm, der mich einmal fällen wird, ist jedoch nicht mehr fern.«

»So dürfen Sie nicht sprechen, Euer Lordschaft! Sie werden noch oft nach Karlsbad kommen und den köstlichen Sprudel genießen.«

»Sagtest du köstlich, Eva?«, rief Jones. »Das Heilwasser schmeckt so entsetzlich, dass nur diejenigen es trinken können, die sich davon Heilung versprechen. Ich jedenfalls ziehe das Gebräu aus den Pilsener Brauereien vor.«

»Gegen ein gutes englisches Porter habe ich nichts einzuwenden, aber diese ausländischen Biere sind nicht nach meinem Geschmack. Da halte ich mich lieber an Wein«, erklärte der Lord.

»Sie sind auch Lord Augustus Beauvais und damit ein hoher Herr. Ich bin nur Ihr Kammerdiener und trinke Bier nun einmal lieber als Wein«, meinte Jones lachend und sah dann Eva an. »Was trinkst du am liebsten?«

»Wasser«, antwortete Eva lächelnd. »Davon wird man nicht betrunken, und den Durst löscht es genauso gut.«

»Aber nicht das Heilwasser der Karlsbader Quellen«, stichelte Jones fröhlich.

Eva lachte leise. »Das nicht! Aber es gibt in Karlsbad auch anderes Wasser.«

»Und was ist mit Champagner?«, fragte Beauvais.

»Den habe ich noch nie getrunken, dafür aber von Ulla gehört, dass er grässlich schmecken soll.«

»Man muss sich daran gewöhnen, das gebe ich zu«, sagte Lord Augustus. »Aber danach trinkt man ihn gerne.«

»Da ich nie in der Lage sein werde, Champagner zu trinken, will ich mich erst gar nicht daran gewöhnen!«

In Evas Stimme schwang eine Mahnung an Lord Augustus mit, sie während seines Aufenthalts nicht zu sehr zu verwöhnen. Er hatte sie bereits im letzten Jahr in Kaffeehäuser und einmal sogar in den Posthof eingeladen. Wie es aussah, wollte er es in diesem Jahr in weit größerem Maße tun. Ihr war das nicht recht, da ihr dies nicht zustand und nur den Neid anderer anheizen konnte.

Jones verstand sie und nahm sich vor, unter vier Augen ein paar ernste Worte mit seinem Herrn zu sprechen. Nun aber ging es weiter zum Posthof, einem stattlichen Gebäude, dem sein einstiger Zweck als Wechselstation für Postkutschenpferde längst nicht mehr anzusehen war.

Trotz gewisser Bedenken gelang es Eva, den Ausflug zu genießen. Der Weg an den grünen Hügeln vorbei war gepflegt, und immer wieder luden Bänke zum Verweilen ein. Dazu war die Luft so klar, dass sie glaubte, die Federn des Adlers zählen zu können, der hoch über ihnen auf der Suche nach Beute kreiste. Dank dem heilenden Wasser der Quellen und Spaziergängen in dieser herrlichen Landschaft muss man einfach gesund werden, dachte sie und freute sich, weil sie hier leben durfte.

»Es ist ein schöner Tag und warm genug, um im Freien sitzen zu können«, erklärte Lord Augustus und hielt auf den Gastgarten des Posthofs zu. Ein Kellner führte sie zu einem freien Platz. Der Lord war bekannt und galt als großzügig. Ihn schlechter zu platzieren, nur weil er seinen Diener und dieses Kaffeemädchen aus dem Adonis bei sich hatte, verbot sich daher.

Der Kellner fragte nach ihren Wünschen und kam bald mit einer Tasse Tee für den Lord, einem Krug Bier für Jones und einem Mineralwasser für Eva zurück. Da die Mittagszeit nahte, bestellte Lord Augustus auch gleich das Essen.

Eva sah, wie stolz Jones war, an demselben Tisch sitzen zu dürfen wie sein Herr. In dieser wunderschönen Umgebung erschien es ihr als das Richtige. Hier waren sie alle nur Menschen, nicht Herren und Knechte, dachte sie und musste dann über sich selbst lachen.

»Was hast du?«, fragte Lord Augustus erstaunt.

»Ich spotte über mich selbst«, antwortete Eva und erklärte den Grund.

»Es wäre schön, wenn es so wäre!«, sagte Beauvais nachdenklich und wies auf ein junges Paar, dem man ansah, dass es nicht aus höheren Kreisen stammte. Es dauerte eine gewisse Zeit, bis ein Kellner auf die beiden zuging und sie an einen freien Tisch führte. Es war der entfernteste, und er stand so dicht neben dem Spazierweg, dass man von dort nach den Tellern hätte greifen können.

»Weißt du jetzt, was ich meine?«, fuhr Lord Augustus fort.

Eva nickte. »Wären Mister Jones und ich ohne Sie gekommen, würden wir ebenfalls an einen solchen Platz gesetzt werden.«

»Ich wäre damit zufrieden!«, sagte Jones. »Es ist schön hier.«

»Das ist es fürwahr«, sagte ein Mann mittleren Alters, trat auf Lord Augustus zu und streckte ihm die Hand hin. »Es ist mir eine Freude, Sie zu treffen, Mylord!«

»Ebenso! Was führt Sie denn hierher nach Böhmen, Barnaby?«, fragte der Lord und wandte sich dann an seine Begleiter. »Eva, das ist Barnaby Stanhope, der Sohn eines alten Freundes, der mit mir zusammen die Schulbank in Eton gedrückt hat.«

Eva stand auf und knickste. »Grüß Gott und guten Tag, Mylord.«

»Sir reicht«, antwortete Stanhope und lachte.

»Ich habe dir ja vom englischen Erbrecht erzählt, Eva«, erklärte Beauvais. »Barnaby ist der jüngere Sohn eines jüngeren Sohnes. Damit zählt er zwar zum Adel, trägt aber keinen Titel. Du kannst ihn mit Sir, aber auch mit Mister ansprechen.«

»Mister wäre doch unhöflich«, erwiderte Eva.

Stanhope musterte sie neugierig. Die zwei Tage, die er bereits in Karlsbad weilte, hatten ausgereicht, um von dem »verrückten Engländer« zu erfahren, der ein Zimmermädchen ausführte, als wäre es eine Dame von Adel. Er hatte bereits vermutet, dass es sich um Augustus Beauvais handelte. Allerdings wunderte er sich über dessen Begleiterin. Zum einen war sie blutjung, sah aber in ihrem blauen Kleid sehr elegant aus. Zum anderen sprach sie ein erstaunlich gutes Englisch, und ihr Benehmen war höchst akzeptabel. Da er Lord Augustus kannte, war er zudem sicher, dass dieser keine amourösen Absichten verfolgte.

Es war wohl die Einsamkeit des Alters, dachte Barnaby, die ihn dazu gebracht haben mochte, so ein Mädchen um sich haben zu wollen, das ihm zumindest für ein paar Wochen die Enkelin ersetzte, die er sich zwar gewünscht, aber nie bekommen hatte. Lord Augustus' Frau war vor sechs Jahren gestorben. Kinder hatten sie keine bekommen, und nahe Verwandte gab es ebenfalls nicht, nur einen Neffen dritten oder vierten Grades, der einmal den Titel erben würde.

Barnaby Stanhope unterhielt sich mit Lord Augustus, bezog dabei jedoch immer wieder Eva ein. Zu seinem Erstaunen bemerkte er, dass sie auch auf Jones Rücksicht nahm, der hier am Tisch eigentlich die geringste Rolle spielte.

»Ich fragte bereits vorhin, was Sie nach Karlsbad getrieben hat, Barnaby«, sagte Lord Augustus nach einer Weile.

»Mein Arzt!«, erwiderte Stanhope mit verzogener Miene. »Er riet mir zu einer Trinkkur mit dem hiesigen Wasser, um meine unselige Neigung zu Nierensteinen zu heilen.«

»Das heißt, Sie bleiben länger?« Eva klang hoffnungsfroh, da Lord Augustus in diesem Fall seine Touren mit Stanhope unternehmen und sie im Hotel bleiben konnte.

Lord Augustus erahnte, was ihr durch den Kopf ging, und lächelte. »Wenn Barnaby will, kann er uns beide bei einigen Ausflügen begleiten.«

»Ich würde mich freuen! Ach ja, bring mir ein Bier!« Der zweite Satz galt dem Kellner, der eben die Speisen für Lord Augustus, Eva und Jones brachte.

»Ich hätte auch gerne noch eins«, sagte Jones und schob dem Kellner seinen leeren Krug hin. »Das hiesige Bier ist in meinen Augen das Einzige, das einen in dieses Land locken kann«, meinte er launig. »Grüne Hügel haben wir auch in England und Wales, Heilwasser können wir in Bath und in Tunbridge Wells schlürfen. Zudem verstehen die Leute dort wenigstens, was man zu ihnen sagt.«

»Jones, Sie sind ein übler Pharisäer!«, rief Stanhope lachend.

»Ich würde sagen, ein echter Engländer! Den meisten unserer Landsleute sind bereits die Bewohner der Nachbarorte suspekt, und noch mehr die Waliser, Schotten und Iren. Die Kontinentalen sind ihnen gleich gar ein Graus!«, sagte Lord Augustus. Es klang zwar scherzhaft, doch da war ein Unterton, aus dem Eva schloss, dass ein Funken Wahrheit in diesen Worten lag. Sie erinnerte sich an ihren Lehrer, für den die Preußen wahre Brüder des Satans waren. Solche Beispiele gab es zuhauf. Warum also sollten die Engländer anders sein?

»Mein guter Jones, einen Grund muss es geben, weshalb wir hier sind. Aus einer Laune heraus haben die Ärzte Sir Barnaby und mir nicht den Aufenthalt in Karlsbad empfohlen«, sagte Lord Augustus.

»Das Wasser stinkt mehr als das in Bath«, sinnierte Jones und brachte damit seinen Herrn und Stanhope zum Lachen.

»Da magst du recht haben! Und weil es mehr stinkt, hilft es besser«, brachte Stanhope mühsam heraus.

Als er sich von seinem Lachanfall erholt hatte, sah er Lord Augustus an. »Wollen wir uns morgen wieder treffen?«

»Sehr gerne. Ist es Ihnen um zehn Uhr im Cafésalon des Adonis genehm?«, fragte Beauvais.

»Selbstverständlich«, antwortete Stanhope und bestellte sich nun ebenfalls etwas zu essen.

* * *

Als sie auf dem Heimweg am Goldenen Schlüssel vorbeikamen, hielt Eva nach Franz Ausschau. Auf der Freifläche am Fluss bediente jedoch ein anderer Kellner, und er war nirgends zu sehen. Sie fand es schade, denn sie hätte gerne mit ihm gesprochen und auch gehofft, Lord Augustus würde sich seiner erinnern.

Wenig später verabschiedete Stanhope sich und ging weiter zu seinem Hotel, während Lord Augustus, Eva und Jones zum Adonis abbogen. Dort erklärte der alte Herr, er wolle sich für eine Weile hinlegen.

»Um sechzehn Uhr begleitest du mich zum Sprudel!«, rief er Eva noch zu, bevor er den Aufzug betrat.

»Sehr wohl, Euer Lordschaft«, antwortete Eva und wartete gerade lange genug, bis der Aufzug losgefahren war. Dann eilte sie in den Cafésalon.

Dort war fast jeder Tisch besetzt, und ihre Kolleginnen hatten viel zu tun. Von der Aushilfe, die Frau Zöpfel versprochen hatte, war nichts zu sehen. Kurzerhand nahm Eva das Tablett mit einer Bestellung und brachte es an den entsprechenden Tisch.

»Lassen Sie es sich schmecken!«, sagte sie und kehrte zur Schanktheke zurück.

»Warum tust du das?«, fragte Afra. »Du bist doch freigestellt!«

»Lord Augustus hat sich in sein Zimmer zurückgezogen. Bis er wiederkommt, habe ich Zeit, euch zu helfen«, erklärte Eva und nahm das nächste Tablett entgegen.

»Wir sind die Letzten, die dich aufhalten wollen, zumal wir wirklich ordentlich zu tun haben«, sagte Afra und dachte beschämt daran, dass sie, wahrscheinlich aber auch Ida und Ulla an Evas Stelle anders gehandelt hätten und nicht in den Cafésalon gekommen wären.

Als es auf sechzehn Uhr zuging, verabschiedete Eva sich und ging in die Empfangshalle, um dort auf Lord Augustus zu warten. Sie sah nicht, dass kurz zuvor Frau Zöpfel hereingekommen war und gesehen hatte, wie sie in ihrem guten Kleid bedient hatte.

»Sag bloß, die Eva hat hier mitgearbeitet?« Frau Zöpfel sah Afra erstaunt an.

»Seit gut zwei Stunden«, antwortete Afra und goss eine Tasse Kaffee ein.

»Das nächste Mal soll sie sich vorher umziehen! Es gibt kein gutes Bild ab, wenn ihr in eurer Kaffeemadlkleidung und sie im Sonntagsstaat bedient«, sagte Frau Zöpfel tadelnd.

»Wenn die Eva sich extra umziehen muss, bleibt ihr noch weniger Zeit, uns zu helfen«, wandte Afra ein.

Die Hausdame kniff die Lippen zusammen. Zwar gefiel ihr Evas Arbeitseifer, dennoch war es für die Kaffeemädchen Vorschrift, die entsprechende Kleidung zu tragen. Dieser Pflicht durfte sich Eva nicht entziehen. Sie verließ den Cafésalon wieder, um noch mit ihr zu sprechen, bevor das Mädchen sich wieder mit Lord Augustus traf. Sie kam jedoch zu spät, denn Beauvais trat eben aus dem Aufzug und ging auf Eva zu.

»Hast du dich auch ein wenig ausgeruht?«, fragte er lächelnd.

»Ich war ein wenig im Cafésalon«, antwortete Eva, ohne darauf einzugehen, was sie dort gemacht hatte.

»Morgen um zehn Uhr treffen wir uns dort mit Stanhope«, erinnerte sie Lord Augustus.

»Ja, Mylord!« Eva lächelte und fragte dann, wo er denn seine Tasse für den Sprudel habe.

»Oh, die habe ich in meinem Zimmer gelassen. Könntest du sie holen?«, bat er sie und reichte ihr den Schlüssel.

Eva nahm diesen entgegen und eilte in Richtung Treppe.

»Weshalb nimmst du nicht den Aufzug?«, rief Lord Augustus ihr nach.

»Weil ich es nicht darf und mich auch nicht daran gewöhnen will, selbst wenn Sie durchsetzen würden, dass ich ihn benützen könnte«, sagte Eva zu leise, als dass Beauvais es hören könnte.

Auch Frau Zöpfel hörte es nicht, und doch ahnte sie, was Eva durch den Kopf ging. Lord Augustus ist wirklich ein schwieriger Gast, dachte sie, schränkte dann aber für sich ein, dass er nur in seinem Verhalten mit Eva so war. Darüber hinaus war er der beste Gast, den ein Hotel wie das Adonis sich wünschen konnte.

Auch ohne Aufzug brauchte Eva kaum länger als mit ihm. Sie holte Lord Augustus' Tasse und trug sie hinter ihm her. Auf dem Weg zum Sprudel fiel es ihr am leichtesten, den Abstand zu wahren, der ihrer Meinung nach zwischen einem englischen Aristokraten und einem Kaffeemädchen wie ihr bestand.

Am Sprudel angekommen, stellte sie sich in die wartende Schlange, und als sie an der Reihe war, ließ sie die Tasse von einem der weiß gekleideten Brunnenmädchen füllen. Dann brachte sie sie Lord Augustus, der auf einer Bank in der Sprudelkolonnade Platz genommen hatte.

»Hier ist Ihr Trunk, Mylord!«, sagte sie und reichte ihm die Tasse.

»Jones würde sagen, ein Krug des hiesigen Bieres wäre ihm lieber. Wäre das Heilwasser nicht geeignet, meinen alten und maroden Korpus ein wenig zu regenerieren, wäre ich geneigt, es ihm gleichzutun«, meinte Lord Augustus gut gelaunt und trank einen ersten Schluck. »Es heißt, man könne sich daran gewöhnen. Aber ich glaube, das schaffe ich doch nicht mehr«, setzte er danach schaudernd hinzu.

»Aber Sie haben das Wasser doch auch früher getrunken, als Sie mit Ihrer Frau Gemahlin in Karlsbad waren?«, fragte Eva verwundert.

»Diese Aufenthalte waren mehr wegen meiner Frau. Ich habe zwar auch vom Wasser getrunken, aber weniger als sie und auch nur, weil sie mich dazu gedrängt hat. Später riet der Arzt auch mir, hier eine richtige Kur zu machen.« Lord Augustus Stimme klang belegt, denn er hatte mit seiner Frau stets angenehme Tage und Wochen in Karlsbad verbracht und vermisste sie nun sehr. Nicht zuletzt deshalb war er froh, Eva kennengelernt zu haben. Allein ihre Anwesenheit verhinderte, dass er in eine trübe Stimmung verfiel. Auch bereitete es ihm Vergnügen, ihr Dinge beizubringen, die sie später einmal gebrauchen konnte.

Eva holte ihm noch eine zweite Tasse mit Heilwasser. Als sie zurückkam, hatte Stanhope sich zu Lord Augustus gesellt. »Kannst du auch für Sir Barnaby die Tasse füllen?«, bat Lord Augustus Eva.

»Sehr gerne! Ihre Tasse, Sir?«, antwortete Eva und streckte die Hand nach Stanhopes Tasse aus.

Dieser gab sie ihr und blickte ihr nach, als sie sich am Ende der Schlange anstellte, die sich vor dem Sprudelbrunnen gebildet hatte.

»Sie ist ein nettes Mädchen«, meinte er zu Beauvais.

»Das ist sie! Aber auch klug, fürsorglich und bemüht, zu helfen«, antwortete Lord Augustus und berichtete, wie Eva vor einem Jahr den schwerkranken Jones gepflegt hatte.

»Sie hat sich drei Wochen lang rührend um ihn gekümmert. Ich glaube nicht, dass sie in den Nächten länger als drei Stunden zum Schlafen gekommen ist«, fuhr er fort. »Als Jones wieder auf die Beine kam, hätte man sie wegen ihrer Schwäche ins Bett stecken müssen. In einem Hotel aber wird auf die Bediensteten nur selten Rücksicht genommen. Daher habe ich sie für den Rest meines Aufenthalts als persönliche Dienerin gefordert und dafür gesorgt, dass sie sich ein wenig erholen konnte.«

»Das erklärt aber nicht, dass Sie das Mädchen auch in diesem Jahr wieder um sich haben wollen«, meinte Stanhope.

»Sagen wir, ich habe einen gewissen Narren an ihr gefressen!«, antwortete Lord Augustus lächelnd. »Ich bin allerdings durchaus eigensüchtig, denn ihre Gegenwart vertreibt mir die Einsamkeit und die Grillen des Alters.«

»Das verstehe ich!«, erklärte Stanhope. »Wir sind hier in einem fremden Land mit Menschen, deren Sprache wir nicht verstehen. Selbst die Adeligen aus diesen Landen sprechen eher Französisch als ein gutes, ehrliches Englisch. Da kann man sich selbst unter vielen Leuten einsam vorkommen.«

»Das ist einer der Gründe! Der andere ist Eva selbst. Sie ist die Tochter armer Tagelöhner und hat vierzehn Geschwister zu Hause. Seit sie aus der Schule gekommen ist, muss sie Geld verdienen. Zuerst war sie Magd, dann Zimmermädchen und serviert nun Kaffee und Kuchen im Cafésalon des Adonis. Dabei ist sie klug, und – obwohl sie es selbst noch nicht recht begriffen hat – auch ehrgeizig. Wäre sie die Tochter eines Kaufmanns, könnte sie dessen Geschäft weiterführen und würde auch als Tochter eines Edelmanns, wie man sagt, ihren Mann stehen. Sie wird nicht auf Dauer in der dienenden Klasse bleiben. Daher will ich sie ein wenig auf das Leben vorbereiten, das sie einmal führen wird.«

»Es gibt gewiss Leute, die Ihnen andere Absichten unterstellen«, wandte Stanhope ein.

»Das sind einige wenige, die von Haus aus Übles denken. Den anderen gegenüber schützt mich mein hohes Alter vor solchen Unterstellungen«, antwortete Lord Augustus in einem Ton, der es Stanhope geraten erscheinen ließ, dieses Thema nicht noch einmal zu berühren.

»Darum zeige ich mich auch so offen mit ihr«, erklärte Beauvais. »Die Leute sollen sehen, dass sie genau das nicht ist, was missliebige Neider behaupten.«

Stanhope wollte etwas entgegnen, doch da kam Eva mit der vollen Tasse zurück und reichte sie ihm.

»Schmeckt es wirklich so grässlich, wie Jones behauptet hat?«, fragte Stanhope, obwohl er an den Vortagen bereits vom Wasser des Mühlbrunnens getrunken hatte. Er nahm einen Schluck und verzog den Mund. »Wo Jones recht hat, hat er recht! Dieses Wasser ist wirklich übel.«

»Es ist aber das beste Heilwasser in Karlsbad. Mein Arzt dringt darauf, dass ich vom Sprudel trinke und nicht von den anderen Brunnen«, erklärte Lord Augustus.

Eva stellte sich neben die Bank, obwohl Stanhope ein wenig zur Seite gerückt war, um ihr Platz zu machen. Setzen aber wollte sie sich nicht, denn die Leute sollten sehen, dass sie nur eine Bedienstete war und nicht mehr.

* * *

Am nächsten Vormittag erschien Stanhope zur vereinbarten Stunde im Cafésalon des Adonis. Ulla trat auf ihn zu, um nach seinen Wünschen zu fragen.

»Ich will mich hier mit Lord Augustus treffen. Hast du ihn schon gesehen?«, fragte er auf Englisch und brachte Ulla damit in die Bredouille.

»Weißt du, was er will?«, fragte sie Afra.

Diese zuckte mit den Schultern. »Dafür bräuchten wir Eva. Die versteht die Engländer.«

Bevor die Situation jedoch unangenehm wurde, erschienen Lord Augustus und direkt dahinter Eva.

»Sie sind ja pünktlich, Barnaby! Das bin ich von Ihnen gar nicht gewöhnt«, scherzte Beauvais und sah dann Eva an. »Welchen Tisch würdest du wählen?«

Da es nur für die beiden Herren und sie reichen musste, wies Eva auf einen kleinen Tisch in der Ecke. »Dort können Sie sich ungestört unterhalten«, meinte sie.

»Dann setzen wir uns dorthin.«

Lord Augustus und Stanhope nahmen Platz, während Eva stehen blieb.

»Willst du dich nicht setzen?«, fragte Lord Augustus.

»Verzeihen Sie, Mylord, aber ich will erst Ihre Bestellung aufnehmen und dann servieren«, antwortete Eva.

»Du willst servieren? Aber du bist doch freigestellt«, sagte Beauvais.

»Ich würde mich schämen, wenn meine Kolleginnen auch mich bedienen müssten! Aber wenn ich für mich etwas hole, kann ich es auch Eurer Lordschaft und Sir Barnaby bringen.«

Lord Augustus begriff, dass es Eva todernst damit war. In gewisser Weise bewunderte er sie. Sie wusste genau, wie weit sie gehen durfte, ohne anzuecken. Teilweise war es allerdings störend, da sie für sein Gefühl zu sehr auf den Unterschied zwischen sich als Kaffeemädchen und ihm als Herrn von Adel bestand.

Er bestellte Assam-Tee, und Stanhope tat es ihm gleich. Dazu wählten beide ein Stück Gugelhupf mit Sahne. Zu ihrer Verwunderung bestellte Eva die Sachen nicht einfach nur an der Theke, sondern goss den Tee selbst auf und schlug die Sahne für den Kuchen. Anschließend brachte sie alles zum Tisch.

»Was hast du dir bestellt?«, fragte Lord Augustus neugierig und schaute in ihre Tasse. Darin war Tee. Die Farbe war etwas heller als bei ihm und Stanhope.

»Ich habe Darjeeling gewählt«, antwortete sie.

»Und ein Stück Kuchen ohne Sahne!« In Lord Augustus Stimme schwang ein gewisser Tadel mit.

»Ich nasche hier oft genug vom Schlagobers. Da brauche ich ihn nicht noch extra auf den Kuchen«, meinte Eva lächelnd.

»Ich will nicht, dass du dich schlechter stellst, als es sein muss!« Erneut klang die Stimme des Lords streng.

Dies hörte auch Frau Zöpfel, die zugesehen hatte, wie Eva den Tee zubereitet hatte. Nur die Anwesenheit des Lords und seines Gastes hatte verhindert, dass sie Eva zur Rede gestellt hatte, weil diese wieder in ihrem eigenen Kleid und nicht in dem der Kaffeemädchen bedient hatte.

»Setz dich«, sagte der Lord und ließ keinen Zweifel daran, dass Eva zu gehorchen hatte. »Außerdem solltest du es unterlassen, Barnaby und mich zu bedienen. Damit verhinderst du nur, dass ich den anderen Serviermädchen ein Trinkgeld geben kann!«, setzte er nicht ganz ernst gemeint hinzu.

Eva erschrak. »Verzeihen Sie, aber daran habe ich gar nicht gedacht.«

»Nun weißt du es.« Lord Augustus verwandelte sich wieder vom strengen in den gutmütigen Großvater, und auch Frau Zöpfel war damit zufrieden, wie er diese Situation gelöst hatte.

Die Hausdame stellte sich in die Nähe des Tisches, und während sie ihre Blicke prüfend durch den Cafésalon wandern ließ, lauschte sie mit einem Ohr dem Gespräch zwischen dem Lord und seinem Gast. Immer wieder bezog Beauvais Eva ein. Frau Zöpfel staunte über die junge Frau, die Antworten gab, die sie von einem Kaffeemädchen oder gar einer Tagelöhnerstochter nicht erwartet hätte.

Evas geistiger Horizont war weit über ihren Rang hinausgewachsen und befähigte sie, auch größere Aufgaben zu bewältigen. So sehr die Hausdame dies Eva vergönnte, bereitete es ihr doch Sorge. Sie kannte die Abneigung ihrer Chefin gegen Eva. Obwohl es nicht Evas Schuld war, dass Ludwig Karch sich in sie verliebt hatte, würde sie den Schaden davontragen. Frau Karch lauerte nur darauf, Eva entlassen zu können, sobald Lord Augustus das Hotel für dieses Jahr verlassen hatte. Frau Zöpfel überlegte daher, wie sie Eva rasch zu einer neuen und nach Möglichkeit gleichwertigen Stelle verhelfen konnte.

Unterdessen besprachen Lord Augustus und Stanhope ihre Pläne für die nächste Zeit. An diesem Nachmittag wollten sie noch einmal zum Sprudel gehen, dort von dem Wasser trinken und ein wenig herumspazieren. Auf Dauer aber war dies Stanhope zu wenig, und auch Beauvais spürte, dass es ihn lockte, einmal einen längeren Ausflug zu unternehmen.

»Ich war schon lange nicht mehr im Freundschaftssaal«, sagte er nachdenklich. »In den letzten Jahren, in denen ich Karlsbad mit meiner Frau besuchte, war sie zu schwach für den Spaziergang, und im letzten Jahr war es auch mir zu weit. Aber dieses Mal könnten wir einen Ausflug dorthin wagen.«

»Sie sollten sich nicht zu sehr anstrengen, Mylord«, sagte Eva besorgt.

»Das will ich auch nicht«, antwortete Lord Augustus mit einem nachsichtigen Lächeln. »Hab keine Sorge! Ich weiß, was ich tue. Wenn es Ihnen recht ist, Barnaby, treffen wir uns morgen um neun beim Sprudel und brechen eine Stunde später auf.«

»Sehr gerne, Lord Augustus! Ich will mich aber unserer jungen Freundin anschließen und Ihnen raten, es nicht zu übertreiben. Selbst ich spüre, dass ich nicht mehr der Jüngste bin, und Sie sind bereits mit meinem Vater zusammen in Eton gewesen.«

»Ich sage Ihnen das Gleiche wie unserer lieben Eva: Ich weiß, was ich tue, und werde die entsprechenden Vorkehrungen treffen.« Lord Augustus freute sich bereits darauf, wie Eva und auch sein Freund Barnaby Stanhope am nächsten Morgen staunen würden.

* * *

Karlsbad lag in einem engen Tal mit steil aufragenden Hängen und Hügeln, und doch waren etliche Spazierwege für die Kurgäste angelegt worden. Die Hügel hatten die Planer gezwungen, diese Pfade als Serpentinenwege auszubauen, die zwar leichter zu begehen, aber dafür um einiges länger waren als eine direkte Verbindung. Viele der Gäste, die krank hierherkamen oder sich von einer Krankheit erholen wollten, taten sich schwer, diese Wege zu bewältigen. Um auch ihnen den Genuss der schönen Umgebung zu ermöglichen, hatte die Stadt einiges vorbereitet.

Das stellte Eva am nächsten Morgen fest. Als sie im Gefolge des Lords vom Sprudel zum Hotel zurückkam, sah sie zu ihrem Erstaunen vier Esel vor dem Adonis warten. Junge Burschen, von denen keiner älter als zwanzig war, hielten sie am Zügel. Drei Esel trugen normale Sättel, ein weiterer eine Art Sitz mit einem Stützbrett für die Füße.

»Ich sehe, unsere Reittiere warten bereits auf uns. Wir sollten daher noch einmal ins Hotel gehen und uns für unseren Ausritt zurechtmachen«, sagte Lord Augustus zufrieden.

Eva starrte auf den Esel mit dem Sattel, der nur ein seitliches Sitzen zuließ, und wich einen Schritt zurück. »Ich soll mich auf so ein Ding setzen? Ich glaube, es ist besser, Sie reiten nur mit Sir Barnaby und Jones zum Freundschaftssaal.«

Lord Augustus lachte leise. »Mein liebes Kind, ich habe dich als beherztes Mädchen kennengelernt. Du wirst doch nicht vor einem Esel zurückscheuen, oder?«

»Vor einem Esel nicht, aber vor dem Reiten auf einem«, antwortete Eva und wusste gleichzeitig, dass sie nicht entkommen würde. Lord Augustus war ein entschlossener Herr, dem hinter vorgehaltener Hand bereits bescheinigt wurde, vom Altersstarrsinn ergriffen zu sein.

Barnaby Stanhope hatte rasch seine Tasse zum Hotel zurückgebracht und kam jetzt mit langen Schritten heran. Beim Anblick der Esel nickte er anerkennend.

»Das ist eine glänzende Idee, Lord Augustus! Diese langohrigen Gefährten werden uns gut und sicher an unser Ziel und wieder zurück bringen. Das sagst du doch auch, Eva?«

»Gegen die Esel hat sie nichts. Nur darauf zu reiten gefällt ihr nicht«, erklärte Beauvais amüsiert.

»Wären es Pferde, würde ich es verstehen. Die werfen einen gelegentlich ab«, sagte Stanhope grinsend. »Ein Esel tut das nicht! Er ist nicht schreckhaft, und er geht auch nicht durch, selbst wenn ihn eine Bremse sticht. Apropos Bremse! Wissen Sie, was Lady Haderslay letztens passiert ist? Sie ritt mit ihrer neuen Stute im Hyde Park aus, und zwar mit der, die sie von Greenwood gekauft hat. Als die Stute von einer Bremse gestochen wurde, raste das Tier wie ein Kanonengeschoss davon. Die bedauernswerte Lady Haderslay musste später aus der Serpentine geborgen werden.«

»Mein lieber Barnaby, wenn Sie weiterhin solche Geschichten erzählen, steigt Eva niemals auf diesen Esel«, tadelte Lord Augustus seinen Freund mit amüsiert zuckenden Mundwinkeln. Dann wandte er sich Eva zu. »Wir sollten nun wirklich ins Hotel gehen, sonst muss unser lieber Sir Barnaby noch länger auf uns warten.«

»Sehr wohl, Mylord!«, antwortete Eva, knickste und eilte los.

Lord Augustus folgte ihr etwas langsamer und bedauerte ein weiteres Mal, dass sie nur ein einfaches Mädchen aus Böhmen war und nicht jene Enkelin, die er so gerne gehabt hätte.

Stanhope sah den beiden nach. Einesteils freute er sich, weil der alte Herr durch die Freundschaft zu Eva einen angenehmen Aufenthalt verbringen konnte. Zum anderen aber bedauerte er die junge Frau, der es nach den sechs Wochen mit dem Lord schwerfallen dürfte, sich wieder in ihr altes Leben einzufinden. Er beruhigte sich mit dem Gedanken, dass Beauvais sich Eva gegenüber großzügig erweisen würde. Mit ein paar Hundert Pfund konnte sie hier einen kleinen Laden aufmachen, mit ein paar mehr womöglich sogar ein Kaffeehaus. Da sie im Cafésalon des Adonis arbeitete, wäre das vielleicht sogar das Beste für sie.

Er wartete auf die beiden und auf Jones, der sie begleiten sollte, und fragte sich, ob Eva den Mut aufbrachte, mitzukommen, oder ob sie sich erst einmal verstecken würde, bis sie losgeritten waren.

Zu Stanhopes Überraschung kam Eva als Erste zurück. Ihre Miene war zwar ernst, als sie zu ihrem Esel trat, aber auch sehr entschlossen. Sie würde vor keinem Hindernis zurückscheuen, dachte er. Anders als Lady Haderslay würde man sie auch nicht aus der Serpentine herausholen müssen, sondern sie würde den Teich auf eigenen Beinen verlassen. Wahrscheinlich würde sie nicht einmal hineinfallen, setzte er in Gedanken hinzu und trat neben sie. »Bereit?«, fragte er.

Eva nickte. »Das bin ich! Ich hoffe nur, Lord Augustus mutet sich nicht zu viel zu. Er ist nicht mehr jung, und ich will nicht, dass er hinterher zu erschöpft ist, um seinen täglichen Gang zum Sprudel vollziehen zu können.«

»So, wie ich dich kenne, würdest du ihm das Wasser ins Hotel bringen«, meinte Stanhope.

»Dann wäre es kalt und würde nicht mehr so gut wirken.«

Stanhope begriff, dass Eva sich ehrlich Sorgen um Lord Augustus machte. Da war nichts Berechnendes in ihrem Wesen und auch kein Lauern auf eine hohe Belohnung.

Da trat Beauvais aus dem Hotel, und Jones folgte ihm mit einem großen Korb. Diesen reichte er dem Eseljungen, stieg dann auf und nahm den Korb wieder an sich.

»Den kann doch ich nehmen«, schlug Eva vor.

»Den gebe ich nicht aus der Hand«, antwortete Jones grinsend.

»Es wäre für dich auch zu schwer. Du musst dich schließlich am Sattel festhalten, damit du nicht herabrutschst«, erklärte der Lord und stieg ebenfalls auf einen Esel. Als er im Sattel saß, baumelten seine langen Beine nur knapp über dem Boden.

»Der Esel hätte vorher noch ein wenig wachsen sollen«, rief Stanhope spöttisch und sah zu, wie Eva versuchte, in den Sattel zu gelangen. Sie brauchte die Hilfe eines der Eselbuben, saß dann aber sicher auf dem Tier und hielt sich, wie Lord Augustus ihr geraten hatte, an beiden Seiten des Sattels fest.

»Jetzt warten wir bloß noch auf Sie!«, sagte der Führer des letzten Esels.

Stanhope verstand ihn zwar nicht, begriff aber, was er meinte, und schwang sich in den Sattel.

»Auf geht's!«, rief der Anführer der Eselbuben und trieb das Tier an, auf dem Lord Augustus saß.

Die anderen Esel folgten von selbst. Es ging zu Evas Verwunderung nicht zur Tepl hinab, sondern weiter in die

Höhe. Zuerst glaubte sie, ihr erstes Ziel wäre Klein-Versailles mit seinen Gärten und Teichen. Ein Stück davor ging es jedoch nach links ab, und sie erreichten bald darauf das Café Jägerhaus. Dem Lord war es aber zu früh, bereits hier Rast zu machen, denn er hatte andere Pläne. Daher ritten sie nun unter schattigen Bäumen am Obelisken vorbei und weiter, bis sie schließlich die Raststelle auf der Freundschaftshöhe erreichten.

Hier befahl Lord Augustus anzuhalten. Die Eselbuben zügelten ihre Tiere, und alle konnten absteigen. Jones brachte seinen Korb zu einem Tisch, stellte ihn darauf und äugte zum Ausschank hin, den es in der Nähe gab.

»Du kannst dir ein Bier gönnen!«, rief Lord Augustus ihm zu. »Trinke aber nicht zu viel, sonst fällst du noch vom Esel und verletzt dich.«

»Dann pflegt mich die Eva so wie im letzten Jahr!«, antwortete Jones fröhlich.

Er richtete jedoch erst einmal alles für den Imbiss her, den sein Herr hier einnehmen wollte.

Eva stellte fest, dass das Mahl aus dem besten Schinken, einer ausgezeichneten Salami, hartem Käse und jenen Brezeln bestehen sollte, die Jones erst kurz vor dem Aufbruch besorgt hatte.

»Was trinken Sie, Barnaby?«, fragte Lord Augustus seinen Landsmann.

»Mit einem Bier werde ich noch nicht aus dem Sattel fallen«, meinte dieser und bat Jones, auch ihm einen Krug zu besorgen.

»Eva und ich trinken Limonade«, sagte Lord Augustus.

Er reichte Jones einen Zehnkronenschein und setzte sich. Eva wartete, bis auch Stanhope saß, bevor sie selbst Platz nahm.

Nur wenig später brachten Jones und ein Kellner die Getränke. Eva fand die kühle Limonade vorzüglich. Auch Lord Augustus schien so zu empfinden, während Stanhope und Jones voller Genuss ihr Bier tranken.

Eigentlich hätte Jones beim Imbiss bedienen sollen, doch Eva ließ es sich nicht nehmen, es selbst zu tun. Als der Lord sie deswegen ansprach, lächelte sie verlegen.

»Verzeihen Sie, aber es vermittelt mir das Gefühl, mir Ihre Großzügigkeit ein wenig zu verdienen. Würde ich mich von Mister Jones bedienen lassen, käme ich mir überflüssig vor.«

»Was du gewiss nicht bist«, erklärte Lord Augustus kategorisch und wies auf den Käse. »Schneide mir ein Stück davon ab, wenn du uns unbedingt bedienen willst!«

Eva tat es und aß auch selbst ein wenig von dem Käse. Er schmeckte ebenso gut wie die Wurst und der Schinken. Auch die Brezeln waren ein Gedicht. Im Adonis wird den Angestellten nicht so aufgetischt, dachte sie und musste über sich selbst lächeln. Das wäre wohl zu viel verlangt. Auch wenn ihnen im Hotel einfachere Speisen vorgesetzt wurden, war dort noch keiner verhungert.

* * *

Nach dem Imbiss ritten sie weiter. Zuerst ging es noch ein Stück den Höhenzug entlang, bis der Weg nach einer scharfen Kurve in engen Serpentinen ins Tal hinab führte. Hier bekam Eva doch ein wenig Angst, vom Sattel zu rutschen. Die Esel gingen jedoch mit einer Sicherheit, als befänden sie sich auf einer ebenen und gepflasterten Straße. Eva musste sich zwar festhalten, doch sie kam nicht ins Rutschen. Dennoch atmete sie auf, als der Weg wieder flacher wurde und sie das Ausflugslokal vor sich sah.

Ebenso wie der Posthof wurde der Freundschaftssaal gerne von Spaziergängern und Ausflüglern besucht. Auch an diesem Tag waren viele Gäste gekommen, ließen sich zu Mittag auftischen und tranken dazu Bier oder Limonade.

Lord Augustus hatte seine Ankunft angekündigt und erhielt sofort einen Tisch auf der Terrasse. Der Kellner nahm gleich die

Bestellung auf, und so standen nur wenig später die Getränke auf dem Tisch. Der Lord und Eva hatten sich für Tee entschieden, während Stanhope und Jones ihr zweites Bier an diesem Tag tranken.

»Ich bezweifle, dass dies die richtige Kur gegen Ihre Nierensteine ist, Barnaby. Die sollen Sie besser mit dem Wasser der Quellen ausspülen, und nicht mit Bier«, spöttelte Lord Augustus.

Stanhope musste lachen. »Ich habe mir sagen lassen, dass Bier die Nieren ausgezeichnet durchspült. Außerdem habe ich, da ich diese Brühe so tapfer hinunterwürge, eine kleine Belohnung verdient.«

»Es sind Ihre Nieren.« Auch Lord Augustus lachte und nahm dann die Speisekarte zur Hand.

»Ich sehe, hier gibt es auch Nieren. Die werde ich mir zu Gemüte führen. Und was isst du, Eva?«

Eva war von dem Imbiss auf der Freundschaftshöhe noch satt. Essen aber musste sie etwas, um Beauvais nicht zu verärgern. »Ich werde die Palatschinken mit Preiselbeermarmelade nehmen«, sagte sie.

Lord Augustus ließ es dabei bewenden. Stanhope wählte Rinderbraten und Jones gekochtes Selchfleisch mit böhmischem Knödel.

»Das habe ich letztes Jahr schon einmal gegessen, und es hat mir geschmeckt«, sagte er und betrachtete seinen Bierkrug. »Der muss ein Loch haben, weil er schon wieder leer ist«, sagte er mit gespielter Verzweiflung.

»Auch der meine hat ein Loch«, sagte Stanhope grinsend und winkte dem Kellner, zwei neue Krüge zu bringen.

»Aber diesmal ohne Loch!«, witzelte Eva.

»Das hat unser Bier halt so an sich. Das ist so schnell getrunken, dass man sich selber darüber wundert, dass der Krug leer ist«, sagte der Kellner, um auf ihren Scherz einzugehen.

Eva musste übersetzen, was sie gesagt hatte, und brachte damit alle drei zum Lachen.

Der Aufenthalt auf der Terrasse, die grünen Hügel ringsum und das Plätschern der nahen Tepl waren so angenehm, dass sich Lord Augustus schließlich aufraffen musste, um den Rückmarsch anzuordnen. Diesmal ritten sie nicht über die Hügel, sondern an der Tepl entlang. Es war auch gut so, fand Eva. Beauvais hatte den Eselbuben ein hübsches Zehrgeld zugesteckt und diese sich damit einen kleinen Imbiss und mehrere Krüge Bier schmecken lassen.

Nun lachten sie, trieben Scherze miteinander und ließen die Esel teilweise allein laufen. Lord Augustus sah ihnen eine Weile zu und schüttelte dann den Kopf. »Da sieht man, dass die Esel eigentlich die Klügeren sind! Die begnügen sich mit Wasser und wissen, was sie ihren Reitern schuldig sind. Diese Boys hier hingegen haben das rechte Maß vergessen.«

»Wollen Sie sie melden?«, fragte Eva. »Danach wird man sie entlassen, und sie werden sich eine Arbeit suchen müssen, die nicht so angenehm ist.«

»Ich hatte es vor, werde aber Gnade vor Recht ergehen lassen«, antwortete Lord Augustus. »Eigentlich wollte ich im Posthof noch eine kurze Rast einlegen. Wenn ich das jedoch mache, sind diese Kerle endgültig betrunken, und dann wäre es mit ihrer Eselei vorbei.«

»Ein Bier im Posthof könnte ich schon vertragen«, meldete sich Jones.

»Das kannst du in einem der Wirtsgärten an der Tepl trinken. Dort schicken wir die vierbeinigen samt ihren zweibeinigen Eseln fort und gehen den Rest zu Fuß.« Lord Augustus wollte zwar seinem Diener nicht einen Krug Bier missgönnen, aber auch nicht länger als nötig auf die Eselbuben und ihre Tiere angewiesen sein.

Stanhope war ebenfalls einverstanden, und so kehrten sie nach Karlsbad zurück. Sie passierten das Pupp und stiegen kurz darauf von den Eseln. Trotz eines gewissen Ärgers gab

Lord Augustus den jungen Burschen ein reichlich bemessenes Trinkgeld und wies dann auf die Terrasse des Goldenen Schlüssels. »Wir können hier noch einkehren«, sagte er in der Hoffnung, vielleicht doch auf Franz zu treffen.

Es bediente jedoch ein anderer Kellner. Zwar glaubte Eva, Franz kurz hinter der Tür zu sehen. Er kam jedoch nicht heraus, sondern verschwand tiefer im Gebäude. Irgendwie tat es ihr weh. Sie sahen sich so selten, und da ließ er eine so gute Gelegenheit einfach verstreichen.

Es war ein Wermutstropfen an diesem schönen Tag. Aber Eva beschloss, sich diesen trotzdem nicht verderben zu lassen. Sie trank ihre Limonade und hörte zu, wie Lord Augustus ein wenig über Jones und Stanhope witzelte. Da diese es nicht bei einem Krug beließen, war es schon spät, als sie schließlich aufbrachen.

Unterwegs fiel Lord Augustus ein, dass er Stanhope zum Essen ins Adonis einladen könnte. Dieser nahm das gerne an, und so wollte Eva sich in der Empfangshalle von ihnen verabschieden, um mit den anderen Angestellten zu Abend zu essen.

»Halt, hiergeblieben!«, rief da Lord Augustus. »Wir waren während des ganzen Ausflugs Gefährten. Das werden wir auch beim Diner bleiben.«

»Wollen Sie sich nicht vorher umziehen?«, fragte Jones.

Sein Herr schüttelte den Kopf. »Nein! Wir sind hier nicht in meinem Club in London, wo dies nötig wäre.«

Eva hatte für den Ausflug ihr einfachstes Kleid angezogen. Dazu trug sie Schuhe, die zwar zum Wandern geeignet waren, aber nicht in einen feinen Saal passten. »Verzeihen Sie, aber ich muss mich umziehen«, sagte sie daher flehentlich.

»Dafür ist es bereits zu spät!«, erklärte Beauvais.

Wenn Eva sich in der Welt einmal behaupten wollte, musste sie in der Lage sein, ihr Herz auch einmal über die schwierigste Hürde zu werfen.

Als sie den Festsaal erreichten, hatten dort alle Gäste festliche Abendgarderobe gewählt. Bisher hatte Eva zum Diner stets ihr bestes Kleid angezogen. Mit ihrer saloppen, für den Ausflug gedachten Kleidung fielen Beauvais, Stanhope, Jones und sie jedoch völlig aus dem Rahmen. Zu sagen wagte allerdings niemand etwas, denn Lord Augustus stand in dem Ruf, spitze Bemerkungen mit gezielten Grobheiten zu beantworten.

Vor ein paar Wochen noch hätte Eva Reißaus genommen. Nun aber straffte sie den Rücken und sah zu, wie Lord Augustus dem Kellner Jean erklärte, er habe beschlossen, ihre Ausflugsrunde hier mit dem Diner abzuschließen.

Jean sah den Lord an, dann Eva und dachte gewiss an die großzügigen Trinkgelder, die von Beauvais zu erwarten waren. »Sehr wohl, Euer Lordschaft!«, sagte er mit einer Verbeugung und befahl einem unter ihm stehenden Koch, zwei weitere Gedecke auf den Tisch des Lords zu legen.

Aus der Vorkammer, in der die Speisen für die Kellner bereitgestellt wurden, sahen Frau Karch und ihre Hausdame zu, wie Eva bei dem Lord und Stanhope Platz nahm.

»Was für eine Unverfrorenheit, sich jeden Tag in den Festsaal zu setzen und bedienen zu lassen, als wäre sie ein hochgeehrter Gast«, flüsterte Isolde Karch voller Grimm.

»Es ist der Wunsch des Lords, und Sie haben Eva selbst befohlen, seine Wünsche zu erfüllen, solange sie nicht gegen Sitte und Moral verstoßen«, wandte Frau Zöpfel ein. »Sie können daher Eva nicht schelten, wenn sie Ihnen gehorcht.«

»Ich hoffe, Lord Augustus wählt, wenn er das nächste Mal nach Karlsbad kommt, ein anderes Hotel als das unsere, damit ich so etwas nicht noch einmal erleben muss.«

Frau Zöpfel verkniff sich ein Lächeln, als sie das hörte. Falls der Lord im Herbst tatsächlich in einem anderen Hotel nächtigen sollte, würde ihre Chefin die Erste sein, die sich darüber aufregte. Nicht der Lord und seine Launen störten Frau Karch. Es war ganz allein Eva. Hätte Lord Augustus ein anderes Mädchen ausgewählt, wäre sie mit ein paar spöttischen Worten darüber hinweggegangen. Da sich ihr Neffe Ludwig jedoch in Eva verliebt hatte, ärgerte sie sich darüber. Je gewandter und weltläufiger das Mädchen wurde, umso mehr würde die Frau, die er dem Willen der Tante nach heiraten sollte, gegen sie abfallen.

»Sobald der Lord abgereist ist, muss sie gehen!«, erklärte Frau Karch bissig.

»Davon würde ich abraten«, wandte Frau Zöpfel ein. »Zum einen würde es Aufsehen erregen und die Leute denken lassen, Sie würden Eva dafür bestrafen, weil sie es nicht gewagt haben, im Hotel gegen Lord Augustus Sitte und Moral zu wahren.«

»Das ist starker Tobak, Zöpfel! Ich weiß, Sie mögen dieses Mädchen. Aber es kann nicht bleiben«, erklärte Frau Karch zornig.

»Es gibt noch einen weiteren Grund dafür, Eva nicht zu entlassen. Seine Lordschaft hat angekündigt, gegen Ende der Saison noch einmal nach Karlsbad zu kommen. Stellen Sie sich vor, was geschieht, wenn er dann erfährt, Sie hätten Eva entlassen, weil er ihr eine gewisse Aufmerksamkeit geschenkt hat.«

Dieses Argument saß. Lord Augustus Beauvais war niemand, den man sich ohne Not zum Feind machen sollte. Selbst ein paar abschätzige Bemerkungen seinerseits würden dem Hotel schaden. Frau Zöpfel war sich jedoch sicher, dass er es gegebenenfalls nicht bei ein paar Bissigkeiten belassen würde.

Dies begriff auch Isolde Karch. Sie starrte auf Eva, die sich zwar sichtlich zurückhielt, aber dennoch eine Selbstsicherheit zeigte, die für ein Mädchen ihres Alters erstaunlich war. »Sie haben recht, Zöpfel! Ich kann sie nicht während der Saison hinauswerfen. Aber wenn die Saison zu Ende ist, muss sie gehen.«

»Sehr wohl, Madame«, antwortete die Hausdame erleichtert, denn damit hatte sie Zeit gewonnen, Eva woanders zu empfehlen.

Der Amerikaner

Lord Augustus war niemand, der jemandem nachlief. Franz Herbst hätte aus dem Goldenen Schlüssel kommen und mit ihm reden können, es aber nicht getan. Ins Hotel zu gehen und nach Franz zu fragen, lag ihm jedoch fern.

Da Eva den Lord am Sonntag in die englische Kirche begleitete, kam auch sie nicht dazu, sich mit Franz zu treffen. Sie sagte sich aber, dass sie ihn nach Lord Augustus' Abreise wiedersehen werde.

Nach den ersten, aufregenden Tagen mit Lord Augustus wurde es etwas leichter. Dies lag auch daran, dass er mit Barnaby Stanhope einen Freund gefunden hatte, mit dem er über vieles reden konnte. Auch wenn die beiden sie immer wieder in ihre Gespräche einbezogen, konnte sie sich doch ein wenig zurücknehmen und die Dienerin spielen, die den beiden die Tassen für den Trunk an den Quellen nachtrug und Getränke, Brezeln und andere Naschereien für sie besorgte.

Nach vier Wochen verabschiedete Barnaby Stanhope sich mit dem Schwur, lieber seinen Arzt zu erwürgen, als sich noch einmal eine Kur mit diesem grässlich schmeckenden Wasser verordnen zu lassen.

Lord Augustus meinte nur lachend: »Bis zum nächsten Jahr in Karlsbad!«

»Sollte es dazu kommen, werde ich mit dem hiesigen Bier kuren und nicht mit dem hiesigen Wasser«, antwortete Stanhope, reichte ihm die Hand und stieg auf den Wagen. Er winkte auch Eva kurz zu. Dann setzte sich der Fiaker in Bewegung, und wenig später war Barnaby Stanhope fürs Erste Vergangenheit.

»Schade, dass der gute Barnaby abreisen musste«, sagte Lord Augustus mit einem bedauernden Seufzer.

»Sie hätten seine Gesellschaft gerne noch länger genossen?«, fragte Eva.

»Das auch! Vor allem aber zeigt mir seine Abreise an, dass ich nur noch eine Woche hier sein werde und deine Gesellschaft genießen kann. Barnaby sehe ich in London oder auf dem Landsitz seines Vaters wieder. Dich jedoch werde ich erst im Herbst wiedersehen. Das macht mich ein wenig traurig.«

Eva spürte, dass die Bemerkung ernst gemeint war. Der alte Herr mochte sie wirklich und sah sie nicht nur als jemanden an, mit dem er andere vor den Kopf stoßen konnte. Tatsächlich hat er mich schon immer gemocht, korrigierte sie sich in Gedanken. Ein Teufelchen flüsterte ihr aber noch etwas ins Ohr.

»Sie sollten sich lieber auf das Wiedersehen freuen, Euer Lordschaft. Ich tue es auch, selbst wenn Sie mich gelegentlich in peinlichste Situationen bringen.«

»Tu ich das?«, fragte er erstaunt.

»Und ob! Es war im letzten Jahr schon schlimm, als Sie mich in den Kaffeepavillon des Pupp ausgeführt haben. Heuer musste es gleich das beste Restaurant des Pupp sein. Wenn ich zudem daran denke, dass ich im Adonis im geheiligten Festsaal der Madame sitzen und mich von Jean, dem hochnäsigsten Kellner des ganzen Hotels, bedienen lassen musste, werde ich mir nach Ihrer Abreise einiges anhören dürfen! Und dann sind da auch noch meine Kolleginnen im Cafésalon.«

»Sie sollten es nicht zu arg treiben, wenn sie nicht der Trinkgelder verlustig gehen wollen, die sie von mir bekommen«, erklärte Lord Augustus mit einem gewissen Hochmut.

»Dafür müsste ich sie schon bei Ihnen verpetzen!«, wandte Eva ein.

»Was du natürlich nicht tust! Du spielst lieber das Schaf, das man treten kann, anstatt einmal richtig aufzustampfen.«

So mutig und klug Eva sonst auch war, so hatte sie doch Schwierigkeiten, sich gegen Ungerechtigkeiten zu wehren. Dies würde sie lernen müssen, dachte der Lord.

»Ich will in den Tagen, die ich noch hier bin, mit dir noch einmal im Pupp dinieren, im Posthof den Lunch einnehmen und ein paar Ausflüge mit dir und Jones unternehmen. Ach, an meinem letzten Abend hier wird uns der hochnäsige Jean das Diner servieren dürfen«, erklärte er und sah, wie Eva die Lippen zusammenpresste.

Sie hat Angst, deswegen schief angesehen zu werden, dachte er. Aus Erfahrung wusste er jedoch, dass die Menschen sich daran erinnern würden, dass sie im Pupp gewesen war. Daher würde man sie für etwas Besonderes halten, und das konnte sich auf Dauer für sie auszahlen.

»Du solltest auch an die Zukunft denken«, riet er ihr. »Oder willst du für immer Kaffeemädchen bleiben und darauf warten, ob dich einmal ein Mann heiraten will?«, fragte er.

»Darüber habe ich mir noch keine Gedanken gemacht«, antwortete Eva. Der Blick, den sie in Richtung des Goldenen Schlüssels richtete, besagte jedoch etwas anderes.

»Es wundert mich, dass Franz sich bisher nicht hat sehen lassen. Im letzten Jahr war es ganz anders!«, sagte er.

Über Evas Gesicht huschte ein Schatten. Sie hätte sich gewünscht, dass Franz zu ihnen gekommen wäre. Im Vergleich zum letzten Jahr hat er sich arg verändert, dachte sie. Damals war er froh gewesen, überhaupt in diesem Hotel untergekommen zu sein, und hatte seine Arbeit frohen Herzens und zur völligen Zufriedenheit seiner Vorgesetzten erledigt. In diesem Jahr klagte er zunehmend darüber, sich trotz seiner Beförderung zum Kellner nicht wirklich verbessert zu haben. Ihr kam es so vor, als wolle er gleich drei Schritte auf einmal machen, anstatt nacheinander.

Lord Augustus wollte sie dies nicht sagen, nahm sich jedoch vor, mit Franz darüber zu reden. Er war jung und hatte, wenn er einmal eine passende Position erreichen wollte, noch einen langen und nicht gerade mit Rosen bestreuten Weg vor sich.

»Wenn dich etwas bedrückt, kannst du es ruhig sagen«, bot Lord Augustus ihr an.

Eva schüttelte den Kopf. »Es ist nichts! Nur ein paar Dinge, über die ich später mit Franz sprechen will.«

»Dann sage sie ihm auch!«, antwortete Beauvais lächelnd.

Auch wenn Eva noch jung war, so wusste sie, was sie wollte. Nicht immer mochte dies gut gehen, aber in jedem Fall war es besser, als sich vom Leben niederdrücken zu lassen und sich irgendwann einmal selbst aufzugeben.

* * *

»Der letzte Abend, zumindest für diesmal!« Lord Augustus lächelte, und doch lag Wehmut darin. Die letzten sechs Wochen waren die schönsten seit dem Tod seiner Frau gewesen. Nun führte sein Weg ihn nach England zurück, und er ahnte, dass er sich dort einsamer fühlen würde, als er es hier gewesen war.

»Der letzte Abend«, sagte auch Eva. Sie verspürte ebenfalls eine gewisse Traurigkeit, andererseits aber auch Erleichterung. Es war nicht immer einfach gewesen, Lord Augustus zu begleiten. Er hatte sie in Restaurants und Kaffeehäuser ausgeführt, sie auf Ausflüge mitgenommen und alles getan, damit sie sich wohlfühlen sollte. Dennoch war sie froh, dass sie ab dem nächsten

Tag wieder ihr normales Leben führen konnte. Wenn sie am Abend in ihrem Stockbett gelegen und dem Atem ihrer schlafenden Kolleginnen gelauscht hatte, war ihr bewusst gewesen, dass dies ihre Welt war und nicht die prunkvollen Speisesäle des Pupp oder des Adonis.

»Lange dauert die Trennung nicht. In gut fünf Monaten komme ich für zwei Wochen wieder hierher. Die Suite wurde bereits reserviert«, fuhr Lord Augustus fort.

Das ist kein Wunder, dachte Eva. Im November kamen keine Gäste mehr, die in der Grande Suite des Adonis übernachten wollten. Sonst wurde diese zu jener Zeit bereits eingemottet und erst Mitte April aus ihrem Winterschlaf erweckt.

»Es wird dann schon ein wenig kühl sein«, meinte sie.

»Das Wasser des Sprudels wird mich aufwärmen«, antwortete Beauvais lächelnd. »Außerdem fahre ich von hier an die Riviera, um dort den Winter zu verbringen.«

»Ich wünsche Eurer Lordschaft erst einmal eine gute Heimreise und einen schönen Sommer in England«, sagte Eva lächelnd.

Aus den Erzählungen des Lords kannte sie seinen Landsitz Beauvais Hall so gut, als wäre sie bereits dort gewesen. Ebenso bildhaft hatte er ihr London beschrieben, die Riviera und andere Städte und Landschaften, die sie selbst niemals in ihrem Leben sehen würde. Es war jedoch schön gewesen, von ihnen zu hören.

»Ich werde Barnaby einladen und noch ein paar andere Freunde.« Lord Augustus spürte, dass er in England einiges gegen seine Einsamkeit tun musste, sonst würde er den Unterschied zu hier noch mehr spüren.

»Sir Barnaby ist ein netter Mensch, auch wenn er für mein Gefühl etwas weniger Bier trinken sollte«, sagte Eva, da Stanhope doch das eine oder andere Mal einen Krug mehr getrunken hatte, als es für ihn gut gewesen wäre.

»Zu Hause trinkt er nicht so viel. Im Gegensatz zu Jones schätzt er die englischen Biere nicht so.«

»Verzeihen Sie! Es steht mir nicht zu, einen Freund Eurer Lordschaft zu kritisieren.« Dies hatte Eva bei ihrer vorigen Bemerkung nicht bedacht.

Lord Augustus lachte leise. »Es war keine Kritik, sondern eine Feststellung, die ich mit dir teile, mein Kind. Der gute Barnaby hat dem hiesigen Bier jedenfalls mehr zugesprochen als dem Heilwasser, für das sein Arzt ihn hierhergeschickt hatte. Aber nun wird uns der formidable Jean gleich das Mahl servieren.«

»Das letzte Abendmahl!«, entfuhr es Eva unwillkürlich.

Das brachte Beauvais erneut zum Lachen. »Das letzte gemeinsame Mahl für die nächsten fünf Monate! Danach erweist du mir hoffentlich die Ehre, erneut mit mir zu dinieren«, sagte er danach.

Eva nickte. Auch wenn sie es nicht aus eigenem Wunsch tat, sondern weil Lord Augustus es wollte, war es meistens doch angenehm, mit ihm zu speisen und mit ihm reden zu können. Sie hätte jedoch einfachere Restaurants dem Adonis oder gar dem Pupp vorgezogen. Doch das war seine Welt, und sie konnte nicht von ihm erwarten, dass er sich ihretwegen schlechterstellte.

»Ich werde gerne mit Ihnen speisen, Mylord, wenn die Madame es gestattet.«

»Das wird sie, mein Kind! Dafür sorge ich schon.«

Ein deutlicher Grimm schwang in der Stimme des Lords mit. Ihm war in den vergangenen sechs Wochen nicht entgangen, mit welcher Miene Isolde Karch Eva betrachtet hatte. Auch sonst war ihm das eine oder andere aufgefallen, das ihm nicht gefiel. Zwar kannte er die Hintergründe nicht, doch es war nicht in seinem Sinn, wenn Eva wegen der Aufmerksamkeit, die er ihr schenkte, Schwierigkeiten bekam.

»Und noch etwas«, sagte er. »Wenn es Probleme gibt, dann scheue dich nicht, mir zu schreiben. Die Adresse von Beauvais Hall kennst du. Ich werde dir auch noch die meines Londoner Stadthauses aufschreiben, für den Fall, dass ich mich dort länger aufhalten muss.«

»Warum sollte es Probleme geben?«, fragte Eva mit leichtem Kopfschütteln.

»Warum sollte es keine geben?«, antwortete Lord Augustus und winkte Jean heran. »Ein Glas Tokajer für mich und ein Glas Terlaner für Eva«, bestellte er und zwinkerte Eva zu. »Wir sollten auf die schönen sechs Wochen anstoßen, die wir gemeinsam verbringen durften, und auf ein baldiges Wiedersehen!«

»Darauf trinke ich gerne!«, antwortete sie und sah zu, wie Jean in unnachahmlicher Eleganz die beiden Weingläser servierte. Seine linke Hand war dabei wie auf dem Rücken festgenagelt.

* * *

Das Gepäck war bereits unter Jones' Aufsicht zum Bahnhof gebracht worden, um dort verladen zu werden, und nun stand der Fiaker zur Abfahrt bereit. Noch wenige Augenblicke, dann würde Lord Augustus in den Wagen steigen. Isolde Karch wieselte um ihn herum und erklärte, wie sehr sie sich freuen würde, Seine Lordschaft im Herbst wieder begrüßen zu können.

Eva sah, wie Frau Zöpfel kurz das Gesicht verzog, konnte sich jedoch keinen Reim darauf machen. Sie hatte sich bereits von Lord Augustus verabschiedet, winkte ihm nun aber noch einmal zu. »Gute Reise, Euer Lordschaft!«

»Ich danke dir, Eva! Bis zum Wiedersehen im Herbst!« Beauvais stieg in den Wagen, deutete dem Kutscher an, dass dieser fahren könne, und hob die Hand zu einem letzten Gruß.

Eva sah dem Wagen nach, bis dieser um die Ecke gebogen war. Als sie sich umwandte, um ins Hotel zurückzukehren, trat

Isolde Karch auf sie zu. »Was stehst du hier herum? Hast du nichts zu tun?«

Ihr Ton schockierte Eva. Nun erinnerte sie sich an die Worte, die Lord Augustus am Abend noch zu ihr gesagt hatte. Sie solle sich an ihn wenden, wenn es Probleme gab. Wie es aussah, hatte er mit seiner Lebenserfahrung mehr bemerkt als sie. Sie knickste und verschwand wortlos im Hotel.

Frau Zöpfel trat neben ihre Chefin und schüttelte den Kopf. »War das nötig?«

»Sie soll wissen, wo ihr Platz ist! Sie zählt zu den Bediensteten, auch wenn sie Lord Augustus dreimal den Kopf verdreht hat«, antwortete Isolde Karch giftig.

»Oder Ihrem Neffen!«

Frau Zöpfels Bemerkung traf. Ludwig Karch war ein ruhiger und geduldiger Mann und gewöhnt, sich dem Willen der Tante unterzuordnen. Liebe und Leidenschaft konnten jedoch den vernünftigsten Mann dazu bringen, Dinge zu tun, die ebenso sündhaft wie verderblich waren. Auch wenn Eva nie gezeigt hatte, dass sie Ludwigs Gefühle erwiderte, so würde womöglich allein ihre Anwesenheit ihn davon abhalten, der Frau, die er nach Isolde Karchs Willen heiraten sollte, die nötige Achtung und Zuneigung zu schenken.

In Isolde Karchs Augen war eine Heirat ihres Neffen mit Eva ebenso undenkbar wie die Verbindung eines Fürsten mit einer Wäscherin. Frau Zöpfel dachte ähnlich, wollte aber nicht, dass Eva den Schaden davontrug, weil der junge Mann sich in sie verliebt hatte. Noch wusste sie nicht, was sie für Eva erreichen konnte, aber wenn es darauf ankam, wollte sie dieses Problem mit der gleichen Hartnäckigkeit angehen wie ihre Arbeit im Adonis.

Bisher hatte sie ihre Aufgaben stets gerne erfüllt. Seit Frau Karch sich jedoch zunehmend von ihren Launen lenken ließ, fiel es ihr schwer. Es wird Zeit, dass Ludwig Karch zurückkommt und die Zügel in die Hand nimmt, dachte sie und wusste doch, dass die Madame ihre Stellung noch mindestens zehn Jahre würde behalten wollen. Daher konnte sie nur hoffen, dass ihre Chefin in Zukunft mehr auf ihren Neffen hören würde als in der Vergangenheit.

Ihr fiel ein, wie lange es gedauert hatte, bis die Chefin der Umgestaltung des alten Salons zum Billardsalon und der Einrichtung des neuen Cafésalons zugestimmt hatte. Ein weniger langmütiger Mensch als Ludwig hätte ihr die Meinung gesagt und sich eine neue Arbeitsstelle gesucht.

Diese Überlegung half ihr jedoch nicht bei ihrem drängendsten Problem. Sie ging die Bekannten durch, die ihr helfen konnten, Eva eine passende Stelle zu beschaffen. Aber die Auswahl war nicht gerade groß. Zwar hätte das Pupp sich angeboten, aber wegen der an Hass grenzenden Abneigung ihrer Chefin gegen dieses Hotel und die Familie, die es führte, verfügte sie über keinerlei Verbindung dorthin. Bei ein paar anderen Hotels würde Eva sich schlechterstellen. Auch wusste Frau Zöpfel nicht, ob man sie aufgrund des Aufsehens, das sie durch Lord Augustus' Verhalten erregt hatte, überhaupt nehmen würde.

Es war vertrackt. Als sie wieder in ihrem Büro saß, dachte sie darüber nach, welchen Ausweg sie für Eva finden konnte, anstatt die Planung für die nächsten Tage anzugehen.

* * *

Eva war, nachdem Frau Karch sie so harsch zurechtgewiesen hatte, in ihr Zimmer gegangen und wechselte dort ihr zweitbestes Kleid gegen die Kleidung aus, die sie als Kaffeemädchen im Cafésalon tragen musste. Dabei musterte sie die Kammer. Die Wände waren ebenso grob verputzt und fleckig wie die Decke und hätten längst einen frischen Anstrich benötigt. Nicht anders war es bei den ausgetretenen Dielen des Fußbodens. Hier hatte man, seit das Adonis vor nunmehr elf Jahren eröffnet worden war, rein gar nichts mehr gemacht.

Als Eva durch die Katakomben ging, in denen die weiblichen Angestellten untergebracht waren, verstärkte sich dieses Gefühl. Auch hier waren die Wände fleckig. Nur die sparsame Bestückung des Flures mit Glühlampen verhinderte, dass man es deutlicher sah.

Es war so ein Gegensatz zu den Gästezimmern, die jedes Jahr neu gestrichen und ausgebessert wurden, dass sie unwillkürlich den Kopf schüttelte. Frau Karch sollte besser auf ihre Angestellten achten, dachte sie, doch es war ihr klar, dass dies ein eitler Wunsch war. Gäste bezahlten für ihre Zimmer und forderten daher zu Recht, dass diese in gutem Zustand gehalten wurden. Die Angestellten hingegen waren hier, um zu arbeiten, und brauchten ihren Lohn, um leben zu können. Daher konnte man sie in winzigen Kammern mit dreistöckigen Betten unterbringen und ihnen Flecken an den Wänden zumuten.

Eva begriff, dass ihr diese Gedanken wegen ihres Ärgers über Frau Karch durch den Kopf schossen. Zum ersten Mal, seit sie im Adonis war, überlegte sie sich, ob es nicht besser war, sich eine andere Stelle zu suchen. Dann aber zuckte sie mit den Schultern. Diese Frage wollte sie sich stellen, wenn sie mit ihren Gefühlen im Reinen war und nicht aus einer Laune heraus. In anderen Hotels wäre es nicht besser. Man brauchte nun einmal Platz für die Gäste. Da blieb für die Angestellten nicht viel übrig.

In ihre Gedanken versunken stand Eva auf einmal vor dem Cafésalon. Sie trat ein, grüßte Afra, Ulla und Ida, die an der Theke zusammenstanden, da alle Gäste im Augenblick versorgt waren, und fragte, was es zu tun gab.

»Ist der Lord fort?«, fragte Ulla.

Eva nickte. »Das ist er! Er kommt Ende Oktober noch einmal für zwei Wochen hierher.«

»Dann hast du noch mal eine schöne Zeit.« Ida klang ein wenig neidisch, denn im Hotel waren verschiedenste Gerüchte umgegangen, was Lord Augustus alles für Eva getan hatte.

»Jetzt bin ich erst einmal hier, um zu arbeiten«, erklärte Eva.

Afra musterte sie mit einer verbissenen Miene. »Die Madame hat gesagt, dass es reicht, wenn wir im Winter nur zu zweit sind.«

Sie sagte nicht, wer die beiden sein würden, doch Eva verstand auch so, dass sie selbst anders als im letzten Jahr diesen Winter nicht im Adonis verbringen würde.

Mittlerweile war ihr einiges klar geworden, und sie bekam eine fürchterliche Wut auf Ludwig Karch, der sie durch sein unbedachtes Handeln in Schwierigkeiten gebracht hatte. Er hatte doch genau gewusst, dass seine Tante Liebschaften im Hotel nicht duldete. Dabei war es nicht einmal eine Liebschaft gewesen, dachte sie mit einem kurzen, bitteren Auflachen. Sie hatte noch nicht einmal gemerkt, dass er gewisse Absichten gehegt hatte.

»Dann soll es eben so sein«, sagte sie zu Afra und fragte noch einmal, ob es etwas zu tun gab.

»Du könntest zum Zuckerbäcker gehen und Kuchen holen. Hier ist die Liste«, sagte Ida, die auf Isolde Karchs Anweisung hin Afras Stellvertreterin geworden war und mit dieser zusammen den Winter über den Cafésalon führen sollte.

Eva nahm den Zettel an sich und machte sich auf den Weg. Auch wenn ihr Ärger allmählich verflog, war sie trotzdem froh, an die frische Luft zu kommen.

In der Konditorei wurde sie erstaunt begrüßt. »Ja, Eva, bist du auch wieder einmal da!«, rief die Verkäuferin, die sie früher oft bedient hatte.

»Das bin ich, und ich soll Kuchen holen. Da ist der Zettel.« Sie reichte ihn der Frau und wartete, bis diese alles zusammengesucht hatte.

»Ich habe gehört, du bist im Pupp gewesen! Wie schaut es da drin eigentlich aus?«, fragte die Verkäuferin.

»Sehr vornehm und gediegen«, antwortete Eva und verkniff sich zu sagen, dass das Adonis gegen die Pracht dort nicht anstinken konnte. Noch immer galt für sie der eherne Grundsatz, das eigene Hotel und dessen Gäste im Vergleich zu anderen nicht schlecht zu machen.

»Da kommt unsereins nicht hinein«, meinte die Verkäuferin mit einem seelenvollen Seufzer.

»Allein hätte ich das auch niemals gedurft«, antwortete Eva. »Seine Lordschaft hat mich mitgenommen, und selbst da hat mich der Pförtner vom Pupp so angeschaut, als ob er mich am liebsten in die Tepl werfen würde.«

»Die Nasen haben sie dort ganz schön weit oben! Aber die können es sich leisten. Ihnen gehört schließlich halb Karlsbad. Ich wäre mit weit weniger zufrieden.« Die Verkäuferin lachte kurz, zählte dann die Kuchenstücke und reichte Eva die Schachtel.

Ich wäre mit weitaus weniger zufrieden, dachte diese. Mir würde es schon reichen, wenn Frau Karch mich so behandeln würde wie früher. Die Tatsache, dass die Chefin bereits jetzt, im Juni, beschlossen hatte, sie den Winter über nach Hause zu schicken, ließ nichts Gutes erwarten.

Als Eva mit dem Kuchen in den Cafésalon zurückkam, verstaute sie die Kuchenstücke im Schrank und brachte dann die bestellten Getränke und Kuchen zu den Gästen. Jene, die sie vor Lord Augustus' Eintreffen bedient hatte, waren längst wieder abgereist und andere gekommen.

Als sie einem jungen Paar Kaffee und Kirschkuchen servierte, fragte eine Frau am Nebentisch, ob das da eine Neue sei.

»So kann man es sagen!«, antwortete Ida, bevor Eva etwas entgegnen konnte.

Eva begriff, dass es Frau Karch gelungen war, Unfrieden in ihre kleine, einst so verschworene Gemeinschaft zu tragen. Nun fragte sie sich, ob sich dies auf Dauer wieder einrenken lassen würde.

* * *

In den nächsten Tagen arbeitete Eva so, wie sie es immer getan hatte, sorgfältig und mit einem Lächeln auf den Lippen. Die neuen Gäste gewöhnten sich an sie, und sie kam mit ihren Kolleginnen wieder besser zurecht. Trotzdem freute sie sich auf den Sonntag. Nun, da Lord Augustus fort war, hatte sie wieder Zeit, sich mit Franz zu treffen. Und mit Helga, setzte sie insgeheim hinzu. Sie hatte die Freundin in den letzten Wochen ebenso vernachlässigen müssen wie Franz. Da sie von Lord Augustus ein gutes Trinkgeld erhalten hatte, beschloss sie, die beiden an einem Tag, an dem sie länger frei hatten, in einen Gasthof einzuladen, in dem die Kellner nicht das Gesicht verzogen, wenn ihresgleichen kam.

Da sie wieder mit den anderen Angestellten zusammen aß, konnte sie ein paar Worte mit Helga wechseln. Ihre Freundin sprach jedoch nur von dem amerikanischen Gast, der kommen wollte. Henry Ferguson hatte die Grande Suite ab dem Tag nach Lord Augustus' Abreise gebucht, war aber bislang nicht erschienen. Dabei hatte Angelika Helga und ein halbes Dutzend Zimmermädchen eingesetzt, damit die Suite und die übrigen Räume rechtzeitig fertig wurden. Nun standen diese leer.

Aus Ärger auf Isolde Karch hätte Eva sich gewünscht, Mister Ferguson würde nicht kommen. Allerdings machten nach ein paar Tagen Gerüchte die Runde, der Amerikaner habe der Madame geschrieben, sie solle die Räumlichkeiten weiterhin für ihn freihalten, da er unterwegs aus geschäftlichen Gründen noch einen Zwischenaufenthalt habe einlegen müssen.

»Der kann es sich leisten, die Grande Suite für sich frei halten zu lassen«, sagte Helga am Samstag beim Abendessen.

»Vielleicht ist er ein Hochstapler, der so tut, als wenn er es sich leisten kann«, wandte der Kellner Vinzenz ein.

»Bittschön, alles, nur das nicht! Was meint ihr, wie die Madame danach herumlaufen würde«, rief Gisela entsetzt. Sie gehörte zu Evas Freundinnen im Adonis. Seit sie in den Cafésalon versetzt worden war, konnte sie sich jedoch nur noch selten mit Letzteren treffen.

Eva bedauerte es, aber daran war nichts zu ändern. Die Zimmermädchen hatten ihre Arbeit, und sie selbst konnte den Cafésalon untertags nur zu den Mahlzeiten verlassen.

Der Sonntag kam heran, und Eva machte sich für die heilige Messe zurecht. Als sie mit Helga und Gisela zusammen das Hotel verließ, zupfte Gisela sie am Ärmel. »Was ich dich fragen wollte: Gibt es irgendwas Besonderes zwischen der Madame und dir? Als ich letztens in einem Zimmer geputzt habe, hat diese mit Frau Zöpfel über dich gesprochen und dabei einige böse Ausdrücke benutzt.«

Giselas Worte bestärkten Eva in dem Glauben, Isolde Karch nehme es ihr übel, dass deren Neffe sich in sie verliebt haben sollte. Es ärgerte sie, dass die Hotelbesitzerin ihr die Schuld daran gab, und bestärkte sie in ihrem Entschluss, sich im Lauf der nächsten Wochen an die Vermittlerin Josepha Pfnür zu wenden, damit diese ihr eine andere Stelle besorgte. Zwar würde es ihr leidtun, das Adonis zu verlassen, aber sie musste damit rechnen, hier im nächsten Jahr nicht mehr willkommen zu sein. Da sie Gisela nicht auf eine Antwort warten lassen wollte, zuckte sie mit den Schultern.

»Ich weiß nicht, was die Madame hat! Wahrscheinlich passt es ihr nicht, dass sie mich sechs Wochen lang bezahlen musste, obwohl ich im Hotel keinen Handschlag getan habe.«

»Das war doch wegen dem Lord aus England! Die Madame hat dir doch selber angeschafft, nur für ihn da zu sein«, sagte Helga verwundert.

»Sie hat es nur deswegen getan, weil Lord Augustus es so wollte. Über ihn kann sie sich zwar ärgern, ihm aber nichts tun. Bei mir muss sie da keine Rücksicht nehmen!«

Eva klang gleichmütig, obwohl ihr Ärger über Isolde Karch stieg. Nur weil diese die Besitzerin des Adonis war, hatte sie nicht das Recht, Eva für etwas zu verurteilen, an dem sie nicht schuld war. Sie spürte, dass sie bitter wurde. Daher dachte sie an Franz. Nach der Messe würde sie mit ihm darüber sprechen. Vielleicht wusste er Rat.

Helga, Gisela und sie erreichten die Kirche gerade noch rechtzeitig und traten ein. Um nicht aufzufallen, setzten sie sich ganz nach hinten. Der Pfarrer kam und begann den Gottesdienst. Eva war zu aufgewühlt, um der heiligen Handlung folgen zu können. Gisela musste sie sogar anstupsen, damit sie mit ihr nach vorne ging, um die Hostie zu empfangen.

Noch nie hatte Eva das Ende der Messe so herbeigesehnt wie an diesem Sonntag. Als es so weit war, verließ sie als eine der Ersten die Kirche und wartete draußen auf Franz. Er kam mit Helga zusammen heraus. Helga sah sie, winkte ihr zu und machte Franz auf sie aufmerksam. Dieser stiefelte jedoch an Eva vorbei, ohne sie anzuschauen.

»Was ist denn dem über die Leber gelaufen?«, fragte Gisela verwundert.

Eva fragte es sich ebenfalls und folgte Franz und Helga. Die beiden blieben auf der Teplbrücke stehen und redeten heftig aufeinander ein.

»Du bist wirklich ein Stoffel!«, schimpfte Helga eben. »Jetzt hast du Eva ein paar Wochen nicht gesehen und tust so, als wäre sie eine Fremde für dich!«

»Sechs Wochen hat sie keine Zeit für mich gehabt, sondern ist mit ihrem Lord herumgestromert. Weiß der Teufel, was der an ihr gefressen hat! Jedenfalls hat er sie bis ins Pupp ausgeführt, als wenn sie eine große Dame wäre. Dabei ist sie auch bloß ein Stubenmadl.«

»Sie ist ein Kaffeemadl in unserem Cafésalon«, korrigierte Helga ihn.

»Das ist auch nichts Besseres! Aber sie ist ja geschickt darin, sich an bessere Herren heranzumachen. Immerhin hat die Frau Karch den Herrn Karch fortgeschickt, weil er zu oft im Cafésalon bei einem gewissen Kaffeemadl anzutreffen war.«

Franz klang so verächtlich, dass Eva sich fragte, ob er noch derselbe Bursche war, den sie vor einem guten Jahr kennengelernt hatte. In ihr wuchs die Wut. Wenn er so wenig Vertrauen in sie hatte, war es wohl am besten, wenn sie sich nach der heiligen Messe nicht mehr trafen. Daher ging sie an den beiden vorbei und kehrte zum Adonis zurück, ohne Franz eines weiteren Blickes zu würdigen.

* * *

Die Straße vor dem Hotel wurde von Fiakern und Fuhrwerken blockiert, und Eva hätte sich zwischen ihnen hindurchzwängen müssen, um den Angestellteneingang zu erreichen. Daher blieb sie zunächst stehen und sah zu, wie die Fuhrwerke abgeladen wurden. Es waren Riesenkoffer, die zwei Hausdiener kaum zu tragen vermochten. Zwei noch recht junge Pikkolos kapitulierten nach wenigen Metern und stellten ihren Koffer ab.

»Die haben anscheinend Ziegelsteine geladen«, stöhnte einer.

Trotz ihres Ärgers zuckten Evas Lippen. Wäre diese Kiste mit Ziegelsteinen gefüllt gewesen, hätten die beiden sie keinen Zentimeter heben können. Ihr wurde klar, dass der bislang vermisste Amerikaner eingetroffen war. Madame wird zufrieden sein, dachte sie. Sie selbst würde mit ihm höchstens dann zu tun haben, wenn er eine Tasse Kaffee im Cafésalon trank.

Da eben ein Fuhrwerk weggefahren wurde, wollte sie weitergehen, blieb aber nach dem ersten Schritt verblüfft stehen. Sie war schon einmal einem Menschen mit dunkler Hautfarbe begegnet, nämlich Said, dem Pagen der Gräfin Pawlawska. Dieser hatte stets ein orientalisches Kostüm mit Pluderhosen und Turban getragen. Die junge Frau aber, die sie nun sah, trug die Tracht einer Zofe mit Schürze und Häubchen, wie sie auch hier gebräuchlich war, und ihre Haut war noch dunkler als die von Said. Eben kommandierte sie die Hausdiener herum, die das nächste Fuhrwerk abluden. Sie sprach Englisch, das die beiden Männer jedoch nicht verstanden, und beschimpfte sie, als diese nicht taten, was sie wollte.

»Ihr sollt diese Kiste abstellen und zuerst die andere ins Hotel bringen«, rief Eva den Hausdienern zu.

Als diese gehorchten, wandte sich die dunkelhäutige Zofe Eva zu. »Du sprichst Englisch?«

»Ein wenig! Allerdings sind mir nicht alle Begriffe geläufig.«

Sie hatte Mühe, die Frau zu verstehen, da sie im Gegensatz zu dem Englisch, das sie von Lord Augustus gelernt hatte, einen seltsamen Dialekt sprach.

»Sag diesen Tölpeln, sie sollen die Koffer mit den blauen Bändern in Mister Fergusons Suite und die mit den roten Bändern in die Suite der Missus bringen. Der kleine braune Koffer kommt in mein Zimmer, der mit den gelben Bändern in das von Nathan.«

Eva wusste zwar nicht, wer Nathan war, übersetzte den Hausdienern aber die Anweisung und ging weiter. Dabei warf sie noch rasch einen Blick auf die Zofe. Diese war attraktiv und auch ziemlich resolut. Wahrscheinlich musste sie dies sein, wenn sie mit ihrer Herrin oft auf Reisen ging, dachte Eva und suchte ihr Zimmer auf, um sich umzuziehen. Zwar hätte sie noch ein wenig Zeit für sich gehabt, ging aber in den Cafésalon, um dort mit ihrer Arbeit zu beginnen.

Das Erste, was sie sah, war Frau Zöpfels erleichterte Miene. »Gott sei Dank bist du da, Eva! Du hast dich doch mit Lord Augustus und dessen Diener gut verständigen können.

Vielleicht kannst du auch für Miss Ferguson übersetzen. Bis jetzt habe ich es übernommen, aber ich fürchte, sie spricht ein anderes Englisch, als ich es gelernt habe.«

»Wo ist sie?«, fragte Eva und sah sich um.

Sie brauchte Frau Zöpfel nicht, um die Amerikanerin zu entdecken. Es handelte sich um eine junge Frau in einem gut sitzenden, aber nicht zu engen grünen Kleid mit einem kleinen randlosen roten Hut auf dem Kopf. Sie saß allein an einem Tisch, vor sich eine leere Tasse, und musterte die Fotos an den Wänden.

Eva trat auf sie zu und knickste. »Guten Tag und herzlich willkommen, Miss Ferguson! Darf ich fragen, welche Wünsche Sie haben?«

Ein amüsierter Ausdruck huschte kurz über das Gesicht der Amerikanerin. Dann hielt ihr diese eine der Getränkekarten des Cafésalons hin. »Gibt es die nicht auch auf Englisch?«

»Bedauerlicherweise nicht«, antwortete Eva.

Frau Zöpfel war hinter sie getreten und legte ihr die Hand auf die Schulter. »Könntest du die Karte für Miss Ferguson übersetzen?«

Sie stürzte Eva damit in ein Dilemma. Zwar hatte Lord Augustus ihr die von der Aussprache abweichende Schreibweise vieler englischer Worte erklärt. Es war jedoch etwas anderes, das nebenbei erworbene Wissen auch umzusetzen.

»Ich könnte es versuchen«, sagte Eva zögerlich. »Daher werde ich zu Frau Heister gehen und Papier, Tinte und Federhalter holen.«

»Das übernehme ich für dich! Kümmere du dich um Miss Ferguson«, sagte die Hausdame und eilte davon.

Eva erklärte der jungen Amerikanerin nun die verschiedenen Kaffeesorten und erfuhr, dass diese ihren Kaffee stärker haben wollte als denjenigen, den man ihr vorher serviert hatte.

»Dazu will ich Sahne statt Milch und braunen Zucker«, erklärte die junge Dame.

Das mit der Sahne verstand Eva. Beim Zucker dauerte es eine Weile, bis sie begriff, dass mit dem braunen Zucker Rohrzucker gemeint war. Rübenzucker, wie er hier verwendet wurde, lehnte die Amerikanerin mit der Begründung ab, dieser schmecke nach Rüben und damit nach Viehfutter.

Eva begriff, dass es nicht leicht sein würde, die Wünsche der amerikanischen Gäste zu erfüllen. Als Frau Zöpfel mit dem Schreibzeug zurückkehrte, erklärte sie ihr, dass Miss Ferguson auf braunem Rohrzucker bestehe.

»Im Kolonialwarenladen gibt es ihn! Ich werde einen der Pikkolos losschicken. Schreibe du die Getränke- und Kuchenkarte ab«, antwortete die Hausdame und eilte erneut los.

Eva erklärte der jungen Amerikanerin, dass der gewünschte Zucker sofort besorgt werde, und setzte sich an einen Ecktisch, um die Karten zu übersetzen. Die junge Amerikanerin kam hinter ihr her und sah ihr interessiert zu. Da Eva einige Begriffe nicht kannte, fragte sie danach, und so entspann sich ein angeregtes Gespräch, bei dem sie Mabel, wie die junge Dame sich nannte, in die Geheimnisse österreichischen Kaffeewissens einführte. Zuletzt schüttelte Mabel den Kopf darüber, weshalb man Kaffee unbedingt in hundert verschiedenen Varianten trinken wollte.

»Ich will ihn stark mit einem Schuss Sahne und zwei solcher Löffelchen Zucker«, erklärte sie.

»Dann sollten wir ausprobieren, wie stark er werden soll«, schlug Eva vor und ging zur Theke, um eine Tasse aufzubrühen. Sie nahm um die Hälfte mehr Bohnen und gab, als er fertig war, einen Schuss Sahne hinzu.

»Allmählich könnte der Zucker kommen«, sagte sie tadelnd, da genug Zeit vergangen war, um zum Kolonialwarenladen und zurück zu gehen. »Verzeihen Sie, ich muss nach dem Zucker schauen«, sagte sie zu der jungen Amerikanerin und verließ den Cafésalon. Wenig später klopfte sie an Frau Zöpfels Bürotür.

»Herein«, klang es heraus.

Eva öffnete die Tür und ging hinein. »Wurde der Zucker bereits besorgt, Frau Zöpfel?«

Die Hausdame blickte auf ihre Taschenuhr. »Ist Christoph noch nicht zurück?«

»Ich habe ihn bis jetzt nicht gesehen. Aber vielleicht hat er den Zucker in der Zwischenzeit in den Cafésalon gebracht. Entschuldigen Sie die Störung!«

Als Eva ging, folgte ihr die Hausdame. Im Cafésalon war keine Spur von dem Pikkolo und auch nicht von dem Zucker zu sehen.

»Wenn Sie erlauben, gehe ich selbst«, sagte Eva und eilte los, als Frau Zöpfel nickte.

Frau Zöpfel machte sich nun auf die Suche nach dem verschollenen Pikkolo und erfuhr beim Empfang, dass Frau Karch diesen in der Halle abgefangen und mit einem dringenden Brief zum Hauptpostamt geschickt hatte. Bis er von dort zurückkam und den verlangten Zucker beim Kolonialwarenhändler besorgt hatte, konnte Eva zehnmal wieder hier sein.

* * *

Bei Evas Rückkehr war der vorher aufgebrühte Kaffee kalt, und sie schüttete ihn weg. Danach bereitete sie neuen Kaffee, brachte ihn der Amerikanerin und stellte die Sahne daneben. Den Rohrzucker füllte sie in eine Zuckerdose und sah zu, wie Mabel selbst Sahne und Zucker hinzugab und dann probierte.

»Das ist Kaffee, wie ich ihn mag!«, sagte sie zufrieden.

»Es freut mich, dass er Ihnen schmeckt. Ich werde meinen Kolleginnen erklären, wie sie ihn zubereiten müssen«, antwortete Eva und trat zur Theke.

»Wenn Miss Ferguson Kaffee verlangt, nehmt ihr anderthalb mal so viele Kaffeebohnen wie normal und bringt ihn mit einem Kännchen Sahne und dem Rohrzucker zu ihr«, erklärte sie Afra und ihren Kolleginnen.

»Wenn sie den Kaffee so stark haben will, soll es mir recht sein«, erwiderte Afra.

Da kam Frau Zöpfel herein. »Ich habe einen Auftrag für dich, Eva! Du wirst auch die Speisekarte übersetzen. Im Pupp haben sie bereits Speisekarten in verschiedenen Sprachen. Wir sollten daher wenigstens mit Englisch beginnen.«

Eva schluckte. Es war ihr schon schwergefallen, die Kaffee- und Kuchenkarte zu übersetzen, und sie hatte dabei Miss Fergusons Hilfe gebraucht. Die Speisekarte war weitaus umfangreicher und voller Begriffe, die zu übersetzen ihr unmöglich war.

Kneifen galt jedoch nicht, denn es hätte nur Frau Karch Munition gegen sie geliefert. Da Mabel ihr bei der Kaffee- und Kuchenkarte geholfen hatte, setzte sie sich wieder an deren Tisch und legte eine Speisekarte aus.

»Darf ich Sie etwas fragen?«, bat sie dann.

Die Amerikanerin trank einen Schluck Kaffee und beugte sich interessiert vor. »Worum geht es?«

»Unsere Hausdame will, dass ich auch die Speisekarte übersetze. Aber ich weiß nicht, ob ich das schaffe«, erklärte Eva und zeigte ihr die Karte.

Mabel sah darauf und lachte. »Einen Teil der Gerichte kenne ich auch so. Schließlich hat Dad mich auf die entsprechenden Schulen geschickt. Er selbst könnte damit Schwierigkeiten haben.«

»Dann sollten wir dafür sorgen, dass er die nicht hat.« Eva bezog Mabel ein und hoffte, diese werde ihr um ihres Vaters willen helfen.

In der nächsten Stunde arbeiteten beide konzentriert an der Übersetzung. Eva war sehr erleichtert, denn abgesehen von ihrem persönlichen Kaffeegeschmack war Mabel bei Weitem nicht so kapriziös, wie sie befürchtet hatte. Einige der weiblichen Gäste aus den umliegenden Ländern, die Eva kennengelernt hatte, hätten die Anmaßung, bei der Übersetzung einer Speisekarte zu helfen, mit scharfen Worten zurückgewiesen.

So aber machte es direkt Spaß, herauszufinden, wie man Fisolen, Ribisel, Karfiol und Kren in die englische Sprache übertragen konnte. Aus Fisolen wurden *beans,* aus dem Karfiol *cauliflower,* aus Ribiseln *redcurrants* und aus dem Kren *horseradish.*

Die beiden waren fast fertig, als Frau Karch in den Cafésalon kam und sah, dass Eva bei der jungen Amerikanerin saß und nicht wie die anderen die Gäste bediente. Mit ein paar Schritten war sie am Tisch und blickte zornig auf Eva hinab.

»Was sitzt du hier herum und belästigst unsere Gäste? Hast du nichts zu tun?«

Eva zählte insgeheim bis zehn, um zu verhindern, dass sie mit einer bösen Bemerkung darauf antwortete. Als sie sicher war, sich beherrschen zu können, sah sie zur Hotelbesitzerin auf. »Frau Zöpfel hat mich angewiesen, die Speisekarte in die englische Sprache zu übersetzen. Miss Ferguson war so gütig, mich dabei zu unterstützen! Wenn Sie sehen wollen …« Mit einem Lächeln, das so freundlich war wie der Biss einer Kreuzotter, reichte sie der Madame die Liste.

Diese starrte darauf und hoffte, einen Fehler zu finden, musste aber erkennen, dass ihre eigenen Englischkenntnisse nicht ausgereicht hätten, um die Karte zu übersetzen. Doch es stimmte sie nicht milder. »Du hättest Miss Ferguson nicht damit behelligen dürfen!«

Die junge Amerikanerin entnahm Frau Karchs Tonfall, dass diese auf Eva zornig war.

»Was sagen Sie?«, fragte sie ziemlich von oben herab.

»Ich sagte, dass Eva Sie nicht belästigen darf«, erklärte die Madame auf Englisch.

»Du heißt Eva!«, rief Mabel lächelnd und wandte sich dann wieder Frau Karch zu. »Eva hat mich nicht belästigt! Sie fragte, wie ich meinen Kaffee wünsche, da mir der, der mir von einer anderen Serviererin vorgesetzt worden ist, nicht geschmeckt hat. Dann habe ich sie aufgefordert, die Kaffee- und Kuchenkarte für mich zu übersetzen. Das hat jene andere Frau gesehen und Eva aufgefordert, auch die Speisekarte auf Englisch zu schreiben. Es geht um meinen Dad! Ich kenne die meisten Speisen, da ich die entsprechenden Schulen besucht habe. Da er diese nicht besucht hat, ist es ihm sicher lieber, die Karte auf Englisch zu lesen! Aus diesem Grund habe ich Eva gefragt, ob ich ihr helfen darf.«

Für Frau Karch war es ein kalter Guss, der umso schlimmer war, weil Evas Kolleginnen Zeuginnen geworden waren, wie die junge Dame aus Amerika sich für Eva eingesetzt hatte. Spätestens am Abend würden alle im Hotel wissen, dass sie Eva zu Unrecht gerügt hatte, und glauben, sie wolle sie wegen ihres Neffen aus dem Haus ekeln.

»Ich hoffe, die Speisekarte ist zu Ihrer Zufriedenheit«, brachte sie mühsam hervor und ging in dem Bewusstsein, dass Eva, solange sie im Hotel blieb, ein Stachel in ihrem Fleisch sein würde.

* * *

An nächsten Tag hatte Eva den Cafésalon gerade geöffnet und wartete auf ihre Kolleginnen. Da kam Mabel herein und hatte einen großen, schwer gebauten Mann mit markantem Gesicht und kräftigen Händen im Schlepptau.

»Das ist mein Dad«, rief sie Eva zu, »und das ist Eva, mit der ich gestern die Speisekarte übersetzt habe, damit du sie lesen kannst.« Der zweite Satz galt ihrem Vater, der Eva abschätzend musterte.

Eva knickste. »Herzlich willkommen, Mister Ferguson!«

»Wir möchten Kaffee, und zwar so, wie du ihn für mich zubereitet hast. Der im Frühstücksraum ist, wie Vater zu sagen pflegt, gerade einmal wert, den Pferden hingeschüttet zu werden«, rief Mabel munter.

»Sehr wohl!« Eva knickste erneut und machte sich ans Werk.

Mabel und ihr Vater nahmen Platz und sahen ihr interessiert zu. Bis jetzt hatte Ferguson noch nichts gesagt. Jetzt fragte er mit einem eher missmutigen Grinsen, ob Eva die Kaffeebohnen auch so knapp abzählen würde wie bei dem Kaffee im Frühstücksraum.

»Noch viel knapper!«, erwiderte Mabel lachend.

Während das Wasser kochte, besorgte Eva frische Sahne aus dem Vorratsraum und stellte sie auf den Tisch. »Der Kaffee ist gleich fertig!«

»Da bin ich ja gespannt.« Ferguson wartete, bis die Tasse vor ihm stand, und probierte den Kaffee dann ohne Sahne und Zucker.

»Vorsicht, heiß!«, warnte Eva ihn.

»Das habe ich bemerkt!«, stöhnte Ferguson, nickte dann aber. »Eine Kaffeebohne mehr, und er wäre ideal.«

»Für dich, Dad! Aber du weißt, dass ich ihn mit einer Bohne weniger trinke, und danach hat Eva sich gerichtet«, wandte seine Tochter ein.

»Jedenfalls ist es ein Kaffee, der seinen Namen verdient. Gut gemacht, *girl*! Irgendwie leben in diesem Europa nur Weichlinge. Der Kaffee ist besseres Spülwasser, den Cognac können vielleicht Säuglinge trinken, aber keine Männer. Die haben noch nie etwas von dem guten Whiskey aus Kentucky gehört, der so stark ist, dass er einem die Zehennägel aufrollt.«

»Dad, so was sagt man nicht!«, tadelte Mabel ihren Vater.

Eva fand Mister Ferguson ein wenig derb, aber nicht unsympathisch. Die kräftigen, wenn auch gut gepflegten Hände verrieten, dass er in seinen frühen Jahren hart gearbeitet hatte. Nun schien er reich genug zu sein, um sich die beste Suite im Adonis leisten und diese sogar eine gewisse Zeit leer stehen lassen zu können.

Dieser Gedanke schlug eine Saite in ihr an, deren Ton sie nicht verstand, auch wenn er tief in ihr nachhallte. Jedenfalls war Mister Henry Ferguson ein Beispiel dafür, dass ein Mensch mit harter Arbeit etwas erreichen konnte.

»Ich möchte noch eines dieser – wie nanntest du es gestern – dieser Kip-ferl mit Sahne«, sagte Mabel.

Ein Kipferl mit Sahne war ein eigenartiger Wunsch. Eva erfüllte ihn jedoch. Während Mabel mit Begeisterung aß, kamen ihre Kolleginnen herein.

»Du hast schon aufgemacht?«, fragte Afra und sah verwundert zu, wie Mabel mit Begeisterung ihr Hörnchen mit Sahne vertilgte.

»Ich hatte keine Lust mehr, unten zu sitzen«, antwortete Eva.

Sie wollte nicht erklären, dass sie sich von den anderen Angestellten mittlerweile ausgegrenzt fühlte. Diese wussten, dass die Madame zornig auf sie war, und so wagte es nicht einmal mehr Helga, länger mit ihr zu reden. Eva war traurig darüber, sagte sich aber, dass sie ihre Freundin und die anderen verstehen musste. Da sie hier beschäftigt waren, durften sie Frau Karch nicht verärgern.

Während Eva ihren Gedanken nachhing, hatte Mabel sich kurz mit ihrem Vater unterhalten. Jetzt wandte sie sich erneut Eva zu.

»Ich habe eine ausgezeichnete Idee! Da ich in den Stores der Stadt etwas kaufen will, aber die Sprache nicht verstehe, wirst du mich begleiten und übersetzen.«

Die Forderung zog Eva fast den Boden unter den Füßen weg. »Das geht nicht! Ich muss hier arbeiten. Meine Vorgesetzte lässt das gewiss nicht zu.«

»Das wird sie, wenn ich mit ihr geredet habe«, erklärte Mabel selbstbewusst. »Komm, wir gehen zu ihr!«

Da sie ihr Hörnchen aufgegessen hatte, trank sie noch ihren Kaffee aus und stand dann auf.

Eva drehte sich hilflos zu Afra um. »Miss Ferguson will mit Frau Zöpfel sprechen. Ich soll sie zu ihr führen.«

Währenddessen sah Mabels Vater verwundert seine Tochter an. »Wieso nennt sie dich Miss Ferguson?«

Mabel kam nicht dazu, zu antworten, da Eva zurückkam und ihr mitteilte, dass ihr erlaubt sei, mit ihr zu gehen.

Ferguson stand auf, legte eine Münze auf den Tisch, die den Wert des Kaffees und des Hörnchens weit überstieg, und wehrte ab, als Eva ihm das Wechselgeld geben wollte.

»Ist Trankgelt«, sagte er in dem Versuch, Deutsch zu sprechen, und verließ den Cafésalon mit dem Hinweis, dass er zum Sprudelbrunnen gehen wolle, um die von seinem Arzt angeordnete Kur zu beginnen.

Mabel winkte Eva, ihr zu folgen, ging leichten Schrittes durch das Hotel zu Frau Zöpfels Büro und klopfte.

»Herein!«, klang es genervt heraus.

Eva öffnete die Tür und trat ein. »Verzeihen Sie, Frau Zöpfel, aber Miss Ferguson will mit Ihnen sprechen.«

Frau Zöpfels Mienenspiel wandelte sich von »Ich fühle mich gestört« in Sekundenschnelle zu ihrem freundlichsten Lächeln. Sie stand auf und deutete einen Knicks vor Mabel an, der diese zum Kichern brachte.

»Ich hoffe, Sie haben die erste Nacht gut in unserem Hotel verbracht«, sagte die Hausdame höflich.

Mabel nickte. »Ich habe gut geschlafen und mein Dad auch! Jetzt möchte ich mir Karlsbad ansehen und brauche jemanden, der mich durch die Stadt führt und in den Geschäften für mich übersetzt.«

Auch wenn die junge Amerikanerin den Namen noch nicht ausgesprochen hatte, wusste Frau Zöpfel genau, wen diese meinte. Frau Karch wird es nicht gefallen, dachte sie. Es war jedoch unmöglich, Gästen, die die beiden besten Suiten des Adonis gebucht hatten, diesen Wunsch zu versagen.

»Sie wollen, dass Eva Sie begleitet?«

Mabel nickte.

Die Hausdame atmete tief durch und sah dann zu Eva. »Du wirst Miss Ferguson in der Stadt begleiten und für sie übersetzen. In der Zeit, in der sie dich nicht braucht, wirst du im Cafésalon arbeiten. Hast du verstanden?«

»Das habe ich, Frau Zöpfel«, antwortete Eva mit einem Knicks.

»Wann wollen Sie in die Stadt, Miss Ferguson?«, fragte Frau Zöpfel Mabel.

»Jetzt sofort«, sagte diese mit fröhlich blitzenden Augen.

Europa im Allgemeinen und Karlsbad im Besonderen wirkte auf sie skurril, und da war es gut, wenn jemand sie begleitete, der sich hier auskannte.

»Du hast es gehört! Zieh dich rasch um, damit Miss Ferguson nicht auf dich warten muss«, sagte Frau Zöpfel und wartete gerade so lange, bis die beiden jungen Frauen ihr Büro verlassen hatten. Dann suchte sie das Büro ihrer Chefin auf.

Frau Karch war schlechter Laune und brauchte diese vor ihrer Hausdame nicht zu verbergen. »Was gibt es, Zöpfel?«

»Miss Ferguson hat darauf bestanden, dass Eva sie in die Stadt begleitet, um für sie in den Geschäften zu übersetzen.«

Frau Karch starrte ihre Hausdame einige Sekunden stumm an. »Warum mussten Sie der Amerikanerin ausgerechnet Eva mitgeben. Es hätte auch einer unserer Pikkolos sein können, der der englischen Sprache mächtig ist«, sagte sie grollend.

»Ich weiß nicht, ob Sie es vorziehen, bei Ihren Einkäufen von einem Mann beraten zu werden. Für meinen Teil kann ich Miss Fergusons Wunsch voll und ganz verstehen«, antwortete Frau Zöpfel mit einer gewissen Renitenz in der Stimme.

Die Hotelbesitzerin kaute angespannt auf ihren Lippen herum. »Es hätte dennoch nicht unbedingt Eva sein müssen!«, sagte sie dann leise zischend.

»Ich muss Sie darauf hinweisen, Madame, dass außer Ihnen und mir Eva die einzige weibliche Person im Hotel ist, die des Englischen, wie Sie es ausdrückten, mächtig genug ist, um Miss Ferguson die Hilfe sein zu können, die diese sich wünscht. Wenn es jedoch Ihr Wille ist, werde von nun an ich Miss Ferguson begleiten.« Bisher war Frau Zöpfel immer loyal zu ihrer Chefin gestanden. Nun aber trumpfte auch sie ein wenig auf.

Am liebsten hätte Frau Karch ihr genau das befohlen. Sie wusste aber auch, wie sehr sie sich damit blamieren würde. Alle wussten, dass Eva Englisch sprach. Zudem war sie vom Alter her Fergusons Tochter weitaus näher als die mehr als doppelt so alte Hausdame. Das Gerücht, dass ihr Neffe mehr an Eva interessiert gewesen war, als ihr lieb sein konnte, hatte den Weg bereits aus dem Hotel hinausgefunden, und so würde man ihr Missgunst unterstellen. Wenn Eva im Herbst das Adonis verlassen musste, würde diese in den Augen der Leute nicht das berechnende Biest sein, das sich an den Hotelerben herangemacht hatte, sondern das Opfer einer alten, intriganten Frau.

»Der Teufel soll Eva holen! Und Sie gehen endlich wieder an Ihre Arbeit. Es ist genug zu tun.«

So barsch es auch klang, so war es im Grunde eine Kapitulation. Frau Zöpfel begriff jedoch, dass die Chefin ihr dies nicht vergessen würde. Doch wenn es sein musste, konnte auch sie das Adonis verlassen. Noch war sie nicht zu alt, um anderweitig eine gleichwertige Stelle zu finden. Vielleicht konnte sie Eva sogar dorthin mitnehmen.

»Miss Ferguson«

Eva stellte fest, dass Mister Ferguson und Mabel erfrischend natürliche Menschen waren, die jemanden wie sie nicht als etwas ansahen, das unter ihrer Würde war. Auch hüllte Ferguson sich nicht in einen feierlichen Frack, nur um darin zu Abend zu essen. Seine Kleidung war aus bestem Tuch und von Meisterhand genäht, aber ohne die Torheiten, zu denen die Mode europäische Herren ab einem gewissen Stand zwang.

Auch Mabel kleidete sich nach ihrem Geschmack und nicht nach den Vorgaben eines Modemagazins. Aber sie sah trotzdem apart aus. Ihren Worten nach verdankte sie dies ihrer Zofe Zippora, die Eva bereits bei der Ankunft der Amerikaner im Hotel kennengelernt hatte. Sie kam jetzt öfter mit der jungen Frau zusammen und gewöhnte sich an deren Sprechweise. Auch jetzt war sie anwesend.

»Zippora kommt aus Georgia«, erklärte Mabel, als sie wieder einmal mit Eva am Ufer der Tepl entlangschlenderte. »Ihre Eltern wurden noch als Sklaven geboren, aber nach der Niederlage der Rebellen wurden sie freigelassen. Jetzt ist ihre Tochter meine Zofe und Beraterin, was meine Garderobe betrifft. Ich muss mir von ihr oft anhören, dass ich mich eleganter anziehen soll. Aber ich mag es halt lieber bequem.«

Eva wusste von anderen weiblichen Gästen, dass diese sich in Mieder zwängten, in denen sie kaum atmen konnten. Selbst der Gang zu den Trinkbrunnen wurde deshalb für sie zu einer Anstrengung, als hätten sie den Hirschsprungfelsen erklommen.

»Ich mag es auch lieber bequem! Das ist bei der Arbeit besser«, sagte sie. »Es gibt allerdings Damen, bei denen dauert das Ankleiden zum Abendessen länger als das Essen selbst.«

Mabel lachte hellauf. »Dad würde schimpfen, wenn ich das täte. Bei ihm muss es rasch gehen, und bei Jeffrey ebenso.«

Eva wollte nicht nachfragen, wer Jeffrey war. Es wird wohl Mabels Bruder sein, dachte sie und meinte dann, dass sie langsam in den Cafésalon zurückkehren müsse.

»Da komme ich mit!«, rief Mabel fröhlich. »Ich möchte einen Kaffee und ein Kip-ferl mit einem verprügelten Colonel!«

»Einen was?«, fragte Eva verdattert.

»Wie nennst du ihn gleich wieder? Einen geschlagenen Oberst. Das ist doch das Gleiche wie ein verprügelter Colonel.«

»Es heißt ›Schlagobers‹ ohne t«, erklärte Eva.

»Dann ist er auch kein Colonel!« Mabel zwinkerte ihr zu und erklärte danach ihrer Zofe, dass sie beizeiten auf ihr Zimmer zurückkomme.

»Es darf nur nicht zu knapp vor dem Abendessen sein! Sie müssen sich noch umziehen«, mahnte Zippora.

»Wenn ich spät komme, musst du eben schneller machen«, antwortete Mabel unverbesserlich und folgte Eva nach draußen. Auf dem Flur hakte sie sich bei ihr unter, als wäre Eva nicht eine schlichte Hotelangestellte, sondern ihre beste Freundin.

So sah Frau Karch die beiden. Sie hatte eben eine Suite überprüft, die für einen kurzfristig angemeldeten Gast hergerichtet wurde. Nun verfolgte sie Eva und die junge Amerikanerin mit bösem Blick und fand, dass sie sich nicht dazu hätte überreden lassen sollen, Eva zum Kaffeemädchen zu ernennen. »Wäre sie ein Zimmermädchen geblieben, würde sie jetzt nicht mit Miss Ferguson herumstrolchen«, murmelte sie und eilte weiter.

Als Eva und Mabel im Erdgeschoss ankamen, wollte diese in Richtung des Cafésalons gehen. Da sah sie, wie Eva weiter die Treppe hinabstieg.

»Was hast du vor?«, fragte sie verwundert.

»Ich muss mich umziehen! Frau Zöpfel wird fuchsteufelswild, wenn ich in meinem eigenen Kleid serviere«, antwortete Eva.

»Da komme ich mit!«, rief Mabel und eilte hinter Eva her.

»Das geht nicht!«, beschwor diese sie. »Die Kammern der Angestellten sind nichts für Gäste.«

»Das will ich sehen!«, rief Mabel. Verbote waren nichts, was sie schrecken konnte. Wenn, dann mussten sie schon von Respektspersonen kommen. Aber das war Eva nicht.

Die einzige Möglichkeit für Eva, Mabel am Mitkommen zu hindern, wäre Gewalt gewesen. Aber dies war bereits unter den Angestellten verpönt. Einem Gast gegenüber handgreiflich zu werden, war vollkommen undenkbar. Daher ging sie einfach weiter.

Mabel folgte ihr und musterte mit gekrauster Nase den fleckigen Flur und die Türen, denen anzusehen war, dass sie dringend einen neuen Anstrich nötig gehabt hätten. Als sie schließlich in Evas Kammer kamen, starrte die junge Amerikanerin auf die schmalen Stockbetten und die winzigen Schränke.

»So müsst ihr hausen?«, fragte sie entgeistert.

»Ich glaube nicht, dass es woanders besser ist, auch nicht in Amerika«, sagte Eva gleichmütig und zog ihr Kleid über den Kopf, um dann den Rock, die Bluse und das Mieder eines Kaffeemädchens anzuziehen.

»Jetzt muss ich mir nur noch die Haare hochstecken und das Haarnetz darüber ziehen«, sagte sie.

Mabel sah zu, wie sie dafür einen winzigen und teilweise blinden Spiegel verwendete, und schüttelte erneut den Kopf.

»Zippora hat in unserem Haus ein weitaus schöneres Zimmer. Hast du nicht Lust, mit uns in die Staaten zu kommen? Ich könnte dich sicher brauchen.«

Für einen Augenblick schien es Eva wie die Rettung aus ihrer Situation im Adonis. Dann aber schüttelte sie den Kopf. »Ich kann meine Eltern und meine Geschwister nicht im Stich lassen.«

»Das verstehe ich«, antwortete Mabel mit leichter Enttäuschung, um dann zu fragen: »Du hast Geschwister? Wie viele denn?«

»Vierzehn«, sagte Eva wahrheitsgemäß.

Mabel kreischte auf. »Gleich vierzehn! O Gott! Ich bin ein Einzelkind und froh darum, keinen dusseligen Bruder oder eine nervige Schwester zu haben.«

»Ein Einzelkind?« Eva war kurz davor, doch zu fragen, wer dann dieser erwähnte Jeffrey war. Da hörte sie, wie eine Tür geöffnet wurde, und schaute in den Flur hinaus.

»Wir sollten gehen«, sagte sie zu Mabel, da sie nicht wollte, dass ein Gast hier in den Katakomben gesehen wurde.

* * *

Da die Angestellten um diese Zeit nur in Ausnahmefällen ihre Quartiere aufsuchten, kamen Eva und Mabel unbemerkt ins Erdgeschoss zurück. Eva atmete erleichtert auf, denn hätte man sie mit der jungen Amerikanerin unten gesehen, wären gewiss wieder Scherereien die Folge gewesen.

»Das sollten Sie nicht noch einmal tun«, sagte sie zu Mabel. »Das dort unten ist für die Angestellten, nicht für Gäste wie Sie.«

Mabel schüttelte nur den Kopf. »Wenn ich an die Suite meines Vaters oder die meine denke und das dann mit deiner Unterkunft vergleiche, muss ich sagen, ihr lebt ja noch schlechter als früher die Sklaven auf den Baumwollplantagen des

Südens. Der einzige Vorteil, den ihr diesen gegenüber habt, ist, dass ihr nicht verkauft werden könnt.«

»Dafür können wir aber entlassen werden«, erwiderte Eva und öffnete die Tür des Cafésalons. »Nach Ihnen, Miss Ferguson!«

»Danke! Aber ich bin nicht Miss Ferguson«, antwortete Mabel und trat ein. Bevor sie auf diese merkwürdige Aussage reagieren konnte, kam Afra auf Eva zu.

»Gott sei Dank, dass du auftauchst. Hier ist einiges los!«

»Das sehe ich!« Eva betrachtete verwundert die vollen Tische. Einen Teil der Gäste mochte die Neugier auf die Amerikaner hierhergeführt haben. An einem Tisch fielen ihr zwei Herren auf, keiner älter als fünfunddreißig, aber äußerst präsentabel aufgemacht und sichtlich von Stand. Beide schienen Mabel abschätzend zu mustern. Sie erinnerte sich nun auch, zumindest einen von ihnen bereits in der Stadt gesehen zu haben, als sie mit Mabel unterwegs gewesen war.

»Gibt es hier keinen freien Platz mehr? Ich wollte doch eigentlich einen Kaffee trinken«, sagte Mabel enttäuscht.

Die beiden Herren standen fast gleichzeitig auf. »Es wäre uns eine Ehre, wenn Sie sich zu uns setzen würden, Miss Ferguson«, sagte einer von ihnen in einem fast singenden Englisch.

»Das geht nicht! Man setzt sich nicht zu fremden Männern an den Tisch«, raunte Eva Mabel zu.

»Warum nicht? Wenn doch alle anderen Plätze belegt sind?«, antwortete Mabel. »Außerdem wird hier im Cafésalon wohl kaum einer der Herren etwas Unziemliches wagen.«

Ohne sich aufhalten zu lassen, setzte Mabel sich zu den beiden Männern und begrüßte sie lächelnd auf Englisch. Eva stellte fest, dass die junge Amerikanerin dabei in einen Slang verfiel, der dem ihrer Zofe ähnelte. Daher hatten die Herren am Tisch sichtlich Probleme, ihr zu folgen. Deren Englisch wies wiederum einen starken österreichischen Akzent auf und verriet nur wenig Übung.

Da Eva auch an anderen Tischen bedienen musste, bekam sie nur Teile der Unterhaltung mit. Der eine Herr hieß von Ringbühel und der andere von Urbancik. Beide ließen ihren Charme sprühen, um Mabel zu beeindrucken. Da flogen Namen von Leuten durch die Luft, mit denen sie bekannt waren. Auch nannten sie Verwandte und Vorfahren, die bis auf die Kreuzritter zurückgingen, und sie fanden vor allem die Vereinigten Staaten von Amerika großartig.

»Waren Sie schon einmal dort?«, fragte Mabel freundlich lächelnd.

Die beiden Herren verstummten für einen Augenblick. Schließlich erklärte Urbancik, dass er einen Attaché der amerikanischen Botschaft in Wien kennengelernt habe.

»Das war ein famoser Mensch, sag ich Ihnen! Der hat mir viel von seiner Heimat erzählt. Ein herrliches Land, so weit und so groß, dass man hundert Tage reiten kann, ohne von einem Ende zum anderen zu kommen.«

»Anstatt so weit zu reiten, nehme ich lieber die Eisenbahn«, sagte Mabel und lächelte womöglich noch süßer.

Da begriff Eva, dass sie sich über die beiden Männer lustig machte. Mabel ließ die Herren reden, um dann wieder eine gezielte Bemerkung loszulassen, deren wahre tiefere Bedeutung die beiden nicht begriffen.

»Sie sind mit dem Herrn Papa hier?«, wurde Ringbühel etwas deutlicher.

Mabel nickte. »Der Arzt hat ihm eine Kur in Karlsbad angeraten. Er hat sein Leben lang hart gearbeitet und muss nun etwas für seine Gesundheit tun.«

»Gearbeitet? Ich habe sagen hören, dass der Herr Mister Ferguson ein Fabrikbesitzer aus Baltimore sein soll. Er wird dort wohl die ganze Zeit an seinem Schreibtisch gesessen haben«, wandte Urbancik ein.

»Nur in den letzten zwei Jahrzehnten. Davor hat mein Vater selbst den Schmiedehammer geschwungen und Maschinen gefertigt, auf die er Patente angemeldet hat«, erklärte Mabel, deren Lächeln Eva zunehmend an eine Katze erinnerte, die sich überlegte, noch ein wenig mit der Maus zu spielen, bevor sie diese fraß.

»Er war sozusagen ein Schmied!« Von Ringbühel klang nicht gerade erfreut.

Dies nutzte Urbancik sofort aus. »Das sind die Träume, die in Amerika wahr werden. Nur dort kann man vom Schmied zum reichen Fabrikbesitzer aufsteigen.«

»Es gibt auch hier Fabrikanten, deren Vater oder Großvater als einfacher Mann anfing und die nun einen Adelstitel tragen«, sagte Mabel.

Bei dem Begriff Adelstitel strafften beide Herren den Rücken. »Wenn Reichtum sich mit altem Adel verbindet, ist das Glück gewiss!«, rief Ringbühel theatralisch.

Mabels Antwort verstand Eva nicht, da sie in einer anderen Ecke des Cafésalons bedienen musste. Als sie wiederkam, stand ein Mann in schmucker Uniform vor dem Tisch, an dem Mabel mit den beiden Herren saß, und neigte den Kopf.

»Jestatten, von Penngstorf der Name! Ist kolossal viel los in dieser Kaffeesiederei. Ist es erlaubt, hier Platz zu nehmen?«, fragte er in einem mit einzelnen deutschen Begriffen ergänzten Englisch.

»Aber gerne!«, antwortete Mabel, während die beiden bei ihr sitzenden Herren so aussahen, als würden sie den Offizier zum Südpol wünschen.

»Der Herr ist wohl ein Preuß?«, fragte Ringbühel mit sichtlicher Abscheu.

»Voll und janz, wie man bei uns sagt!«, antwortete Penngstorf stolz. »Bin Major im Leibregiment Ihrer Hoheit, der Prinzessin Heinrich!«

»Tragen bei euch in Preußen die Prinzessinnen Männernamen?«, fragte Mabel scheinbar so naiv, dass Eva sich das Lachen verbeißen musste.

»Selbstverständlich nicht, meine Teuerste! Heißt nur, dass Prinzessin Irene mit Prinz Heinrich, dem Bruder Seiner Majestät, Kaiser Wilhelm II., verheiratet ist«, erklärte ihr Penngstorf voller Ernst.

Die beiden Österreicher waren nicht bereit, dem Preußen das Feld zu überlassen, und mischten sich kräftig in die Unterhaltung ein. Teilweise wurden drei Themen gleichzeitig besprochen, sodass Mabel den Herren teilweise vollkommen falsche Antworten gab.

Eva bemerkte das amüsierte Blitzen in Mabels Augen und begriff, dass diese es gewöhnt war, aufdringliche Verehrer an der Nase herumzuführen. Gleichzeitig fragte sie sich, wer die drei Herren waren. Auf jeden Fall wollten sie Mabel beeindrucken. Darauf deutete Ringbühels Bemerkung zur Verbindung von Reichtum und Adel hin. Den Adel konnte er anbieten. Was den Reichtum betraf, schätzte Eva, dass dieser erst erworben werden musste. Die Heirat mit einer amerikanischen Millionärstochter war hier wohl der einfachste und sicherste Weg.

* * *

Am nächsten Vormittag kam Mabel in den Cafésalon und forderte Eva auf, ihr einen Kaffee zu machen.

»Danach ziehst du dich um, denn ich möchte ein wenig durch die Stadt schlendern«, sagte sie noch und nahm Platz.

Eva brühte den Kaffee auf, stellte ihn ihr hin und sah dann Afra an. »Ich komme so bald wieder, wie es mir möglich ist.«

»Solange Miss Ferguson nicht hier ist, ist sowieso nicht so viel los«, erklärte Afra. »Wenn sie am Nachmittag hier ihren

Kaffee trinkt, brauchen wir dich dringend. Ich frage mich, ob noch mehr Herren ihre Bekanntschaft suchen werden.«

»Das werden wir sehen, wenn es so weit ist«, erwiderte Eva lachend und eilte dann los, um ihre Kaffeemadltracht gegen eines ihrer eigenen Kleider auszutauschen.

Da sie sich beeilte, um Mabel nicht warten zu lassen, kam sie noch rechtzeitig, bevor diese ihre Tasse geleert hatte.

»Da bist du ja! Dann können wir gehen.« Mabel stand auf und kam tänzelnd auf Eva zu. »Das war gestern ein Spaß!«, meinte sie, als sie das Adonis verließen.

»Ich empfand die Herren als sehr aufdringlich«, antwortete Eva.

»Sie haben sich kräftig ins Zeug gelegt, um einander auszustechen. Bei Ringbühel und Urbancik war es noch auf eine freundschaftliche Art. Aber zwischen den beiden und Penngstorf war die Luft so gewittrig, als wenn es gleich donnern und blitzen würde.«

»Der Penngstorf ist halt ein Preuße, und die hat man seit 1866 bei uns nicht mehr so gern.«

»War da nicht ein Krieg?«, fragte Mabel.

Eva nickte. »Ja, wir gegen die Preußen. Die haben gewonnen.«

»Und warum hat Österreich sich danach nicht mit den Franzosen zusammengetan, als die mit Preußen Krieg geführt haben?«, fragte Mabel weiter.

»Da müssen Sie schon Seine Majestät, Kaiser Franz Joseph, fragen. Ich weiß es nicht. Alles, was ich weiß, ist, dass mein Lehrer stocksauer darüber ist, dass Seine Majestät die Gelegenheit ausgelassen hat. Er sagt, wir hätten den Preußen Schlesien wieder wegnehmen können – und noch einiges mehr. Aber es ist halt nicht geschehen.«

Eva interessierte sich nur wenig für Politik. Die machte der Kaiser, und wie er das machte, darauf hatten kleine Leute wie ihr Vater keinen Einfluss.

Sie kamen nun zu den ersten Geschäften und ließen dieses Thema fallen. Mabel deutete auf ein Schaufenster mit wunderschönen Arbeiten aus verschieden gefärbten Steinen, die zu kleinen Schatullen und Schmuckstücken geschliffen worden waren.

»Oh, sie sind herrlich! Von zu Hause kenne ich das nicht. Habt ihr Bergwerke, in denen diese Steine geschürft werden?«, fragte sie.

Eva schüttelte lächelnd den Kopf. »Diese Steine nennt man Brunnensteine. Sie wachsen an den Quellen, und man muss sie immer wieder wegmachen, weil sie sonst die Brunnen verstopfen.«

»Die wachsen hier, so wie Schwam-merl?« Mabel konnte das gar nicht glauben. »Du nimmst mich wohl auf den Arm!«, sagte sie kopfschüttelnd, trat dann aber doch in den Laden und wählte ein paar aus.

»Die nehme ich mit heim und verschenke sie bis auf diese beiden Kästchen und diesen Hirsch!«, sagte sie zu Eva.

Diese blickte zum Fenster hinaus und seufzte. »Ich sehe den Feind anrücken, und zwar gleich von zwei Seiten«, sagte sie, da links von Penngstorf und rechts von Ringbühel und von Urbancik nahten.

Als die drei einander sahen, wurden ihre Mienen prompt verbiestert.

Mabel musste lachen. »Die Herren legen sich wirklich ins Zeug. Dabei ist es sinnlos. Ich bin nämlich nicht Miss Ferguson.«

»Sie sind aber doch Mister Fergusons Tochter?«, rief Eva verdattert.

»Das bin ich«, antwortete Mabel fröhlich. »Trotzdem bin ich nicht Miss Ferguson, sondern Mistress Barklay.«

»Sie sind verheiratet? Aber warum haben Sie das nicht erwähnt?«, fragte Eva verwirrt.

»Weil es bis jetzt nicht nötig war. Die Reisen organisiert mein Dad, und der schreibt, dass er mit seiner Tochter reisen werde. Dies bringt die Leute anscheinend dazu, zu glauben, ich wäre noch Miss Ferguson. Dabei bin ich seit zwei Jahren mit Jeffrey verheiratet.« Mabel lachte fröhlich, und Eva schloss daraus, dass sie ihren Ehemann von Herzen liebte.

»Aber warum lassen Sie die drei Herren im Ungewissen?«, fragte Eva weiter.

»Weil mir die Art, wie sie sich bei mir einschmeicheln wollen, missfällt und weil mir ein wenig langweilig ist. Jeffrey wird lachen, wenn ich ihm erzähle, wie ich diese heiratslustigen Standesherren an der Nase herumgeführt habe. Was bilden die sich nur ein zu glauben, ein reicher Amerikaner würde nur deshalb nach Europa kommen, um sich einen Aristokraten als Schwiegersohn zu kaufen. Nein, danke! Mein Jeffrey ist zehnmal mehr wert als Penngstorf, Urbancik und Ringbühel zusammen!«

»Und wer ist Jeffrey?«

»Dads Stellvertreter in der Fabrik. Er leitet diese, während wir unterwegs sind. Aber jetzt komm! Wir müssen uns den drei Herren stellen, sonst wollen die noch den Laden betreten, und der ist jetzt schon ziemlich voll.« Mabel reichte Eva die Tasche mit ihren Einkäufen und verließ das Geschäft. Draußen tat sie so, als bemerkte sie die drei Herren eben erst.

»Hello, Mister Urbancik, Mister Ringbühel und Mister Penngstorf! Was für eine Überraschung, Sie zu sehen. Sie machen wohl ebenfalls einen kleinen Spaziergang?«

Eva musste sich das Lachen verbeißen, als sie die angesäuerten Mienen der drei Herren betrachtete, die eben schlicht als Mister angesprochen worden waren, obwohl sie doch so stolz auf ihre altadelige Herkunft waren. Die Herren beherrschten sich jedoch, um den Goldfasan, den jeder von ihnen zu fangen hoffte, nicht zu verärgern.

»So ist es, meine Teuerste! Dachte, sehe mir den Ort an. Habe es übrigens jeschafft, ein Zimmer im Adonis zu erhalten. Stehe Ihnen selbstverständlich für weitere Spaziergänge und Ausflüge zur Verfügung«, antwortete Penngstorf.

Der ist ein richtiger Preuße, drauf und dran, ohne Rücksicht auf Verluste, dachte Eva. Den Verlust hatten derzeit die beiden österreichischen Adeligen. Anders als sie, die nicht im Adonis nächtigten, konnte Penngstorf sich auch bei den Mahlzeiten an Miss Ferguson heranmachen. Dabei ist Mabel gar keine Miss Ferguson mehr, dachte Eva spöttisch. Die drei Herren glaubten es jedoch. Daher schlossen sie sich Mabel an und taten alles, um einander zu übertrumpfen. Hatte Urbanciks Ahne wegen seiner Heldentaten in der Schlacht bei Kunersdorf von Kaiserin Maria Theresia höchstpersönlich einen Orden erhalten, war es bei Ringbühel Kaiser Maximilian II., der dessen Ahnfrau einen stattlichen Besitz übergeben hatte. Ringbühel deutete leicht verschämt an, dass es sich dabei um Verdienste gehandelt haben mochte, über die man nicht sprach. Er tat es trotzdem, indem er erwähnte, dass er über diese Ahnfrau mit Seiner Majestät, Kaiser Franz Joseph, verwandt sein könnte.

Schließlich sagte Mabel, sie habe Lust auf eine Tasse Kaffee.

Sofort steuerte Penngstorf das nächste Kaffeehaus an. »Wäre mir eine Ehre, Sie einladen zu dürfen!«, bot er Mabel an. Immerhin hatte er die Niederlage der Preußen bei Kunersdorf auszubügeln, da sich dort keiner seiner Ahnen besonderen Ruhm erworben hatte.

Urbancik widersprach sogleich. »An Ihrer Stelle würde ich einen so bescheidenen Kaffeeausschank nicht frequentieren, Miss Ferguson. Wenn, dann sollten wir schon in den Kaffeepavillon des Pupp gehen. Der ist standesgemäß!« Der Blick, mit dem er Penngstorf bedachte, zeigte deutlich, dass er ihn nicht für standesgemäß hielt.

»Dann gehen wir zum Pupp!«, rief Mabel fröhlich.

»Wenn Sie erlauben, werde ich ins Adonis zurückkehren«, schlug Eva vor, da sie nicht zu lange ausbleiben wollte.

Mabel sah sie strafend an. »Du wirst mich doch nicht allein der Gesellschaft dreier Herren überlassen wollen? Das ist ungehörig und würde mir verbieten, eine Tasse Kaffee im Pupp zu trinken.«

»Du kommst selbstverständlich mit!«, erklärte Urbancik, der sich die Gelegenheit nicht entgehen lassen wollte, im Kaffeepavillon des Pupp seine Bekanntschaft mit der Millionenerbin zu vertiefen.

Eva stöhnte innerlich. Bereits Lord Augustus hatte sie ins Pupp mitgenommen. Jetzt musste sie dessen Kaffeepavillon erneut betreten. Die Madame wird es mir sicher ankreiden, dachte sie, und Frau Zöpfel mich schelten, weil ich meine Kolleginnen wieder einmal allein habe arbeiten lassen. Mit unglücklicher Miene folgte sie der Gruppe und bemerkte nicht, dass Frau Zöpfel in der Nähe stand und zumindest die letzten Sätze gehört hatte.

* * *

Frau Zöpfel wusste ebenso wenig wie die drei Herren, die um Mabel herumscharwenzelten, dass diese längst verheiratet war. Daher glaubte auch sie, Henry Ferguson wäre nach Europa gekommen, um für seine Tochter einen adeligen Ehemann zu finden. Penngstorf hatte sie bereits erlebt, als dieser vor ein paar Stunden ein freies Zimmer im Adonis bezogen hatte und dafür einen Preis bezahlte, der ihn in den Kreis derer aufnahm, die im Festsaal des Hotels speisen durften.

»Die Herren von Urbancik und von Ringbühel haben anscheinend Konkurrenz bei ihrem Wettstreit um die Dollarprinzessin bekommen«, sagte da eine Frau in ihrer Nähe.

Frau Zöpfel drehte sich um und nahm die Frau eines Hotelbesitzers wahr, dessen Haus um einiges kleiner war als das Adonis, aber an der Tepl lag und eine schöne Terrasse am Ufer besaß.

»Grüß Gott, Frau Janker!«

»Grüß Gott, Frau Zöpfel! Sie haben in Ihrem Adonis Gäste, die in Karlsbad besonders viel Aufsehen erregen. Letztes Jahr war es die Gräfin Pawlawska, in diesem Jahr bereits der Lord Augustus, und jetzt ist es die Dollarprinzessin aus Amerika mit ihrem Papa.« Leopolda Janker klang ein wenig neidisch, da Personen dieser Gesellschaftsschicht nicht zu denen gehörten, die in ihrem Hotel nächtigten.

»Mir ist es ein bisserl zu viel Aufsehen!« Frau Zöpfel seufzte, zuckte dann aber mit den Schultern. »Oder sagen wir besser, wir müssen damit leben.«

»Ist das junge Madl, das bei der Gruppe ist, nicht dieselbe, die Lord Augustus begleitet hat?«, fragte Leopolda Janker neugierig.

Frau Zöpfel nickte. »Das ist die Eva! Die ist im letzten Jahr zu uns gekommen und hat sich ganz schön herausgemacht.«

»Ein bisserl zu viel, hab ich mir sagen lassen! Wegen dem Madl soll Frau Karch sogar ihren Neffen weggeschickt haben«, sagte Leopolda Janker und hoffte, von der Hausdame des Adonis vielleicht ein wenig mehr über diese Sache zu erfahren.

»Was die Leute nicht alles erzählen …« Frau Zöpfel klang ablehnend, sah dann aber Leopolda Janker nachdenklich an. »Es ist nichts passiert, was anstößig wäre. Aber das Madl ist hübsch und blitzgescheit. So eine kann einem jungen Mann wie Ludwig Karch schon ins Auge stechen. Sie hat allerdings nie gezeigt, dass sie auch nur das Geringste für ihn empfinden würde.«

»Sie scheint auch noch sehr jung. Wie alt ist sie denn?«, fragte Leopolda.

»Im Herbst wird sie achtzehn«, berichtete Frau Zöpfel.

»Also ist sie noch siebzehn! Das ist kein Alter, in dem ein Madl bereits so berechnend ist, wie manche behaupten.« Leopolda Janker klang auf eine Weise nachdenklich, bei der Frau Zöpfel die Ohren spitzte.

»Berechnend ist die Eva gewiss nicht!«, erklärte sie.

»Hat sie nicht im letzten Jahr den kranken Diener des Lords gepflegt?«, fragte Leopolda Janker.

»Das ist wahr! Der Doktor sagt, ohne sie hätte Jones sterben können.« Frau Zöpfel berichtete nun, wie schlimm Lord Augustus' Kammerdiener dran gewesen war und wie sehr Eva sich für ihn eingesetzt hatte. »Sie war nach den drei Wochen sehr erschöpft. Damit sie sich ein bisserl hat erholen können, hat Seine Lordschaft darauf bestanden, dass sie ihn auf seinen Spaziergängen begleitet.«

Noch wusste sie nicht, was aus diesem Gespräch erwachsen konnte. Leopolda Janker war jedoch die Ehefrau eines Hoteliers und kannte viele. Daher konnte sie ihr vielleicht helfen, für Eva eine neue Stelle zu finden.

»Aber wie es halt ist! Weil Ludwig Karch ein gewisses Interesse an ihr gezeigt hat, will Frau Karch die Eva am Ende der Saison entlassen. Es ist so was von ungerecht, weil die Eva wirklich nichts dafürkann«, berichtete sie und setzte hinzu, dass Ludwig wohl spätestens im Winter als verheirateter Mann ins Adonis zurückkehren würde. »Länger sollte er auch nicht wegbleiben. Er geht uns nämlich ab! Zwar versucht die Madame, ihn zu ersetzen. Aber sie hat auch sonst viel am Hals, und da bleiben einige Sachen liegen.«

Eigentlich hätte Frau Zöpfel nicht so viel Internes erzählen dürfen. Um Evas willen war sie jedoch dazu bereit. Sie sah nun zum Pupp hinüber. Die Gruppe mit Mabel war nicht mehr zu sehen. Eines aber hatte sie deutlich feststellen können: Freudig war Eva den anderen nicht gefolgt, sondern eher darob besorgt, welche Folgen es für sie haben mochte.

»Als was arbeitet die Eva bei euch, alleweil noch als Stubenmadl?«, fragte Leopolda Janker, obwohl sie bereits wusste, dass Eva für den Cafésalon eingeteilt worden war.

»Das hat sie im letzten Jahr gemacht. Heuer ist sie Kaffeemadl, also Serviererin im Cafésalon. Ich weiß nicht, ob Sie von unserem Silvesterball gehört haben. Da hat sie mit ihren drei Kolleginnen die Gäste bedienen müssen und ihre Sache ausgezeichnet gemacht!« Frau Zöpfel erkannte das Interesse ihrer Gesprächspartnerin an Eva und lobte diese über den grünen Klee.

»Es ist alleweil gut, wenn sich jemand im Hotel auskennt. Bei unserem Haus ist das doppelt wichtig, denn wir sind bei Weitem nicht so groß wie das Adonis. Da kannst du nicht sagen, die ist ein Stubenmadl und die andere eine Serviererin. Da muss man überall zugreifen. Sogar ich helfe in der Küche mit und schneide Gemüse. Ein Madl bei uns muss sowohl Betten machen als auch Kaffee kochen und bedienen können!« Leopolda Janker verstummte kurz und sah Frau Zöpfel traurig an.

»Unsere Tochter will im Herbst heiraten. Einen Beamten aus Prag! Mir wär jemand vom Hotelfach lieber gewesen, aber die Schwester meines Mannes hat die zwei zusammengebracht. Die hält sich als Beamtenwitwe für etwas Besseres, und der Bräutigam ist ein Verwandter ihres Mannes. Verdienen tut er ja gut! Aber das Hotel ist für ihn bloß was, das Geld bringen soll. Vielleicht verkaufen sie es auch, wenn wir einmal nimmer da sind.«

Frau Zöpfel hatte die Hoffnung, eine neue Stelle für Eva zu finden, schon aufgegeben, als Leopolda weitersprach. »Bisher hat die Susanne im Hotel mitgearbeitet. Aber wenn sie heiratet und nach Prag zieht, brauchen wir jemanden, der sie ersetzt. Wenn das Madl so ist, wie Sie sagen, könnten wir es mit ihr probieren.«

»Die Eva ist ehrlich und arbeitsam! Daher wird sie Sie nicht enttäuschen.« Frau Zöpfel fiel ein Stein vom Herzen. Es mochte nicht die ideale Stelle für Eva sein, aber sie traute ihr zu, sich dort gut einzufinden. Schlechter verdienen als im Adonis würde sie dort gewiss nicht.

»Kann ich der Eva sagen, dass sie in der nächsten Saison bei Ihnen anfangen kann?«

»Wann hört sie bei euch auf?«, fragte Leopolda.

»Die Madame will sie spätestens am fünfzehnten November entlassen.«

Leopolda Janker überlegte kurz. »Dann kann sie am Sechzehnten bei uns anfangen. Wir haben einige Arbeiten über den Winter zu erledigen, und da wäre es mir lieb, wenn sie mithelfen würde.«

Frau Zöpfel begriff Leopoldas Absicht, Eva während des Winters zu prüfen, ob sie wirklich ihren Anforderungen entsprach. Da sie das Mädchen kannte, machte sie sich deswegen keine Sorgen.

»Dann machen wir es so! Vergelt's Gott!« Sie reichte Leopolda die Hand und kehrte mit etwas leichterem Herzen zum Hotel zurück.

* * *

Im Kaffeepavillon des Grandhotel Pupp wurde die nächste Phase des österreichisch-preußischen Krieges ausgefochten. Auch wenn Urbancik und Ringbühel selbst Konkurrenten waren, so standen sie gegen von Penngstorf zusammen. Im Augenblick aber führte dieser das große Wort.

»Meine Teuerste müssen unbedingt nach Berlin kommen. Ist eine kolossale Stadt! Prachtvolle Bauten, prachtvolle Straßen, prachtvolle …«

»Deppen«, murmelte Ringbühel leise genug, dass zwar Urbancik und Eva, nicht aber Penngstorf es hören konnten.

Der beendete seinen Vortrag gerade mit »… prachtvollen Kasernen!«.

Mabel sah ihn mit schräg gelegtem Kopf an. »Ich muss gestehen, dass mein Interesse für das Militär äußerst gering ist.«

»Trage mich mit dem Gedanken, abzumustern und meinen Kohl auf meinen Gütern anzubauen«, erklärte Penngstorf wendig.

»Das Landleben ist auch nicht gerade das, was ich mir ersehne. Ich bin in einer großen Stadt aufgewachsen und weiß deren Annehmlichkeiten zu schätzen. Auf dem Lande müsste ich auf zu viel verzichten.« Mabel lächelte sanft, doch jedes Wort stellte einen Pfeil gegen den aufdringlichen Verehrer dar.

»Ich bin ebenfalls der Ansicht, dass man nur in der Großstadt leben kann«, mischte sich Urbancik ein. »Um es genauer zu sagen, die einzige Stadt, in der es sich zu leben lohnt, ist …«

»… Paris!«, fiel Mabel ihm ins Wort.

»Lord Augustus Beauvais würde dem widersprechen und London nennen.« Eva hatte bisher geschwiegen, begriff aber nun Mabels Absicht, die drei lästigen Herren so geschickt abzukühlen, bis diese sie in Ruhe ließen.

»Aber Gnädigste! Ich meine natürlich Wien!«, sagte Urbancik. »In keiner anderen Stadt ist die Tradition so lebendig wie in der Kaiserstadt. Man kann von dort wunderbar Ausflüge nach Grinzing zu Heurigen machen, und es ist auch nicht weit nach Triest. Von dort fahren Dampfer in alle Welt. Da können Sie den Herrn Papa in Baltimore jederzeit besuchen.«

Mabels Lippen zuckten vor Vergnügen, doch sie beherrschte sich. An ihrer Stelle hätte Eva den dreien deutlich erklärt, dass sie nichts zu hoffen hatten. Immerhin war Mabel eine verheiratete Frau und hätte mit diesem Bekenntnis den Hoffnungen der Herren einen vernichtenden Schlag versetzt.

»Von Berlin ist es nicht weit nach Hamburg! Von dort aus fahren mehr Schiffe nach Amerika als von Triest«, wandte von

Penngstorf ein, der keinen Millimeter Boden gegenüber den beiden Österreichern preisgeben wollte.

»Ich weiß nicht, ob ich überhaupt außerhalb der Vereinigten Staaten leben will«, sagt Mabel lächelnd.

Ringbühel, der im Vergleich zu seinen Kontrahenten ein wenig Boden verloren zu haben fürchtete, fasste nach ihrer Hand. »Besuchen kann man die Vereinigten Staaten durchaus. Den größten Teil des Jahres sollte man aber in Europa verbringen. Hier geht es doch zivilisierter zu als dort. Man kann in Karlsbad, Marienbad, Franzensbad, Ischl, Gastein, Meran und etlichen anderen Orten auf Kur gehen und dort viele und vor allem bedeutsame Persönlichkeiten kennenlernen. Außerdem hat man die Möglichkeit, mit Wien, Budapest, Prag, Agram, Lemberg und Ragusa Städte von großer Bedeutung und ebensolcher Schönheit zu besuchen. Dort gibt es überall exzellente Hotels! Ich allerdings würde es vorziehen, an mehreren Stellen Stadthäuser zu mieten oder zu kaufen, sodass wir zwar das ganze Jahr unterwegs sind, aber trotzdem in unseren eigenen vier Wänden leben würden.«

»So ein Leben im Müßiggang würde bald schal und leer werden! Ein Mann braucht eine Aufgabe, die er zu erfüllen hat, und sein Weib hat die Pflicht, ihn dabei mit allen Kräften zu unterstützen«, wandte Penngstorf verächtlich ein.

»Mein Vater hat sich seinen Reichtum mit seiner Hände Arbeit geschaffen. Er wird auch nur einen Schwiegersohn akzeptieren, der diesen Reichtum erhalten kann«, erklärte Mabel.

Am liebsten hätte Eva Beifall geklatscht. Damit war zumindest Ringbühels Traum von einem Wanderleben durch die schönsten Städte des Kaiserreichs wie eine Seifenblase geplatzt. Auch die beiden anderen Herren sahen betreten drein. Im Geldausgeben waren sie geübt, im Beschaffen desselben weniger. Keiner sah jedoch so aus, als sei er bereit, einfach aufzugeben.

Dafür lockten die Dollarmillionen des »Herrn Papa« doch zu sehr.

* * *

Auch wenn der Besuch im Kaffeepavillon des Pupp nicht zur völligen Zufriedenheit der Herren Ringbühel, Urbancik und Penngstorf ausgefallen war, so begleiteten sie Mabel doch bis zum Adonis. Dort spielte Penngstorf seinen Vorteil aus, ebenfalls darin zu wohnen, während die beiden anderen Herren wohl oder übel in ihr eigenes Hotel zurückkehren mussten. Es war ihnen nicht einmal gelungen, eine Verabredung zu einem weiteren Treffen mit Mabel zu erhalten.

Allerdings ließ die junge Dame auch Penngstorf stehen und fuhr mit dem Aufzug ins oberste Stockwerk, um sich dort, wie sie sagte, ein wenig der Ruhe hinzugeben.

Eva hatte erst gar nicht den Haupteingang benützt, sondern war, wie es sich für eine Angestellte ziemte, zum Seiteneingang weitergegangen. Nachdem sie sich umgezogen hatte, eilte sie in den Cafésalon.

»Du kommst spät!«, sagte Afra mit einem gewissen Tadel.

»Miss Ferguson hat darauf bestanden, dass ich sie und ihre drei Verehrer in den Kaffeepavillon des Pupp begleite. Sie ist eben zurückgekommen, und ich habe mich so schnell umgezogen, wie ich konnte«, erwiderte Eva.

Zu Jahresbeginn hatte sie gehofft, aus Afra, Ulla, Ida und ihr könnte eine verschworene Gemeinschaft werden. Auch das hatte Frau Karch zerstört und sie zur Außenseiterin gemacht. Auch Ulla war verärgert, weil Afra und Ida den Winter über hierbleiben und gutes Geld verdienen durften, während sie nach Hause fahren musste.

Auf Dauer würde das nicht gut gehen, dachte Eva. Sie selbst musste damit rechnen, von Frau Karch auf die Straße gesetzt zu werden, und Ulla würde aus freien Stücken das Hotel verlassen. Daran konnte selbst Frau Zöpfel nichts ändern, obwohl sie alles tat, um Unfrieden unter den Angestellten zu verhindern.

Eben trat sie ein. »Du bist schon da, Eva? Ich habe Miss Ferguson gerade erst kommen sehen.«

Es war ein Stich gegen Afra, und Eva sah, dass er traf. Diese führte sich hier mittlerweile zu sehr als Vorgesetzte auf und blieb die meiste Zeit an der Theke, während vor allem Ulla und sie die Gäste bedienen mussten, denn auch Ida riss sich kein Bein mehr aus.

Frau Zöpfel hatte eigentlich nur kurz in den Cafésalon schauen wollen. Da sah sie durch das Fenster, dass sich Leopolda Janker und deren Mann näherten. Diese gingen auf die Außentür des Cafésalons zu und traten ein.

»Hier ist ja einiges los!«, sagte Michael Janker sichtlich verwundert.

»Darum habe ich dir ja auch gesagt, dass wir uns das einmal anschauen sollten. Und wenn wir schon da sind, können wir auch einen Kaffee trinken«, erklärte Leopolda.

»Falls wir einen freien Platz finden«, meinte ihr Mann brummig.

Da trat Eva auf die beiden zu. »Dort vorne ist noch ein freier Platz! Wenn Sie sich setzen wollen …«

»Dann tun wir das.« Leopolda zog ihren widerstrebenden Mann hinter sich her.

»Das ist sie!«, wisperte sie ihm ins Ohr.

Janker musterte Eva mit gerunzelter Stirn. Er hatte sich nicht vorstellen können, dass eine junge Frau, die von einem Herrn wie Lord Augustus Beauvais verwöhnt worden war, noch richtig zugreifen wollte. Er begriff jedoch rasch, dass er sich geirrt hatte. Eva bediente sie zügig und war auch sonst alles andere als faul.

»Wir brauchen wieder Kuchen. Eva, hier ist die Liste!«, rief Afra im Kommandoton und hielt Eva einen Zettel hin. Diese nahm ihn und eilte los.

Unwillkürlich zog Michael Janker seine Taschenuhr heraus und berechnete die Zeit, die Eva seiner Ansicht nach benötigen durfte. Diese war nicht einmal zu zwei Dritteln vergangen, da tauchte sie bereits wieder auf und sortierte die Kuchenstücke so in die Auslage ein, dass die älteren Stücke als erste ausgegeben werden konnten.

»Aufmerksam ist sie ja!« Michael Janker klang noch etwas brummig, aber es schwang doch eine gewisse Anerkennung mit.

Frau Zöpfel begriff, dass der Hotelier zuerst Vorbehalte gegen Eva gehabt hatte und von seiner Frau aufgefordert worden war, sie bei der Arbeit zu beobachten. Wie es aussah, war jetzt eine weitere Hürde überwunden. Die Hausdame machte nicht den Fehler, sich zu Leopolda und Michael Janker zu setzen, sondern verließ den Cafésalon wieder und lächelte dabei auf eine Weise, die mehrere Angestellte, die ihr begegneten, sehr verwunderte. Zum Lächeln oder gar Lachen hatte es hier in letzter Zeit wenig Grund gegeben.

Etwa eine Viertelstunde später kam Henry Ferguson herein und winkte Eva zu. »Bringe mir einen Kaffee, *my girl*, mit einer Bohne mehr als für meine Tochter«, rief er auf Englisch.

»Sehr wohl, Mister Ferguson«, antwortete Eva und eilte zur Theke.

Afra musste wohl oder übel ihren Platz räumen, da Ferguson keinen Kaffee trank, den sie bereitete. Mit einem gewissen Ärger sah sie zu, wie Eva ihn aufbrühte, und fragte sich, weshalb gerade sie bei Leuten wie Lord Augustus Beauvais und den Fergusons so angesehen war. Die englische Sprache allein konnte es nicht sein. Eva hatte diese ja zu Beginn auch nicht verstanden.

Ohne auf ihre Kollegin zu achten, servierte Eva den Kaffee und wünschte Ferguson, er möge ihm schmecken.

»Das tut er, *my girl!*«, antwortete dieser munter und trank einen Schluck. »Das ist genau die Bohne mehr, die ich mag!«

Eva eilte lächelnd weiter, um neu eingetroffene Gäste zu bedienen, während Leopolda Janker ihren Mann fragend ansah.

»Was sagst du jetzt?«

»Englisch täte sie bei uns nicht brauchen«, antwortete er. Doch auch er war beeindruckt, wie freundlich und flink Eva ihre Arbeit verrichtete.

* * *

Am Nachmittag ging Ferguson zum Sprudel und zum Mühlbrunnen, um die ihm vom Arzt vorgeschriebenen Tassen des Heilwassers zu trinken. Ein anderer Gast aus dem Adonis folgte ihm, hatte aber weder eine Tasse noch ein anderes Gefäß bei sich. Dafür setzte er sich neben Ferguson auf die Bank und sprach ihn auf Englisch an.

»Sind wohl das erste Mal in Europa?«

Ferguson war in den letzten zehn Jahren etliche Male auf verschiedenen Messen in europäischen Städten gewesen, um dort Geschäfte zu tätigen. Trotzdem nickte er. »Ich bin das erste Mal wegen meiner Gesundheit hier. Der Arzt hat mir Karlsbad empfohlen.«

»Ist nicht übel hier. Gibt aber in Deutschland bessere Kurbäder. Bad Ems zum Beispiel, Badenweiler und andere.«

Der Mann, den Ferguson auf Mitte dreißig schätzte, war seiner Uniform nach preußischer Offizier. So wie er sich benahm, schien er Österreich nicht sonderlich zu mögen.

»Warum sind Sie dann hier, wenn es bei Ihnen zu Hause bessere Bäder gibt?«, fragte Ferguson aus einem gewissen Ärger heraus.

An der Frage hatte Penngstorf zu kauen. Die Wahrheit, dass er nämlich gehört hatte, ein reicher Amerikaner komme mit seiner Tochter hierher, konnte er schlecht sagen.

»Ist wegen einer Tante! Hat mich hergeschickt, um zu prüfen, ob es sich lohnt, zu kommen. Werde ihr abraten«, log er und erklärte dann, dass er das Vergnügen gehabt habe, Miss Ferguson kennenzulernen.

»Hat einen kolossalen Eindruck auf mich gemacht. Einen sehr kolossalen! Freue mich darauf, die Bekanntschaft fortsetzen und vertiefen zu können.«

Was für ein plumper Kerl, dachte Ferguson. Gleichzeitig ärgerte er sich über seine Tochter, die sich im Hotel Miss Ferguson nennen ließ, obwohl sie längst mit Jeffrey Barklay verheiratet war. Da war es kein Wunder, wenn solche Narren wie dieser Offizier um sie herumschwirrten wie Motten um eine Glühbirne. Nach dem Grund dafür brauchte er nicht zu fragen. Es ging dem Offizier nicht um seine Tochter, sondern allein ums Geld.

Ferguson hatte noch keine Antwort überlegt, als bereits zwei weitere Herren auf ihn zutraten und grüßten.

»Einen schönen guten Tag, Mister Ferguson! Ich hatte die Ehre, Zeuge Ihrer Ankunft in Karlsbad zu sein«, begann Urbancik.

»Ich hatte die Ehre, im selben Zug mit Ihnen zu fahren«, übertrumpfte Ringbühel ihn.

»Vor zwei Tagen hatte ich die Ehre, Ihr Fräulein Tochter im Cafésalon des Adonis persönlich kennenzulernen«, fuhr Urbancik unbeirrt fort.

»Ich hatte ebenfalls die Ehre, Ihr Fräulein Tochter kennenzulernen«, echote Ringbühel, während Penngstorf aussah, als wünschte er sich Königgrätz 1866 zurück, um die beiden Österreicher aus dem Feld schlagen zu können.

Ferguson stufte die beiden ebenso wie Penngstorf als Mitgiftjäger ein. Nun fragte er sich, weshalb adelige Herren mit geringem Vermögen glaubten, amerikanische Millionäre hätten nichts Besseres zu tun, als ihre Töchter in Europa auf den Heiratsmarkt zu bringen, nur damit sie ein »von« im Namen aufweisen konnten. In seiner Heimat hatte dies nicht die geringste Bedeutung. Für sich schränkte er jedoch ein, dass Männer, die aus europäischen Ländern stammten und jenseits des Atlantiks zu Geld gekommen waren, damit beweisen wollten, dass sie nicht schlechter waren als die Grafen und Barone, vor denen sie in ihrer Jugend ausgerissen waren. Er zählte jedenfalls nicht dazu, und er hatte auch wenig Lust, diese drei Ritter vom runzeligen Beutel länger um seine Tochter herumwieseln zu sehen.

»Sie haben Mabel bereits kennengelernt? Nun, dann wird sie sich gewiss freuen, wenn ich Sie, meine Herren, für heute Abend zum Dinner ins Adonis einlade!«, sagte er und sah, wie sich die Mienen der drei aufhellten.

»Wird mir ein kolossales Vergnügen sein«, antwortete Penngstorf als Erster.

»Ich komme mit dem größten Pläsier.« Ringbühel war der Nächste und sagte sich, dass er mit seinem Titel als Baron sicher mehr Eindruck auf Ferguson machen würde, als es die Ränge der beiden Konkurrenten vermochten.

»Es wird mir eine Ehre sein«, schloss sich nun auch Urbancik an.

Ferguson nannte ihnen noch die Zeit, zu der sie sich im Adonis einfinden sollten, und stand auf, um, wie er sagte, seine nächste Tasse Heilwasser zu trinken.

Als Ferguson ins Adonis zurückkam, forderte er seinen Kammerdiener Nathan auf, seine Tochter zu holen. Bis Mabel kam, setzte er sich in einen Sessel, goss sich ein Glas Whiskey ein und blickte durch das Fenster nach draußen.

»Was gibt es, Dad?«, fragte Mabel, kaum dass sie die Tür hinter sich geschlossen hatte.

Ihr Vater musterte sie streng. »Ich bin unzufrieden mit dir! Du hast drei Narren ermutigt, dir den Hof zu machen. Jeffrey würde dich schelten, wenn er davon wüsste.«

»Er wird sich im Gegenteil köstlich amüsieren«, widersprach Mabel ihm.

»Jedenfalls wird die Sache heute Abend ein Ende haben. Ich habe diese drei Ritter von der traurigen Gestalt zum Dinner eingeladen. Dabei werden sie erfahren, dass du bereits verheiratet bist und sie sich daher umsonst bemühen.«

Mabel überlegte kurz und nickte dann. »Du hast recht, Dad! Die Sache wird sonst entweder langweilig oder gar ärgerlich.«

»Gut, dass du das einsiehst! Ich sehe, du trägst deinen Ehering. Ich dachte, du hättest ihn abgenommen, weil die Herren dich für ledig gehalten haben.«

»Den habe ich die ganze Zeit getragen. Doch in ihrem Eifer, einander zu übertreffen, haben die Herren ihn nicht bemerkt«, antwortete Mabel lachend.

»Dann sind sie selbst schuld!«, sagte Ferguson und fühlte sich darin bestätigt, dass hier eine kalte Dusche angebracht war.

* * *

Penngstorf, Urbancik und Ringbühel erschienen überpünktlich, und jeder hatte sich in seinen feinsten Zwirn gehüllt. Der Preuße glänzte in Uniform, die beiden Österreicher wirkten sehr vornehm, und jeder von ihnen hatte einen Blumenstrauß mitgebracht, den er Mabel verehrte.

»Mit größtem Pläsier!«, erklärte von Penngstorf.

Es fehlt gerade noch, dass er vor Mabel salutiert, dachte Eva, die die Situation aus der Deckung der Vorkammer heraus beobachtete.

»Küss die Hand, gnädiges Fräulein!«, grüßte von Urbancik mit ausgesuchter Höflichkeit.

»Miss Mabel, ich bin ganz der Ihre!«, setzte von Ringbühel noch eines drauf.

Eva sah, dass Mabels Lippen zuckten, als könne sie ein Lachen nur mit Mühe zurückhalten.

»Meine Herren, willkommen!«, sagte Ferguson knapp und winkte Jean zu sich. »Ein Boy soll die Blumen hochbringen und sie Zippora übergeben.«

Jean konnte halbwegs Englisch, wusste aber mit dem Begriff Zippora nichts anzufangen. »Wem sollen die Blumen gebracht werden?«, fragte er daher.

»Meiner Zofe«, antwortete Mabel lächelnd.

»Sehr wohl!« Jean verließ kurz den Tisch, um drei Pikkolos zu rufen, die die Blumen übernehmen und aufs Zimmer bringen sollten.

Als dies geschehen war, reichte er Ferguson, Mabel und deren Gästen die Speisekarten. Es waren jene, die Eva mit Mabels Unterstützung ins Englische übersetzt hatte. Ferguson kam gut damit zurecht. Im Gegensatz dazu starrten die drei Herren darauf, als wäre die Karte mit griechischen oder gar arabischen Buchstaben geschrieben worden. Erst nach einer Weile fand der Erste von ihnen etwas, das er entziffern konnte, und bestellte es aufatmend. Es war Urbancik. Ringbühel wählte das Gleiche, während Penngstorf sich aufs Geratewohl für irgendetwas entschied.

Bis Jean die Speisen servierte, sprachen die drei Herren den ausgezeichneten Weinen zu, die Ferguson kredenzen ließ, und setzten alles daran, sich und ihre Abstammung ins beste Licht zu setzen.

Damit Eva das Schauspiel miterleben konnte, hatte Mabel sie aufgefordert, vom Vorraum aus zuzuschauen. Eva war daher unter einem Vorwand dorthin gegangen und spitzte nun die

Ohren. Dabei schüttelte sie ein ums andere Mal den Kopf. Die Herren sprachen über sich, als wären sie keine Menschen, sondern Zuchthengste, die ihre Vorzüge aufzeigen wollten. Ihre Abstammung war wohl auch das Einzige an Wert, das sie noch besaßen, dachte sie und fragte sich, wann Mabel und Ferguson die Bombe platzen lassen würden, dass den Herren keine Miss Ferguson, sondern eine Mistress Barklay gegenübersaß.

Eigentlich müssten sie es selbst merken, fand Eva, da Mabel recht auffällig mit ihrem Ehering spielte. Die Aufmerksamkeit der drei Herren galt jedoch weniger Mabel als ihrem Vater. Immerhin war er derjenige, der im Endeffekt darüber entschied, wer von ihnen die Dollarprinzessin erhalten würde.

Ferguson war mehrfach versucht, die Angelegenheit aufzudecken, entschloss sich dann aber, den Herren nicht den Appetit zu verderben, sondern zu warten, bis auch das Dessert verzehrt war.

Nach einer Weile erschien Jean mit einem Helfer und tischte auf. Trotz ihrer Probleme bei der Speisenauswahl konnten die drei Herren zufrieden sein. Es schmeckte ausgezeichnet, und so lobten sie das Mahl in einer Weise, als hätte Ferguson höchstpersönlich am Herd gestanden.

Eva atmete mehrfach tief durch, um nicht zu lachen. Dabei fiel ihr auf, dass Mabel sich ein paarmal die Serviette vor den Mund hielt. Also erging es der Amerikanerin nicht anders als ihr.

Endlich hatte Jean die Nachspeise serviert. Die Herren sprachen der Karamellcreme mit Begeisterung zu und fanden insgeheim, dass Ferguson einen Lebensstil pflegte, der ihnen gefiel.

»Meinen Dank, Mister Ferguson! Beste Speisen, besser noch als letztens bei General von Wackerbarth«, lobte Penngstorf als Erster.

»Es war wirklich äußerst deliziös!«, stimmte Urbancik ihm zu.

»So isst man halt nur in Österreich!«, pries Ringbühel die Speisen gleichzeitig mit seinem Heimatland.

»Es ist nicht schlecht, doch bevorzuge ich persönlich ein schönes, kräftiges Steak, das innen noch blutig ist«, dämpfte Ferguson die Begeisterung der drei ein wenig und setzte dann zum finalen Treffer an. »Am besten kann es die schwarze Köchin meines Schwiegersohnes grillen. Sie …«

»Sagten Sie Schwiegersohn?«, unterbrach Penngstorf ihn.

»Sie haben wohl noch eine zweite Tochter?«, fragte Urbancik.

Ferguson schüttelte den Kopf. »Nein, nur die eine! Mabel hat sich bereit erklärt, mich nach Europa zu begleiten, während ihr Mann während meiner Abwesenheit die Fabrik leitet.«

»Sie sind verheiratet? Aber wieso nennen Sie sich hier Miss Ferguson?«, wandte Ringbühel sich empört an Mabel.

»Ich habe mich nie als Miss Ferguson bezeichnet«, antwortete sie kühl und hob ihre Rechte mit dem Ehering. »Ich habe ihn die gesamte Zeit getragen. Wenn Sie keine Augen haben, kann ich nichts dafür.«

Das war deutlich. Penngstorf hätte Ferguson am liebsten zum Duell gefordert. Allerdings hätte es Aufsehen erregt und die Väter anderer reicher Erbinnen dazu bringen können, ihn von vorneherein abzulehnen.

»Erlaube mir, mich zu verabschieden!«, sagte er daher, warf seine Serviette auf den Tisch und ging.

Urbancik stand ebenfalls auf, neigte kurz den Kopf und verließ ebenfalls den Saal. Sein Bekannter Ringbühel murmelte noch eine abschätzige Bemerkung, dann folgte er ihm.

Als die drei verschwunden waren, sah Mabel kopfschüttelnd ihren Vater an. »Kannst du mir sagen, warum manche Männer ihre Niederlage nicht mit Würde hinnehmen können?«

Ein Ende mit Schrecken

Nach dem für ihn so desaströs geendeten Abendessen mit Ferguson und dessen Tochter verließ von Penngstorf noch am nächsten Vormittag das Adonis. Auf ein Trinkgeld warteten das Zimmermädchen, der Hausknecht und der Pikkolo, die ihm das Gepäck zum Fiaker brachten, vergebens.

Als Gisela Eva davon berichtete, nannte sie Penngstorf für sich einen Trottel. Zwar galt immer noch der Grundsatz, das eigene Hotel und dessen Gäste nicht schlechtzureden. Das hinderte aber die Angestellten nicht daran, bissige Bemerkungen über Gäste loszulassen, über die sie sich geärgert hatten. Für Penngstorf bedeutete dies, in Karlsbad zukünftig als Mitgiftjäger zu gelten. Seine Aussichten, hier eine reiche Erbin mit Erfolg umwerben zu können, waren daher äußerst gering.

»Dann muss er eben sehen, dass er anderswo seine Millionenerbin findet«, sagte Mabel spöttisch zu Eva, als diese sie im Cafésalon bediente.

»Wenn er eine findet!«, wandte Eva ein.

Mabel zuckte mit den Schultern. »Es gibt genug Väter, die ihre Töchter für ein ›von‹ im Namen verkaufen. Ich bin nur froh, dass mein Vater anders ist. Er hat, als mir Jeffrey gefiel, diesen geprüft und für gut befunden. Ich freue mich darauf, ihn wiederzusehen, aber ich will Dad natürlich nicht allein lassen. Daher wird Jeffrey warten müssen, bis ich zurückkomme, um die Nachricht zu erfahren.«

Da Mabel sich leicht über den Bauch strich, begriff Eva sofort, was die junge Frau meinte. Diese Geste hatte sie oft genug bei ihrer Mutter gesehen.

»Sie erwarten ein Kind?«

Mabel nickte. »Ich war während unseres Aufenthalts in London bei einem Arzt, und dieser bestätigte es. Er riet mir allerdings, mich hier in Karlsbad in ärztliche Obhut zu begeben. Kannst du mir einen Spezialisten nennen, den ich konsultieren könnte?«

Eva kannte nur den Arzt, der vor einem Jahr Jones behandelt hatte. Ob dieser auch werdende Mütter betreute, wusste sie nicht. »Es ist am besten, wenn Sie Frau Zöpfel fragen. Es gibt eigentlich nichts, was die Hausdame nicht weiß«, schlug sie Mabel vor.

»Kannst du das nicht für mich tun?«, bat Mabel.

Eva nickte und wies dann auf die Kaffeetasse. »Sie sollten nicht mehr so viel starken Kaffee trinken. Irgendwo habe ich gelesen, dass es schwangeren Frauen nicht guttut.«

»Daran habe ich noch gar nicht gedacht!«, rief Mabel erschrocken.

»Weiß Ihr Vater es bereits?«, fragte Eva.

»Nein, ich habe ihm noch nichts gesagt. Ich möchte erst Gewissheit haben. Wenn du die Hausdame gleich nach einem Arzt fragen würdest, könnte ich heute noch hingehen. Da ich bis jetzt noch keine Beschwerden hatte, habe ich mich nicht weiter darum gekümmert. Heute Morgen war mir allerdings übel.«

Eva spürte Mabels mit Anspannung verbundene Vorfreude und erklärte Afra, dass sie zu Frau Zöpfel gehen müsse, um für Mistress Barklay eine Auskunft einzuholen.

»Danach wirst du wahrscheinlich wieder mit ihr ausgehen.«

Afra wollte eigentlich nicht so bissig sein, doch der Neid auf Eva war einfach zu groß. Die selbstsichere Art, mit der Eva mit so reichen und angesehenen Gästen wie Ferguson und dessen Tochter umging, würde sie nie aufbringen. Dazu wusste sie, dass Frau Karch sie nur deshalb zur Leiterin des Cafésalons ernannt hatte, um zu verhindern, dass Eva es wurde.

Unterdessen beeilte Eva sich, zu Frau Zöpfel zu kommen, und klopfte an deren Tür.

»Herein!« Es klingt nicht mehr ganz so verärgert wie bei den letzten Malen, dachte Eva erleichtert und trat ein.

»Grüß Gott, Frau Zöpfel! Mistress Barklay schickt mich und bittet Sie, ihr einen guten Arzt zu nennen, dem sie sich anvertrauen kann. Sie ist nämlich schwanger, müssen Sie wissen.«

Die Hausdame brauchte einen Augenblick, um Mistress Barklay mit Mabel zusammenzubringen, da sie diese in ihren Unterlagen als Miss Ferguson eingetragen hatte.

»Sie ist schwanger, sagst du? Da ist es am besten, zu Dr. Alfred Becher zu gehen. Hier ist die Adresse«, sagte sie und reichte Eva eine der Visitenkarten, die der Arzt bei ihr hinterlassen hatte.

Weder Eva noch Frau Zöpfel ahnten, dass zu der gleichen Zeit Helga draußen vorbeikam. Eigentlich wollte sie weitergehen. Da hörte sie das Wort »schwanger« und blieb unwillkürlich stehen. »…am besten … Doktor ….echer zu gehen«, hörte sie noch und zuletzt »Adresse!«.

Helga fühlte sich wie vor den Kopf geschlagen. Es konnte doch nicht sein, dass Eva ein Kind erwartete! Allerdings war diese sehr oft mit Lord Augustus Beauvais zusammen gewesen. Da mochte also doch mehr geschehen sein, als hätte geschehen dürfen.

»Das kann ich nicht glauben«, murmelte sie und eilte weiter, um nicht von Eva gesehen zu werden, wenn diese aus Frau Zöpfels Büro herauskam.

* * *

Eva kehrte in den Cafésalon zurück und berichtete Mabel, dass sie die erwünschte Auskunft erhalten habe.

»Das ist wundervoll! Komm, zieh dich um, damit wir den Arzt aufsuchen können«, rief Mabel fröhlich.

»Jetzt gleich?«, fragte Eva, da Afra verärgert wirkte.

»Natürlich jetzt!«, antwortete Mabel, die es kaum erwarten konnte, die endgültige Bestätigung ihrer Schwangerschaft zu erhalten.

Eva blieb daher nichts anderes übrig, als Afra zu sagen, dass Mistress Barklay ihre Begleitung wünsche. Danach eilte sie in die Katakomben, tauschte die Serviererinnentracht gegen eines ihrer Kleider aus und wurde dann von Mabel aufgefordert, ins oberste Stockwerk zu eilen und Zippora auszurichten, den leichten Mantel und den Strohhut ihrer Herrin in den Cafésalon zu bringen.

Es dauerte daher eine Weile, bis die beiden endlich aufbrechen konnten. Als sie das Haus des Arztes erreichten, erfuhren sie von dessen Helferin, dass der Herr Doktor im Allgemeinen nur Patientinnen mit vereinbarten Terminen empfange.

Der Hinweis, dass es sich bei Mistress Barklay um die Tochter des steinreichen Amerikaners Henry Ferguson handelte, bewog die Helferin jedoch dazu, Dr. Becher zu fragen, ob er die Dame nicht doch auch ohne Termin empfangen wolle.

Da Geld mehr wog als alter Adel, wurde Mabel rasch vorgezogen, während eine andere Patientin gebeten wurde, sich noch ein wenig zu gedulden.

Mabels Kenntnisse der deutschen Sprache waren gering und der Arzt des Englischen nicht mächtig, daher musste Eva für sie übersetzen. Dr. Becher zählte zu den besten Ärzten der Stadt und konnte Mabel die Diagnose seines Londoner Kollegen bestätigen. Sie war schwanger, hatte allerdings einen zu hohen Blutdruck und wirkte seiner Meinung nach auch zu unruhig für einen reibungslosen Verlauf der Schwangerschaft.

Seine Aussagen stürzten Mabel in ein Meer der Verzweiflung. Sie sah sich bereits ihr Kind verlieren. Der Arzt erteilte ihr einige Verhaltensmaßregeln, verschrieb ihr etwas gegen den Bluthochdruck und ihre Nervosität und forderte sie auf, solange sie in Karlsbad weilte, einmal in der Woche zu ihm zu kommen.

Mabel versprach es, bat, die Rechnung an ihren Vater zu richten und ins Hotel Adonis zu schicken, und verließ die Praxis mit hängendem Kopf.

»Ich habe Angst!«, sagte sie zu Eva, als sie wieder auf der Straße standen. »Was werden mein Vater und Jeffrey sagen, wenn ich das Kind nicht austragen kann?«

Eva war zwar ebenfalls besorgt, legte ihr jedoch beruhigend eine Hand an den Arm. »An Ihrer Stelle würde ich mir keine solchen Gedanken machen. Der Doktor sagte doch, Sie sollen als Schwangere Kaffee und Alkohol meiden. Dabei haben Sie bis jetzt sehr viel und vor allem sehr starken Kaffee getrunken. Wenn Sie das nicht mehr tun, wird es gewiss besser werden.«

»Glaubst du?« Mabel schöpfte Hoffnung und strich sanft über ihren Bauch. »Ich verspreche dir, mein Kleines, dass ich keinen Kaffee mehr trinken werde.« Sie sah Eva fragend an. »Was soll ich dann im Cafésalon trinken?«

»Trinkschokolade. Die hat Doktor Becher nicht als schädlich bezeichnet«, schlug Eva vor.

Mabel blieb stehen und nickte. »Das stimmt! Dann machst du mir, wenn wir zurück sind, bitte gleich eine Trinkschokolade!«

»Das werde ich«, versprach Eva, »Aber erst nach dem Mittagessen. Sie werden sich beeilen müssen, wenn Sie Ihren Vater nicht warten lassen wollen.«

»So spät ist es schon?«, rief Mabel und wurde schneller.

Eva folgte ihr und hoffte, dass ihr Rat, keinen Kaffee mehr zu trinken, Mabel helfen würde. Während die junge Amerikanerin mit dem Lift nach oben fuhr, um sich von Zippora umkleiden zu lassen, eilte Eva die Treppe in die Katakomben hinab, streifte ihr Kleid ab und zog ihre Kaffeemädchenkluft an. Sie wollte in der Belegschaftsküche zu Mittag essen, bevor sie in den Cafésalon zurückkehrte. Dies durfte sie jedoch nicht in normaler Straßenkleidung tun.

* * *

Kurz bevor Eva und Mabel ins Hotel zurückkamen, machte Frau Karch einen ihrer gefürchteten Kontrollgänge in der zweiten Etage des Hotels. Wie immer verhielt sie sich dabei leise, um arbeitsscheue Sünderinnen und Sünder auf frischer Tat ertappen zu können.

Da hörte sie von der Treppe her Stimmen. Frau Karch blieb stehen, um zu lauschen. Es waren Helga und Gisela, zwei ihrer Zimmermädchen. Sie redeten leise und so verstand sie nur einzelne Worte.

»…Eva … schwanger …« Es klang ein wenig besorgt.

Für Frau Karch war es wie ein Schlag. Nun war genau das eingetreten, was sie befürchtet hatte. Dieses schamlose Weibsstück hatte sich mit einem Mann eingelassen und trug nun die Folgen davon. Zu gerne hätte sie geglaubt, es wäre bei Lord Augustus geschehen. Frau Zöpfel hatte Eva jedoch überwachen lassen und nichts dergleichen berichten können. Auch passte es von der Zeit her nicht. Daher blieb für Frau Karch nur ein Schluss: Das Kind musste von ihrem Neffen stammen. Also hatte dieser Narr sich von diesem berechnenden Biest einfangen und zur Unmoral verführen lassen.

»Mittag ist's! Jetzt geht es zum Essen«, sagte Helga, nun lauter als zuvor.

Frau Karch hörte, wie die beiden Zimmermädchen die Treppe hinuntergingen. Sie blieb noch einen Augenblick in der zweiten Etage stehen und versuchte, ihre wild wirbelnden

Gedanken einzufangen. Sie hatte doch alles so wunderbar eingefädelt. Ludwig sollte Barbara Straßer heiraten und mit deren Mitgift das Adonis so umfassend renovieren, dass es den Vergleich mit dem Grandhotel Pupp nicht mehr zu scheuen brauchte.

Würde Barbara Ludwig noch heiraten, wenn er im Verdacht stand, den weiblichen Angestellten des Hotels schöne Augen zu machen? Frau Karch beantwortete diese Frage für sich mit Nein. Auch Barbaras Vater würde sich gewiss gegen eine Heirat sperren.

»Und das alles nur wegen dieses Miststücks Eva!«, sagte sie außer sich vor Wut.

Dieses intrigante Biest hatte Ludwig verführt und dazu gebracht, von Heirat zu reden. Jetzt, da sie schwanger war, würde Ludwig sich als Kavalier erweisen wollen und sie trotz des sozialen Unterschieds zur Frau nehmen.

»Er wird es auch gegen meinen Willen tun!«, setzte Isolde Karch ihr Selbstgespräch fort.

Damit würde ihre gesamte Zukunftsplanung zerbrechen. Ludwig hätte sie zugetraut, das Adonis in ihrem Sinne weiterzuführen. Erwin, ihr zweiter Neffe, würde das Hotel hingegen als Melkkuh ansehen, das ihm das Geld für einen angenehmen Lebenswandel einbrachte. Wahrscheinlich würde er es nach ihrem Tod sogar verkaufen.

»Das darf nicht geschehen!«, fauchte sie und war fest entschlossen, das Schicksal nach ihrem Willen zu biegen. Sie brauchte Ludwig, und dieser musste Barbara Straßer heiraten. Um das zu erreichen, gab es nur eine Lösung.

»Die Schlampe Eva muss fort!«

Frau Karchs heiße Wut wurde nun durch einen Hass verstärkt, der keine Hemmungen mehr kannte. Da Mittagszeit war, würden sich die meisten Angestellten zum Essen versammeln. Auch Eva würde unter ihnen sein.

»Zum letzten Mal!« Mit verzerrter Miene eilte Frau Karch die Treppe hinab und betrat kurz darauf die Belegschaftsküche.

Dort ging sie sofort zu Eva und versetzte ihr eine Ohrfeige, die Eva fast den Kopf von den Schultern riss. Noch während die junge Frau verdattert zu ihr aufsah, schlug die Hotelbesitzerin ein zweites Mal zu.

»Du Saumensch!«, schrie Isolde Karch mit sich überschlagender Stimme. »Der Teufel soll dich holen und in seinen heißesten Kessel stecken! In meinem Hotel hast du nichts mehr verloren. Verschwinde auf der Stelle, und lass dich nie mehr sehen!«

Da Frau Karch erneut zuschlug, hob Eva die Arme, um die Hiebe abzuwehren. Sie begriff überhaupt nichts, sondern hatte nur einen Wunsch, von dieser wahnsinnig gewordenen Harpyie wegzukommen.

Alle Angestellten starrten entsetzt ihre tobende Chefin an. Angelika Breitenreiter und Wanda Heister eilten zu ihr hin, um sie von Eva wegzuzerren.

»Jetzt beruhigen Sie sich doch!«, flehte Angelika Frau Karch an und hielt sie fest, damit sie Eva nicht erneut schlagen konnte.

Frau Karch kreischte vor Wut. »Dieses Saumensch muss fort! Sie hat sich mit Männern eingelassen und brütetet jetzt einen Bankert aus!«

»Das ist doch völliger Unsinn!«, rief Eva empört. »Sie muss verrückt geworden sein, so etwas Gemeines zu behaupten!«

»Ich habe es mit eigenen Ohren gehört!«, schrie Isolde Karch mit Schaum vor dem Mund.

Ein paar Tische weiter sahen Helga und Gisela einander entsetzt an. Sollte das Gerücht wirklich stimmen, fragten sie sich, während Frau Karch Eva weiter übel beschimpfte.

Unterdessen war man auch im nahe gelegenen Speiseraum der höheren Angestellten darauf aufmerksam geworden, dass sich hier etwas Außergewöhnliches tat. Die Tür sprang auf, und Frau Zöpfel stürmte herein.

»Was ist los?«, fragte sie scharf und entdeckte dann erst ihre Chefin.

»Ich weiß es nicht!«, antwortete Angelika. »Wir waren gerade beim Essen. Da kam die Madame hereingestürmt, hat auf Eva eingeschlagen und sie mit übelsten Schimpfnamen belegt. Außerdem behauptet sie, Eva wäre schwanger!«

»Das ist sie auch!«, trumpfte Frau Karch auf. »Ich habe es selbst gehört!«

»Haben Sie etwa an meiner Tür gelauscht, als Eva zu mir gekommen ist?«, fragte Frau Zöpfel verärgert. »Dann haben Sie aber nur die Hälfte verstanden!«

Isolde Karch hätte jetzt ehrlich sein und sagen können, sie habe nur ein paar Wortfetzen von zwei Zimmermädchen aufgeschnappt. Stattdessen nickte sie. »Sie können nicht leugnen, mit Eva über ihre Schwangerschaft gesprochen zu haben.«

»Ich habe mit Eva über Schwangerschaft gesprochen, aber nicht über deren Schwangerschaft, sondern über die eines weiblichen Gastes. Die Dame hat Eva zu mir geschickt, damit ich ihr einen guten Arzt nennen soll. Dies habe ich auch getan.«

»Dann hat Eva gelogen! Es gibt keinen schwangeren Gast. Sie wollte es für sich selbst wissen«, trumpfte Frau Karch auf.

»Das wollte ich nicht.« Eva war nun aufgestanden und blickte der Hotelbesitzerin in die Augen. »Mistress Barklay hat mich zu Frau Zöpfel geschickt, da der Arzt, der in London ihre Schwangerschaft bestätigte, ihr geraten hat, sich in Karlsbad in die Hände eines guten Frauenarztes zu begeben.«

»Lüge!«, rief Frau Karch und klammerte sich verzweifelt an ihre vorgefasste Meinung.

»Ich verlange, dass Mistress Barklay befragt wird, damit sie meine Aussage bestätigt«, forderte Eva leise, aber mit Nachdruck.

»Wie kämen wir dazu, einen unserer Gäste wegen eines lügenhaften Zimmermädchens zu belästigen!«, sagte Frau Karch, der es langsam dämmerte, dass sie voreilig einer falschen Meinung gefolgt war.

»In diesem Fall halte ich es für unabdingbar«, erklärte Frau Zöpfel. »Sie haben die Ehre und Integrität einer mir unterstellten jungen Frau infrage gestellt. Es ist Evas Recht, dass die Wahrheit ans Licht kommt. Angelika, Wanda und Babette, ihr kommt mit mir!«, forderte sie ihre Gruppenleiterinnen auf und verließ mit ihnen zusammen die Belegschaftsküche.

Nach einem kurzen Zögern folgte ihnen Frau Karch. Auch Eva kam mit, die Wangen noch immer von den Schlägen der Hotelbesitzerin gerötet. Sie weinte, doch war es weniger wegen der Schmerzen, als vielmehr dem Zorn auf die Hotelbesitzerin geschuldet. Mabel wird bestätigen, dass sie schwanger ist und mich losgeschickt hat, um von Frau Zöpfel einen Arzt genannt zu bekommen, dem sie sich anvertrauen kann, sagte Eva sich, um sich Mut zu machen.

* * *

Mabel saß mit einem besinnlichen Lächeln am Tisch und fragte sich, wann sie ihrem Vater die frohe Botschaft mitteilen sollte. Er würde außer sich vor Freude sein, dachte sie. Allerdings musste sie von nun auch vernünftig sein und Dinge wie Kaffee und dergleichen meiden, damit das Kind gesund in ihr heranwachsen konnte. Auch wenn sie starken Kaffee liebte, so war sie gerne bereit, darauf zu verzichten.

Da sah sie plötzlich Frau Zöpfel mit mehreren Begleiterinnen auf sich zukommen. Die Hotelbesitzerin zählte dazu und zog dabei ein Gesicht, als wäre eben das Adonis abgebrannt. Dann sah sie Eva, deren Wangen unnatürlich gerötet waren und die Spuren von Tränen nicht verbergen konnten.

»Verzeihen Sie, Mistress Barklay! Dürften wir Sie einen Moment sprechen? Nicht hier unter den anderen Gästen, sondern an einem Ort, an dem wir unter uns sind«, bat Frau Zöpfel.

»Ich will, dass es in der Belegschaftsküche ist, damit dort alle zuhören können!«, forderte Eva und bedachte Isolde Karch mit einem eisigen Blick. Eines stand für sie felsenfest: Sie würde keine Nacht mehr unter dem Dach des Adonis verbringen. Dafür war zu viel und zu Schlimmes geschehen.

»Wir können Mistress Barklay doch nicht zumuten, die Belegschaftsküche zu betreten«, wandte Isolde Karch ein.

»Sie haben Eva dort vor allen Leuten beschuldigt! Also ist es wohl auch recht und billig, wenn dort die Wahrheit ans Licht kommt«, sagte Angelika.

Sie sprach so leise, dass es nur hier am Tisch gehört werden konnte. Der Blick, den sie dafür von der Hotelbesitzerin einfing, zeigte ihr deutlich, dass sie sich für das nächste Jahr besser eine neue Stelle suchen sollte. Angelika machte sich deswegen keine Sorgen. Sie kannte genug Menschen in Karlsbad, die sie einem anderen Hotel empfehlen würden.

Mabel konnte sich keinen Reim auf das Ganze machen, folgte aber den Frauen in die Belegschaftsküche und musste dort erst einmal schlucken. An den großzügig geschmückten Festsaal mit seinen edlen Tischgarnituren und den aufmerksamen Kellnern gewöhnt, war dies hier ein Albtraum. Die einfachen Tische standen so eng zusammen, dass die Hotelangestellten dicht an dicht daran sitzen mussten. Geschirr und Bestecke waren von einfachster Art und die Wände und die Decke teilweise voller Flecken.

Hier mussten also die Leute essen, die den Gästen den Himmel auf Erden bereiten sollten, dachte sie schockiert.

Frau Zöpfel stellte sich mitten im Raum hin und hob die Hand. »Ich werde jetzt mit Mistress Barklay sprechen. Da sie der deutschen Sprache nicht mächtig ist, werde ich es auf Englisch tun. Damit man mir nicht Parteilichkeit vorwerfen kann, fordere ich Georg von der Rezeption und den Pikkolo Christoph auf, für euch alle zu übersetzen!«

Ebenso wie der Rest wussten die beiden jungen Männer nicht, was sie von dem Ganzen halten sollten. Der hysterische Auftritt ihrer obersten Chefin hatte jedoch alle entsetzt.

Frau Zöpfel wandte sich nun an Mabel. »Verzeihen Sie mir bitte diese indiskrete Frage. Haben Sie Eva zu mir geschickt, damit ich Ihnen einen guten Frauenarzt nennen kann?«

Höchst verwundert nickte Mabel. »Das habe ich! Und ich habe Eva danach gebeten, mich zu diesem Arzt zu begleiten.«

Nachdem die beiden jungen Männer sowohl die Frage wie auch die Antwort übersetzt hatten, wurde es erst einmal still im Raum. Niemand begriff, weshalb Frau Karch aus ein paar zufällig aufgeschnappten Worten heraus Eva der Unmoral beschuldigt hatte.

Helga atmete erleichtert auf. »Wenn das wirklich gestimmt hätte, wär ich glatt vom Glauben abgefallen. Denn das hätte ich mir bei der Eva wirklich nicht vorstellen können«, raunte sie Gisela ins Ohr.

Mabel war längst klar geworden, dass hier Außergewöhnliches passiert war, und so fragte sie nach.

Während Frau Zöpfel noch überlegte, wie sie dies am wenigsten auffällig beantworten konnte, fand Eva keinen Grund, Isolde Karch zu schonen. Sie erklärte, dass die Hotelbesitzerin an der Tür des Büros der Hausdame gelauscht und ihre Frage nach einem Frauenarzt völlig verdreht habe.

»Sie kam herein, prügelte auf mich ein und beschimpfte mich mit den übelsten Bezeichnungen, die ich je gehört habe«, erklärte sie.

»Du bist geschlagen worden, weil ich dich um einen Gefallen gebeten hatte?«, rief Mabel entsetzt. »Du Ärmste!«

Sie nahm Eva in die Arme und brach in Tränen aus.

Frau Zöpfel stand hilflos daneben, während Isolde Karch sich ans andere Ende der Welt wünschte. Mittlerweile begriff sie, dass ihre Angestellten den Wutanfall nicht so bald vergessen würden. Man sich auch lange daran erinnern würde, dass sie angeblich an der Tür ihrer Hausdame gelauscht hatte und daran, dass sie Eva grundlos schlimmster Dinge beschuldigt hatte. Wenn sie diese jetzt tatsächlich entließ, würde sich das in der ganzen Stadt verbreiten.

Inzwischen hatte Eva sich beruhigt und tröstete Mabel mehr als diese sie. Sie brachte die junge Amerikanerin schließlich dazu, in den Speisesaal zurückzukehren. Dort war Mabel allerdings der Neugier ihres Vaters ausgeliefert, der nun doch wissen wollte, weshalb man sie weggeholt hatte. Da sie ihm dabei aber auch berichten musste, dass er auf dem besten Weg war, Großvater zu werden, bat sie ihn, mit der Antwort bis nach dem Diner warten zu dürfen, und widmete sich wieder ihrem Mahl.

In der Angestelltenküche wandte Eva sich unterdessen Isolde Karch zu.

Mit kaum verhohlener Verachtung sah sie die Hotelbesitzerin an. »Sie werden verstehen, dass es mir nach Ihren Anschuldigungen und Beleidigungen unmöglich ist, weiterhin im Adonis zu arbeiten. Ich kündige daher fristlos und fordere meinen mir zustehenden Lohn und die Summe, die ich Ihnen zur Verwahrung überlassen habe.«

»Was willst du denn tun?«, fragte Helga entsetzt.

Eva wandte sich ihr mit einem Lächeln zu, das ihr alle Kraft abforderte. »Ich werde zu Frau Pfnür gehen und sie bitten, mich anderweitig zu vermitteln.«

Die meisten der Angestellten hofften, Frau Karch werde ihr Bedauern ausdrücken und Eva zum Bleiben auffordern. Die Hotelbesitzerin stand jedoch nur starr da. Wenn Eva das Hotel verließ, hatte sie ihr Ziel erreicht. Doch welchen Preis sie dafür zahlen musste, würde sich zeigen. Jedenfalls würde es in Karlsbad die Runde machen, dass sie Eva fälschlich eines unmoralischen Lebenswandels bezichtigt hatte. Wenn die junge

Frau eine neue Stelle erhielt und sich dort gut machte, würde sie selbst wie die böse Hexe aus dem Märchen dastehen und einen großen Teil ihrer Reputation verlieren.

War es das wert, fragte etwas in ihr.

Zu ihrem Entsetzen musste sie sich sagen, dass selbst eine Heirat ihres Neffen Ludwig mit Eva das Adonis und dessen Ruf nicht so hätte schädigen können wie das, was sie getan hatte.

* * *

Eva ging in ihre Kammer und packte. Dabei erinnerte sie sich daran, mit welchen Hoffnungen sie in dieses Jahr gegangen war. Nichts davon war geblieben. Schuld daran war Isolde Karch. Nein, korrigierte sich. Der eigentlich Schuldige war deren Neffe Ludwig. Hätte der Mann sie in Ruhe gelassen, wäre nichts passiert. So aber musste sie das Adonis verlassen. Es tat ihr leid, denn sie hatte sich mit dem Hotel verbunden gefühlt. Nun musste sie etwas anderes suchen und konnte nur hoffen, dort mit offenen Armen empfangen zu werden.

Als sie die Kammer verließ, standen Helga und Gisela draußen. Helga heulte Rotz und Wasser und klammerte sich an sie. »Es ist so ungerecht, dass du gehen musst!«, jammerte sie.

»Die Madame hat wirklich der Teufel geritten«, sagte Gisela.

»Macht euch keine Sorgen! Ich komme schon irgendwo unter«, versuchte Eva, die beiden zu trösten. »Jetzt hole ich erst einmal das mir zustehende Geld. Es war doch gut, dass ich mir vom letzten Jahr etwas aufgehoben habe. Damit komme ich ein paar Wochen durch. Bis dorthin hat Frau Pfnür gewiss etwas für mich gefunden.«

»Wenn du irgendwann einmal Geld brauchst, dann komm zu mir. Ich gebe dir alles, was ich entbehren kann«, bot Helga an.

»Du bist so lieb!«, sagte Eva und schloss sie in die Arme.

Anschließend umarmte sie Gisela, nahm ihr Bündel und wies nach oben. »Ich will Frau Zöpfel nicht warten lassen. Sie hat meine Abrechnung sicher schon erledigt.«

»Es tut mir so leid, dass es so enden musste!«, sagte Helga weinend.

»Mir auch! Ich wäre gerne bei euch geblieben.« Während sie es sagte, stellte Eva fest, dass das letzte Jahr bei den Zimmermädchen tatsächlich schöner gewesen war als das jetzige im Cafésalon. Da hatte Frau Karch doch zu viel Unfrieden hineingebracht. Sie verabschiedete sich von Helga und Gisela und machte sich auf den Weg zu Frau Zöpfels Büro.

Sie wurde bereits erwartet. Die Hausdame hatte die Summe ausgerechnet, die Eva zustand, und das Geld abgezählt.

»Du hast in den letzten Monaten durch die Trinkgelder sehr gut verdient«, sagte sie, ohne eine Regung zu zeigen. »Hier unterschreib, dass du alles erhalten hast.«

Eva tat es, ohne nachzuzählen. Während sie das Geld einsteckte, stand die Hausdame auf. »Ich werde dich begleiten und erklären, aus welchem Grund du das Adonis verlässt.«

»Muss das sein?«, fragte Eva, da sie Angst hatte, von Isolde Karchs üblen Beschuldigungen könnte doch etwas an ihr hängen bleiben.

»Ich will nicht, dass falsche Sachen über dich erzählt werden!«, erklärte Frau Zöpfel und wies zur Tür. »Komm, wir gehen!« Sie verließ das Zimmer, und Eva blieb nichts anderes übrig, als ihr zu folgen.

Die Hausdame wandte sich nicht dem Seiteneingang zu, sondern schritt durch die Empfangshalle und wies den Pförtner an, das Hotelportal zu öffnen. Das tat sie, um zu zeigen, dass Eva das Adonis nicht als arme Sünderin verließ, sondern aufrecht und stolz nach erlittenem Unrecht.

Draußen drehte Eva sich noch einmal um und betrachtete das Hotel, das für mehr als ein Jahr ihr Heim gewesen war. Seltsamerweise empfand sie noch immer eine gewisse Verbundenheit. Mit einem leisen Schnauben vertrieb sie diesen Gedanken und folgte Frau Zöpfel.

Zu Evas Verwunderung bog diese nicht nach rechts in Richtung von Frau Pfnürs Haus ab, sondern ging weiter abwärts bis zur Tepl und überquerte die Brücke.

»Wo wollen sie denn hin?«, fragte Eva.

»Komm weiter!«, antwortete Frau Zöpfel knapp und schritt schneller aus.

Nun passierten sie mehrere kleine Hotels. Die meisten von ihnen hatten einen kleinen Wirtsgarten unter den Bäumen am Ufer, und da es mitten in der Saison war, herrschte dort viel Betrieb. Eva sah Serviererinnen und Kellner flitzen, um die Gäste zu bedienen. Vielleicht wäre das etwas für mich, überlegte Eva. Das Servieren hatte sie gelernt, und hier musste man nicht krampfhaft den linken Arm auf dem Rücken halten.

Schließlich hielt Frau Zöpfel auf eines dieser Hotels zu und trat ein. Verwundert folgte Eva ihr und spürte eine leichte Anspannung. Die Hausdame hatte etwas vor, schien sich aber nicht sicher zu sein, ob es erfolgreich sein würde.

Eine ältere, matronenhafte Frau in dunkler Kleidung und einer blütenweißen Schürze kam aus einer Tür und blieb stehen, als sie Frau Zöpfel und Eva sah.

»Grüß Gott, Frau Janker. Ich muss mit Ihnen reden«, sagte Frau Zöpfel.

Die Art, wie Frau Zöpfel es sagte, ließ Eva aufmerksam werden. In der Frau erkannte sie Leopolda, die Ehefrau des Hoteliers Michael Janker. Sie hatte die beiden erst vor Kurzem im Cafésalon des Adonis bedient. Auch wenn Jankers Hotel um einiges kleiner war als das Adonis, wunderte sie sich, die Frau mit einer Schürze zu sehen, als würde sie mitarbeiten. Frau Karch wäre so etwas nie in den Sinn gekommen.

»Dann kommt rüber in meine Stube!«, forderte Leopolda Janker die beiden auf. »Wollt ihr was trinken?«, fragte sie dort.

Sowohl Frau Zöpfel wie auch Eva schüttelten den Kopf. In der jungen Frau wuchs die Anspannung, und sie sah sich unauffällig um. Alles war sauber und die Einrichtung ein wenig altmodisch, aber gut gepflegt. Auch die Stube, wie Frau Janker ihr Schreibzimmer nannte, machte einen anheimelnden Eindruck. An der Wand stand ein schwerer Sekretär, der den Geruch des Bienenwachses verströmte, mit dem er poliert worden war, und es gab einen Schrank, einen kleinen Tisch und mehrere Stühle.

Frau Janker nahm Platz und forderte Frau Zöpfel und Eva auf, es ihr gleichzutun. »So, was gibt es?«, fragte sie, als alle saßen.

Eva sah Frau Zöpfel an, die nun leicht das Gesicht verzog. »Wir haben schon darüber gesprochen, dass die Eva am Ende der Saison ins Jankers wechseln kann«, begann sie. »Leider ist jetzt etwas Schlimmes passiert, und sie kann nicht länger im Adonis bleiben. Wenn Sie keinen Platz für sie haben, muss ich sie woanders unterbringen.«

»Was ist denn vorgefallen?«, fragte Leopolda Janker.

Die Regel missachtend, dass nichts, was im Hotel geschah, nach außen dringen sollte, begann Frau Zöpfel zu berichten.

Leopolda Janker hörte ihr aufmerksam zu und schüttelte mehrmals unbewusst den Kopf. »Die Karch ist doch im Kopf nicht mehr ganz dicht!«, sagte sie, als Frau Zöpfel fertig war.

»Verstehen Sie jetzt, dass die Eva nicht mehr bleiben kann?«, fragte Frau Zöpfel.

»Das verstehe ich gut!« Frau Janker musterte Eva, die ein wenig niedergedrückt, aber aufmerksam auf ihrem Stuhl saß. Die Enttäuschung über ihre bisherige Arbeitgeberin war ihr anzusehen.

»Es ist ein Unding, von einem unbescholtenen Mädchen zu behaupten, es wäre schwanger! Mit so etwas kann man den

Ruf und damit das ganze Leben zerstören.« Leopolda Janker lächelte Eva kurz zu, um zu zeigen, dass sie nichts auf Isolde Karchs Verleumdungen gab, und sprach sie dann an. »Du hast im Adonis als Kaffeemadl gearbeitet?«

Eva nickte. »Ja, aber erst seit Ende der letzten Saison. Davor war ich Stubenmadl.«

»Weißt du«, begann Frau Janker, »das Adonis ist ein großes Hotel, und da hat jeder seine vornehmliche Aufgabe. Unser Hotel aber hat gerade einmal achtzehn Zimmer. Da lohnt es sich nicht, so und so viele Stubenmadl, so und so viele Kellner und so weiter einzustellen. Für die Zimmer haben wir ein paar Nachbarinnen, die sie sauber machen. Aber selbst ich muss dabei oft mithelfen. Genauso ist es in der Küche. Wir haben zwar eine Köchin, aber beim Frühstück und bei den Mahlzeiten braucht sie Unterstützung. Du müsstest Geschirr und Gläser spülen sowie bei den Mahlzeiten und draußen im Wirtsgarten servieren. Ich glaube, damit fangen wir an.« Leopolda Janker verstummte kurz und schien zu überlegen. »Bitte versteht es nicht falsch, aber ich bin ganz froh, dass die Eva jetzt schon kommen muss. Unsere Susanne ist nach Prag gefahren, denn die Schwester meines Mannes hat sie eingeladen, bis zur Hochzeit bei ihr zu bleiben. Da die Susanne im Hotel mitgeholfen hat, sind wir derzeit knapp an Leuten.«

Eva sah es als Glücksfall an, dass Susanne Janker nach Prag gereist war und ihr damit Platz gemacht hatte. Zudem wirkte Frau Janker wie jemand, mit dem man reden konnte, ohne dass man sich wie ein Wurm fühlen musste, wie es bei Frau Karch der Fall gewesen war.

»Wenn Sie mit mir einverstanden sind, würde ich gerne für Sie arbeiten«, sagte sie.

»Du kannst gleich anfangen! Cilly, kannst du kommen?« Das Erste sagte Leopolda Janker mit normaler Stimme, den zweiten Satz um einiges lauter.

Nur Augenblicke später wurde die Tür geöffnet, und eine Frau trat leicht hinkend ein. Sie muss uralt sein, durchfuhr es Eva. Die Frau war mager und ging vornübergebeugt, trug aber das schwarze Kleid und die Schürze einer Hotelangestellten und auf dem Kopf eine weiße Haube, die ihr Haar verdeckte.

»Was gibt es, Chefin?«, fragte sie.

Leopolda wies auf Eva. »Das ist die Riegler Eva! Sie fängt heut bei uns an. Zum Glück hat sie ungefähr die Figur der Susanne. Gib ihr eines von deren Hotelkleidern, und zeig ihr, wie man bei uns Kaffee bereitet. Sie soll ihn Frau Zöpfel und mir nach draußen in den Wirtsgarten bringen.«

»So, so. Die soll also die Susanne ersetzen! Wenn sie nicht gerade stinkfaul ist, wird sie das können. Komm mit!«, befahl Cilly und schlurfte hinaus.

Die Frau scheint die Tochter des Hotelbesitzerpaares nicht gerade zu mögen, dachte Eva und folgte der Alten.

* * *

Anders als das Adonis verfügte Jankers Hotel nicht über einen Aufzug. Dafür gab es auch nicht diese endlos langen Flure, stellte Eva fest, während sie Cilly nach oben folgte.

»Im Keller sind die Vorratsräume«, erklärte die alte Frau. »Im Erdgeschoss sind die Küche, der Ausschank und unser Speise- und Frühstückszimmer sowie die Gaststube, in der sich die Gäste aufhalten können, wenn's Wetter schlecht ist oder sie Kartenspielen wollen. Im ersten, zweiten und dritten Stock sind jeweils sechs Gästezimmer. Das sind zusammen achtzehn Stück. Wir schlafen oben unterm Dach. Die Kammer von der Susanne kann ich dir nicht geben, denn die kommt gewiss einmal zu Besuch. Am besten steck ich dich zur Veronika. Da ist noch Platz.«

Eva konnte nicht mehr tun, als zu nicken und Cilly in eine Kammer zu folgen. Zwar war der Raum nicht besonders groß und verfügte nur über ein Fenster, aber dieses bot einen wunderschönen Ausblick auf die Tepl und die gegenüberliegenden Häuser. Am meisten wunderte Eva sich, dass hier zwei normale Betten standen. Diese waren zwar schmal, aber trotzdem breiter als die Stockbetten, die es im Adonis gab. An der Wand standen zwei Schränke, jeder von ihnen größer als die sechs schmalen Spinde in ihrem früheren Zimmer als Zimmermädchen. Es gab sogar bei jedem Bett ein Nachtkästchen.

»Warum vermietetet ihr dieses Zimmer nicht auch?«, fragte sie verwundert.

Cilly lachte amüsiert. »Irgendwo müssen ja auch wir schlafen. Am anderen Ende des Ganges liegen noch zwei Zimmer. Die vermieten wir nur an weibliche Gäste. Früher haben wir es auch an Männer getan. Dann aber sind zwei Herren, die dort geschlafen haben, in der Nacht besoffen heimgekommen und haben eine unserer Serviererinnen belästigt. Als der Chef sie aufgefordert hat, sich zu benehmen, wie es sich gehört, sind sie ausfällig geworden. Jedenfalls haben sie am nächsten Tag die Heimreise antreten müssen, und der Chef hat beschlossen, die beiden Zimmer bloß noch an Frauen zu vermieten. Da wir im Jankers ausschließlich weibliches Personal haben, gibt's keine Probleme.«

Es war ein langer Vortrag. Da Eva das Gefühl hatte, dass Frau Janker unten auf sie wartete, bat sie Cilly, ihr die passende Kleidung zu geben.

»Kannst dich gleich ausziehen! Bin sofort wieder da«, erklärte die Alte und war fort.

Es dauerte nicht lange, da kam sie mit einem Arm voll mit Kleidern zurück. »Die kannst du später sortieren. Für heut solltest du das nehmen!« Cilly zog ein schwarzes Kleid aus dem Bündel heraus und reichte es Eva.

Während diese das Gewand anzog, fand Cilly die dazu passende Schürze und ein Häubchen. Danach trat sie einen Schritt zurück und betrachtete Eva mit kritischem Blick. »Solange die Susanne da war, hätten wir dich nicht einstellen können. Dann hätt's nämlich einen Stern zu viel am Himmel gegeben. Aber jetzt komm! Die Chefin will ihren Kaffee trinken.«

Es ging wieder nach unten. Als sie in die Küche kamen, sah Eva einen Herd, der groß genug war, um ein Dutzend Töpfe und Pfannen darauf stellen zu können, einen großen Schrank mit Kochutensilien sowie zwei Schränke mit Geschirr und Besteck. Dazu gab es einen festen Tisch, eine Hackbank und alles, was sonst in der Küche gebraucht wurde.

Auf dem einzigen Stuhl saß eine korpulente Frau in heller Kleidung mit einem ähnlich voluminösen Häubchen wie Cilly.

»Das ist also die Neue. Gut, dass die Susanne weg ist«, sagte sie, während sie Eva musterte.

»Die Chefin will einen Kaffee für sich und die Frau Zöpfel. Sie soll ihn zubereiten«, erklärte Cilly und zeigte auf Eva.

»Ich hab heißes Wasser auf dem Ofen. Tassen sind dort, der Kaffee im Nebenschrank. Die Milch ist in der Speis.« Die Köchin wies auf eine Tür in der Ecke.

Eva holte alles zusammen, was sie brauchte, maß die Kaffeebohnen ab und füllte sie in die Kaffeemühle. Als sie zu mahlen begann, wirkte die Köchin hoch interessiert. »Du hast schon Kaffee gemacht?«

Eva nickte. »Ich habe im Cafésalon des Adonis bedient.«

»Ach, du bist das!«, rief die Köchin, als hätte es nur ein Kaffeemädchen dort gegeben, um dann zu fragen, ob Eva auch kochen könne.

»Nein, das kann ich leider nicht«, antwortete Eva.

»Das ist auch eine Kunst, die nicht jeder kann. Aber einfache Sachen wirst du lernen müssen«, erklärte ihr die Köchin.

»Ich tät mich freuen, wenn du es mir zeigst«, sagte Eva und holte die Milch für den Kaffee. Den Zucker fand sie ohne Hilfe.

»So, ich geh jetzt raus! Sonst sagt Frau Janker vielleicht noch, so ein lahmes Ding wie mich kann sie doch nicht brauchen.« Sie packte alles auf ein Tablett und verließ die Küche.

Die beiden Frauen sahen hinter ihr her.

»Und, was meinst du, Hanna? Passt sie zu uns?«, fragte Cilly.

»Das wird sich zeigen! Auf jeden Fall ist sie anstellig. Anders als die Susanne wird man sie nicht zur Arbeit antreiben müssen«, antwortete die Köchin.

Ebenso wie Cilly verzieh sie es der Tochter der Hotelbesitzer nicht, dass diese dem Gastgewerbe Ade gesagt hatte, um Beamtengattin zu werden.

* * *

Leopolda Janker empfing Eva mit einem Schmunzeln. »Die Cilly hat wohl einiges erzählt, was? Aber du bist ihr schneller entkommen, als ich erwartet habe.«

»Die Cilly hat ein bisserl was gesagt, aber so schlimm war es nicht«, antwortete Eva und stellte den Kaffee hin.

Bisher war die kleine Terrasse leer gewesen. Nun aber, da Frau Zöpfel und Leopolda Janker dort ihren Kaffee tranken, kamen drei Männer und zwei Frauen heran und setzten sich an einen Tisch direkt neben der Tepl.

»Du kannst gleich weiter bedienen«, forderte Frau Janker Eva auf.

Diese ging zu den neuen Gästen. »Grüß Gott, die Herrschaften! Was darf ich Ihnen bringen?«

»Drei Bier und zwei Kracherl! Oder wollt ihr was anderes?« Die Frage des Mannes galt den beiden Frauen.

»Ich hätte gerne ein Glas Weißwein«, erwiderte die ältere der beiden.

»Ich bleibe beim Kracherl«, sagte die Frau neben ihr.

»Sehr gern!« Eva kehrte ins Gebäude zurück und öffnete die Tür zur Küche. »Frau Janker hat gesagt, ich soll draußen servieren. Die Herrschaften wollen drei Bier, ein Glas Weißwein und eine Limonade.«

»Dann zeig ich dir, wo's das alles gibt.« Cilly beendete ihren freundschaftlichen Plausch mit der Köchin und führte Eva in die Schanktheke. »Hast du schon einmal gezapft?«

Eva schüttelte den Kopf. »Das machen im Adonis die Schankkellner.«

»Dann wirst du es lernen müssen! Einen Schankkellner gibt's bei uns nicht.« Cilly hielt ein leeres Glas an den Zapfhahn, und während sie das Bier einlaufen ließ, erklärte sie Eva, was diese dabei zu beachten hatte.

»Das nächste Bier zapfst du jetzt selber«, sagte sie, sobald das erste Glas gefüllt war.

Eva trat an den Zapfhahn, hielt das Glas so, wie Cilly es ihr gezeigt hatte, und ließ das Bier fließen.

»Nicht ganz so schnell«, tadelte Cilly, da im Glas doch einiges an Schaum hochstieg.

Eva musste zweimal Schaum abstreichen, dann war ihre Anleiterin zufrieden. Das nächste Glas machte ihr weniger Schwierigkeiten. Cilly zeigte ihr auch, wo eine Flasche Weißwein stand. Diese war bereits geöffnet und der Korken nur aufgesteckt.

»Du solltest immer an der Flaschenöffnung riechen, ob der Wein noch gut ist«, riet ihr Cilly und machte es ihr vor. »Der geht! Dort hinten, wo's am kältesten ist, steht der Kasten mit dem Kracherl. Bei dem musst du beim Einfüllen auch ein bisserl aufpassen, aber nicht so sehr wie beim Bier.«

»Was verlangt ihr für die Getränke? Hoffentlich haben die Gäste es passend. Ich kann nicht herausgeben.« Angesichts ihrer Erfahrungen im Adonis wollte Eva lieber gleich fragen, als später vor einem Problem zu stehen.

Cilly erklärte es ihr und reichte ihr eine große Geldbörse. »Du wirst wohl ehrlich sein, denke ich. Wir hatten allerdings auch schon welche bei uns, bei denen war danach weniger drinnen als vorher.«

»Wir sollten es zählen«, schlug Eva vor.

»Bis wir damit fertig sind, sind deine Gäste bereits verdurstet.«

»Das hoffe ich nicht«, sagte Eva und brachte die Getränke nach draußen. Dort hatten sich bereits weitere Gäste eingefunden und winkten ihr.

»Ich komme gleich!«, rief sie ihnen zu und eilte zu ihnen hin, um die Bestellungen aufzunehmen.

Im Laufe des Nachmittags hatte Eva einiges zu tun. Irgendwann verabschiedete Frau Zöpfel sich von ihr, um ins Adonis zurückzukehren.

»Es tut mir leid, dass ich nicht mehr bei Ihnen sein kann«, sagte Eva traurig.

»Du wirst dich hier gut eingewöhnen! Das hast du bei uns ja auch getan.« Frau Zöpfel umarmte sie kurz und kämpfte ebenso wie Eva gegen die Tränen an. »Wir beide sind wirklich Hühner«, sagte sie schließlich. »Wir sind ja nicht aus der Welt und können uns immer wieder treffen. Bleib, wie du bist, Eva, und geh deinen Weg so, dass du immer in den Spiegel schauen kannst!« Frau Zöpfel atmete noch einmal tief durch und ging.

Eva sah ihr nach, hatte aber nur wenig Zeit dafür, da weitere Gäste erschienen waren und sie diese bedienen musste.

Leopolda Janker beobachtete sie eine Weile, dann kehrte sie ins Haus zurück, da auch auf sie Arbeit wartete. Gelegentlich sah sie aus dem Fenster und bemerkte, dass der kleine Wirtsgarten ihres Hotels an diesem Tag voller wurde als gewöhnlich. Trotzdem wurden die Getränke schnell und frisch gebracht und mit einem Lächeln serviert.

»Da merkt man, dass sie im Cafésalon des Adonis als Kaffeemadl gearbeitet hat«, sagte Frau Janker zu Cilly.

»Ein fröhliches Gesicht lockt nun einmal an«, erwiderte die alte Frau. »Wenn die Eva bei der übrigen Arbeit auch so ist, ersetzt sie die Susanne noch weitaus besser, als wir es erhoffen konnten.«

Mit einer gewissen Bitterkeit dachte Leopolda Janker an ihre Tochter, die lieber die Ehefrau eines höheren Beamten der K.u.k.-Monarchie wurde, als Betten für Kurgäste zu machen und Getränke zu servieren. Dann aber zuckte sie mit den Schultern. Das Leben war nun einmal so, wie es war. Susannes Mitgift verlockte den Herrn Amtsrat ebenso zur Ehe, wie Susanne die Aussicht reizte, sich in absehbarer Zeit Frau Hofrat nennen zu können, wenn die Karriere ihres Bräutigams weiterhin so steil aufwärtsging wie bisher.

* * *

Eva bediente, bis sich der kleine Wirtsgarten geleert hatte, und merkte dann erst, dass es nach zehn Uhr abends sein musste. Man hatte sie weder zum Abendessen geholt noch sie abgelöst. Wenn das die normale Arbeit in Jankers Hotel war, dann gute Nacht, dachte sie, als sie die letzten Krüge und Gläser einsammelte und ins Haus brachte, um sie zu spülen.

Kaum war sie damit fertig, kam Cilly herein. »Sag bloß, du hast die ganze Zeit bedient?«

»Habe ich«, antwortete Eva kurz angebunden.

»Dann hast du gewiss Hunger! Geh zur Hanna, die hat noch was für dich übrig. Du kannst mir derweil das Geld geben!«, sagte Cilly.

Eva reichte ihr die Börse und ging in die Küche. »Die Cilly schickt mich! Ich soll dich fragen, ob noch was zu essen da ist«, sagte sie und äugte hungrig zu den beiden Töpfen, die noch auf dem Herd standen.

»Freilich hab ich was für dich. Komm, setz dich!« Hanna nahm einen Teller aus dem Schrank und füllte ihn mit Suppe.

Als Eva zu essen begann, sah sie die Köchin an. »Die ist köstlich! Die könnte man auch den Gästen vorsetzen.«

»Das ist die Suppe für die Gäste! Ich hab mir gedacht, wenn was davon übrig bleibt, muss ich nicht extra was für dich kochen«, sagte Hanna.

»Wie ist es bei euch eigentlich mit den Essenszeiten?«, fragte Eva. »Es ist schon recht spät, und ich bin gewöhnt, um sechs Uhr zu essen.«

»Um sechs kriegen bei uns die Gäste aufgetischt. Wir selber essen um sieben, schauen aber nach, ob noch einer der Gäste was will. Dich haben wir heut vergessen, weil wir noch nicht daran gewöhnt sind, dass du jetzt bei uns bist. Morgen schaut's anders aus«, antwortete Hanna.

»Hoffentlich«, antwortete Eva, fand aber, dass die Suppe es wert gewesen war, später zu essen. Ihre Augen wurden noch größer, als Hanna ihr ein warm gehaltenes Schnitzel mit Kartoffelsalat vorsetzte.

»Das ist ebenfalls übrig geblieben«, sagte sie augenzwinkernd.

»Wo sind denn die anderen?«, fragte Eva. »Bis jetzt habe ich außer der Chefin, dir und der Cilly niemand gesehen.«

»Die haben noch die Zimmer gemacht.«

Eva hob verwundert den Kopf. »Die Cilly hat gesagt, das übernehmen Frauen aus der Nachbarschaft.«

»Ja, das Putzen und Bettenmachen. Aber am Nachmittag schauen wir durch, ob noch alles stimmt, und um sechs werden die Betten aufgedeckt und das Mineralwasser bereitgestellt. Ist es bei euch nicht genauso gemacht worden?«

Eva nickte und fand, dass sie eine saudumme Frage gestellt hatte. »Doch, natürlich das haben wir. Ich hab bloß nicht gewusst, wie es bei euch ist.«

»Jetzt weißt du es. Wahrscheinlich wirst du in der ersten Zeit draußen im Wirtsgarten bedienen. Du hast die jüngsten Beine von uns allen, und bei dir bleiben die Gäste auch lieber sitzen als bei der Cilly. Weißt du …«, sie lächelte verschmitzt, »auch wenn's den Herrn Janker und seine Frau ärgert – wir sind ganz froh, dass deren Tochter fort ist. Seit ihre Tante ihr ins Ohr geblasen hat, dass sie auf einen höheren Beamten als Mann rechnen kann, hat sie nimmer richtig mitgearbeitet. Da hat wirklich die Cilly draußen bedienen müssen, und die ist über siebzig Jahr alt. Da sollte sie nimmer so rennen und schwer tragen müssen.«

»Die Cilly versteht ihr Geschäft«, sagte Eva anerkennend.

»Das kannst du laut sagen! Die Cilly kann einfach alles im Hotel. Die macht die Betten, kocht und bedient – und noch mehr! Weißt du, dass die Cilly die Chefin angelernt hat, als die den Herrn Janker geheiratet hat?«

»Nein, das wusste ich nicht«, gab Eva ehrlich zu.

»Die Chefin stammt aus dem Kurzwarenladen um die Ecke. Als ihr Bruder das Geschäft übernommen hat, hat sie den Herrn Janker geheiratet. Die Cilly hat kein Jahr gebraucht, dann war die Chefin die perfekte Hoteliersfrau. Einen Buben hätten die zwei halt haben sollen anstatt dem Madl. Der tät das Hotel weiterführen. Aber der Herrgott gibt, und der Herrgott verweigert.«

Während des Gesprächs hatte Eva weitergegessen und sah nun Hanna an. »Wo soll ich das Geschirr spülen?«

»Das mach ich! Du musst eh wieder zur Cilly, damit sie dir alles zeigt, was du noch für die Nacht wissen musst.«

»Danke schön.« Eva verließ die Küche und ging zurück in den Schankraum. Dort saßen Leopolda und Cilly an einem Tisch. Vor ihnen lag die Börse, die Eva Cilly übergeben hatte.

Als Leopolda Eva kommen sah, schob sie ihr einen Stapel Münzen hin. »Da ist dein Trinkgeld! Die Leut waren heut ganz schön großzügig.«

»Aber ich …« Eva brach ab. An das Trinkgeld hatte sie gar nicht gedacht, da sie und ihre Kolleginnen im Cafésalon des Adonis alles in eine Gemeinschaftskasse getan und es hinterher aufgeteilt hatten.

»Woher wissen Sie, dass das mein Trinkgeld ist?«, fragte sie.

Leopolda Janker wies auf die Börse. »Das Geld wird jeden Abend abgezählt, und es kommt immer die gleiche Summe für den nächsten Tag hinein. So, wie ich die Cilly kenne, hat sie dir das nicht gesagt.«

»Das hat sie nicht«, sagte Eva und musterte das belustigte Gesicht der alten Frau. Sie hatte es mit Absicht getan, um zu prüfen, ob sie wirklich ehrlich war. Zuerst ärgerte sie sich darüber, dann aber musste auch sie lachen.

»So ist's richtig«, sagte Cilly. »Dich können wir wirklich gut brauchen. Morgen holen wir dich auch zum Essen herein. In der Zeit wird die Veronika dich vertreten. Hast du sie schon kennengelernt?«

Eva schüttelte den Kopf.

»Veronika!«, rief Cilly mit lauter Stimme.

Augenblicke später trat eine kräftig gebaute Frau um die fünfzig in den Raum und musterte Eva neugierig. »Grüß Gott! Ich hab schon gehört, dass wir ab jetzt das Zimmer miteinander teilen. Ich bin die Veronika. Um Vroni zu sagen, bin ich schon zu alt.«

»Und ich bin die Eva!«, erwiderte diese und reichte Veronika die Hand. »Wir sollten schauen, dass wir gut miteinander auskommen.«

»Ich glaub, das werdet ihr!«, sagte Cilly, und deren Wort galt hier in Jankers Hotel fast noch mehr als das des Besitzerpaares.

Jankers Hotel

Trotz des ungewöhnlichen Beginns gewöhnte Eva sich rasch in Jankers Hotel ein. Außer dem Besitzerehepaar gab es noch sechs Angestellte. Da war einmal Cilly, deren Rolle Eva an Frau Zöpfel, die Hausdame des Adonis erinnerte. Neben ihr gab es noch die Köchin Hanna, deren Helferin Lina sowie Maxi, Veronika und sie selbst. Dazu kamen mehrere Frauen aus dem Ort, die die Zimmer putzten und bei der Wäsche halfen.

Es war eine verschworene Gemeinschaft, und die machte wenig Hehl daraus, wie froh alle waren, dass Susanne Janker nach Prag zu ihrer Tante gezogen war. In den letzten Monaten hatte die junge Frau die Arbeit arg schleifen lassen und viel auf die anderen abgewälzt.

»Als Tochter der Besitzer und zukünftige Beamtenfrau hat sie sich halt für was Besseres gehalten. Gäste bedienen und ihre Betten zu machen war da unter ihrer Würde«, erklärte Veronika, als sie und Eva sich am Sonntagvormittag für den Kirchgang zurechtmachten.

»Haben ihre Eltern denn nichts gesagt?«, fragte Eva.

»Die Chefin hat zwar verlangt, dass die Susanne mitarbeitet. Aber die hat es nicht gern getan. Wahrscheinlich hat sie ihrer Tante geschrieben, sie soll sie zu sich holen. Jetzt haben wir dich dafür, und das ist gut!«

Veronika zeigte deutlich, wie sehr sie mit Eva zufrieden war. Auch wenn die Neue am Nachmittag und Abend draußen im Wirtsgarten bediente, war sie sich nicht zu schade, Betten zu machen und andere Arbeiten im Hotel zu erledigen.

Eva tat es gerne, denn in diesem Hotel herrschte eine ganz andere Stimmung als im Adonis. Auch Herr Janker packte mit an und trug immer wieder mal ein neues Bierfass aus dem Keller herauf. Seine Frau Leopolda half sowohl beim Bettenmachen wie auch beim Kochen und Bedienen mit. Bei Isolde Karch wäre dies nicht vorstellbar gewesen.

Als Eva das zu Veronika sagte, lachte diese. »Unser Hotel ist halt um einiges kleiner als das Adonis. Wir haben keinen Kellner, der im Frack hohen Herrschaften das Mahl serviert, sondern Frauen, die braven und ehrlichen Leuten das Essen hinstellen. Bei uns wird auch einfacher gekocht.«

»Nicht für das Personal«, wandte Eva ein, da ihnen hier besseres Essen vorgesetzt wurde als den Angestellten im Adonis. Sehr oft bekamen sie sogar das Gleiche zu essen wie die Gäste. Für die gab es die Auswahl zwischen zwei oder drei Gerichten, und was übrig blieb, wanderte auf die Teller der Angestellten.

Einen Wermutstropfen musste Eva allerdings hinnehmen, denn hier gab es keine Frau Heister, die von Gästen zurückgelassene Kleidung ausbesserte und billig an die Angestellten weitergab. Daher besorgte sie sich ein Stück Stoff und nähte in ihrer freien Zeit an einem Kleid. Es würde das erste sein, das vor ihr noch niemand getragen hatte. Obwohl sie in ihrer Familie die Älteste war, hatte sie bis zu ihrer Abreise nach Karlsbad stets abgelegte Kleider tragen müssen. Manchmal waren es Fetzen gewesen, die besser als Putzlumpen getaugt hätten. Als sie diese Gedanken mit Veronika teilte, musste diese lachen.

»Bei uns waren wir neun Kinder, sieben Madln und zwei Buben. Als Zweitjüngste habe auch ich bloß das Gewand kriegt, das vor mir schon fünf Schwestern getragen haben. Kaum hatte ich damals im Jankers angefangen, hab ich mir von meinem Geld ein billiges Stück Stoff gekauft und mir ein Kleid genäht, das nur mir gehört hat.«

Nun kamen auch die anderen, die mit Leopolda und Michael Janker zur Kirche gingen. Eine musste im Hotel bleiben und das Haus hüten, und an diesem Tag war Hanna an der Reihe. Sie war darüber jedoch froh, weil sie nun mehr Zeit hatte, das Essen für die Mittagsgäste vorzubereiten, und sich nicht abhetzen musste wie nach einem Kirchgang.

»Wie ist es eigentlich bei euch?«, fragte Eva. »Beim Adonis haben wir nach der Kirche noch eine halbe Stunde für uns gehabt.«

»Eine halbe Stunde kannst du schon wegbleiben«, erklärte ihr Leopolda Janker. »Du musst nur früh genug zurück sein, um alles für den Nachmittag vorzubereiten und dann beim Essenauftragen helfen. Um ein Uhr essen wir selber und danach machst du den Wirtsgarten auf! Die ersten Gäste werden dann nicht lang auf sich warten lassen.«

»Ich bleib sicher nicht zu lang aus!«, versprach Eva. Sie wollte sich nach der heiligen Messe mit Helga und Gisela treffen, um zu erfahren, was sich seit ihrem Fortgang im Adonis getan hatte. Außerdem hoffte sie, sich endlich mit Franz aussprechen zu können. Da gab es nämlich doch das eine oder andere zu bereden.

Der Weg zur Kirche war etwas weiter als vom Adonis aus. Sie mussten aber nicht den Hangweg hinabgehen, sondern erreichten sie auf ebener Erde am Teplufer entlang. Als Eva eintrat, hielt sie Ausschau nach bekannten Gesichtern. Sie entdeckte zuerst Frau Zöpfel. Weiter hinten saßen Helga, Gisela, Afra und Ida, während Ulla sich ein Stück von den anderen weggesetzt hatte.

Doch da kam bereits der Pfarrer herein, und die heilige Messe begann.

* * *

Nach dem Gottesdienst beeilte Eva sich, nach draußen zu kommen. Sie wollte Helga treffen, doch da kam Frau Zöpfel auf sie zu. »Grüß Gott, Eva! Wie geht es dir? Ich hoffe, du bist mit deiner neuen Stelle zufrieden.«

»Das bin ich«, antwortete Eva. »Es ist zwar viel Arbeit, aber das war es im Adonis auch. Dort aber hat es mir in den letzten Monaten keine Freude mehr bereitet.«

»Das ist nicht nur dir so gegangen. Die Stimmung ist auch jetzt nicht gut. Ich verstehe die Madame nicht! Oder sagen wir besser: Leider verstehe ich sie. Sie hätte die Sache allerdings ganz anders anfangen müssen. So aber hat sie sehr viel Porzellan zerschlagen.« Frau Zöpfel schüttelte den Kopf über ihre Chefin und lächelte dann Eva zu. »Da, wo du jetzt bist, hast du es auf jeden Fall besser.«

»Das verdanke ich Ihnen!« Eva reichte Frau Zöpfel die Hand. »Sie waren immer gut zu mir. Darum tut es mir auch leid, dass es so enden musste.«

»Mir auch.« Frau Zöpfel erwiderte den Händedruck und verabschiedete sich.

Nachdem die Hausdame gegangen war, schaute Eva sich nach Helga um. Sie fand die Freundin ein Stück auf die Teplbrücke zu neben Franz stehen. Während sie ihm aufmerksam zuzuhören schien, zog er ein Gesicht, als hätte man ihm den letzten Zahn ausgebrochen. Neugierig trat Eva näher, um zu hören, worüber sich die beiden unterhielten.

»Es ist so was von ungerecht!«, rief Franz eben. »Jetzt bin ich seit Anfang Januar als Kellner angestellt und muss immer noch für alle den Deppen machen. Glaubst du, die lassen mich draußen im Wirtsgarten bedienen, damit ich auch einmal ein gutes Trinkgeld kriege? Das sackeln die Lumpen lieber selber ein. Dafür darf die Eva, kaum dass man sie aus dem Adonis gejagt hat, gleich beim Janker im Wirtsgarten bedienen. Dabei ist sie so ein falsches Biest, das die Frau Karch nimmer hat behalten wollen.«

Eva glaubte nicht richtig zu hören. Sie sollte ein falsches Biest sein? Hatte das wirklich Franz gesagt? Der Franz, den sie kannte? Sie rief sich in Erinnerung, wie er im letzten Jahr gewesen war, und führte sich nun vor Augen, wie er sich in diesem Jahr verändert hatte. Seine Arbeit war ihm nicht mehr gut genug, und er schimpfte über alles. Bisher hatte sie ihn zu trösten versucht. Nun aber zeigte er ihr sein wahres Gesicht.

Auch Helga war offenbar über Franz empört und verteidigte Eva vehement. »Die Eva kann nichts dafür! Das falsche Biest ist die Frau Karch selber. So, wie die sich aufgeführt hat, hätte sie ins Narrenhaus gehört.« In ihrem Ärger sagte sie Worte, die ihr eine sofortige Kündigung einbringen konnten.

Eva spürte, dass die Angelegenheit im Adonis noch nicht ausgestanden war. Dafür hatte Isolde Karch, wie von Frau Zöpfel erwähnt, zu viel Porzellan zerschlagen. Trotzdem war es nicht gut, dass Helga dies so offen aussprach, und sie beschloss, ihrer Freundin ins Gewissen zu reden. Helga sollte bei jenen, bei denen es sein musste, den Mund halten. Dazu gehörte auch Franz. Der machte gerade eine weitere böse Bemerkung über sie und stiefelte dann mit den Händen in den Hosentaschen davon.

»So ein Depp!«, schimpfte Helga, entdeckte Eva und eilte auf sie zu. »Wie geht es dir? Du hast es hoffentlich nicht schlechter als im Adonis.«

Eva schüttelte den Kopf. »Nein, im Gegenteil. Wenn wir noch jemanden brauchen würden, würde ich vorschlagen, dass du zu uns kommst.«

»Das ist lieb gemeint! Aber ich hab schon mit der Frau Pfnür geredet. Sie meint, sie kann mich für die nächste Saison in ein anderes Hotel vermitteln. Es werden überall gute Leute gebraucht, und ich weiß von der Angelika, dass ich meine Arbeit tun kann!«, erklärte Helga mit einem gewissen Stolz.

»Das kannst du wirklich! Aber du solltest nicht so offen über das reden, was im Adonis vorgefallen ist. Sonst wirft Frau Karch dich mitten in der Saison raus«, mahnte Eva.

Helga atmete tief durch und senkte den Kopf. »Da hast du schon recht! Ich hab auch nichts gesagt. Bloß heut zum Franz. Aber mit dem ist nimmer zu reden. Die ganze Zeit jammert er, wie schlecht er im Goldenen Schlüssel behandelt wird. Im letzten Jahr war er nicht so mies gelaunt.«

»Nein, das war er nicht!« Eva überlegte kurz und zuckte dann mit den Schultern. »Weiß der Teufel, was in ihn gefahren ist.«

»Anscheinend ist es ihm zu Kopf gestiegen, dass man ihn zum Kellner ernannt hat. Jetzt glaubt er, er müsse nichts anderes mehr tun als Gäste bedienen und dafür ein kräftiges Trinkgeld einkassieren. Das könnte er vielleicht in einem großen Hotel wie dem Adonis oder dem Pupp. Der Goldene Schlüssel ist dafür zu klein. Dort muss man überall mit anpacken.« Helga klang ziemlich giftig, denn wie Eva hatte auch sie viel von Franz gehalten. Dann aber schnaubte sie leise. »Erinnerst du dich noch, wie er im letzten Jahr mit uns zusammen in der Eisenbahn nach Karlsbad gefahren ist?«

»Natürlich«, sagte Eva.

»Er hat sich doch ziemlich aufgespielt! Sein Onkel wär der Souschef im Pupp, hat er erzählt, und er würde dort als Pikkolo anfangen können. Dabei war alles gelogen.«

»Alles vielleicht nicht«, wandte Eva ein. »Aber angegeben hat er, das muss ich zugeben.«

»Er und die Thea haben damals ziemliche Nägel gerissen, wunder was sie wären. Die Thea hat behauptet, sie wäre die Aufseherin aller Stubenmadln im Adonis. Dabei hatte ihr die Frau Zöpfel bloß in Aussicht gestellt, sie könnte als Angelikas Stellvertreterin eine der beiden Gruppen anführen.«

Eva hob beschwichtigend die Hand. »Jetzt lass es gut sein! Weder die Thea noch der Franz sind es wert, dass man sich ihretwegen aufregt.«

»Ist doch wahr!«, antwortete Helga schnaubend. »Wie sich die Thea danach aufgespielt hat! Sie hat direkt so getan, als wär sie der Angelika gleichgestellt. Die Frau Zöpfel war auch noch so dumm und hat sie nicht gezügelt. Und was ist sie jetzt? Eine davongelaufene Diebin!«

Damit hatte Helga zwar recht, aber Österreich-Ungarn war groß, und irgendwo würde Thea einen Platz gefunden haben, an dem sie ein neues Leben hatte beginnen können. Obwohl sie im letzten Jahr versucht hatte, Eva als Diebin hinzustellen, ärgerte diese sich bei Weitem nicht so wie ihre Freundin. Allerdings hatte Helga bereits ein Jahr zuvor schwer unter Thea gelitten.

Es gelang Eva, das Gespräch auf ein weniger verfängliches Thema zu lenken. Zudem gesellte sich nun Gisela zu ihnen, und sie musste ein weiteres Mal berichten, dass es ihr gut gehe und sie es mit Jankers Hotel bestens getroffen habe.

* * *

Eva hatte die Teplbrücke bereits passiert, als ihr einfiel, dass sie nicht zum Adonis zurückkehren musste, sondern zu Jankers Hotel. Mit einem leisen Schnauben wandte sie sich um, nutzte aber nicht diese Brücke, sondern ging am Marktbrunnen vorbei nordwärts und überquerte den Fluss kurz darauf über einen schmalen Fußgängersteg.

Als sie Jankers Hotel erreichte, sah sie zu ihrer Überraschung Mabel und deren Vater im Wirtsgarten sitzen. Beide winkten ihr fröhlich zu. Eva hatte in den letzten Tagen ein paarmal an sie gedacht, aber nicht erwartet, sie noch einmal wiederzusehen. Rasch eilte sie hin und grüßte.

»*Good morning,* Mister Ferguson! *Good morning,* Mistress Barklay.«

»Schön, dich zu sehen«, antwortete Mabel. »Dad und ich haben uns sehr gewundert, als du auf einmal weg warst. Niemand wollte etwas erklären. Dann habe ich von der Hausdame erfahren, dass du jetzt in diesem Hotel arbeitest. Das ist aber wirklich winzig.«

»Wir haben achtzehn Zimmer und zwei Ersatzzimmer im Dachboden«, antwortete Eva. »Das ist zwar nur ein Fünftel des Adonis, aber auch ein angenehmeres Arbeiten.«

»Es gibt hier hoffentlich auch Kaffee. Im Adonis macht man ihn einfach nicht so, wie Dad ihn gerne trinkt«, sagte Mabel.

»Ich mache gleich einen. Aber ich muss mich vorher umziehen«, antwortete Eva und sah dann Mabel an. »Und was willst du trinken?«

»Einen genauso starken Kaffee wie Dad!« Sie lachte. »Natürlich nicht! Dad würde mich zum ersten Mal, seit ich fünf war, wieder übers Knie legen, und Jeffrey würde hinterher sagen, er habe völlig recht damit gehabt. Bereite mir eine Trinkschokolade. Habt ihr Kip-ferl?«

»Ich werde die Hanna fragen. Die hat welche zum Frühstück gebacken. Vielleicht ist noch eines übrig.«

»Kannst du es schneiden, Butter darauf tun und mit mehreren Scheiben dieser guten ungarischen Salami belegen?«, fragte Mabel und leckte sich unbewusst die Lippen.

»Wenn noch eines da ist, gerne«, meinte Eva etwas verwundert, verabschiedete sich rasch und sauste ins Hotel.

Bevor sie nach oben ging, steckte sie den Kopf in die Küche. »Ist noch ein Kipferl übrig, Hanna?«

»Es gibt noch ein paar. Die schmecken uns nämlich auch am Nachmittag zum Kaffee«, kam die Antwort.

»Mistress Barklay hätte gerne eins, aufgeschnitten und mit Butter und der scharfen Salami belegt.«

Hanna begann zu lachen. »Ist die Dame vielleicht in anderen Umständen?«

»Das ist sie. Ich muss los, denn sie und ihr Vater wollen noch eine Trinkschokolade und einen Kaffee. Den soll aber ich machen, weil er ihn nur in einer ganz bestimmten Art mag.«

»Alleweil diese Extrawürste!«, sagte Hanna lachend.

»Dabei ist es mehr ein Extrakaffee!« Auch Eva lachte und stieg rasch nach oben, um sich umziehen.

Als sie vorschriftsmäßig mit dem dunklen Rock, der Schürze und dem Häubchen zurückkam, hatte Hanna das gewünschte Kipferl bereits zubereitet. Cilly rührte gerade die Trinkschokolade an und wies mit dem Kinn zum Ofen.

»Das Wasser ist heiß! Aber die Bohnen musst du selber mahlen, weil ich nicht weiß, wie viel du für den Amerikaner brauchst.«

Eva zählte die Bohnen ab, mahlte sie und brühte den Kaffee auf. Als sie die Sahne in ein Krüglein füllte, fiel ihr siedend heiß ein, dass Ferguson ebenso wie Mabel nur Rohrzucker mochte.

»Braunen Zucker haben wir keinen?«, fragte sie Cilly. »Dann muss ich schnell zum Kolonialwarenladen.«

»Warte.« Cilly kramte in einem Schrank und brachte eine Blechdose zum Vorschein. »Die Susanne hat sich mal eingebildet, den nehmen zu müssen, weil sie gemeint hat, der wäre vornehmer als der andere!«

Als Eva die Dose öffnete, war feiner brauner Rohrzucker darin. »Danke schön, Cilly«, sagte sie, schüttete etwas von dem Zucker in eine Zuckerdose und brachte alles nach draußen.

»Da bist du ja endlich!«, sagte Mabel mit leichtem Tadel.

»Eva war schnell«, mahnte ihr Vater sie und hob seine Tasse. Nach dem ersten Schluck nickte er zufrieden. »Der ist nicht schlechter als der im Cafésalon des Adonis. Fast würde ich sagen, noch ein wenig besser. Es ist eine andere Sorte Kaffeebohnen.«

»Die Trinkschokolade ist auch besser«, sagte Mabel und biss in ihr Kipferl.

Hanna hatte es nicht nur mit Butter bestrichen und etliches an Wurstscheiben daraufgelegt, sondern auch ein Salatblatt und zwei Tomatenscheiben. Es war eine Mischung, bei der sich Eva die Haare aufstellten. Mabel aß jedoch mit Genuss und sah dann traurig auf ihren leeren Teller. »Mein Gott, war das lecker!«, rief sie. »Da kommen die Kipferl im Adonis nicht mit.«

»Ich werde es der Hanna sagen. Die wird sich drüber freuen.« Eva überlegte, dass Hanna nicht nur Braten zubereitete und Mehlspeisen kochte, sondern auch Kuchen und eben die Kipferl buk, während Isolde Karch sich im Adonis zwar einen teuren Chefkoch leistete, aber das Gebäck und die Kuchen von einem Konditor holen ließ. Ludwig Karch hatte zwar angeregt, einen eigenen Zuckerbäcker einzustellen, seine Tante aber hatte sich dagegen entschieden.

Es war das erste Mal seit Langem, dass Eva wieder an Ludwig Karch dachte. Im Hotel war er ihr blass und zu sehr unter der Fuchtel seiner Tante stehend vorgekommen. Aber seine Verbesserungsvorschläge waren gut gewesen. Seine Tante hatte ihn jedoch immer wieder ausgebremst. Eva fragte sich, ob er in Brünn genug Selbstvertrauen gewinnen konnte, um sich gegen Isolde Karch durchzusetzen. Angesichts dessen, wie diese sich im Lauf der Monate verändert hatte, bezweifelte sie es jedoch.

Sie hatte allerdings anderes zu tun, als über Ludwig Karch und das Adonis nachzudenken, denn es waren neue Gäste gekommen und wollten bedient werden. Einige hatten im Vorbeigehen Mister Ferguson und dessen Tochter bemerkt und sich kurz entschlossen in den Wirtsgarten gesetzt, um sich den reichen Amerikaner anzusehen.

Ferguson gefiel dieser Platz. Die Bäume spendeten Schatten, hinter ihnen plätscherte der Fluss der Eger zu, und die Luft war angenehm mild.

»Kann man hier auch was zum Essen bestellen?«, fragte er Eva.

»Da muss ich die Hanna fragen«, antwortete Eva und eilte in die Küche.

»Du, Hanna, Mister Ferguson fragt, ob er hier auch was zu essen bekommen kann?«, fragte sie die Köchin.

»Es kommt darauf an, ob er jetzt ein Pörkelt mag, ein Kalbsschnitzel oder einen Tafelspitz. Mir wär's schon recht, wenn was wegginge, sonst bleibt doch viel übrig«, erklärte die Köchin.

»Ich werde es ihm ausrichten.«

Ferguson entschied sich für ein Pörkelt, das mit einem böhmischen Knödel serviert werden sollte, und Mabel für ein paniertes Kalbsschnitzel. Als andere hörten, wie die zwei bestellten, wollten auch sie etwas essen.

Für Hanna und ihre Helferin Lina bedeutete es viel Arbeit. Zuletzt mussten sie für sich und die übrigen Frauen im Hotel sogar eine Mehlspeise zubereiten, da die Fleischgerichte ausgegangen waren. Nur Janker selbst bekam noch einen Tafelspitz. Seine Frau hingegen löffelte wie alle anderen den Topfenstrudel mit Vanillesoße.

»Ist heut nicht Sonntag?«, fragte Janker verwundert. »Da gibt es doch meistens was Besseres!«

»Der Topfenstrudel schmeckt ausgezeichnet«, antwortete seine Frau.

»Ich weiß, dass die Hanna gut kocht. Aber ich habe gedacht, heut gibt's Fleisch?«

»Die Eva ist schuld, dass es keines gibt«, erklärte Cilly kichernd. »Die hat zu viel draußen im Wirtsgarten verkauft. Es waren sogar zwei Herren dabei, die, wie ich glaub, sonst im Pupp speisen. Aber sie haben unbedingt mit dem Amerikaner reden wollen und dabei Hunger gekriegt.«

»Mister Ferguson und seine Tochter haben sich in unseren Wirtsgarten gesetzt«, erklärte Eva, »und nach dem Kaffee haben sie gefragt, ob sie bei uns auch was essen könnten. Die Hanna hat gemeint, sie hätte genug gekocht. Dann haben andere gesehen, wie die zwei was zu essen bekommen haben, und wollten auch was. Hätte ich Nein sagen sollen?«

»Um Gottes willen!«, rief Michael Janker. »Einen verärgerten Gast kriegst du nimmer ins Haus oder in dem Fall in unseren Wirtsgarten. Da ess sogar ich lieber einen Topfenstrudel, bevor ein Gast hungrig weggehen muss.«

»Also, Herr Janker! Bevor Sie am Sonntag keine Fleischspeise mehr kriegen, muss schon die Welt untergehen«, erklärte Hanna und brachte damit alle zum Lachen.

Auch das war etwas, das im Adonis unmöglich gewesen wäre, dachte Eva. Hier aß das Besitzerehepaar zusammen mit seinen Angestellten. Sie versuchte, sich Frau Karch in der Belegschaftsküche vorzustellen. Es war so verrückt, dass sie ein Kichern unterdrücken musste. Hier aber war es ganz selbstverständlich, dass alle miteinander aßen, und sie spürte, dass dadurch auch eine Verbindung untereinander und zum Hotel entstand, wie sie im Adonis undenkbar war.

* * *

Die Zeit verging. Solange Mabel und ihr Vater in Karlsbad weilten, kamen sie in den Wirtsgarten von Jankers Hotel. War das Wetter schlecht, setzten sie sich in die Schankstube, die mit ihrem dunklen Holz, den Rehgehörnen und den alten Jagdbildern urig aussah. Mabel trank Limonade und Trinkschokolade, ihr Vater Kaffee und auch das eine oder andere Bier, und sie aßen mit Genuss die Speisen, die Hanna kochte.

Von Mabels Seite war der Abschied tränenreich. Eva bedauerte, dass diese beiden freundlichen Menschen abreisten. Aber im Gastgewerbe gehörte Scheiden ebenso dazu wie die Hoffnung auf ein Wiedersehen. Ob das hier der Fall sein würde, wusste sie natürlich nicht. Baltimore war sehr weit weg und Mabel das erste Mal nach Europa gekommen. Auch ihr

Vater unternahm eine solche Reise meist nur aus geschäftlichen Gründen.

Von Helga erfuhr Eva am darauffolgenden Sonntag, dass ihr Ausscheiden aus dem Adonis zumindest für den Cafésalon Folgen nach sich gezogen hätte. Er war bei Weitem nicht mehr so gut besucht wie zu den Zeiten, in denen sie dort mitgearbeitet hatte. Mabel und deren Vater waren in der zweiten Hälfte ihres Aufenthalts überhaupt nicht mehr hineingegangen. Damit waren auch die Trinkgelder für Afra und ihre beiden Kolleginnen stark geschrumpft. Der Kellner Jean hatte bei seinen Trinkgeldern ebenfalls Einbußen hinnehmen müssen, da Ferguson und Mabel nur noch abends dort gegessen und geringere Trinkgelder gezahlt hatten.

»Sei froh, dass du weg bist! Die Stimmung im Hotel ist einfach miserabel.« Das war eine Nachricht, die Helga seit Wochen jeden Sonntag überbrachte.

»Einige sagen, die Madame kann das Hotel nicht mehr führen«, berichtete Helga weiter, »und sie wollen, dass der Herr Karch zurückkommt und das Adonis leitet.«

»Ich glaube nicht, dass seine Tante die Zügel aus der Hand geben wird«, wandte Eva ein.

»Das fürchten etliche vom Personal. Dabei hat das Adonis im Vergleich zum letzten Jahr viel an Renommee verloren. Der Abstand zum Pupp ist noch größer geworden, und es werden neue Hotels gebaut. Wenn das so weitergeht, steht das Adonis bald nicht mehr besser da als euer Jankers Hotel!«

»Ich glaube nicht, dass man das miteinander vergleichen sollte. Das Adonis schaut zum Pupp hoch, aber wir nicht zum Adonis. Wenn überhaupt, dann vergleichen wir uns mit dem Goldenen Schlüssel. Aber selbst das nicht richtig. Wir haben keine Kellner, die nur Kellner sein wollen. Bei uns müssen alle überall mithelfen«, erklärte Eva.

»Wenn du den Franz meinst – den habe ich an den letzten zwei Sonntagen nicht mehr in der Kirche gesehen.« Trotz ihres Ärgers über Franz klang bei Helga eine gewisse Sorge mit.

Eva zuckte mit den Achseln. »Wir sind nicht seine Hüter, und wir können auch nichts dafür, wenn ihm seine Arbeit nicht passt. Wer nicht bereit ist, mit anzupacken, braucht sich nicht zu wundern, wenn er nicht vorankommt.«

»Was meinst du, soll ich einmal beim Goldenen Schlüssel nach ihm fragen?«, fragte Helga.

»Ich täte es nicht! Wenn ein junges Madl wie du nach einem Burschen fragt, unterstellt man ihm gleich Sachen, die nicht gut sind«, antwortete Eva.

Zwar überlegte auch sie, was mit Franz sein konnte. Frau Karchs Beschimpfungen, sie hätte deren Neffen verführen wollen, waren noch frisch, daher wollte sie unter keinen Umständen, dass ihr ein Interesse an Franz nachgesagt wurde.

Sie fragte Helga, ob sie nicht ein paar Oblaten an einem Stand erwerben und essen sollten.

»Musst du nicht zurück, um in eurem Wirtsgarten zu bedienen?«, fragte Helga.

Eva schüttelte lächelnd den Kopf. »Das übernimmt heute Vormittag die Maxi. Ich bin erst am Nachmittag dran.«

»Ich muss auch erst kurz vor Mittag zurück sein. Damit haben wir für mehr als eine Oblate Zeit«, erwiderte Helga strahlend und hängte sich bei ihr ein.

»Übrigens will Frau Pfnür die Gisela und mich ans selbe Hotel vermitteln, damit wir zusammenbleiben können«, sagte sie unterwegs.

»Wissen Angelika und Frau Zöpfel schon, dass ihr gehen wollt?«, fragte Eva.

»Wissen können sie es noch nicht! Aber ich bin sicher, dass sie etwas ahnen. Ich glaube, wenn die zwei könnten, würden sie das Adonis ebenfalls verlassen.«

»Und das alles nur, weil die alte Hexe ihr Gift verspritzen musste!«, fauchte Eva. Auch wenn sie das Hauptopfer Frau Karchs geworden war, so mussten auch andere unter dieser Person leiden.

Wie Helga weiter berichtete, schien die Besitzerin des Adonis niemandem mehr zu trauen. Selbst langjährige treue Angestellte wie Frau Zöpfel wurden von ihr abgekanzelt und ihre Abrechnungen auf den Heller genau kontrolliert.

»Frau Zöpfel tut mir leid, denn sie hat zu mir gestanden, als die Frau Karch übergeschnappt ist«, sagte Eva traurig.

»Das mag sein«, gab Helga zu. »Aber du solltest dir diesen Schuh trotzdem nicht anziehen. Die Madame hätt jede andere genauso angegangen wie dich, hätt der Herr Karch sie auch nur ein zweites Mal angesehen. Jetzt, da er weg ist, merken wir erst so richtig, was für ein feiner Mensch er ist. Hoffentlich kommt er bald zurück.«

»Glaubst du, er kann was ändern?«

Eva hatte den Glauben aufgegeben, dass man Frau Karch noch einmal zur Vernunft bringen konnte. Auch mochte sie Ludwig Karch nicht, weil er durch seine plumpe Art, sich ihr zu nähern, seine Tante dazu gebracht hatte, sie aus dem Hotel vertreiben zu wollen. Dann aber zuckte sie mit den Schultern und meinte, dass sie sich den Genuss ihrer Oblate nicht durch einen Gedanken an die Madame und deren Neffen verderben lassen wolle.

* * *

Gäste kamen und Gäste gingen. In Jankers Hotel waren es Ladenbesitzer und Beamte, die gerade noch so viel verdienten, dass sie kein Privatquartier nehmen mussten. Leute von Stand, wie Isolde Karch sie im Adonis am liebsten beherbergte, waren keine darunter. Aber Ansprüche wie hohe Herrschaften stellten manche trotzdem. Dem einen war das Bett zu weich, der Frau, die danach das Zimmer belegte, war es dafür zu hart. Manchen passte das Frühstück nicht, da sie statt heimischer Wurst Salami aus Ungarn oder Mailand haben wollten. Gelegentlich wurden auch Hannas Kochkünste bekrittelt.

Als ein Herr Martell es jedoch zu arg trieb, kam Hanna mit dem Kochlöffel in der Hand ins Speisezimmer.

»Das ist jetzt das fünfte Mal in vierzehn Tagen, an denen Ihnen mein Essen nicht passt!«, fuhr sie den Mann an. »Wissen Sie was? Ich gebe Ihnen einen guten Rat: Essen Sie in Zukunft in irgendeinem Gasthof, meinetwegen im Restaurant des Grandhotel Pupp. Das dürfte Ihren Ansprüchen genügen. Wir im Jankers Hotel können da nicht mitstinken. Vielleicht ziehen Sie auch gleich ins Pupp um. Dann hätten wir endlich unsere Ruhe vor Ihnen.«

»Bravo, Hanna! So ist's richtig!«, rief eine Dame am Nebentisch. »Ich komme seit zwanzig Jahren ins Jankers, und es hat mir alleweil gut geschmeckt. Wenn da einer daherkommt und alles bekritteln will, soll er daheimbleiben.«

Eva war Hannas zornigen Auftritt mit offenem Mund gefolgt. So etwas hätte es im Adonis niemals gegeben. Dort wäre der Küchenchef gekommen, um den Gast zu beruhigen und ihm zu versichern, dass dies auf keinen Fall mehr vorkommen werde. Hier war man ehrlicher, und das kam gut an, wie deutlich wurde, als andere Gäste Hanna mit Vehemenz gegen Martells Kritik verteidigten.

»Ich habe Vollpension gebucht!«, rief Martell erbost. »Daher bestehe ich darauf, dass für mich so gut gekocht wird, wie ich es will.«

»Für uns ist es gut genug! Wenn es Ihnen nicht passt, dann gehen Sie wirklich ins Pupp. Wenn Sie dort das Maul aufreißen, werden Sie schon hören, was die zu Ihnen sagen!«, rief ein Mann empört.

»Ihnen sage ich gleich was!«, fuhr Martell ihn an.

»Ich komme aus derselben Gegend wie Herr Martell«, warf da eine Dame ein. »Er ist daheim schon für seine Streitsucht bekannt. Doch auf Reisen führt er sich noch schlimmer auf.«

»Dich zeig ich wegen Beleidigung an!«, schäumte Martell auf.

Da walzte Leopolda Janker heran und stellte sich zwischen die Tische. »Jetzt beruhigen Sie sich alle erst einmal! Was Sie, Herr Martell, betrifft, sind wir gerne bereit, Ihnen die Pauschale für die Vollpension für die nächsten zwei Wochen zurückzuzahlen. Dann können Sie essen, wo und was Sie wollen!«

»Wenn ich im Gasthaus esse, kommt mich das teurer als hier!«, rief Martell empört.

»Da Ihnen das Essen bei uns nicht passt, werden Sie gewiss ein wenig mehr zahlen wollen, um zufrieden zu sein«, erklärte Leopolda Janker kühl.

Martell stierte vor sich hin. Im Grunde schmeckte das Essen hier ausgezeichnet. Er liebte es nur, zu kritisieren. Wenn er jetzt in einem der Gasthöfe aß und sich dort beschwerte, musste er damit rechnen, kein zweites Mal mehr bedient zu werden. So sehr er sich auch ärgerte – ihm blieb nur, klein beizugeben.

»Ich werde weiterhin hier essen«, sagte er mürrisch und nahm das Besteck zur Hand.

Vergessen aber, so sagte er sich, würde er diese Demütigung nicht. Bereits am Nachmittag sann er auf Revanche. Er saß im Wirtsgarten an der Tepl. Als die Gäste am Nachbartisch einen Krug Bier bestellten, tat er es ihnen gleich.

Eva brachte die vollen Krüge und teilte sie aus. Als sie nicht zu Martell hinsah, hob er rasch seinen Krug und trank einen kräftigen Schluck. Kaum hatte er den Krug zurück auf den Tisch gestellt, rief er laut: »He, was soll das? Der ist aber verdammt schlecht eingeschenkt! Da muss nachgeschenkt werden.«

Eva drehte sich um und musterte den Krug. Sie wusste genau, dass er voll gewesen war. Auch deutete Martells hinterhältiges Grinsen darauf hin, dass er bereits getrunken hatte. Nicht nur sein Grinsen fiel Eva auf. Sie lächelte. »Herr Solak! Frau Meisel! Schauen Sie sich Herrn Martell bitte genauer an, und sagen sie mir, ob Sie ebenfalls Bierschaum an seinem Schnauzbart sehen«, bat sie die Gäste am Nachbartisch.

»Ei der Daus! Tatsächlich!«, rief Solak. »Da ist was!«

»Ich seh den Schaum auch. So ein Ungut! Der will offenbar weiter Ärger machen!« Frau Meisel hob drohend die Hand. »Das erzähl ich aber, wenn ich wieder daheim bin.«

»Dann zeig ich dich an!«, brüllte Martell und wollte auf sie losgehen.

Eva trat dazwischen und fing sich eine Ohrfeige ein. Sogleich kamen ihr Solak und zwei weitere Gäste zu Hilfe. Gemeinsam bändigten sie Martell und zwangen ihn, sich zu setzen.

»Deine Nase blutet! Hoffentlich ist nichts gebrochen«, rief Frau Meisel erschrocken.

Unterdessen waren Leopolda Janker und Cilly aus dem Hotel geeilt und sahen Evas gerötete Wangen und das Blut auf ihrem Kinn.

»Was ist geschehen?«, fragte Leopolda Janker streng.

»Der Lump hat zuerst abgetrunken und dann Eva beschuldigt, schlecht eingeschenkt zu haben. Aber er hatte noch Bierschaum am Schnurrbart! Als ich ihm das gesagt habe, wollte er auf mich losgehen. Die Eva ist dazwischengegangen und hat den Schlag kassiert, der sonst mich getroffen hätte«, erklärte Frau Meisel mit einem mitleidigen Blick auf Eva.

Leopolda Janker wandte sich nun Martell zu. »Was fällt Ihnen ein, meine Angestellten zu schlagen?«

»Die hat schlecht eingeschenkt!«, antwortete dieser schnaubend.

»Das hat sie nicht. Ich hab die Krüge gesehen. Die waren alle gleich voll«, erklärte Cilly, die vor Wut über diese Beschuldigung beinahe kochte.

»Außerdem hatte Herr Martell Bierschaum auf dem Schnauzer, und nicht nur Schaum vor dem Mund«, sagte Solak spöttisch.

»Das haben wir alle gesehen«, bestätigte Frau Meisel.

»Gar nichts habt ihr geschehen!«, brüllte Martell los und hatte nun wirklich fast Schaum vor dem Mund.

»Die ganze Zeit übers Essen meckern, dann auch noch Bier abtrinken und behaupten, es wäre schlecht eingeschenkt worden. So einen brauchen wir in Jankers Hotel nicht! Sie werden daher Ihre Sachen packen und morgen abreisen«, sagte Leopolda Janker ruhig, aber mit Nachdruck.

»Gar nichts werde ich!«, schrie Martell sie an. »Ich habe für vier Wochen gebucht, und darauf bestehe ich.«

»Sie vergessen, dass wir das Hausrecht haben. Wer sich schlecht aufführt, den weisen wir aus dem Hotel«, rief Frau Janker. Ihr reichte es. Seit Martell ins Hotel gekommen war, hatte es Ärger mit ihm gegeben. Die Ohrfeige, die er Eva verpasst hatte, setzte dem Ganzen die Krone auf.

»Wenn, dann will ich mein Geld zurück, und zwar alles. Sonst verklage ich euch!«, sagte Martell voller Wut.

»Sie waren zwei Wochen hier und haben geschlafen und gegessen. Das haben Sie zu bezahlen …«, begann Leopolda Janker, wurde von ihm aber sofort unterbrochen.

»Aber das andere will ich – und eine Entschädigung, weil Sie mich so schlecht behandelt haben.«

»Den Rest«, fuhr Frau Janker ungerührt fort, »kriegt die Eva als Schmerzensgeld!«

Martell sah höhnisch zu Eva hin. »Die Schlampe braucht nichts! Was die für eine ist, weiß doch jeder! Die ist doch aus dem Adonis herausgeflogen, weil sie mit dem Juniorchef poussiert hat.«

Cilly hielt Evas rechte Hand fest, sonst wäre diese mit voller Wucht in Martells Gesicht gelandet.

»Was Sie für einer sind, wissen wir auch, nämlich ein unerträglicher Mensch, der von allen anderen nur Schlechtes denkt und redet«, sagte Frau Janker und wandte sich an Cilly.

»Bring die Eva ins Haus! Sie hat für den Rest des Tages frei. Sag der Veronika und der Maxi, sie sollen Herrn Martells Gepäck aus seinem Zimmer holen und hier auf die Straße stellen. Ins Hotel kommt der mir nicht mehr hinein.«

»Sie! Das lasse ich mir nicht gefallen«, schrie Martell. »Niemand hat was an meinen Sachen zu suchen!«

»Ich komme mit und bezeuge, dass alles, was diesem Herrn gehört, auch eingepackt wird«, bot Solak an.

Frau Meisel setzte sich ebenfalls in Bewegung. »Ich tu es ebenfalls.«

»So, die Herrschaften, wer will noch etwas zu trinken?«, fragte Leopolda Janker und nahm die Bestellungen auf.

Als sie kurz darauf mit vollen Krügen und Gläsern zurückkam, blieb sie kurz vor Martell stehen.

»Stehen Sie auf! Dieser Platz wird für Gäste gebraucht! Sie haben hier nichts mehr verloren.«

»Was für ein Lumpenhotel!«, brüllte Martell los.

Zwei junge Männer, die fast jeden Nachmittag hier in Jankers Wirtsgarten ihr Bier tranken, traten neben ihn, packten ihn bei den Armen und trugen ihn ein Stück weg. Dann stellten sie ihn auf die Straße und kehrten lächelnd zu ihren Plätzen zurück.

»Dafür habt ihr euch einen Krug Freibier verdient«, rief einer der älteren Gäste und forderte Leopolda auf, den beiden jungen Herren je einen Krug auf seine Rechnung zu bringen.

Martell stand in der Nähe und plärrte, während seine Koffer auf die Straße gestellt wurden. Als er begriff, dass sich niemand mehr um ihn scherte, blieb ihm nichts anderes übrig, als einen vorbeifahrenden Fiaker aufzuhalten und diesen aufzufordern, ihn zum Bahnhof zu fahren.

Leopolda Janker atmete auf, als er endlich fort war. Wenig später kam Eva mit vollen Krügen heraus. Sie hatte ihr Gesicht gewaschen, sodass kaum mehr Spuren von Martells Schlag zu sehen war, und wirkte zwar noch ernst, aber gefasst.

»Ich habe dir doch freigegeben«, sagte Leopolda Janker überrascht.

»Wegen so einem Ungustl lass ich meine Arbeit nicht stehen«, antwortete Eva und teilte ihre Krüge aus.

»Brav, Eva!«, rief einer der jungen Männer, die Martell auf die Straße gesetzt hatten. »Nichts gegen deine Chefin! Doch wenn du uns das Bier bringst, schmeckt es noch ein bisserl besser.«

* * *

Der Zwischenfall mit Martell war lange Zeit die übelste Sache, die Eva im Jankers Hotel erlebte. Noch Tage danach wunderte Eva sich, wie vehement Leopolda Janker für sie Partei ergriffen hatte. Im Adonis hätte man stattdessen sie zur Schnecke gemacht. Dort war der Gast der König, gleichgültig, wie er sich dem Personal gegenüber benahm.

Die Tage vergingen, reihten sich zu Wochen und wurden schließlich zu Monaten. Der Sommer machte dem Herbst Platz, und die Stunden, in denen in Jankers Wirtsgarten gemütlich Bier getrunken werden konnte, wurden weniger. Zu tun aber gab es trotzdem genug.

An den Sonntagen traf Eva sich nach der Messe immer noch mit Helga und Gisela. Franz Herbst hatten sie nun schon seit

Wochen nicht mehr gesehen und auch nichts von ihm gehört. Wie es aussah, hatte er sich aus ihrem Leben geschlichen, bevor er eine bedeutendere Stelle darin hätte einnehmen können.

Die Neuigkeiten aus dem Adonis machten Eva trotz ihrer Wut auf Isolde Karch traurig. Vor Kurzem hatte der Küchenchef nach einem heftigen Streit mit der Chefin gekündigt. Der neue, den diese eingestellt hatte, taugte nach Helgas Worten nichts.

»Der Herr Karch hätte den niemals genommen!«, erklärte sie mit einem verächtlichen Schnauben. »Zudem möchte der unbedingt seine Pariser Kusine bei uns einstellen.«

»Ich glaub, das heißt Cuisine oder so ähnlich und ist keine Verwandte, sondern eine besondere Art zu kochen«, korrigierte Gisela ihre Freundin. »Der Chefkoch ist ganz verzweifelt, denn der kann das nämlich nicht. Daher verlangt der neue Küchenchef, dass ein Franzos als neuer Chefkoch eingestellt wird.«

»Die Madame wird es schon tun«, sagte Eva.

»Die Frau Zöpfel redet dagegen! Aber die hat keinen guten Stand mehr. Das macht uns alle traurig. Sie hat so viele Jahre gut gearbeitet, doch jetzt piesackt die Madame sie nach Strich und Faden«, berichtete Helga.

»Aber nicht nur die Frau Zöpfel! Eigentlich macht sie es bei allen. Sie kontrolliert jedes Zimmer und lässt jedes zweite nacharbeiten. Wir Stubenmadl sind ganz schön sauer deswegen. Ich werde froh sein, wenn die Saison vorbei ist. Im nächsten Jahr fangen die Helga und ich im Württemberger Hof an. Das ist schon alles gerichtet.« Gisela klang zufrieden. Dabei hatte sie ebenso wenig wie Helga oder Eva zu Beginn dieser Saison damit gerechnet, einmal froh zu sein, wenn sie das Adonis verlassen konnte.

»Das freut mich! Der Württemberger Hof hat einen ausgezeichneten Ruf. Dass man euch dort genommen hat, zeigt, dass ihr zwei auch einen sehr guten Ruf genießt«, sagte Eva anerkennend.

»Das haben wir dir zu verdanken! Wenn du uns im letzten Jahr nicht so geholfen hättest, hätte man uns im Adonis nur deswegen behalten, weil nichts Besseres zu finden war«, sagte Helga und drückte Eva an sich.

»Jetzt macht euch nicht schlechter, als ihr seid. Euer Pech war, dass ihr im Jahr davor von Thea verleumdet worden seid. Als die weg war, habt ihr zeigen können, wie gut ihr wirklich seid.«

»Wir könnten im Württemberger Hof fragen, ob die dich nicht für ihr Kaffeehaus brauchen können«, schlug Helga vor.

Obwohl Eva gerne mit ihr und Gisela in einem Hotel gearbeitet hätte, schüttelte sie den Kopf. »Das ist zwar lieb gemeint, aber ich bin in Jankers Hotel sehr zufrieden. Dort lerne ich auch mehr, als wenn ich nur Kaffee aufbrühen und servieren würde.«

»Die Frau Zöpfel hat einmal gesagt, sie hätt dich gerne als ihre Nachfolgerin als Hausdame im Adonis gesehen. Jetzt wirst du dir das Rüstzeug dafür in Jankers Hotel aneignen«, sagte Helga.

Eva schüttelte den Kopf. »Das Jankers ist zu klein, als dass wir eine Hausdame bräuchten. Was so eine machen muss, erledigt die Chefin selber. Ich will aber gerne ein paar Jahre dortbleiben. Wer weiß, was dann kommt.«

»Ich weiß jedenfalls, dass der Herr Karch nächste Woche zurückkommen will. Seine Verlobte bringt er mit. Die soll die Tochter eines Hoteliers aus Brünn sein«, berichtete Helga.

»So, tut er das?« Eva klang schmallippig. Ludwig Karch trug schließlich die Schuld daran, dass seine Tante ihr das Leben schwer gemacht und sie schließlich aus dem Adonis vertrieben hatte. Dann aber zuckte sie mit den Schultern. »Er geht mich nichts an und seine Braut ebenso wenig!«

»Du hast wirklich nichts für ihn empfunden?«, fragte Helga verwundert. Sie war zumindest ein wenig in den Juniorchef verliebt gewesen, auch wenn sie es sich niemals hatte anmerken lassen.

Eva schüttelte den Kopf. »Nicht das Geringste! Er war mir sogar lästig, weil er andauernd in den Cafésalon gekommen ist und mich von der Arbeit abgehalten hat.«

»Dabei soll er seiner Tante sogar gesagt haben, dass er dich heiraten will«, sagte Helga mit einem Hauch von Eifersucht.

Eva brauchte ein paar Augenblicke, um darauf antworten zu können. »Da siehst du, was für ein Depp er ist. Zum Heiraten gehören immer noch zwei!«

* * *

In den nächsten Tagen gingen Eva Helgas Worte durch den Kopf. Ludwig Karch konnte nicht bei Verstand gewesen sein. Allein schon an eine Heirat mit ihr zu denken, war verrückt. Es dann auch noch seiner Tante zu sagen, war gar der Gipfel des Wahnsinns. Isolde Karch hätte ihm eher das Erbe entzogen, als zu dulden, dass er eine Tagelöhnerstochter heiratete, die es gerade mal zum Kaffeemädchen gebracht hatte. Und dann seine Arroganz zu glauben, sie würde seinen Antrag, so er gekommen wäre, beglückt annehmen. Sie war ein Mensch mit eigenen Gefühlen und einem eigenen Willen.

»Es war gut, dass seine Tante ihn nach Brünn geschickt hat, damit er die Tochter dieses Hoteliers heiratet«, sagte sie mit einem leisen Fauchen und beschloss, Ludwig Karch, seiner Braut und seiner Tante aus dem Weg zu gehen.

Als sie jedoch am folgenden Sonntag aus der Kirche kam, trat Ludwig Karch mit besorgter Miene auf sie zu.

»Das habe ich nicht gewollt, Eva!«

Eva wollte an ihm vorbeigehen, dachte dann aber, dass Umstehende dann glauben könnten, sie wäre verletzt, weil er sich für eine andere entschieden hatte. Daher blieb sie stehen und sah ihn mit einem freundlichen Lächeln an. »Grüß Gott, Herr Karch! Ich verstehe nicht, was Sie meinen.«

»Nun, dass meine Tante dich entlassen hat. Ich …« Ludwig Karch brach ab. Fast gleichzeitig klang die Stimme seiner Tante auf. »Ludwig, komm jetzt!«

»Sie sollten Ihrer Tante folgen! Das sind Sie doch gewöhnt«, sagte Eva spöttisch.

»Es tut mir leid.« Ludwig Karch sah aus, als wolle er trotzdem bei Eva bleiben. Da ging diese an ihm vorbei und schritt mit stolz erhobenem Kopf davon.

Ein Stück weiter verharrte sie dann doch und blickte zurück. Ludwig Karch war zu seiner Tante und jener jungen Frau getreten, die er heiraten würde. Unwillkürlich schätzte Eva diese ab. Barbara Straßer war etwas größer als sie, wog einige Pfund mehr und sah im Augenblick sehr verärgert aus. Das verlieh ihrem rundlichen Gesicht ein wenig das Aussehen eines Froschs.

Eva musste bei diesem Gedanken lachen. »Das vergönne ich ihm!«, murmelte sie und hielt auf einen Stand zu, um sich Oblaten zu kaufen. Da entdeckte sie Helga und Gisela und besorgte auch Oblaten für die beiden.

Als sie auf ihre Freundinnen zutrat, lächelte Helga. »Du scheinst ja viel Trinkgeld zu bekommen, weil du uns immer zu Oblaten und mindestens einmal im Monat zu Kaffee und Kuchen einlädst.«

»So teuer sind die Oblaten nicht, als dass ich nicht ein- oder zweimal im Monat ein paar davon für euch kaufen kann«, antwortete Eva lachend.

Helga trat näher an sie heran. »Und? Was hat der Herr Karch zu dir gesagt?«

»Ich bin nicht schlau draus geworden«, sagte Eva kurz angebunden.

»Hast du seine Braut gesehen?«, fragte nun Gisela.

»Ist das seine Braut? Also, wenn ich sie mir so anschaue, passt sie sehr gut zu ihm!« Eva grinste und knabberte dann zum Zeichen, dass sie nicht weiter über dieses Thema reden wollte, an ihrer ersten Oblate.

»Übrigens gibt es was Neues vom Franz!«, sagte Helga.

»Du meinst den Herbst Franz, der im Goldenen Schlüssel war?« Eva horchte in sich hinein, ob dieser Name noch etwas in ihr zum Schwingen brachte. Da war jedoch nur eine gewisse Neugier, was aus ihm geworden war.

»Er hat mir ins Adonis geschrieben«, erzählte Helga. »Vor ein paar Monaten hat er sich mit seinem Chef gestritten. Der hätte ihn sehr schlecht behandelt, schreibt er. Er ist dann gegangen und hat jetzt in Marienbad als Kellner angefangen. Es wäre eine ganz andere Arbeit als hier in Karlsbad. Dort wüssten sie, was sie an ihm hätten. Im Goldenen Schlüssel hätten sie ihn bloß ausgenutzt.«

»Schön für ihn, dass sie das in Marienbad nicht tun«, meinte Eva achselzuckend. Sie erinnerte sich daran, wie Franz sich bei ihrer ersten Bahnfahrt nach Karlsbad vor anderthalb Jahren aufgeblasen hatte. Auch als sie letztes Weihnachten nach Hause gefahren waren, hatte er ziemlich angegeben. Da war er bereits so gut wie der Oberkellner des Goldenen Schlüssels gewesen.

Eva fragte sich nun, weshalb Menschen sich so viel besser darstellen mussten, als sie waren. Sie mussten doch damit rechnen, dass die Wahrheit ans Licht kommen würde. Bei Franz schien dies in der Familie zu liegen, denn auch sein Onkel hatte vorgegeben, mehr zu sein als ein Hilfskoch im Pupp, also jemand, dessen Aufgabe es war, Gemüse zu putzen, die Zutaten aus dem Vorratsraum zu holen und die fertigen Speisen in den Raum zu bringen, von dem aus die Kellner sie den Gästen servierten. Franz hatte diesen Onkel auch noch zum Souschef befördert, sprich, nach dem Küchenchef und dem Chefkoch zum Dritten in der Küchenhierarchie. Damit war er auf die

Nase gefallen, denn sein Onkel hatte es nicht einmal geschafft, ihm die versprochene Stelle als Pikkolo im Pupp zu verschaffen. Zu jener Zeit hatte er ihr leidgetan, und so hatte sie sich gefreut, als es der Stellenvermittlerin Josepha Pfnür gelungen war, ihn im Goldenen Schlüssel unterzubringen.

Eva war ehrlich genug, um sich einzugestehen, dass sie ein wenig in Franz verliebt gewesen war. Doch ähnlich wie bei seinem Arbeitgeber hatte er ihr Vertrauen nicht gerechtfertigt. Stattdessen war er neidisch auf sie geworden, weil der Cafésalon des Adonis bei den Gästen gut angenommen worden war und sie dadurch etliches an Trinkgeld bekommen hatte.

»Wie läuft eigentlich der Cafésalon?«, fragte sie Helga.

»Nimmer so gut wie damals, als du noch dabei warst«, antwortete ihre Freundin.

»Es soll immer wieder Streit geben. Da die Madame dich nicht hat ersetzen lassen, arbeiten nur noch Afra, Ida und Ulla dort. Die Afra lässt heraushängen, dass sie das Sagen hat, und schafft den beiden anderen die meiste Arbeit an«, erklärte Gisela, die gelegentlich mit Ulla zusammenkam.

»Die Afra arbeitet gut, wenn sie jemanden über sich hat. Es steigt ihr aber zu Kopf, wenn sie glaubt, was Besseres zu sein als die anderen. Auch das geht mich nichts mehr an! Doch jetzt muss ich los. Es ist ein schöner Tag, und wir wollen nach dem Mittagessen den Wirtsgarten aufmachen. Bis zum nächsten Mal. Behüt euch Gott!«

Eva winkte Helga und Gisela noch einmal zu, drehte sich um und ging in Richtung von Jankers Hotel. Das war jetzt ihre Welt, dachte sie, und nicht mehr das Adonis. Aber sie wollte trotzdem wissen, was dort vorging. Immerhin hatte man ihr dort übel mitgespielt, und es stellte sie zufrieden, dass es im Adonis nun schlechter zuging als zu den Zeiten, in denen sie dort gearbeitet hatte.

Eine kalte Dusche

Als Ludwig Karch nach seiner Rückkehr aus Brünn durch die Straßen von Karlsbad ging, begriff er, wie sehr ihm die Stadt gefehlt hatte. Brünn war interessant gewesen, und er hatte dort einiges gelernt. Aber sein Herz hing an Karlsbad und am Adonis. Am liebsten hätte er seine Aufgabe als Hoteldirektor sofort wieder aufgenommen. Seine Tante bestand jedoch darauf, dass er Barbara erst einmal die Stadt und deren Umgebung zeigte. Da auch Barbara wissen wollte, wo sie einmal leben würde, blieb ihm nichts anderes übrig, als mit ihr durch Karlsbad zu spazieren oder sie im Fiaker herumzukutschieren.

Das enge Tal, in dem der größte Teil der Stadt lag, gefiel Barbara nicht. »Warum hat man die Stadt ausgerechnet an dieser unpassenden Stelle gebaut? Dort, wo die Tepl in die Eger mündet, wäre es doch weitaus besser gewesen!«, sagte sie mit gerümpfter Nase.

»Du vergisst die heilenden Quellen, Barbara«, erklärte Ludwig in belehrendem Ton. »Diese Quellen sind das Herz von Karlsbad, ganz besonders der Sprudel. Um ihn herum wurde die Stadt errichtet.«

Barbara nickte. Anders als ihre Heimat Brünn war Karlsbad ein Kurort und damit auf den Sprudel und die heißen Quellen angewiesen. Die konnte man nicht einfach auf einen Wagen laden und woanders hinbringen.

Sie wanderten die Höhenwege bis zum Freundschaftssaal und zum Posthof und kehrten unterwegs ein. Ludwig Karch war in Karlsbad bekannt, und viele freuten sich, ihn wiederzusehen. Auch seine Begleiterin fand Beachtung. Barbara war eine stattliche Frau und durchaus passend für den zukünftigen Besitzer eines Hotels.

Barbara schaute beim Vorbeigehen verächtlich auf die kleine und schmucklose evangelische Kirche, bewunderte dafür das im Bau befindliche Kaiserbad und sah dann das Grandhotel Pupp vor sich. Angesichts des riesigen Hotelkomplexes kam ihr das Adonis mit einem Mal klein und unscheinbar vor.

»So ein Hotel müssten wir haben!«, sagte sie seufzend.

»Ich bin mit dem Adonis ganz zufrieden«, antwortete Ludwig. »Das Pupp gehört auch nicht einer einzigen Person wie unser Hotel, sondern einer ganzen Gesellschaft.«

»Aber Herr Anton Pupp hat doch dort das Sagen!« Barbara klang direkt so, als wäre Ludwig trotz des zu erwartenden Erbes nicht gerade das, was sie sich erhofft hatte.

»Ich habe gehört, dass noch weitere große Hotels gebaut werden«, fuhr sie fort, ohne den Eingang des Grandhotels aus den Augen zu lassen.

Ludwig erklärte ihr, dass zwei alte Hotels die Flügel des Pupp bildeten. Da war der Böhmische Saal auf die Stadt zu und auf der anderen Seite der Sächsische Saal. Beide für sich allein hatten das Adonis bereits übertroffen. Durch den neuen Mittelbau vereint, war das Pupp fast fünfmal so groß wie das Adonis.

Daran hatte Barbara zu kauen. Nur gelegentlich dachte sie daran, dass das Hotel ihres Vaters in Brünn nur halb so groß war wie das Adonis. Durch eine Heirat mit Ludwig würde sie sich daher verbessern. Trotzdem empfand sie dieselbe Abneigung gegen die Familie Pupp und das gleichnamige Hotel wie ihre zukünftige Schwiegertante. Isolde Karch hatte bereits einiges über diese Leute erzählt, die so auftraten, als gehörte ihnen halb Karlsbad, während der Rest sich auf alle anderen verteilte.

»Als Frau hat deine Tante nicht viel machen können, aber du musst zusehen, dass du in Karlsbad jemand wirst«, sagte Barbara fordernd.

»Dafür müsste die Tante mir erst einmal das Hotel überschreiben, und das wird sie so schnell nicht tun«, wandte Ludwig ein.

Barbara lachte kurz. »Glaubst du? Ich habe ihr schon gesagt, dass ich bei euch nicht einheiraten werde, solange du nicht der Herr bist.«

Ludwig hatte Barbara bereits in Brünn erlebt. Wenn sie etwas wollte, konnte sie sehr energisch werden. Für einen Augenblick hoffte er beinahe, seine Tante würde sich Barbaras Forderung widersetzen und diese beleidigt zu ihrem Vater zurückkehren. Dann aber dachte er daran, wie sehr die Tante sich diese Heirat gewünscht hatte, und zweifelte daher, ob sie hart bleiben würde.

Ich werde Barbara heiraten und mit ihr leben, sagte er zu sich selbst und empfand dabei alles andere als Freude. Der Gedanke an das Hotel und daran, dann endlich die Veränderungen durchführen zu können, die schon so lange notwendig gewesen wären, versöhnte ihn jedoch mit dieser Verbindung. Ihm lag das Adonis am Herzen, und er wollte, dass es zwar nicht das größte, auch nicht das prunkvollste, dafür aber das bestgeführte Hotel in Karlsbad werden sollte.

Sie kehrten über die Alte Wiese zurück, überquerten die Tepl und schlenderten durch die Sprudelkolonnade. Barbara sah die flanierenden Kurgäste mit ihren Tassen in den Händen und fragte Ludwig, ob das Wasser der Brunnen wirklich so etwas Besonderes sei.

»Würden sonst so viele Leute hierherkommen?«, antwortete er mit einer Gegenfrage. »Es haben schon einige berühmte Ärzte – nicht nur unser Dr. David Becher – über die Heilkraft der Karlsbader Quellen geschrieben. Kaiser Karl IV. war bereits hier, der Zar Peter der Große, Kaiserin Maria Theresia, Herzogin Dorothea von Kurland, König Otto von Griechenland, Kaiserin Elisabeth, Kaiser Franz Joseph, Johann Wolfgang von Goethe, ja, sogar Giacomo Casanova und viele andere, die aufzuzählen sich lohnen würde, haben hier gekurt. Karlsbad ist etwas Besonderes, auch wenn es in deinen Augen klein sein mag und in eine enge Schlucht hineingebaut worden ist. Aber bei uns leben in der Saison mehr hohe Herrschaften, Aristokraten und reiche Bürger als in jeder anderen Stadt des Kaisertums außer Wien.«

Ludwig war ins Schwärmen geraten, denn für ihn war Karlsbad der Nabel seiner Welt. Wenn Barbara seine Frau werden wollte, musste sie dies akzeptieren.

Barbara war durchaus beeindruckt vom Rang der Gäste, weniger aber von dem Rang, den das Adonis in Karlsbad einnahm. Überall wurde gebaut, und viele der neuen Hotels würden das Adonis übertreffen.

»Könnt ihr nicht auch anbauen oder das Nachbarhaus kaufen, um euer Hotel zu vergrößern?«, fragte sie.

Ludwigs Stirn umwölkte sich. In Brünn war das Adonis für Barbara noch »unser Hotel« gewesen. Jetzt war es plötzlich wieder »euer Hotel«. Erneut fragte er sich, ob aus der Heirat noch etwas werden konnte. Er würde mit ihr vor den Traualtar treten müssen, da es die einzige Möglichkeit war, das Hotel seiner Tante einmal zu übernehmen. Aber war Barbara überhaupt noch dazu bereit? Kurz schob sich Evas Bild in seine Gedanken. Doch selbst, wenn Barbara nach Brünn zurückkehrte, würde seine Tante eine neue Heiratskandidatin für ihn finden, die er ehelichen musste. In der Hinsicht war er mehr der Sklave seines Schicksals, als Eva es je sein würde.

Noch wusste er nicht genau, was passiert war, nachdem er das Adonis verlassen hatte, denn zu seinem Leidwesen war er auf eine Mauer des Schweigens gestoßen. Den Mienen einiger hatte er jedoch entnehmen können, dass die Schuld wohl nicht bei Eva gelegen hatte.

»Du musst wirklich darauf schauen, dass du in Karlsbad was wirst!«, wiederholte Barbara ihre Forderung.

Ludwig seufzte leise und wies in die Richtung, in der das Adonis lag. »Wir sollten jetzt weitergehen, damit wir rechtzeitig zum Abendessen zurück sind.«

»Das war nicht die Antwort auf meine Bemerkung!«, sagte Barbara beleidigt.

»Natürlich werde ich alles tun, um in Karlsbad etwas zu gelten«, antwortete Ludwig und sagte sich, dass dies wohl die einzige Möglichkeit war, um zu Hause Ruhe zu haben. Außerdem boten Versammlungen und Treffen eine gute Gelegenheit, dem Ehealltag zumindest für ein paar Stunden zu entkommen.

* * *

An den nächsten Tagen standen die englische Kirche, die russische Kirche, die Synagoge sowie Klein-Versailles und deren Umgebung auf dem Programm. Von der russischen Kirche mit ihren goldglänzenden Kuppeln war Barbara beeindruckt, von der englischen Kirche weniger. Auch die Gärten von Klein-Versailles mit ihren Teichen waren nicht nach ihrem Geschmack.

Ludwig fragte sich, womit sie überhaupt zufrieden sein würde. Brünn war auch nicht gerade der Nabel der Welt, und mit Karlsbad verglichen war es eine Provinzstadt, auch wenn es mehr Einwohner hatte. Russische Fürsten und englische Lords waren dort auf jeden Fall weit seltener zu sehen als hier.

Im Belegungsplan der nächsten Woche hatte er gelesen, dass Lord Augustus Beauvais für einen zweiwöchigen Aufenthalt erwartet wurde. Ein englischer Adeliger, ein Earl oder Graf, wie man es hier nannte, musste Barbara doch imponieren. Als er jedoch dessen Namen nannte, verzog sie das Gesicht.

»Wie ihn deine Tante beschreibt, muss er ein seniler alter Mann sein. Allein schon, dass er ein Stubenmadl als persönliche Dienerin gefordert hat, zeigt doch, wie verschroben er ist. Ich halte ihn weniger für ein Aushängeschild für das Adonis als vielmehr für eine lächerliche Gestalt.«

»Wenn Lord Augustus deine Worte zu Ohren kommen, wird er im nächsten Jahr ein anderes Hotel wählen, wahrscheinlich das Pupp«, tadelte Ludwig sie.

»Deine Tante ist gewiss nicht böse, wenn dieser komische Lord nicht mehr ins Adonis kommt«, sagte Barbara.

Ihr Weltbild war fest gefügt. Ein Adeliger, mochte er ein Engländer sein oder nicht, hatte sich nicht mit einem Zimmermädchen abzugeben – oder, wenn doch, dann nur in aller Heimlichkeit im Bett. Offen mit einer solchen Kreatur herumzulaufen, war eine Marotte, die sie nicht akzeptieren konnte. Dies erklärte sie Ludwig auch ziemlich deutlich.

»Ich habe Lord Augustus stets als angenehmen und freundlichen Gast empfunden!«, antwortete Ludwig verärgert. »Außerdem gibt es auch bei uns in Österreich Herren und Damen mit – wie du sagen würdest – seltsamen Marotten. Die Gräfin Krötenfeld zum Beispiel bringt ihr eigenes Porzellan und ihr Besteck mit, weil ihr das unsere nicht fein genug ist. Dabei ist das gewiss nicht schlechter als das, mit dem im Pupp aufgetischt wird.«

»Im Pupp würde sie gewiss nicht das eigene Geschirr verwenden. Als Grandhotel stellt das Pupp eben was dar!«, konterte Barbara.

Was wird das für eine Ehe, wenn wir uns bereits über solche Kleinigkeiten streiten, dachte Ludwig bedrückt.

Da sprach Barbara bereits weiter. »Ich habe dich vorhin schon gefragt, ob ihr das Adonis nicht vergrößern könnt. Kauf doch ein paar Nachbargebäude und bau sie zusammen, so wie die Pupps es mit dem Böhmischen und dem Sächsischen Saal gemacht haben.«

»Um die Nachbargebäude kaufen zu können, müsste deine Mitgift noch um einiges größer sein. So haben wir nicht das Geld dazu«, antwortete Ludwig, um sie daran zu erinnern, dass sie zwar aus einer wohlhabenden, aber nicht übermäßig reichen Familie stammte. Ihr Vater war jedenfalls froh gewesen, sie so gut an den Mann zu bringen.

Dies wusste Barbara durchaus. In den Gesprächen mit Ludwigs Tante war ihr jedoch klar geworden, dass sie in Brünn als Gattin eines Hoteliers, wie es ihr Vater war, weitaus mehr gelten mochte denn als Frau des Besitzers eines doppelt so großen Hotels in diesem Ort. In Brünn gab es keinen Hotelier, der im Vergleich zu ihrem Vater die fünffache Anzahl an Zimmern besaß. Hier aber übertraf das Pupp das Adonis bei Weitem. Isolde Karch litt seit Jahren darunter, und Barbara tat es nach den knapp zwei Wochen, die sie nun in Karlsbad weilte, ebenfalls.

Hinzu kam, dass Isolde Karch mit Ludwig härter ins Gericht ging als früher. Damals hatte sie seine Arbeit als Hoteldirektor des Adonis anerkannt. Nach seiner blödsinnigen Zuneigung zu einem Stubenmadl, wie sie es nannte, war er für sie ein Schwächling ohne Charakter geworden. In ihrer Wut über die Sache mit Eva hatte sie Barbara bereits erklärt, dass sie, würde sie ihrem anderen Neffen Erwin zutrauen, das Hotel in ihrem Sinne zu führen, diesem den Vorzug vor Ludwig geben würde.

Bisher hatte Barbara Ludwig für einen angenehmen jungen Mann gehalten. Nun aber schloss sie sich der Meinung seiner Tante an und sagte sich, dass er von einer klugen und starken Frau wie ihr an der kurzen Leine geführt werden musste, um keine Dummheiten zu begehen. Die Liebschaft mit diesem Zimmermädchen war eine solche Dummheit gewesen und durfte sich nicht wiederholen.

Als die beiden ins Adonis zurückkehrten, begegnete ihnen Frau Zöpfel. Ludwig grüßte die Hausdame freundlich, während Barbara über die Frau hinwegsah, als wäre sie nicht vorhanden. Von Isolde Karch wusste sie, dass die Hausdame Eva protegiert hatte. Damit trug auch Frau Zöpfel an Ludwigs sinnlicher Verirrung Schuld. Einer der ersten Punkte, die sie angehen wollte, war die Entlassung dieser Angestellten. Vorerst konnte sie selbst deren Aufgaben erfüllen und sich dann eine Hausdame suchen, die ihr passte.

»Ich muss mit Ihnen reden, Herr Karch«, sprach Frau Zöpfel Ludwig an.

»Was gibt es denn?«, fragte er.

»Es geht um das Personal! Die Saison dauert nicht mehr lange, und da wollte ich die Planung für nächstes Jahr vornehmen. Ich habe Ihrer Tante meine Vorschläge bereits letzte Woche gegeben, aber sie hat sich bis jetzt nicht dazu geäußert«, erklärte die Hausdame.

»Ich werde mit der Tante reden«, versprach Ludwig.

»Das ist noch nicht alles. Fast ein Viertel der Angestellten will nächstes Jahr nicht mehr im Adonis arbeiten. Darunter sind der Chefkoch, der Souschef, zwei Köche und der Kellner Jean. Auch einige Stubenmadl, Spülerinnen und Wäscherinnen wollen wechseln. Als ich das heute Vormittag der Madame gesagt hat, hat sie nur gemeint, sie wäre froh, wenn die gingen.«

Ludwigs Miene wurde ernst. Der Chefkoch des Adonis war gut, Jean zählte zu den besten Kellnern der Karlsbader Hotels und konnte jederzeit im Pupp unterkommen. Fast bedenklicher fand er jedoch, dass auch Zimmermädchen, Spül- und Waschpersonal das Hotel verlassen wollten. Kellner und Köche wechselten alle paar Jahre. Anders als sie blieben die Frauen, die putzten, spülten und wuschen, ihrem Hotel lange treu. Wenn sie trotzdem gehen wollten, sprach dies nicht für eine gute Führung. Ludwig machte nicht den Fehler, die Schuld dafür bei der Hausdame zu suchen. Den Ärger hatte nicht sie, sondern seine Tante verursacht.

»Es ist ohnehin an der Zeit, dass hier ein neuer Wind weht. Mit neuen Angestellten geht es am besten«, erklärte Barbara und ging weiter, um Isolde Karch aufzusuchen.

Ludwig blieb bei Frau Zöpfel stehen. »Ich würde gerne wissen, was hier geschehen ist. Können Sie es mir vielleicht erklären?«

Die Hausdame musterte ihn nachdenklich. Sie hatte immer viel von ihm gehalten, aber mit seiner Schwärmerei für Eva hatte der ganze Schlamassel angefangen. Sie wollte auch nicht, dass Eva noch einmal deswegen behelligt wurde. Daher schüttelte sie den Kopf. »Als Angestellte im Hotel steht mir das nicht zu. Da müssen Sie schon Ihre Tante fragen.«

Und erhalte einen vollkommen von ihr eingefärbten Bericht, der mit der Wahrheit nicht das Geringste zu tun hat, dachte Ludwig erbittert. Frau Zöpfels Antwort verriet ihm zudem, dass die Hausdame ihm nicht mehr so vertraute wie früher. Damals war Frau Zöpfel für ihn eine Verbündete gewesen, mit der er seine Vorstellungen des Adonis als modernes Hotel hatte verwirklichen wollen. Das war nun vorbei, und irgendwie tat es ihm weh.

* * *

Zwei Tage später erschien Lord Augustus Beauvais in Karlsbad. Er kam aus England, wo er den Sommer verbracht hatte, und würde von hier aus an die Riviera weiterreisen, um dort dem englischen Winter zu entgehen.

Im Gegensatz zu dem, was Isolde Karch im Vorfeld erklärt hatte, empfing sie diesen Gast mit dem gewohnten Aufwand und begrüßte ihn ausgesprochen höflich. Außer ihr waren ihr Neffe und dessen Braut dabei, ihr Empfangschef, Frau Zöpfel, der Küchenchef und Jean als der Kellner, der extra für den Lord abgestellt worden war. Im Hintergrund stand Helga, die diesmal die Suite des Lords reinigen sollte. Die Person, wegen der Lord Augustus nach Karlsbad gekommen war, suchte er hingegen vergebens.

»Herzlich willkommen, Euer Lordschaft! Ich hoffe, Sie hatten eine gute Reise«, begrüßte ihn Barbara, um zu zeigen, dass sie in Zukunft eine wichtige Rolle im Hotel spielen würde. Sie knickste auch, obwohl sie mehrfach erklärt hatte, was für ein seniler Tattergreis dieser Lord wäre.

Beauvais beachtete sie kaum, sondern blickte sich forschend in der Empfangshalle um. Alle wussten, aus welchem Grund. Die erhoffte Auskunft würde er hier im Hotel allerdings nicht bekommen. Frau Karch hatte nämlich dem Personal strengstens verboten, den Namen Eva auch nur in den Mund zu nehmen.

»Jones, sorge dafür, dass mein Gepäck in die Suite gebracht wird«, befahl Lord Augustus seinem Kammerdiener und ging in Richtung des Cafésalons.

Als er diesen betrat, war dort um einiges weniger los als im Frühjahr. Dabei war die Saison noch nicht zu Ende. Eine junge Frau stand an der Theke und brühte Kaffee auf, eine andere stand bei ihr, und eine Dritte servierte mit einer Miene, die nicht unbedingt zum Wiederkommen einlud. Doch Eva, auf deren Anblick er gehofft hatte, war nirgends zu sehen.

Lord Augustus setzte sich und wartete, bis eines der Serviermädchen zu ihm kam.

»Coffee!«, sagte er. »*Where is* Eva?«

Auch hier im Cafésalon war das Englische nicht vom Himmel geregnet. Trotzdem verstand Ida, dass der Lord einen Kaffee wollte und nach Eva fragte. Sie nahm seine Bestellung auf, stellte sich aber in Bezug auf Eva taub.

Ulla brachte ihm das Gewünschte, knickste und ging wieder, ohne ein Wort zu sagen.

Lord Augustus kniff die Augenbrauen zusammen. Etwas war hier vorgefallen, und es hatte mit Eva zu tun. Für einen kurzen Moment befürchtete er, ihr wäre etwas gestoßen, sagte sich dann aber, dass es einen anderen Grund geben musste. Bereits im Frühjahr hatte er gespürt, dass Frau Karch die junge Frau nicht mochte. Hatte sie Eva etwa entlassen? Wenn ja, war dies für ihn Grund genug, dieses Hotel in Zukunft zu meiden.

Er trank seinen Kaffee, legte eine Münze als Bezahlung und Trinkgeld auf den Tisch und verließ den Cafésalon mit mürrischer Miene. Dies änderte sich auch nicht, als er seine Suite betrat und Helga und Gisela dabei vorfand, wie sie unter Jones' Aufsicht seine Kleidung in den Schränken verstauten. Beide knicksten bei seinem Anblick. Der Lord erinnerte sich, dass Helga Evas Freundin war, und winkte sie zu sich.

»*Where is* Eva?«, fragte er nun Helga.

Helga dachte an Frau Karchs Drohung. Trotzdem war sie nicht bereit, dem freundlichen alten Herrn die Auskunft zu verweigern.

»Es ist uns verboten worden, diesen Namen zu nennen. Wenn Euer Lordschaft ein Stück Papier hätten! Das Schreiben wurde uns nämlich nicht untersagt«, erklärte sie in einer stotternden Mischung aus Gesten, englischen Brocken und Deutsch.

Gisela kicherte. Diesen Befehl wörtlich auszulegen, war genau das, was Frau Karch gebührte, dachte sie.

Unterdessen riss Jones auf Lord Augustus' Aufforderung hin ein Blatt aus einem Notizbuch und reichte es Helga samt einem Bleistift. Diese wollte schon zu schreiben beginnen, traute es der Madame aber zu, auch den Abfallkorb der Suite durchsuchen zu lassen. Daher notierte sie in krakeligen Druckbuchstaben nur drei Wörter.

»Eva – Jankers Hotel!«

Sie reichte dem Lord den Zettel. Dieser las ihn, lächelte und reichte ihr eine Zehnkronennote. Damit auch Gisela nicht zu kurz kam, erhielt sie fünf Kronen. Dann steckte Beauvais den Zettel ein.

Im ersten Impuls wollte er sofort aufbrechen, sagte sich dann aber, dass er Eva, die vermutlich eine neue Stelle angetreten hatte, damit in Verlegenheit bringen konnte. Auch war es bereits recht spät am Nachmittag. Daher beschloss er, sich erst einmal einzurichten und dann zu Abend zu essen. Am Vormittag des nächsten Tages würde er zum Sprudel gehen und das Wasser trinken. Essen wollte er in einem der Restaurants in der Nähe des Sprudels und anschließend Jankers Hotel aufsuchen und nach Eva fragen. Vielleicht erhielt sie ein wenig Freizeit, um mit ihm reden zu können.

* * *

Während der Lord für den nächsten Tag plante, saß Frau Karch mit ihrem Neffen und Barbara zusammen. »Es ist eine Plage!«, sagte sie. »Aber wir müssen Lord Augustus mit der seinem Rang zustehenden Aufmerksamkeit empfangen. Es wäre fatal, wenn es hieße, wir hätten ein Mitglied der Hocharistokratie abfällig behandelt. Wir könnten dann nicht mehr auf so hohe Herrschaften als Gäste hoffen.«

»Das sehe ich genauso«, stimmte ihr Barbara zu. »Beauvais mag ein verschrobener Narr sein, aber er ist ein Lord, und nur das darf für uns als Gastgeber zählen. Anders wäre es, wenn er hier im Hotel auffällig würde.«

»Wobei auch hier äußerste Zurückhaltung angesagt ist«, wandte Ludwig ein. »In einem Hotel, in dem ich letztes Jahr war, wurde erzählt, dass ein Gast des Nachts unbekleidet als Schlafwandler durch die Flure gegangen war. Ihn zu wecken, hätte große Peinlichkeit verursacht. Daher sperrte man den Flur ab, sodass er nur ein paar Dutzend Schritte hin und hier gehen konnte. Bis zu seiner Abreise wurde dies mit größter Diskretion gehandhabt.«

»Also, ich würde das nicht dulden!«, sagte Barbara schnaubend. »Doch jetzt zu etwas anderem: Mein Papa hat mit Gästen, die er besonders ehren wollte, gemeinsam das Mahl eingenommen. Wir sollten daher an Beauvais' Tisch auch für uns decken lassen.«

Über Isolde Karchs Gesicht huschte ein Schatten. Wenn sie das taten, würde Lord Augustus mit absoluter Gewissheit nach Eva fragen und keine ausweichenden Antworten akzeptieren. Sie hatte mehrfach erlebt, wie er unliebsamen Leuten in die Parade gefahren war. Ihr würde es noch schlimmer ergehen, wenn er erfuhr, wie sie Eva behandelt hatte.

»Warum muss ein so vornehmer und reicher Mann einen Hang zu einem Mädchen aus der Gosse entwickeln?«, stieß sie hervor.

»Wenn du damit Eva meinst, so mag sie die Tochter von Tagelöhnern sein. Aus der Gosse aber kommt sie nicht!«, erwiderte Ludwig scharf.

»Doch dort gehört sie hin!«, zischte Isolde Karch hasserfüllt.

Es war wieder einmal einer jener Augenblicke, in denen Ludwig sich fragte, ob es das Erbe wirklich wert war, sich dem Willen der Tante zu unterwerfen. Da er die Frage nicht beantworten konnte, reagierte er auf den Vorschlag, den Barbara gemacht hatte.

»In einem Hotel wie dem deines Vaters mag es üblich sein, dass der Hotelbesitzer sich zu seinen Gästen setzt. Aber in einem Hotel vom Range des Adonis ist dies undenkbar.«

Barbara zog eine Schnute. Auch wenn sie Lord Augustus für einen debilen Greis hielt, so hätte sie doch liebend gerne an dessen Tisch gespeist, schon um ihren Freundinnen in Brünn davon schreiben zu können. Sie sah nun Ludwigs Tante in der Hoffnung an, diese werde ihr zustimmen.

Isolde Karch schüttelte sich kurz, als müsse sie einen unangenehmen Gedanken vertreiben. »Ich muss Ludwig recht geben. Wir können uns nicht ohne die Einwilligung eines Gastes zu diesem setzen. Bei Lord Augustus ist es völlig unmöglich. Er hat dieses Stubenmadl in einem Maße vorgezogen, dass ich um den Ruf meines Hotels gebangt habe. Gewiss würde er die Rede auf sie bringen und zornig werden, wenn ich berichten müsste, es wäre mir nichts anderes übrig geblieben, als dieses anmaßende Ding zu entlassen. Ich werde es der Zöpfel niemals verzeihen, dass sie dieses Biest in einem anderen Hotel untergebracht hat.«

Es war die erste Information über Evas Verbleib, die Ludwig erhielt. Er dankte im Stillen der Hausdame, die sich für Eva eingesetzt hatte, obwohl es ihr schaden mochte. Auch war er erleichtert, weil Eva nicht hilflos auf die Straße gesetzt worden war, sondern sich in einer festen Stellung befand.

»Und was ist das für ein Hotel?«, fragte er.

Obwohl Isolde Karch wusste, dass ihr Neffe es über kurz oder lang erfahren würde, war sie nicht bereit, es ihm mitzuteilen.

»In irgendeinem! Aber mach dich nicht lächerlich, indem du zu allen Hotels gehst und nach diesem Frauenzimmer fragst.«

Ludwig beschloss trotzdem, die Ohren offen zu halten. Auch wenn seine Tante Auster spielte – jemand würde es ihm sicher verraten!

»Mir kannst du es doch sagen«, drängte Barbara.

»Vielleicht«, antwortete Isolde Karch und fand, dass es eine gute Idee wäre, es Ludwigs Braut mitzuteilen. Barbara war Frau genug, um Eva auf den Platz zu verweisen, wo diese hingehörte.

Nun wechselte Ludwig erneut das Thema. »Tante Isolde, ich habe mit Frau Zöpfel gesprochen. Sie sagt, sie habe dir die

Personalplanungen für nächstes Jahr gegeben, aber noch keine Antwort darauf erhalten.«

»Ich will die Zöpfel entlassen und eine neue Hausdame einstellen, die dann die Planungen vornehmen soll«, antwortete Frau Karch.

»Das kann ich übernehmen«, bot Barbara an.

»Davon rate ich ab«, sagte Ludwig. »Du kennst weder das Hotel noch das Personal. Wie willst du planen, wenn du den Bedarf nicht kennst? Die gleichen Bedenken habe ich im Übrigen bei einer völlig neuen Hausdame.«

»Du tust so, als wäre ich zu dumm dazu!«, fuhr Barbara auf.

»Ich will die Zöpfel weghaben!« Isolde Karch sagte es leise, denn letztlich wusste sie, dass ihr Neffe recht hatte. Im Adonis lag bereits zu viel im Argen, als dass es noch größere Veränderungen ertragen könnte.

»Du weißt, Tante, mir liegt das Adonis am Herzen. Aber wenn du Entscheidungen triffst, die ich als verderblich für dein Hotel ansehe, gibt es nur eine Lösung. Ich suche mir eine Stellung in einem anderen Hotel, und du holst dir meinen Cousin Erwin als Nachfolger ins Haus.«

Isolde Karch begriff, dass Ludwig es vollkommen ernst meinte. Es würde ihr schon jetzt schwer genug fallen, das Adonis halbwegs unbeschadet ins nächste Jahr zu bringen. Aber wenn sowohl ihr Neffe wie auch Frau Zöpfel ihr Hotel verließen, würde es in einem Fiasko enden.

»Was ist dein Neffe Erwin für einer?«, fragte Barbara in der Hoffnung, sie könnte mit diesem besser auskommen als mit dem doch arg steifen Ludwig. Bei diesem wurde sie zudem das Gefühl nicht los, er schaute mehr auf ihre Mitgift als auf sie. Allerdings gab es mittlerweile einen gewichtigen Grund, gerade ihn zu heiraten.

Barbaras Frage brachte Isolde Karch in Verlegenheit. Im Gegensatz zu ihrem direkten Neffen Ludwig war Erwin als

Sohn eines Cousins nur ein Neffe zweiten Grades. Zudem genoss er keinen sonderlich guten Ruf, und sie hätte Stein und Bein geschworen, dass er ihr Adonis innerhalb weniger Jahre verkaufen würde, um sich von dem Erlös ein schönes Leben machen zu können.

»Dann bleibt die Zöpfel halt noch bis nächstes Jahr«, sagte sie giftig.

»Es war bisher meine Aufgabe, die Planungen mit ihr zu machen. Du wirst erlauben, dass ich es auch diesmal tue!« Trotz seiner kühlen Worte war Ludwig erleichtert. So konnte er endlich darangehen, das in Schräglage geratene Adonis wieder gerade zu richten.

»Du wolltest mir doch die Stadt zeigen!«, sagte Barbara und machte aus ihrer Kränkung keinen Hehl.

»Dafür bleiben uns die Nachmittage. An den Vormittagen setzte ich mich mit Frau Zöpfel zusammen und plane für die nächste Saison«, erklärte Ludwig und hoffte, dass sich alles wieder halbwegs einrenken ließ.

* * *

Frau Zöpfel war froh, als Ludwig auf sie zukam, um mit ihr die Vorbereitungen für die folgende Saison zu besprechen. Allerdings bereitete es ihr nicht mehr dieselbe Freude wie in den Jahren zuvor. Dafür war einfach zu viel vorgefallen. Außerdem ging sie davon aus, dass Frau Karch sie bei passender Gelegenheit entlassen würde. Barbara Straßer hatte schon laut getönt, die Aufgabe der Hausdame selbst bewältigen zu können.

Während Ludwig mit Frau Zöpfel über die kommende Saison beriet, unterhielt Barbara sich mit Isolde Karch. Auch wenn sie immer wieder stichelte, so war sie von Karlsbad doch beeindruckt. Ihre Heimatstadt mochte größer sein und war Mährens Hauptstadt. Dennoch versprühte sie nicht den

Glanz, der Karlsbad selbst jetzt, gegen Ende der Saison, noch auszeichnete.

Barbara hatte genug Verstand, um zu wissen, dass es sinnlos war, zu hoch hinausgreifen zu wollen. Für sie war bereits eine Ehe mit Ludwig ein Aufstieg, mit dem sie in Brünn nicht hätte rechnen können. Es störte sie auch nicht, dass ihm eine Liebschaft mit einer ehemaligen Angestellten nachgesagt wurde. Da hatte seine Tante einfach nicht richtig aufgepasst. Sie würde solchen Sperenzchen rechtzeitig einen Riegel vorschieben. Trotzdem wollte sie wissen, wer jenes Mädchen war, bei dem Ludwig sogar an eine Heirat gedacht hatte.

»Ich verstehe ja, dass du dem Ludwig nicht sagen willst, wo diese Matz jetzt arbeitet. Mir aber musst du es sagen! Ist es vielleicht das Flitscherl, mit dem er am Sonntag nach der heiligen Messe geredet hat?«, fragte sie und bohrte so lange nach, bis Isolde Karch nickte.

»Die Eva arbeitet jetzt in Jankers Hotel. Der Besitzer ist ein Fretter gegen uns. Der Janker hat nicht einmal zwanzig Zimmer.«

»Also ist das Adonis fünfmal so groß wie jenes Hotel!« Barbara war zufrieden. Damit zählte das Adonis wirklich nicht zu den kleineren Hotels in Karlsbad.

»Genauso ist es«, bestätigte Isolde Karch. »Das Jankers ist ein kleines Hotel, wie es eine ganze Reihe an der Alten Wiese und auf der anderen Teplseite gibt.«

Barbara erinnerte sich, während ihrer Spaziergänge mit Ludwig bereits einige gesehen zu haben. Gegen das Adonis waren es Krauter. Und trotzdem verdienten sie, wie Isolde Karch berichtete, im Jahr mehr als ihr Vater mit seinem gut doppelt so großen Hotel. Dafür aber waren sie auch von Anfang Mai bis Ende Oktober ausgebucht.

»Kommen wirklich so viele Kurgäste nach Karlsbad?«, fragte Barbara erstaunt. Als sie die Zahl der Betten überschlug und die Zeit, die die einzelnen Gäste blieben, mussten es allein in der Saison zwanzigtausend und noch mehr sein.

»Die kommen!«, bestätigte Isolde Karch. »Außer den Hotels gibt es noch eine Menge Privatunterkünfte. Trotzdem müssen viele Kurgäste sich außerhalb von Karlsbad in Pirkenhammer, Drahowitz oder Fischern eine Unterkunft suchen und entweder zu Fuß oder mit einem Fiaker zu den Heilbrunnen kommen.«

Das hatte Barbara nicht erwartet. Sie hatte geglaubt, nach Karlsbad kämen nur Herren und Damen von Adel und reiche Bürger. Von Isolde Karch erfuhr sie nun, dass auch einfache Beamte, kleine Geschäftsleute und sogar Angestellte, die sich die paar Kronen für ein Privatquartier leisten konnten, Karlsbad aufsuchten, um hier ihre Krankheiten auszukurieren.

»Du kannst am Sprudel und an den Heilbrunnen ebenso eine russische Großfürstin wie auch eine schlichte Lehrersfrau treffen, die beide vom gleichen Leiden befallen sind und ihre Tassen mit dem Heilwasser leeren«, setzte Isolde Karch hinzu.

»Und wie kennt man die auseinander?«

»Am Gewand! Eine russische Großfürstin zieht sich nun einmal anders an als eine Lehrersfrau.« Isolde Karch lachte leise und spürte, dass ihr das Gespräch mit Barbara guttat. Diese war eine angenehme junge Frau mit festem Willen, den sie auch brauchte, um Ludwig von Dummheiten abzuhalten.

Barbaras Gedanken schlugen unterdessen andere Wege ein. »Wenn ich das so höre, ist es doch ein arger Abstieg von einer Angestellten im Adonis zu einer in diesem Hotel *Jankel*?«

»Es heißt *Janker*«, korrigierte Isolde Karch sie. »Aber du hast schon recht. Es ist ein Abstieg. Bei uns hätte die Eva irgendwann einmal sogar Hausdame werden können. Die Zöpfel wollte sie entsprechend ausbilden. In Jankers Hotel ist sie nur eine Magd.«

»Das geschieht ihr recht«, antwortete Barbara lächelnd und beschloss, am Nachmittag mit Ludwig zusammen das Jankers aufzusuchen.

* * *

Anfang November saß man im Wirtsgarten an der Tepl nicht mehr so angenehm wie im Sommer und im Frühherbst. Daher zogen die meisten Gäste es vor, in die Schankstube zu gehen, wo sie vor der kühlen Luft und dem gelegentlichen Nieselregen geschützt waren.

An diesem Tag zeigte sich das Wetter jedoch von seiner besten Seite. Die Sonne schien, es war warm und der blaue Himmel wurde von keinem Wölkchen bedeckt. Daher hatten einige Gäste im Wirtsgarten Platz genommen, und Eva hatte gut damit zu tun, dass die Kehlen nicht durstig blieben. Manche aßen auch zu Mittag, und so kamen Hannas Kochkünste erneut zu Ehren.

Dem Paar, das die Tepl abwärts herankam, schenkte Eva zunächst keine Beachtung. Es waren Barbara und Ludwig. Als sie den Wirtsgarten des Jankers erreichten, blieb Barbara stehen.

»Ich will mich hier ein bisserl ausruhen und eine Limonade trinken.«

Da Eva ihm gerade den Rücken zukehrte, erkannte Ludwig sie nicht, sondern war erst einmal froh, dass Barbara an diesem Tag auf ihre üblichen Sticheleien verzichtet hatte. Sie suchten sich einen Platz und setzten sich.

»Bedienung!« Barbaras Ruf klang laut und gebieterisch.

Ludwig hätte es sich ein wenig dezenter gewünscht. Dann sah er, dass Eva auf sie zukam, und erstarrte.

»Grüß Gott, die Herrschaften!«, sagte Eva. In ihrem schönen Gesicht rührte sich kein Muskel, als sie Ludwig Karch und dessen Braut erkannte. Die beiden waren für sie Gäste wie andere auch.

»Ich trinke eine Orangenlimonade, wenn ihr so eine habt«, sagte Barbara von oben herab.

»Selbstverständlich haben wir Orangenlimonade«, antwortete Eva und korrigierte dabei Barbaras Aussprache. »Und was trinkt der Herr?« Es klang, als wäre Ludwig Karch ein Fremder für sie.

»Herr Karch trinkt einen Weißwein, und zwar einen Gumpoldskirchner«, sagte Barbara, bevor Ludwig auch nur den Mund aufmachen konnte.

Eva begriff, dass Ludwigs Braut sie blamieren wollte. Man war hier jedoch nicht in der Provinz, sondern in Karlsbad und auf die Wünsche der Gäste eingerichtet. Daher ging sie ins Hotel und kehrte kurz darauf mit einem Krug Limonade und einem Glas Wein zurück.

Barbara griff danach und trank ab. »Das ist kein Gumpoldskirchner!«

»Wenn Madame sich überzeugen wollen«, antwortete Eva, ging erneut ins Hotel und brachte eine Weinflasche, auf der herausfordernd das Etikett einer bekannten Gumpoldskirchner Weinkellerei prangte.

Eva hatte zwei zusätzliche Weingläser mitgebracht, füllte in beide je ein wenig Wein und reichte eines davon einem Gast, der bereits Gumpoldskirchner hier getrunken hatte, und schob das andere Ludwig hin.

»Das ist ein sehr guter Gumpoldskirchner«, erklärte der Gast und zeigte deutlich, was er von Barbara hielt.

Nun trank auch Ludwig und nickte. »Du irrst dich, Barbara. Der Wein ist wirklich ein Gumpoldskirchner und, wie der Herr gesagt hat, ein sehr guter Jahrgang!«

Barbara fauchte, weil Ludwig ihr in den Rücken gefallen war und ihren ersten Versuch, Eva zu blamieren, zum Scheitern gebracht hatte. Sie war jedoch nicht gekommen, um klein beizugeben. Daher zog sie den nächsten Giftpfeil aus dem Köcher.

»Deine Tante hat von einem Stubenmadl – oder war es eine Kaffeeserviererin? – erzählt, das sich an den Juniorchef eines großen Hotels herangemacht hat.«

Ludwig fasste nach Barbaras Händen. »Bitte! Wir wollen den Leuten doch kein Schauspiel bieten.«

Genau das hatte Barbara vor, und das Opfer sollte Eva sein. »Die Hotelbesitzerin hat genau das Richtige getan und das impertinente Miststück auf die Straße gesetzt«, fuhr sie laut genug fort, damit alle im Wirtsgarten es hören konnten.

»Barbara, lass das!«, bat Ludwig drängend.

Eva widerstand mühsam dem Wunsch, den Krug mit der Limonade zu nehmen und den Inhalt über Barbaras Kopf auszuleeren. »Wenn die Herrschaften bitte zahlen wollen!«, forderte sie stattdessen.

Sofort schob Ludwig ihr mehrere Münzen zu, die den Wert des Weins und der Limonade weit übertrafen. Eva nahm genau so viel, wie die Zeche ausmachte, und ließ den Rest liegen. Da neue Gäste gekommen waren, nahm sie die Weinflasche wieder mit und ging zu diesen, um ihre Bestellung aufzunehmen.

»Wir sollten austrinken und gehen!«, bat Ludwig Barbara.

Diese sah ihn mit einem spöttischen Lächeln an. »Mir gefällt es hier, und ich möchte bleiben.«

Dabei sah sie hinter Eva her, die eben wieder ins Haus zurückkehrte. Obwohl sie sich ihres Wertes als passabel aussehende junge Frau mit ordentlicher Mitgift bewusst war, beneidete sie Eva um deren schönes Gesicht und ihre elegante Figur. Auch hatte Eva eine natürliche Freundlichkeit den Gästen gegenüber, die sie niemals aufbringen würde.

Ich bin ja auch kein Serviermadl, sondern werde die Ehefrau eines Hotelbesitzers sein, dachte sie, wobei eine leise Stimme ihr zuflüsterte, dass sie gerade deshalb Verständnis für die Gäste und deren Wünsche aufbringen musste.

Dies hinderte sie jedoch nicht daran, weiter gegen Eva zu sticheln. Jedes Mal, wenn diese vorbeikam, setzte sie ihr mit einer bösen Bemerkung zu. Luder und Matz waren noch die harmlosesten.

Für Eva war es schlimm. Doch was sollte sie tun? Auf dem gleichen Niveau antworten wollte sie nicht, schlagen durfte sie dieses Weibsstück nicht, und sich ungeschickt anstellen und einen Krug Bier in deren Schoß zu leeren, ging gegen ihre Berufsehre. Am besten war es, diese Frau nicht zu beachten und die anderen Gäste so zu bedienen, wie sie es immer getan hatte.

Allerdings waren dies Kurgäste, die gerne in den Wirtsgarten des Jankers kamen und die flinke und freundliche Eva mochten.

»Kannst du deiner Begleiterin nicht sagen, sie soll einmal das Maul halten?«, rief einer von ihnen Ludwig verärgert zu.

»Wie kannst du den Herrn Hotelerben Karch mit Du anreden?«, fuhr Barbara den Mann an.

»Da du dich nicht wie eine Dame aufführst, kann er kein Herr sein!«

Barbara kochte vor Zorn. »Was ist denn das da für ein Wirtshaus, in dem solche Lumpen wie du sitzen dürfen?«

»Den Lumpen nimmst du zurück, und auch alles andere, was du zu Eva gesagt hast! Hast du mich?«, forderte der Mann sie mit eisiger Stimme auf.

»Ludwig, der bedroht mich!«, kreischte Barbara auf.

Ludwig fühlte sich wie in einem Schmierentheater, in dem gerade das übelste Stück aufgeführt wurde. Längst hatte er begriffen, dass die Sache aus dem Ruder zu laufen drohte. Mehrere Gäste sahen nämlich nicht so aus, als würden sie Eva weiterhin beleidigen lassen.

»Wir sollten gehen!«, sagte er verzweifelt zu Barbara.

»Bist du wirklich so ein Feigling, dass du vor dem Grischperl Angst hast?«, fragte sie aufgebracht.

Sie hatte Eva bis ins Mark demütigen wollen, aber nicht im Geringsten daran gedacht, dass die Gäste des Janker sich auf deren Seite stellen könnten. Daher hatte sie sich und Ludwig in eine Situation hineinmanövriert, aus der sie kaum mehr herauskommen konnten.

Eine Wirtshausrauferei war für einen Hotelerben in Karlsbad wie Ludwig undenkbar. Sein ganzes Renommee würde dabei zum Teufel gehen. Andererseits konnte er nicht einfach gehen und die Herausforderung des Gastes ignorieren, wenn er nicht als Schwächling gelten wollte.

»Wer sich für dieses Miststück einsetzt, ist nicht mehr wert als sie!«, schimpfte Barbara weiter.

Mit zwei Schritten war Eva bei ihr. »Wenn Sie über mich Mist auskippen, muss ich es ertragen. Aber ich lasse nicht zu, dass Sie unsere Gäste beleidigen. Daher fordere ich Sie und Ihren Begleiter auf, den Wirtsgarten zu verlassen!«

Barbara wurde abwechselnd bleich und dann rot. Bevor überhaupt jemand reagieren konnte, schlug sie mit beiden Fäusten zu. »Du hast mir überhaupt nichts zu sagen, du Miststück!«

Eva bekam einen Schlag ab, wich dem nächsten aus und griff mit sicherer Hand nach dem vollsten Krug in ihrer Reichweite. Nur einen Lidschlag später wurde Barbara mit Bier getauft.

»Bravo, Eva!«, rief einer der Gäste, die sich für sie eingesetzt hatten, und applaudierte.

Auch andere klatschten. Darunter war ein alter Herr, der in der Nähe stand. Lord Augustus hatte Barbaras Auftritt zu einem Teil miterlebt und interessiert gewartet, wie Eva darauf reagieren würde. Als Barbara nun kreischend dastand und Eva in die Hölle wünschte, während ihr das Bier über Haare, Gesicht und Kleid rann, betrat Lord Augustus den Wirtsgarten und winkte Eva zu.

»Hello, my girl! How are you?«

Jetzt erst entdeckte Eva den Lord und knickste. »Euer Lordschaft! Welch eine Überraschung!«

Ludwig starrte auf Beauvais und begriff nur eines: Der wichtigste Gast ihres Hotels hatte mit angesehen, wie sich seine Begleiterin aufgeführt hatte. Er verbeugte sich vor Lord

Augustus, wurde von diesem aber ebenso wenig beachtet wie Barbara, die mit ihren nassen Haaren und dem nassen Kleid alles andere als respektabel aussah.

»Komm jetzt!«, sagte er zu ihr, packte sie bei der Hand und zerrte sie hinter sich her. Eines wusste er mit schmerzlicher Gewissheit: Im nächsten Jahr brauchten sie nicht mehr damit zu rechnen, Lord Augustus Beauvais als Gast im Adonis begrüßen zu können.

* * *

Lord Augustus nahm auf dem Stuhl Platz, den Ludwig geräumt hatte, und musterte Eva. Sie schien im Verlauf des halben Jahres, das seit ihrer letzten Begegnung vergangen war, noch erwachsener geworden zu sein. Beherrscht war sie schon immer gewesen, doch für die Selbstbeherrschung, die sie an diesem Tag aufgebracht hatte, bewunderte er sie.

»Nun? Magst du mir keinen Tee bringen?«, fragte er.

»Selbstverständlich bekommen Sie Ihren Tee. Wer will noch etwas trinken?« Die Frage galt den übrigen Gästen, die sich nun auch zahlreich meldeten.

»Da werde ich zweimal gehen müssen«, sagte Eva lächelnd und eilte los.

Nur wenige Minuten später waren alle versorgt. Eva blieb neben Lord Augustus stehen. »Ich hoffe, Euer Lordschaft befinden sich wohl?«

»Mein Arzt würde sagen, es geht mir meinem Alter entsprechend. Heute tut das weh, morgen jenes«, antwortete er und trank einen Schluck Tee.

»Ich glaube, ich werde während der Zeit, die ich in Karlsbad verbringe, öfter hierherkommen«, meinte er danach.

»Es würde mich freuen, Euer Lordschaft! Aber ich werde Sie diesmal nicht mehr begleiten können. Ich habe eine neue Stelle und will nicht, dass man böse auf mich wird.«

Beauvais nickte zu Evas Worten und überlegte dennoch, ob er den Besitzern von Jankers Hotel nicht eine gewisse Summe anbieten sollte, damit sie Eva für die nächsten zwei Wochen freistellten. Allerdings war sie neu und das Hotel recht klein, sodass sie hier sicher bei der Arbeit fehlen würde.

»Das verstehe ich voll und ganz«, sagte er daher. »Aber du wirst erlauben, dass ich einen Großteil meiner Zeit hier verbringen werde.«

»Für den Fall, dass das Wetter zu schlecht ist, haben wir eine Gaststube«, sagte Eva und wies auf mehrere Fenster an einer Seite des Hotels.

»Das freut mich! Im Regen und bei Kälte sitzt es sich hier gewiss nicht so angenehm wie jetzt.« Lord Augustus lachte kurz und sah dann Eva fragend an. »Wer war eigentlich diese Harpyie, die du mit Bier abkühlen musstest?«

Eva kniff kurz die Lippen zusammen, zuckte dann aber mit den Achseln. »Das war Herrn Karchs Braut aus Brünn.«

»Ist sie der Grund, warum du das Adonis verlassen hast?«, fragte der Lord weiter.

Eva schüttelte den Kopf. »Nein, das war wegen Frau Karch! Sie hat sich in einen argen Hass gegen mich hineingesteigert und diesen wohl an die Verlobte ihres Neffen weitergegeben.«

Lord Augustus begriff, dass er hier nicht weiter bohren sollte. Er war sicher, während seiner Zeit in Karlsbad mehr herauszufinden. Nicht alle im Adonis würden schweigen, wenn er ihnen eine entsprechende Banknote vor die Nase hielt. Nun aber freute er sich erst einmal, Eva zuzusehen, wie sie flink die Gäste bediente und dabei immer wieder Zeit fand, sich ein paar Minuten mit ihm zu unterhalten.

Als die Zeit des Abendessens kam, bestellten einige Gäste von den Gerichten, die Hanna gekocht hatte. Auch Lord Augustus tat es und aß mit großem Genuss, während der Kellner Jean im Adonis vergebens auf den geehrten Gast wartete, den er beim Diner bedienen sollte.

* * *

Als Ludwig und Barbara das Adonis erreichten, glühten beide vor Wut, wenn auch aus unterschiedlichen Gründen. Sie hatten allerdings dasselbe Ziel, nämlich Frau Karchs Büro. Kaum waren sie eingetreten, starrte Ludwigs Tante Barbara verdattert an, da sie nicht nur wie eine getaufte Katze aussah, sondern auch intensiv nach Bier roch.

»Was ist geschehen?«, fragte sie.

»Dieses Miststück Eva hat einen Krug Bier über mich ausgeschüttet. Meine Frisur und mein Kleid sind ruiniert. Ich werde sie anzeigen und dafür sorgen, dass sie ins Gefängnis kommt, wo sie hingehört!«, rief Barbara mit sich überschlagender Stimme.

»Davon würde ich abraten«, wandte Ludwig kühl ein. »Wenn du das tust, werden etliche bezeugen können, dass du Eva zuerst übel beschimpft und dann auf sie eingeschlagen hast, einschließlich Lord Augustus, der Zeuge dieses unappetitlichen Vorfalls geworden ist.«

»Was kümmert mich dieser alte Tattergreis?«, schrie Barbara ihn an.

»Es sollte dich kümmern, denn sein Wort hat in Karlsbad Gewicht. Auch wird er im nächsten Jahr im Pupp oder einem anderen Hotel einkehren. Das Adonis wird dadurch noch mehr an Ansehen verlieren!« Ludwig atmete tief durch und wandte sich dann seiner Tante zu. »Du kannst meinem Vetter Erwin meine Glückwünsche übermitteln, weil er nun dein Erbe ist. Ich verzichte darauf und werde mein Brot mit meiner Hände Arbeit verdienen. Erwin kann auch Barbara heiraten. Ich werde es jedenfalls nicht tun.«

Während Isolde Karch ihn nur erschrocken anstarrte, kreischte Barbara auf. »Du musst mich heiraten! Wir haben im Hotel meines Vaters in freien Zimmern gewisse Dinge miteinander getan, und jetzt bin ich schwanger!«

Ihre Worte trafen Ludwig wie ein Schlag. In Brünn hatte er in dem Glauben, sie könnte die passende Gattin für ihn sein, ihre Bereitschaft zu jenen Dingen, wie sie es nannte, angenommen und ein paarmal mit ihr geschlafen. Ob sie dabei jedoch tatsächlich schwanger geworden war, musste sich erst noch erweisen.

»Wenn Doktor Alfred Becher deine Schwangerschaft bestätigt, werde ich die Konsequenzen meiner Torheit tragen und mit dir vor den Traualter treten«, sagte er in einem Ton, als kettete man ihn an die Ruderbank einer Sträflingsgaleere.

Barbara atmete trotzdem auf. Wenn nun ein Kind sechs Monate nach der Heirat zur Welt kam, würden sich nur die ärgsten Pharisäer darüber das Maul zerreißen und andere lediglich spotten, dass sie die Hochzeitsnacht nicht hatten abwarten können. Heiratete sie hingegen Ludwigs Vetter, würde allen klar sein, dass sie diesem ein Kuckuckskind bescherte. Sie konnte nicht einmal damit rechnen, dass Erwin eine von einem anderen Mann schwangere Braut überhaupt heiraten wollte.

Da war es tausendmal besser, Ludwigs Ehefrau und eine geachtete Hoteliersgattin zu werden, anstatt als uneheliche Mutter nach Brünn zurückgeschickt zu werden.

Wenn die Saison zu Ende geht

Obwohl Lord Augustus im Adonis übernachtete, war er dort nur ein seltener Gast. Wenn er nach dem Frühstück die Sprudelkolonnaden aufsuchte, um von dem Heilwasser zu trinken, überreichte er kurz darauf Jones seine Tasse und ging hinüber zu Jankers Hotel.

An schönen Tagen setzte er sich in den Wirtsgarten, an kalten oder regnerischen in die Gaststube, und sah Eva bei der Arbeit zu. Michael Janker und dessen Frau Leopolda überschlugen sich beinahe darin, es ihm so bequem wie möglich zu machen. War es draußen kühl, brachte Leopolda ihm eigenhändig ihre beste Decke und in der Gaststube ein Kissen, damit er nicht so hart sitzen musste.

Lord Augustus und auch Eva lächelten ein wenig über den Eifer, den das Ehepaar an den Tag legte. Auch freute Eva sich darüber, dass der alte Herr so angesehen war. Am stolzesten aber war Hanna, weil Lord Augustus mittags und abends bei ihnen aß und mit dem, was ihm vorgesetzt wurde, sehr zufrieden war.

»Weißt du, Eva!«, sagte er eines Abends. »Im Adonis haben sie neuerdings einen französischen Küchenchef, und dieser bringt Gerichte auf den Tisch, die vielleicht ein Franzose essen kann, nicht aber ein echter *English man*. Da wird hier in Jankers Hotel ganz anders gekocht.«

»Das freut mich«, antwortete Eva. »Aber wenn ich es sagen darf: Hanna sucht auch jedes Mal das beste Fleisch oder den besten Fisch für Sie aus, und bei Mehlspeisen erhalten Sie immer das schönste Stück.«

»Es freut mich, dass du es hier gut getroffen hast. Ich habe gehört, dass die Besitzerin des Adonis dich verleumdet und geschlagen hat.«

Lord Augustus' Geld hatte ausgereicht, einen der Pikkolos, der ein wenig Englisch konnte, davon zu überzeugen, ihm mehr über die Vorgänge im Adonis zu berichten. Hätte er es schon früher erfahren, hätte er sich ein anderes Hotel gesucht. So jedoch schlief er zwar dort, mied aber jeden Kontakt zu Isolde Karch, Ludwig und dessen Braut.

»Hast du gehört, dass Herr Karch dieses impertinente Wesen heiraten wird?«, fragte er, als Eva wieder ein wenig Zeit für ihn hatte.

Sie machte eine wegwerfende Handbewegung. »Soll er doch! Sie passt gut in die Familie.«

Lord Augustus lachte leise. »Du triffst wie meistens den Nagel auf den Kopf. Aber was wirst du tun, wenn sie wieder erscheint, um dich zu beleidigen?«

»Herr Janker hat gesagt, er packt sie beim Genick und schmeißt sie in die Tepl«, erwiderte Eva mit einem übermütigen Grinsen. »Aber im Ernst! Er will von seinem Hausrecht Gebrauch machen und sowohl sie wie auch Ludwig Karch und dessen Tante von seinem Besitz verweisen.«

»Ich hoffe, das reicht!« Lord Augustus wechselte das Thema. »Nächste Woche reise ich ab, um den Winter an der Riviera zu verbringen. Es wird das letzte Mal sein, dass ich im Adonis übernachte.«

»Wollen Sie nicht mehr nach Karlsbad kommen?«, fragte Eva erschrocken.

»Doch, das werde ich«, antwortete Lord Augustus lächelnd. »Hätte dieses Hotel einen Aufzug, wüsste ich auch, wo ich wohnen würde. Aber in meinem Alter fällt mir das Treppensteigen schwer. Das Grandhotel Pupp hätte welche, doch ist es mir zu weit von hier entfernt. Ich habe daher Erkundungen eingeholt, wo ich in größerer Nähe zum Sprudel unterkommen kann.«

»Ich hoffe, das Hotel entspricht Ihren Vorstellungen«, sagte Eva und freute sich, weil der alte Herr wiederkommen wollte.

Nun aber musste sie zurück an die Arbeit gehen. Lord Augustus lehnte sich in seinem Stuhl zurück und sah ihr zu, soweit es von seinem Platz aus möglich war. So muss man seine Aufgaben bewältigen, dachte er, freundlich, auch wenn es nicht immer leichtfällt, sorgfältig, damit man sich seiner Arbeit nicht zu schämen braucht, und sich vor allem nicht davon abhalten lassen, sie auch zu vollenden, selbst wenn etwas winkte, das leichter zu erledigen war.

Lord Augustus hatte jedoch nicht nur Eva als Gesprächspartnerin. Kaum war bekannt geworden, dass er tagsüber in Jankers Hotel zu finden war, kamen Bekannte und Freunde, um ihn zu besuchen. Mancher Gast wühlte seine halb vergrabenen Englischkenntnisse heraus, um ein paar Worte mit ihm zu wechseln. Jene, die wussten, dass er bereits vor einem guten Jahr und auch im Frühjahr großes Interesse an Eva gezeigt hatte, erlebten ihn nun ein weiteres Mal als großväterlichen Freund.

Durch seine höflich-distanzierte Art und dank der Tatsache, dass er sich Eva niemals mehr näherte, als die guten Sitten es zuließen, entkräftete Beauvais auch die bösartigen Gerüchte. Die verbreitete nicht zuletzt Ludwigs Braut Barbara, denn sie konnte ihre Niederlage gegen Eva einfach nicht verkraften.

Ludwig warnte sie mehr als ein Mal, es weiterhin zu tun, doch gegen den Hass seiner Braut kam er nicht an. Da Barbara sich in Brünn mit ihm eingelassen hatte, obwohl sie noch nicht mit ihm verheiratet gewesen war, nahm sie fest an, Eva hätte das Gleiche getan. Wäre die Tagelöhnerstochter schwanger geworden, so glaubte sie, hätte Ludwig sie wahrscheinlich auch geheiratet.

»Ich bin so froh, dass Ludwig diesem Biest keinen Balg in den Bauch geschoben hat«, sagte sie eines Abends zu ihrer zukünftigen Schwiegermutter.

Ludwigs Tante sah sie tadelnd an. »Du solltest dich eines besseren Wortschatzes befleißigen. So redest du wie eine Schlampe!«

Barbaras Augen funkelten zornig auf. »Ich rede so, wie es sich für dieses Miststück gehört!«

»Es ist dein Ruf, den du damit zerstörst, nicht der ihre«, erwiderte Isolde Karch bitter.

Manchmal, wenn die Sorgen sie nicht einschlafen ließen, fragte sie sich, ob es nicht klüger gewesen wäre, Ludwig seinen Willen zu lassen und Eva zu akzeptieren, anstatt ihn zu zwingen, Barbara den Hof zu machen. Es hätte zwar Aufsehen erregt, aber nur für kurze Zeit, während sie bei Barbara Angst haben musste, dass diese den Streit monate- und vielleicht sogar jahrelang weiterführen würde.

Barbara war sicher, in ihren Gesprächspartnerinnen gute Freundinnen gefunden zu haben. Anders als ihr war es der Hotelbesitzerin jedoch klar, dass die Menschen das, was sie von Barbara hörten, verdreht weitererzählten. Dann war von Barbaras Eifersucht auf die schönere und geschicktere Eva die Rede, die mit Lords und anderen hohen Herrschaften Umgang pflegte. Barbara genau das beizubringen war jedoch eine Kunst, die sie nicht beherrschte.

* * *

Ehe Eva sich versah, war die Zeit des Abschieds von Lord Augustus gekommen. Der alte Herr hatte den Fiaker zu Jankers Hotel bestellt, um sich nicht im Adonis verabschieden zu müssen. Dafür war sein Zorn auf Isolde Karch zu groß. Wie hatte diese Eva für ein Mädchen halten können, das sich nach oben schlafen wollte? Mit Ludwig Karch ging er, anders als Eva, etwas milder zu Gericht. Für Lord Augustus war es kein Wunder, dass der junge Mann sich in Eva verliebt hatte. Nur hätte er sich klüger anstellen und notfalls auch auf ein Erbe wie das Adonis verzichten müssen.

Schnell verdrängte er Isolde und Ludwig Karch aus seinen Gedanken und reichte Eva die Hand. »Auch wenn es schwerfällt, muss ich jetzt den Fiaker besteigen. Die Kaiserlich-Österreichische Bahn wird meinetwegen gewiss nicht warten.«

»Sie müssen ja noch beim Adonis vorbei!«, erwiderte Eva besorgt.

Lord Augustus schüttelte mit einem verächtlichen Lächeln den Kopf. »Das werde ich nicht tun. Jones ist mit dem Gepäck bereits losgefahren, und nun folge ich ihm. *Good bye,* Eva! Bis zum nächsten Jahr!«

»Bis zum nächsten Jahr!« Eva spürte, wie ihr die Brust eng wurde, denn sie hatte diesen alten Herrn lieb gewonnen wie einen nahen Verwandten. Auch hatte sie es ihm zu verdanken, dass sie kein einfaches Zimmermädchen geblieben war, sondern Dinge gelernt hatte, die weit darüber hinausgingen.

Sie half Lord Augustus in den Wagen und winkte ihm nach, solange sie ihn erkennen konnte. Danach atmete sie tief durch und kehrte in das Hotel zurück. Es war Mitte November, und der Wirtsgarten wurde nur noch selten benützt. Die Gäste versammelten sich daher in der Gaststube. Auch an diesem Tag war sie gut gefüllt, und sie ging daran, die Getränkewünsche aufzunehmen und zu erfüllen.

»Der Lord ist weg?«, fragte Cilly, als es einen Augenblick ruhiger war.

Eva nickte. »Das ist er. Aber er will nächstes Jahr wiederkommen.«

»Ich hätt nichts dagegen«, sagte die alte Frau lachend. »Er hat mir ein gutes Trinkgeld gegeben – ein sehr gutes sogar! – und den anderen auch. Die Hanna war ganz von den Socken. So was hat sie noch nie erlebt, dabei kocht sie schon zwanzig Jahre bei uns. Der Herr Janker hat den Lord gefragt, ob er eine Fotografie von ihm machen lassen und hier in der Stuben aufhängen darf, damit die Leut sehen, dass er bei uns gegessen und getrunken hat.«

»Und? Hat Lord Augustus es erlaubt?«, fragte Eva.

Cilly lachte. »Nicht bloß das! Der Lord hat die Fotografie sogar selber machen und rahmen lassen. Dort hinten hängt sie schon.«

Eva hatte das Foto noch nicht gesehen und ging nun rasch hin. »Es ist ein schönes Bild. Da merkt man erst so recht, was für ein Herr Lord Augustus ist.«

»Er hat erzählt, dass einer seiner Großväter ein Herzog gewesen ist«, berichtete Cilly stolz.

»Er hat es erzählt? Aber du kannst doch gar kein Englisch!«, rief Eva erstaunt.

Cilly verzog ihr faltiges Gesicht zu einem Grinsen. »Das hat er zu einem Herrn hier gesagt, der hat es danach den anderen Gästen erzählt, und da hab ich es gehört.«

Eva lächelte über das Aufsehen, das Lord Augustus in Jankers Hotel erregt hatte. Obwohl er hier nicht geschlafen hatte, war allein seine Anwesenheit der Grund für einen steten Zustrom an Gästen gewesen. Auch jetzt waren alle Zimmer einschließlich der beiden Ersatzzimmer im Dachgeschoss belegt, und Hanna musste für weitaus mehr Gäste kochen, als hier wohnten. Die Köchin und ihre Helferin Lina hatten daher gut zu tun. Veronika und Maxi halfen ihnen, wenn es zu eng wurde. Eva hätte es auch getan, doch sie musste die Gäste bedienen. Als sie am nächsten Sonntag zur Kirche ging, richtete sie ihre Gedanken bereits auf das Mittagessen im Hotel. Diesmal hatte sie nur eine halbe Stunde für sich, dann musste sie zurück sein und helfen.

Eva war daher froh, als sie Helga und Gisela nach dem Ende der Messe sofort fand.

»Der Lord ist fort!«, witzelte Helga grinsend. »Er hat sich weder von der Madame noch vom Junior und dessen baldigem Hausdrachen verabschiedet. Du kannst dir vorstellen, mit was für einer Miene der alte Drache herumgelaufen ist.«

»Lord Augustus wird sich für nächstes Jahr ein anderes Hotel suchen«, sagte Eva.

»Wahrscheinlich bei euch!«, rief Gisela.

Eva schüttelte den Kopf. »Wir haben keinen Aufzug, und Lord Augustus ist ein sehr alter Mann. Er kann keine Treppe mehr steigen. Aber er wird keine dreihundert Meter von uns entfernt übernachten, und das ist doch näher als das Adonis. Vor allem muss er nicht mehr den Hang hochsteigen.«

»Das hat er heuer selten genug getan. Im Cafésalon war er kein einziges Mal, und gegessen hat er die meiste Zeit bei euch. Die Afra und die Ida, aber auch der Herr Jean haben umsonst auf ein gutes Trinkgeld gelauert. Ich hingegen habe es gekriegt. Ich werde es so wie du letztes Jahr machen und einen Teil meines Geldes hierlassen.«

»Aber du bleibst doch nicht im Adonis«, wandte Eva ein.

»Doch nicht dort! Ich tue es auf die Sparkasse. Ein Konto habe ich schon«, berichtete Helga stolz.

»Ich hab auch eines«, berichtete Gisela.

»Die Sparkasse? Daran habe ich noch gar nicht gedacht«, gab Eva zu.

»Man kriegt sogar Zinsen dort! Das Geld wird also mehr«, sagte Helga zufrieden.

»Ich glaube, das werde ich auch tun«, erwiderte Eva. Sie besaß noch das Ersparte vom letzten Jahr und hatte heuer sehr viel Trinkgeld bekommen. Lord Augustus hatte ihr ebenfalls etwas gegeben, doch sie hatte ihn gebeten, im Rahmen des Üblichen zu bleiben. Sie wollte weder, dass andere sich schlüpfrige Gedanken machten, noch selbst als gierig gelten.

»Wann verlasst ihr das Adonis?«, fragte sie Helga.

»Eigentlich wäre morgen unser letzter Tag, und wir würden am Dienstag heimfahren. Aber die Madame will, dass alle bis zum Samstag bleiben und bei der Hochzeit dabei sind.«

Bei diesen Worten musterte Helga Eva durchdringend, doch deren Miene änderte sich um keinen Deut. Sie schien sich wirklich nichts aus Ludwig Karch zu machen, während sie doch mit gewissen Eifersuchtsanfällen zu kämpfen hatte. Dann aber lachte Helga über sich selbst. »Es soll eine große Feier werden, und die Madame hat die halbe Welt dazu eingeladen. Wir Angestellten sollen in unserem besten Arbeitsgewand an der Kirchentür Spalier stehen, wenn das Brautpaar herauskommt. Die Gisela und ich haben schon gespottet, ob wir dem jungen Drachen nicht mit dem Staubwedel ein bisserl die Haare kämmen sollten. Verdient hätt das Fräulein Barbara es.«

»Lasst sie in Ruh! Nächstes Jahr habt ihr sie vom Hals, und sie kann euch den Buckel runterrutschen«, erwiderte Eva abwinkend.

»Das ist vornehm ausgedrückt! Ich hätt's ein bisserl mehr in Richtung des Götz von Berlichingen gesagt.« Helga lachte, während Eva auf die Kirchenuhr schaute.

»Ich muss jetzt zurück! Es kommen bald unsere Mittagsgäste, und da gibt es viel zu tun. Sehen wir uns am Samstag nach der Trauung noch einmal?«

»Freilich! Die Gisela und ich bleiben bis Sonntag. Da werden wir aber die Messe schwänzen und in den Zug steigen. Die

Madame müsste uns doch sonst den Tag noch bezahlen«, spottete Helga.

* * *

Im Lauf der Woche wurde offensichtlich, dass die Saison zu Ende ging, denn die Schlangen vor den Trinkbrunnen waren mit einem Mal kürzer geworden. Teilweise mussten die Kurgäste nicht einmal mehr anstehen, sondern konnten ihre Tassen sofort füllen lassen. In Jankers Hotel gab es dennoch genug zu tun. Hannas Kochkünste hatten sich herumgesprochen, und wer gute böhmische Küche genießen wollte, wurde hier bestens bedient.

Am Freitag versammelte Leopolda Janker ihre Getreuen nach der Sperrstunde noch kurz um sich. »Morgen heiratet Ludwig Karch. Er wird einmal das Adonis übernehmen. Daher sollten wir ihm trotz eines gewissen Zwischenfalls mit seiner Braut die Ehre erweisen und in die Kirche gehen. Eva, wenn du nicht willst, kannst du hierbleiben.«

Eva erwog kurz, es zu tun, schüttelte dann aber den Kopf. »Ich gehe mit.« Das war klüger, dachte sie, da missliebige Leute sonst behaupten konnten, sie wäre nicht in die Kirche gegangen, aus der Enttäuschung heraus, nicht selbst an Ludwig Karchs Seite zu stehen.

»Dann bleibt die Cilly hier und hütet das Haus«, bestimmte Leopolda Janker.

Die alte Frau nickte zufrieden. »Das ist mir auch lieber, als mir die alte Karch und ihren neuen Jungdrachen anzuschauen.«

Eva hätte sich den Anblick von Isolde Karch und Barbara Straßer, baldige Karch auch gerne erspart. Es war jedoch besser, in die Kirche zu gehen und dort gesehen zu werden. Dabei würde sie das neue Kleid anziehen, das sie sich hatte nähen lassen. Die Näherin war billig gewesen, und so hatte sie es sich geleistet. Ihre Mutter würde, das musste sie sich sagen, eine solch überflüssige Ausgabe nicht verstehen. Trotz der harten Arbeit, die Maria Riegler leisten musste, nähte sie selbst, auch wenn sie zumeist nur Kleidungsstücke umänderte, die ihr geschenkt worden waren. Bei diesem Gedanken stellte Eva fest, dass es bereits jetzt einen so großen Unterschied zwischen der Lebenswelt ihrer Familie und der ihren gab, dass sie manchmal davor erschrak. Dabei war sie gerade einmal anderthalb Jahre von zu Hause fort.

In ihre Gedanken versunken überhörte Eva ganz, dass Leopolda Janker alles gesagt hatte und ihnen eine gute Nacht wünschte.

Cilly stupste sie an. »Auf geht's! Oder möchtest du hier herunten übernachten?«

»Gewiss nicht!«, antwortete Eva lachend. »Ich hab grad an daheim gedacht. Noch einen Monat, dann fahr ich wieder hin.«

»Das hab ich auch viele Jahre lang so gehalten. Aber erst ist der Vater gestorben, dann die Mutter, und da war es schon nimmer so, wie es hätt sein sollen«, sagte Cilly. »Meine Brüder haben immer wieder Geld von mir wollen, und deren Kindern war ich grad so viel wert wie die Geschenke, die ich mitgebracht habe. Angeheiratete Verwandte waren auf einmal wichtiger als ich, und dann hab ich mich irgendwann entschlossen, bloß noch alle paar Jahr hinzufahren. Heuer mach ich es nicht. Vielleicht nächstes Jahr wieder.«

»Das ist aber traurig«, fand Eva.

Cilly zuckte mit den Schultern. »Es ist der Lauf der Welt. Das wirst auch du noch merken. Aber jetzt gute Nacht. Sonst weckst du noch die Veronika auf.«

»Das will ich nicht«, antwortete Eva, obwohl ihre Zimmergefährtin noch in der Nähe stand. Sie ging in die Badestube, putzte sich die Zähne und wusch sich. Dann stieg sie die Treppen empor und betrat ihr Zimmer.

Veronika war ihr gefolgt. Während diese ihr Kleid auszog und ins Nachthemd schlüpfte, wandte sie sich Eva zu. »Es heißt, Ludwig Karch wäre dir im Frühjahr nachgestiegen.«

»Nicht so richtig und auch nicht so, wie manche es behaupten!«, antwortete Eva. »Er ist halt andauernd im Cafésalon aufgetaucht. Mir war es lästig, weil er mich von der Arbeit abgehalten hat.«

Veronika sah Eva scharf an, doch da war weder verletzter Stolz noch Enttäuschung zu bemerken, weil Ludwig Karch am nächsten Tag eine andere heiraten würde.

»Hast du was gegen Männer?«, fragte sie, weil es auch solche Frauen gab.

Eva schüttelte den Kopf. »Nein, natürlich nicht! Warum fragst du?«

»Der Herr Karch ist doch ein stattlicher junger Mann! In den kann ein Madl wie du sich doch verlieben.«

»Ich glaube, die Helga hat es ein bisserl getan, aber ich nicht.«

Eine leichte Röte auf Evas Gesicht brachte Veronika auf die richtige Spur. »Da hat's wohl einen anderen gegeben?«

Eva wollte zuerst nicht so recht mit der Sprache heraus. Irgendwie brauchte sie jedoch jemanden, mit dem sie reden konnte, und so berichtete sie von Franz Herbst.

»Wir haben uns im letzten Jahr fast jeden Sonntag nach der Messe getroffen und miteinander geredet, und ebenso heuer bis zum Anfang der Saison. Dann ist er auf einmal knatschig geworden und hat bloß noch geschimpft. Irgendwann ist er mir sogar aus dem Weg gegangen und hat sich mit der Helga getroffen, bis auch die nicht mehr mochte. Er schreibt ihr gelegentlich. Es heißt, er wäre jetzt in Marienbad und hätte dort eine Arbeitsstelle bekommen, wie er es sich vorgestellt hat.«

»Wenn es stimmt!«, wandte Veronika nachdenklich ein. »Sagen und schreiben kann man viel.«

Eva zuckte mit den Schultern. »Mich hat er jedenfalls schwer enttäuscht! Er war sogar sauer, weil Lord Augustus mich im Frühjahr auf seine Ausflüge mitgenommen hat.«

»Du solltest dir nicht zu viel draus machen«, riet Veronika. Sie stufte Evas Zuneigung zu Franz weniger als Verliebtheit ein, sondern mehr als das Zusammenfinden zweier sich in Karlsbad fremd fühlender Menschen. Wahrscheinlich hatte es Franz gefallen, Eva als Freundin zu haben – und es hätte vielleicht sogar mehr daraus werden können. Doch als Eva weiter aufgestiegen war als er, hatte er es nicht ertragen können.

»Sei froh, dass er fort ist!«, sagte Veronika daher. »Wärt ihr länger zusammengeblieben, hätt er wahrscheinlich bald gedrängt, dass ihr mehr miteinander machen solltet, als euch bloß zu treffen. Dann wärst du vor der Entscheidung gestanden, dich von ihm zu trennen oder nachzugeben, auch auf die Gefahr hin, dass du vielleicht ein uneheliches Kind bekommen hättest. Ob er dich dann noch geheiratet hätte, da habe ich meine Zweifel.«

So weit hatte Eva noch gar nicht gedacht. Doch als sie darüber nachsann, fand sie, dass ihre Zimmergenossin recht haben konnte. Franz hatte darauf gedrängt, dass sie zusammen in ein Kaffeehaus gehen sollten. Schließlich hatte sie es einmal getan, aber Helga mitgenommen. Es einfach so zu tun, wie Franz es gewollt hatte, dazu war sie nicht erzogen worden.

»Danke schön!«, sagte sie zu Veronika und legte sich ins Bett.

Dabei fiel ihr ein, dass Helga ein paarmal allein mit Franz in ein Kaffeehaus gegangen war. Kurz darauf aber hatten die beiden sich zerstritten. Wahrscheinlich hatte Franz mehr gefordert. Doch auch Helga war keine, die sich einfach an den Nächstbesten wegwarf. Mit diesem Gedanken schlief Eva schließlich ein und träumte in der Nacht wild, ohne sich am Morgen an diese Träume erinnern zu können.

* * *

Am nächsten Tag galt es zuerst, den Hotelgästen ihr Frühstück vorzusetzen. Danach half Eva beim Bettenmachen und zog sich anschließend für die Kirche um. Einen Augenblick lang zweifelte sie, ob sie wirklich ihr bestes Kleid nehmen sollte, denn sie hatte sich ein weiteres selbst genäht. Das allerdings war einfacher und eher für Spaziergänge gedacht. Ihr zweitbestes Kleid stammte noch aus Frau Heisters Fundus im Adonis, und das wollte sie auf keinen Fall tragen.

Es blieb daher bei dem guten neuen. Welchen Eindruck sie darin machte, konnte sie an den erstaunten Augen ihrer Kolleginnen und an denen von Leopolda Jankers feststellen. Selbst deren Ehemann sah sie an, als könne er es nicht glauben.

»Du willst es dem Karch Ludwig wohl zeigen?«, fragte Cilly kichernd.

»Zeigen? Wieso?«

»In dem Gewand siehst du nicht aus wie ein Stubenmadl, sondern eher wie eine, die einem Stubenmadl anschafft, was es zu tun hat«, sagte Hanna.

»Genauso ist es!«, stimmte Leopolda ihrer Köchin zu. »Du bist so schon ein selten fesches Madl. In dem Kleid siehst du aber wie eine attraktive junge Dame aus. Du könntest darin sogar zum Pupp gehen und würdest anstandslos ein Zimmer kriegen.«

»Gleich beim Pupp? Die täten schauen, wenn ich komme!«, rief Eva lachend und nahm das Gerede nicht ernst.

Doch als sie das Hotel verließen und zur Kirche gingen, folgte ihr so mancher anerkennende Blick. Janker und seine Frau zählten nicht zu den geladenen Gästen, und so suchten sie sich Plätze ganz hinten.

Barbara trug ein modisches Hochzeitskleid, welches so gearbeitet war, dass ihre Taille schmaler wirkte, als sie war. Ludwig trat in einem schwarzen Anzug vor den Traualtar. Seinen Zylinderhut trug er in der rechten Hand, und er wirkte für den Anlass viel zu ernst. Auch Isolde Karch sah nicht gerade aus, als würde sie sich von Herzen über diese Heirat freuen.

Eva wunderte sich darüber, denn sie hatte von Helga gehört, dass die Madame unbedingt Barbara Straßer als Ludwigs Ehefrau hatte haben wollen. Helga selbst und die meisten Angestellten des Adonis waren bei der Zeremonie nicht anwesend. Auch Frau Zöpfel fehlte, während der neue Küchenchef ziemlich weit vorne saß. Wie es aussah, genoss er Frau Karchs Vertrauen, während sie es ihrer Hausdame entzogen hatte.

Als der Pfarrer verkündete, dass der ehrengeachtete Herr Ludwig Karch die Ehe mit der ehrengeachteten Jungfrau Barbara Straßer einzugehen bereit sei, sah Eva, wie Dr. Alfred Becher spöttisch die Miene verzog. Sollte es da etwas gegeben haben, fragte sie sich. Wenn ja, hatte Barbara genau das getan, was diese ihr vorgeworfen hatte.

Eva beschloss, darauf zu achten, ob und wann in dieser Ehe ein Kind geboren wurde. Dann aber zuckte sie mit den Schultern. Warum sollte sie sich das Maul zerreißen? Das würden andere tun. Mit diesem Gedanken sah sie zu, wie die Ringe gewechselt wurden und der Pfarrer das Brautpaar zu Mann und Frau erklärte.

Als der Gottesdienst zu Ende war, verließen Ludwig und Barbara als Erste die Kirche. Da Eva so saß, dass sie zum weit offenen Kirchentor hinausschauen konnte, nahm sie das Spalier der Angestellten des Adonis wahr. Alle trugen ihre Kleidung so wie bei der Arbeit, die Zimmermädchen schwarze Kleider mit weißer Schürze und Häubchen, die Kellner ihren dunklen Frack, die Köche gestreifte Hosen und weiße Oberteile, das Empfangspersonal graue Anzüge, die Pikkolos schwarze Hosen, rote Jacken mit Tressen und die runden, schirmlosen Mützen.

Auch die Wäscherinnen und Spülerinnen waren dabei, alle in grauen Kleidern und weißen Schürzen.

Frau Zöpfel führte die Schar an. Sie knickste genauso wie alle anderen Mädchen und Frauen, während die Jungen und Männer sich tief verbeugten. Alle mussten es zweimal tun, einmal vor dem Brautpaar und danach vor Isolde Karch, die Ludwig und Barbara folgte. Kaum hatten die drei das Spalier passiert, löste es sich auch schon auf. Einige, die ihren Zug noch an diesem Tag erreichen wollten, eilten zum Hotel, um sich rasch umzuziehen und zum Bahnhof zu gehen. Diejenigen, die blieben, genossen die freie Stunde, die ihnen gewährt worden war, und den Sonnenschein, der das Tal in ein herbstliches Idyll verwandelte.

Helga und Gisela kamen auf Eva zu. Ihre Augen weiteten sich, als sie diese in ihrem eleganten Kleid sahen.

»Du bist heut aber besonders fesch!«, rief Helga. »Aber schön ist es, dass wir uns noch einmal sehen, bevor wir fahren.«

»Das freut mich ebenso«, antwortete Eva und stellte die Frage, ob die anderen noch Zeit für eine Oblate hatten.

»Auch für zwei!«, antwortete Helga lachend.

»Es können auch drei sein«, antwortete Eva und dachte daran, dass sie dem Lamprecht unbedingt ein paar Schachteln mit Oblaten mitbringen musste, auch wenn er sie dieses Jahr nicht mehr vom Bahnhof abholen würde, wie er es letztes Jahr getan hatte.

Jetzt aber freute sie sich, zusammen mit ihren Freundinnen ein paar Oblaten essen und dabei ein wenig Braut und Bräutigam durchhecheln zu können.

Nach einer halben Stunde blickte Gisela zur Kirchenuhr. »Wir müssen zum Hotel zurück. Mach's gut, Eva, bis zur nächsten Saison!«

»Bis zur nächsten Saison!« Evas Stimme klang belegt. Erst vor Kurzem hatte sich Lord Augustus bis zum kommenden

Jahr verabschiedet, und nun musste sie es bei ihren besten Freundinnen tun.

»Bis zur nächsten Saison!«, sagte nun auch Helga und umarmte gleich beide zusammen.

* * *

Eva sah Helga und Gisela am nächsten Tag noch einmal, wenn auch nur aus der Ferne. Leopolda Janker hatte sie zum Hauptpostamt geschickt, um ein Päckchen für die Tochter in Prag aufzugeben. Da entdeckte sie die beiden auf ihrem Weg zum Bahnhof. Helga und Gisela waren schwerer bepackt, als es nötig gewesen wäre, wenn sie ins Adonis zurückgekehrt wären. So aber hatten sie ihr gesamtes Gepäck bei sich und würden es, wenn sie zur neuen Saison zurückkehrten, in den Württemberger Hof bringen. Dieses Hotel würde ihre neue Heimat in Karlsbad sein.

Der Württemberger Hof war um einiges größer als Jankers Hotel, trotzdem zog es Eva nicht dorthin. Zum einen war die Arbeit im Jankers abwechslungsreicher, und zum anderen war sie Janker und dessen Frau dankbar, weil diese sie nach ihrem schmerzhaften Abschied aus dem Adonis mit offenen Armen empfangen hatten.

Eva gab das Paket ihrer Chefin auf und ebenso ein eigenes an ihre Familie. Diesmal wollte sie nicht alles selbst mitschleppen müssen. Auf dem Postweg kostete es zwar ein wenig Geld, aber das konnte sie sich leisten. Sie hatte letztens alles durchgerechnet und entdeckt, dass sie in diesem Jahr so viel verdient hatte, dass sie fast zwei Drittel davon sparen konnte. Das letzte Drittel würde sie ihrer Mutter übergeben. Es war immer noch doppelt so viel wie im letzten Jahr.

Mit diesem Gedanken kehrte sie ins Hotel zurück. Dort war nun ebenfalls zu spüren, dass die Saison zu Ende gegangen war.

Wer nun noch als Gast kam, konnte sich die Preise im Sommer nicht leisten und war froh, überhaupt ein gutes Quartier zu finden. Die Frauen, die sonst geholfen hatten, die Betten zu machen, wurden nicht mehr gebraucht. Die paar Zimmer, die noch belegt waren, reinigten Eva, Veronika und Maxi. Wenn es einmal knapp wurde, half Leopolda Janker mit.

Eine Woche vor Weihnachten befanden sich nur noch drei Gäste in Jankers Hotel. Alleinstehend und ohne nahe Verwandte waren sie froh, das Christfest mit dem Hotelier und den Angestellten feiern zu können, die in Karlsbad blieben. Außer Cilly war dies noch Hanna. Lina, Maxi, Veronika und Eva hingegen packten ihre Sachen, um am vierten Adventssonntag nach Hause zu fahren. Zurückkommen sollten sie am neunundzwanzigsten Dezember, um alles für die Silvesterfeier des Kaninchenzüchtervereins von Karlsbad vorzubereiten.

Es wurde ein innigerer Abschied, als Eva ihn im letzten Jahr im Adonis erlebt hatte. Leopolda umarmte sie und ihre Kolleginnen herzlich. Janker reichte jeder von ihnen einige Kronen als Weihnachtsgeschenk und ließ es sich nicht nehmen, einen Fiaker zu bestellen, der sie vom Hotel zum Bahnhof brachte. Auch wenn sie unterschiedliche Züge nehmen mussten, so war es doch angenehmer, im warmen Wartezimmer des Bahnhofs zu sitzen, als den Weg bei kalten Temperaturen und Nieselwetter zu Fuß zurücklegen zu müssen.

Maxis Zug fuhr als erster in den Bahnhof ein. Sie umarmte die anderen, stieg ein und winkte, bis der Zug den Bahnhof verließ. Als Nächste war Eva an der Reihe. Obwohl sie ihre Kolleginnen in einer guten Woche wiedersehen würde, fiel ihr der Abschied ein wenig schwer.

»Bis zum Neunundzwanzigsten!«, rief sie, als sie den Warteraum verließ.

»Bleib gesund!«, rief Veronika ihr nach.

»Ihr auch!«, kam es zurück.

Eva hatte diesmal zweite Klasse gewählt und war froh darum, denn die dritte Klasse war arg voll. So aber bekam sie einen guten Platz und konnte zusehen, wie die winterliche Landschaft an ihr vorbeizog.

Kurz dachte sie daran, dass sie im letzten Jahr mit Franz zusammen nach Hause gefahren war. Er würde diesmal den Heimweg von Marienbad aus antreten müssen. Als er sich im Frühjahr so jäh verändert hatte und neidisch geworden war, hatte es sie schwer getroffen. Schließlich hatte sie sich mit ihm verbunden gefühlt und gehofft, sie könnten einmal gemeinsam den Schritt wagen, mehr zu werden als Kaffeemädchen und Kellner. Dabei hatte sie damals erst eine relativ bescheidene Summe gespart gehabt. Mittlerweile sah die Sache ganz anders aus. Wenn sie noch fünf, sechs Jahre gut verdiente, konnte sie sogar einen der Verkaufskioske an der Alten Wiese pachten.

Der Gedanke kam ihr zum ersten Mal, und zunächst hatte sie fast Angst davor. In Jankers Hotel verdiente sie doch gutes Geld und würde irgendwann Cilly ersetzen.

»Im Adonis hätte ich irgendwann Frau Zöpfel ersetzen können, und das ist doch eine ganz andere Hausnummer«, murmelte sie. Gleichzeitig begriff sie, dass beides nicht das war, was sie sich wirklich wünschte.

Doch was wünschte sie sich? Die Frage beschäftigte sie noch, als der Zug in den Bahnhof einfuhr, an dem sie aussteigen musste. Sie nahm ihr Gepäck, verließ den Zug und durchquerte das Bahnhofsgebäude. Gerade als sie nachsehen wollte, ob draußen ein Fiaker wartete, entdeckte sie den Wagen des Bauern Lamprecht. Dieser winkte ihr fröhlich zu. »Die Anna hat gesagt, dass du heut kommst, und da hab ich mir gedacht, ich könnt ins Amt fahren und dich auf dem Rückweg mitnehmen.«

»Vergelt's Gott, Herr Lamprecht«, antwortete Eva und sah ihn lachen.

»Das ›Herr‹ kannst du vergessen! Für dich war ich der Lamprecht, bin der Lamprecht und werd der Lamprecht bleiben«, sagte er und sah dann auf ihr Gepäck. »Heuer hast du weniger dabei als letztes Jahr!«

»Letztes Jahr habe ich mich ziemlich abgeschleppt. Darum habe ich einen Teil mit der Post geschickt und bloß die leichteren Sachen wie die Oblaten mitgenommen. Das Packerl da ist für euch!«

Die Augen des Bauern leuchteten auf. Karlsbader Oblaten waren etwas Besonderes. Sein kleiner Sohn hatte in den letzten Tagen immer wieder gefragt, ob Eva auch heuer wieder welche mitbringen würde. Nun hatte sie es getan, und wie das Paket aussah, war es um einiges mehr als im vergangenen Jahr.

»Eure Anna feiert heuer mit uns!«, sagte er. »Die Susi hat einen gefunden zum Heiraten, und darum ist bei uns eine Stelle frei geworden. Da nehmen wir lieber deine Schwester als eine Fremde.«

Eva nickte, obwohl sie eine gewisse Enttäuschung empfand. Sie hätte ihrer nächstjüngeren Schwester eine bessere Arbeit gewünscht als die einer Bauernmagd. Doch weder Anna noch die Eltern hatten ihren Vorschlag angenommen, sie nach Karlsbad mitzunehmen und von Josepha Pfnür als Zimmermädchen vermitteln zu lassen.

Es ist nicht mein Leben, dachte sie, während sie auf den Wagen stieg und sich in die Decke hüllte, die Lamprecht vorsorglich mitgebracht hatte.

* * *

Diesmal brachte Lamprecht Eva nicht einfach nur nach Hause, sondern hielt bei seinem Bauernhof an und lud sie zu einer Brotzeit ein. Anna musste den Bauern, dessen Frau und Eva bedienen. Während Eva von Karlsbad berichtete, musterte sie ihre Schwester. Annas Haare waren dunkler als die ihren und das Gesicht rundlicher. Sie war auch kleiner und etwas kompakter gebaut. Anna wird sich als Magd auf dem Bauernhof behaupten, dachte Eva. Trotzdem wünschte sie sich, die Schwester wäre mit ihr gekommen, um in Karlsbad zu arbeiten. Doch anders als bei ihr, die ihre Heimat hatte verlassen müssen, um Karl Wenzls Nachstellungen zu entkommen, gab es diesen Zwang bei Anna nicht.

Wahrscheinlich hätte auch ich hierbleiben müssen, wenn es den jungen Wenzl nicht gegeben hätte, dachte sie, während sie dem Schinken und den Blut- und Leberwürsten zu Leibe rückte, die der Lamprecht auffahren ließ.

»Das Brot hat übrigens die Anna gebacken«, erklärte die Bäuerin, während ihr Sohn begeistert an der ersten Oblate knapperte. Er gab sogar ein Stückchen an seine Schwester ab, die gerade einmal laufen konnte und unbedingt wissen wollte, welche Köstlichkeit der große Bruder aß.

Nach einer Stunde ging es weiter. Eva war nur wenig Zeit geblieben, mit ihrer Schwester zu reden, aber sie begriff, wie zufrieden diese war, von der auf Zeit eingestellten Kindsmagd zur Jungmagd auf dem Hof aufgerückt zu sein.

»Grüß die daheim recht schön von mir!«, rief Anna ihr noch nach.

Eva musste schmunzeln. Zwischen Lamprechts Hof und ihrem Dorf lagen gerade einmal drei Kilometer. Anna sah daher die Eltern und Geschwister gewiss öfter als sie. Sie versprach aber, dass sie es tun werde, und setzte sich wieder in den Wagen. Die Pferde hatten die Wartezeit im Stall verbracht und mussten erst wieder angeschirrt werden. Dann ging es weiter.

Obwohl es leicht schneite und die Dämmerung früh heraufzog, bemerkte Eva den neuen Schuppen, den ihr Vater errichtet hatte. Auch der Ziegenstall war vergrößert worden.

Wie es aussah, ging es ihrer Familie besser als zu den Zeiten, in denen sie noch hier gelebt hatte.

Lamprecht hielt an, ließ sie aussteigen und reichte ihr das Gepäck. »Ich hol dich am Neunundzwanzigsten wieder ab«, versprach er, grüßte noch kurz Evas Eltern, die aus dem Haus gekommen waren, und fuhr wieder los.

Eva winkte ihm nach, stellte ihr Gepäck ab und umarmte die Mutter.

»Schön, dass du wieder da bist«, flüsterte Ria Riegler unter Tränen.

»Hast du wieder Geld dabei?«, fragte da der Vater. »Letztes Jahr hab ich die Schupfn bauen können. Wenn es heuer wieder so viel ist, will ich von der Haslerin den unteren Acker pachten. Dann müsste die Mam nimmer so oft auf Taglohn gehen, und wir könnten uns auch eine Kuh halten.«

Es war für Eva wie ein kalter Guss. Sie hatte sich seit Wochen darauf gefreut, ihre Lieben wiederzusehen, und das Erste, was der Vater zu ihr sagte, war die Frage, wie viel Geld sie mitgebracht habe. Cillys Bericht über deren Familie kam ihr in den Sinn. Auch ihre Kollegin war zuletzt nur noch als Geldüberbringerin gefragt gewesen. Allerdings erst später, während der Vater es bereits im zweiten Jahr von ihr forderte.

Eva hatte doppelt so viel bei sich wie letztes Weihnachten, und sie gab es gern. Aber es sollte ein Geschenk sein, und nicht etwas, auf das der Vater Anrecht zu haben glaubte.

»Jetzt lass die Eva erst einmal ankommen!«, sagte die Mutter, der Evas Verstimmung nicht entgangen war.

»Tritt herein!«, forderte sie die Tochter auf und wies Joseph und Vitus an, das Gepäck der Schwester ins Haus zu tragen.

»Vor drei Tagen haben wir dein Packerl gekriegt. Wir haben's aber noch nicht aufgemacht. Da wollten wir warten, bis du da bist«, sagte sie zu Eva.

»Ihr könnt es ruhig aufmachen«, erwiderte Eva.

Ihr war die Freude, wieder zu Hause zu sein, ein wenig vergällt worden. Eines nahm sie sich fest vor: Sie würde nicht erzählen, dass sie in Karlsbad ein Sparkonto besaß und dort mehr Geld lag, als sie hier abgeben wollte. Noch war sie nicht volljährig, und der Vater konnte sie zwingen, ihm das Sparbuch zu überlassen. Doch wenn sie das tun musste, durfte sie nach ihrer Volljährigkeit weitere fünf Jahre auf die Erfüllung ihres Traumes warten.

Der früher hier tätige Pfarrer Maier hätte ihr vermutlich erklärt, dass es eine Sünde wäre, das Geld vor ihren Eltern zu verheimlichen. Doch sie gab diesen bereits mehr, als sie als Bauernmagd oder auf Tagelohn hätte verdienen können, und zum anderen ging es um ihre eigene Zukunft.

Nun aber trat sie erst einmal ins Haus und begrüßte ihre Geschwister. Sie war ein Jahr fort gewesen und tat sich schwer, alle richtig einzuordnen. Vitus war nun so alt, wie Joseph es gewesen war, als sie die Heimat hatte verlassen müssen. Theresia ging bereits in die Schule, während Vitus und Antonia diese mittlerweile verlassen hatten.

Als sie ihren Mantel ablegte, blickten die Ihren staunend auf ihr schönes Kleid. Dabei war es nicht einmal das von der Schneiderin, sondern das, welches sie sich selbst genäht hatte.

»Du schaust sehr städtisch aus«, sagte die Mutter mit einem gewissen Tadel in der Stimme.

»Ich leb in der Stadt, Mam!«, antwortete Eva. »Da muss ich mich anziehen, wie es dort üblich ist.«

Sie setzte sich an den Tisch, missachtete das Paket, das die Mutter ihr hinstellte, sondern zählte erst einmal die Summe ab, die sie mitgebracht hatte.

Während die Augen des Vaters erfreut aufleuchteten, schüttelte die Mutter den Kopf. »Das ist zu viel! Du brauchst doch auch noch Geld.«

Eva bedachte die Mutter mit einem liebevollen Blick. »Ich hab noch ein paar Kronen in meinem Portemonnaie. Außerdem feiern die Kaninchenzüchter bei uns Silvester. Da krieg ich genug Trinkgeld, um die nächsten Wochen auszukommen.«

Pfarrer Maier würde bei der Lüge wieder strafend den Zeigefinger heben, dachte Eva. Aber sie hatte dieses Geld für die Familie mitgebracht. Daher brauchte sie eine Ausrede, um verschweigen zu können, dass sie auch für ihre eigene Zukunft sparte.

Während dieser Überlegung schob sie das Geld der Mutter zu, ohne darauf zu achten, dass der Vater bereits die Hand danach ausgestreckt hatte.

»Wenn ihr mögt, können wir jetzt das Paket aufmachen. Oder wollt ihr bis zum Christkindl warten?«

»Da wir wissen, dass das Packerl von dir kommt und nicht vom Christkind, können wir es aufmachen«, erwiderte die Mutter. Sie hoffte auf Stoff, um für ihre zahlreiche Kinderschar wieder Kleider, Hosen und Hemden nähen zu können.

»Dann tun wir das auch!«, sagte Eva und ließ sich von Antonia ein Messer reichen, um die Packschnur durchschneiden zu können.

Trotz der offensichtlichen Gier des Vaters, der die Gelegenheit kommen sah, mit dem Geld seiner Ältesten aus ihrer Armut herauszukommen, wurde es für Eva ein angenehmer Aufenthalt. Die Mutter und die Geschwister waren mit den Geschenken, die sie ihnen geschickt und mitgebracht hatte, sehr zufrieden. Auch sie erhielt eine Kleinigkeit, nämlich ein Nadelkissen, das Elisabeth in der Schule genäht hatte.

Eva lobte ihre Schwester und schenkte ihr eine Krone, damit sie sich im Kramerladen eine Kleinigkeit kaufen konnte. Da sie den bettelnden Augen der anderen Geschwister nicht widerstehen konnte, hatte sie zuletzt gerade noch genug Geld für den Klingelbeutel bei der Christmette im Portemonnaie. Da sie ihr Billett für die Rückfahrt bereits besaß, würde sie trotzdem nach Hause kommen. Sie musste eben darauf verzichten, sich in Karlsbad einen Fiaker zu nehmen, der sie zu Jankers Hotel brachte, und stattdessen zu Fuß gehen. Im letzten Jahr hatte sie das ja auch getan. Sie schmunzelte darüber, wie bequem sie geworden war, weil Michael Janker sie zum Bahnhof hatte bringen lassen. Dabei kam das Zufußgehen auch ihrer Börse zugute. Jeden Heller, den sie nicht ausgeben musste, konnte sie sparen.

Der Weg zur Christmette war für die bedeutenden Bauern des Dorfes kaum länger als für Evas Familie. Während diese die Strecke zu Fuß zurücklegte, ließen die Bauern einspannen, auch wenn die Fahrt nur wenige Minuten dauerte. Dafür aber boten sie mit den geschmückten Schlitten und den Fackeln, die sie daran befestigten, ein malerisches Bild.

Eva richtete ihr Augenmerk auf den Schlitten des Wenzlhofs. Karl Wenzls Zudringlichkeit hatte sie vor fast zwei Jahren gezwungen, die Heimat zu verlassen und nach Karlsbad zu fliehen. Damals war der Bauernsohn ein großer, kräftiger und nach ländlichen Verhältnissen gut aussehender Mann gewesen. Als er jetzt aus dem Schlitten stieg, konnte sie kaum glauben, dass er es war. Im Lauf des letzten Jahres war er aufgedunsen und fett geworden. Seine Frau war sichtlich in anderen Umständen und wirkte so zufrieden wie er mürrisch. Der alte Wenzl zeigte sich um die Schwiegertochter besorgt und bewies damit deutlich, dass ihm an der kommenden Generation mehr lag als an seinem Sohn.

Auch wenn es nicht edel war, über andere schlecht zu denken, vergönnte Eva ihrem damaligen Peiniger sein Schicksal. Wäre sie ihm damals nicht rasch genug entkommen, hätte er sie ebenso vergewaltigt wie schon ein anderes Mädchen, und wie deren Vater hätte auch der ihre es nicht gewagt, ihn dafür zur Rechenschaft zu ziehen.

Am meisten stellte es sie zufrieden, dass Karl Wenzl es nicht wagte, zu ihr herzusehen. Er ging nach vorne, setzte sich in die für den Hof seines Vaters bestimmte Bank, ohne seiner Frau zu helfen, die sich wegen ihrer Schwangerschaft schwertat. Dafür stand ihr der Schwiegervater bei. Dieser wartete, bis sie gut saß, dann nahm auch er seinen Platz ein.

Während der Christmette fiel Eva der Unterschied zwischen den ländlich und teilweise in Tracht gekleideten Frauen und sich selbst in ihrem städtischen Kleid auf. Es war wie ein Zeichen, dass sie nicht mehr dazugehörte. Selbst wenn sie den Wunsch hätte, einmal hierher zurückzukehren, würde es ihr schwerfallen, sich wieder einzufinden. Ihr Schicksal hatte einen anderen Weg genommen, und dem musste sie folgen.

* * *

Trotz eines gewissen Fremdheitsgefühls fiel es Eva schwer, sich am Neunundzwanzigsten von ihrer Familie zu trennen. Sie umarmte alle, auch den Vater, und nahm ihr kleines Bündel an sich.

»Behüt euch Gott bis zum nächsten Jahr!«, sagte sie noch und verließ das Haus.

Der Lamprecht wartete bereits auf sie. »Jetzt geht es wohl wieder in die Stadt«, sagte er in einem Tonfall, als wäre Karlsbad eine quirlige Metropole.

»Ja, jetzt geht es wieder in die Stadt«, sagte Eva, während sie einstieg.

Der Bauer trieb die Pferde an, und der Schlitten setzte sich in Bewegung. Die Pferde schlugen einen raschen Trab an, und so sah Eva die Häuser ihres Heimatdorfs nur so an sich vorbeifliegen. Wenig später erreichten sie das freie Land. Eva atmete die kalte Winterluft ein und verspürte eine gewisse Sehnsucht, einmal hierher zurückzukommen. Gleichzeitig aber spürte sie, dass sie ihre Wurzeln hier bereits ausgerissen hatte, sodass sie woanders neu anwachsen mussten. Vielleicht in Karlsbad? Hoffentlich in Karlsbad, meldete sich ein Gedanke.

Zum Reden war weder dem Lamprecht noch ihr zumute. Als sie den Bahnhof erreichten, stieg Eva ab und bedankte sich.

»Vergelt's Gott, Lamprecht! Alles Gute für dich und die deinen!«

»Alles Gute auch für dich und komm gesund zurück!«, antwortete der Bauer.

Eva lächelte. Zurückkommen würde sie, aber nur noch zu Besuch. Nun reichte Lamprecht ihr ein Päckchen mit einem schönen Stück Selchfleisch. Im letzten Jahr hatte er es auch schon getan. Damals hatte sie es mit Afra, Ida und Ulla geteilt. Die enge Gemeinschaft, die sie sich mit diesen erhofft hatte, war jedoch nie zustande gekommen.

Sie verabschiedete sich und trat hinaus auf den Bahnsteig, da der Zug bereits angekündigt wurde. Als sie einstieg, dachte sie daran, dass sie im letzten Jahr mit Franz zurückgefahren war. Doch selbst, wenn er noch in Karlsbad arbeitete, würde sie sich diesmal nicht zu ihm setzen.

Dann lachte sie über sich selbst. In einem Anfall von Übermut hatte sie sich eine Fahrkarte der zweiten Klasse geleistet. Im letzten Jahr war sie noch dritter Klasse gefahren, und Franz hatte das bestimmt auch diesmal getan.

Sie verscheuchte ihn aus ihren Gedanken und richtete diese auf das, was vor ihr lag. Am nächsten Morgen würde sie mit den anderen zusammen das Gastzimmer des Hotels für die Silvesterfeier des Kaninchenzüchtervereins dekorieren und am Tag darauf servieren. Mit einem Schmunzeln dachte sie, dass sie diesmal die linke Hand nicht auf den Rücken legen musste, so wie es im letzten Jahr im Adonis von ihr gefordert worden war.

PERSONEN

Eva und ihre Familie:

Riegler, Eva - Kaffeemädchen im Hotel Adonis
Riegler, Maria und Sepp - Evas Eltern
Joseph, Anna, Vitus, Antonia, Alfons, Elisabeth, Martin, Mathilde, Ferdinand, Theresia, Ludwig, Bernhard, Sophia, Max - Evas Geschwister

Hotel Adonis:

Afra - Kaffeemädchen
Breitenreiter, Angelika - Chefin der Zimmermädchen
Christoph – Pikkolo
Erlacher, Babette - Chefin der Spülküche
Gisela - Zimmermädchen
Heister, Wanda - Chefin der Waschküche und der Wäscheausgabe
Helga - Zimmermädchen
Ida - Kaffeemädchen
Karch, Isolde - Besitzerin des Adonis
Karch, Ludwig - Isolde Karchs Neffe, Hoteldirektor
Miersch, Johann (Jean) - Kellner
Röber - Küchenchef
Schroll, Thea - Zimmermädchen
Ulla – Kaffeemädchen
Vinzenz - Kellner
Zenzi - Zimmermädchen
Zöpfel - Hausdame

Gäste im Adonis:

Barklay, Jeffrey - Mabel Barklays Ehemann (erwähnt)
Barklay, Mabel - Henry Fergusons Tochter
Beauvais, Augustus - englischer Lord
Ferguson, Henry - amerikanischer Millionär
Jones - Lord Augustus' Kammerdiener
Nathan - Henry Fergusons Kammerdiener
von Penngstorf - preußischer Offizier
Zippora - Mabel Barklays Zofe

Jankers Hotel:

Cilly - Angestellte
Hanna - Köchin
Janker, Michael - Besitzer
Janker, Leopolda - Michael Jankers Ehefrau
Janker, Susanne - Leopolda und Michael Jankers Tochter (erwähnt)
Lina - Hannas Helferin
Maxi - Angestellte
Veronika - Angestellte

Andere:

Becher, Alfred - Arzt
Bencova - Friseurin
Erwin - Neffe von Isolde Karch
Herbst, Franz - Kellner im Goldenen Schlüssel
Lamprecht - Bauer im Nachbardorf
Lukas - Kutscher im Goldenen Schlüssel
Martell - Gast in Jankers Hotel
Stanhope, Barnaby - Bekannter Lord Augustus'
Straßer, Sebastian - Hotelier aus Brünn (erwähnt)

Straßer, Barbara - Sebastian Straßers Tochter
von Hupfer - Vorsitzender der Pferdezüchtervereinigung
von Ringbühel - österreichischer Baron
von Urbancik - österreichischer Adeliger

Folge der Autorin auf Amazon

Wenn dir dieses Buch gefallen hat, folge Ada Caine auf Amazon. Dann erhältst du eine Benachrichtigung, wenn die Autorin ihr nächstes Buch veröffentlicht. Um der Autorin zu folgen, gehe bitte folgendermaßen vor:

Desktop:

1) Suche auf Amazon.de oder in der Amazon App nach dem Namen der Autorin.
2) Klicke auf den Namen der Autorin, um auf die Autorenseite zu gelangen.
3) Klicke auf den »Folgen«-Button.

Smartphone und Tablet:

1) Suche auf Amazon.de oder in der Amazon App nach dem Namen der Autorin.
2) Klicke auf einen Titel der Autorin.
3) Klicke auf den Namen der Autorin, um auf die Autorenseite zu gelangen.
4) Klicke auf den »Folgen«-Button.

Kindle eReader und Kindle App:

Wenn du dieses Buch auf einem Kindle eReader oder in der Kindle App liest, wird dir automatisch angeboten, der Autorin zu folgen, nachdem du die letzte Seite des Buches gelesen hast.

Made in the USA
Monee, IL
04 October 2023